GÜNTHER THÖMMES

Das Erbe des Bierzauberers

BRAUER, TOD UND KAISER *Fünf* weite Bierreisen durch das Heilige Römische Reich, *vier* ermordete Bierbrauer, *drei* mächtige Herzöge und *zwei* Habsburger-Kaiser liegen auf dem Weg zu *einem* Gesetz, das die Jahrhunderte überdauern sollte: das Reinheitsgebot für Bier.

Auf seiner Reise durch die wichtigsten Bierstädte des 15. Jahrhunderts ist der »Kaiserliche Bierkieser« Georg den Geheimnissen seiner Zeit auf der Spur: Was bedeutet Kaiser Friedrichs mystisches Rätsel AEIOU? Gab es bereits im Mittelalter bewusstseinserweiternde Drogen? Und wer hat die Brauer aus vier verschiedenen Städten ermordet?

Ein epochaler Mittelalter-Krimi um Habsburger, Wittelsbacher und das liebe Bier.

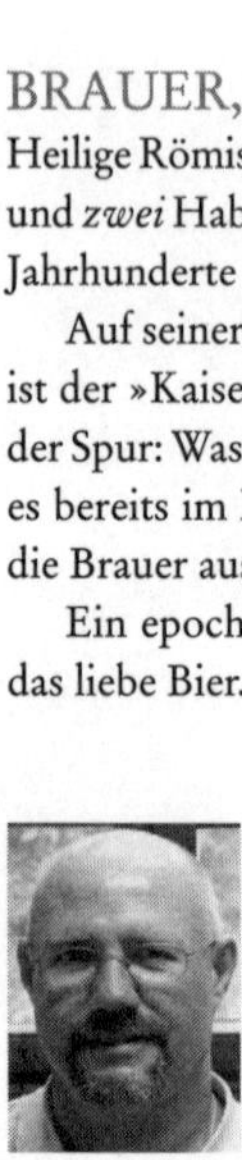

Günther Thömmes, Jahrgang 1963, stammt aus Bitburg in der Eifel. Er erlernte dort den Beruf des Brauers und Mälzers; danach absolvierte er ein Studium zum Diplom-Braumeister in Freising-Weihenstephan. Seit über 15 Jahren ist er Weltreisender in Sachen Bier und Brauereien. Heute lebt er mit Frau und Kind in der Nähe von Wien. Er hat zahlreiche Fachartikel zu den Themen Bier und Brauhistorie in verschiedenen Zeitungen und Fachzeitschriften veröffentlicht. 2005 ist sein amüsantes Bier-Lexikon »Jetzt gibt es kein Bier, sondern Kölsch« erschienen. »Das Erbe des Bierzauberers« ist die Fortsetzung seines erfolgreichen Debütromans »Der Bierzauberer« (www.bierzauberer.info).

Bisherige Veröffentlichungen im Gmeiner-Verlag:
Der Bierzauberer (2008)

GÜNTHER THÖMMES

Das Erbe des Bierzauberers

Historischer Roman

GMEINER *Original*

Weitere Informationen rund ums Bier
und den ›Bierzauberer‹ gibt es unter
www.bierzauberer.info
E-mail: gthoemmes@bierzauberer.info

Besuchen Sie uns im Internet:
www.gmeiner-verlag.de

Im Ehnried 5, 88605 Meßkirch
Telefon 07575/2095-0
info@gmeiner-verlag.de

1. Auflage 2009

Lektorat: Claudia Senghaas, Kirchardt
Herstellung: Katja Ernst
Umschlaggestaltung: U.O.R.G. Lutz Eberle, Stuttgart
unter Verwendung des Bildes »Die Kreuztragung Christi« (Detail)
von Hieronymus Bosch, Quelle: www.zeno.org

Druck: Fuldaer Verlagsanstalt, Fulda
Printed in Germany
ISBN 978-3-89977-788-8

Für meine kleine Familie:
Alexandra & Linus
Danke, dass es Euch gibt!

»Mögen andere Nationen sauren Wein trinken,
Du, glückliches Deutschland, trinke Bier!
Denn was die Traube den anderen,
gibt Dir das göttliche Korn!«

Trinkspruch, häufig irrtümlich
dem Hause Habsburg zugesprochen

PROLOG: MATTHIAS – DER ERSTE BIERPOLIZIST

Das Reinheitsgebot der Stadt Weißensee von 1434

Statuta thaberna

Zu dreimal Brauen

Es soll auch niemand mehr brauen als dreimal in einem Jahr oder nachdem die Räte und die Gemeinde eines jeglichen Jahres einig werden.Zu dem Bier brauen soll man nicht mehr nehmen als soviel Malz als man zu drei Gebräuen von dreizehn Maltern an ein viertel Gerstenmalz braucht. Die Gebräue soll man tun zu welcher Zeit in dem Jahr man will oder man erkennt, daß es am bequemlichsten sei.
Es soll auch nicht in das Bier weder Harz noch keinerlei andere Ungeferche. Darzu soll man nichts anderes geben als Hopfen, Malz und Wasser. Das verbietet man bei zwei Mark und derjenige muß die Stadt für vier Wochen räumen.

Statuta Opidi Wissinsee
de anno MCCCCXXXIV

Sabotage

Die beiden unrasierten, dreckigen Männer saßen bereits seit Stunden im Gestrüpp und warteten. Es war einer der ersten halbwegs warmen Tage des Jahres 1433. Der vergangene Winter in Thüringen war ungewöhnlich mild gewesen, der wenige Schnee schon lange geschmolzen. Ein Karren nach dem anderen war an ihnen vorbeigezogen, nun sahen sie von Weitem noch einige Pilger näher kommen. Es dämmerte langsam, spätestens bei Anbruch der Dunkelheit sollten die Wege normalerweise menschenleer sein.

Die Dornen der Zweige stachen, ihre Lage war alles andere als bequem. Von Stechmücken zerstochen – so nah am Wasser war eine förmliche Einladung für die kleinen Blutsauger nicht weiter nötig gewesen –, kratzten beide sich bereits die nackten Unterarme blutig. Sie waren mittlerweile hungrig und durstig, doch hatten nichts mitgebracht, um dem abzuhelfen.

Der Ältere und Kräftigere der beiden hielt sich noch ein letztes Mal den rechten Zeigefinger warnend vor den Mund, um seinen erheblich jüngeren Kumpanen, der im Allgemeinen für etwas blöde gehalten wurde, am Plappern zu hindern. Dem hingen die langen, verfilzten Haare über die buschigen Augenbrauen und behinderten seine Sicht, sodass er sie wie lästige Insekten beiseitewischte.

Schließlich war es so weit. Das lange Warten sollte sich endlich auszahlen.

Die beiden Männer kletterten aus dem Versteck hinaus, das vom Weg aus nicht einsehbar gewesen war, und gingen zu der Stelle, wo der kleine Bach in den größeren einmündete.

Der Mann, der offensichtlich der Anführer war, zeigte auf das kleine Flüsschen, das im Moment nur ein Rinnsal war.

»Da kommt immer der ganze Dreck aus dem Dorf, den Ställen und den Kloaken runter, wenn sie den Bach weiter oben aufstauen und umleiten. Morgen oder übermorgen wird es wieder geschehen. Los, an die Arbeit!«

Beide sammelten schnell einen großen Haufen Äste ein und legten sie geschickt über den größeren Bach, der sich kurz hinter der Einmündung verengte und dort leicht zu stauen war.

Mit einigen größeren Hölzern und Steinen wurde das Werk befestigt.

Beide standen vor ihrem Damm aus Ästen und schauten zufrieden drein.

Der Blödmann kicherte.

»Soll ich den Anfang machen und schon mal draufstrullen?«

Der andere Mann lachte. »Nein, das wäre ja nur der halbe Spaß.«

Er stellte sich drei Schritte vor den Damm, ließ die Hosen runter und schiss erst einmal kräftig in den Bach. Seine Notdurft wurde sofort vom Wasser weggeschwemmt und landete in den aufgestapelten Ästen.

Er zog sich die durchnässte, matschige Hose wieder hoch und grunzte vor Behagen, während er sie mit einem Hanfseil zuband.

»So weit, so gut. Es klappt anscheinend, wie wir uns das vorstellen. Los, lass uns verschwinden, bevor wir gesehen werden.«

Unauffällig, als könnten sie kein Wässerchen trüben, gingen die beiden ihres Weges.

Der Kräftigere, mittlerweile entspannt lächelnd, gab seinem debilen Kompagnon noch einen freundschaftlichen Stoß mit dem Ellenbogen in die Seite.

»Das war leicht verdientes Geld«, bemerkte er dazu.

Der Idiot grinste vor sich hin.

Vier Tage später

Es stank.

Es stank zum Himmel.

Es stank zum Gotterbarmen.

Sogar für mittelalterliche Verhältnisse.

Der groß gewachsene, kahlköpfige Brauherr Paul in seiner Arbeitskleidung – ledernes Wams mit leichtem Pelzbesatz, eine enge Leinenhose, die in hohen Lederstiefeln steckte, sowie eine barrettartige Kopfbedeckung – und der dicke Matthias, seines Zeichens Büttel des Fürsten Friedrich des Friedfertigen, des Landgrafen von Thüringen, standen am Ufer des aufgestauten Bachs, der normalerweise in die Unstrut abfloss, mittlerweile aber eher einem kleinen See glich.

Beide hatten das Gefühl, mitten in einer Kloake zu stehen.

»Wer hat das aufgestaut?«

Paul, ansonsten eher die Ruhe selbst, war außer sich vor Zorn.

»Sieht mir nach einer Biberburg aus«, entgegnete Matthias, sah auf zu dem mehr als einen Kopf größeren Brauer und hielt beide Hände vor dem gewaltigen Körperteil verschränkt, dem er seinen Beinamen ›der Dicke‹ verdankte und der in ein Wams gepackt war, welches es jederzeit zu sprengen drohte. In Pauls braunen Augen, die sein kahler Schädel umso größer erscheinen ließ, las er dagegen alles andere als Zustimmung zu dieser banalen Feststellung.

»Eine Biberburg aus Baumästen und aufgestauter Scheiße?« Pauls Stimme drehte vor Empörung ins Falsett. »Nein, das ist Menschenwerk. Die Biber wissen schon, was sie uns als Fastenspeise schuldig sind, und suhlen sich nicht in unserem Kot. Diesen Damm hat jemand mit

Absicht errichtet, damit ich kein sauberes Wasser zum Bierbrauen habe.«

»Wieso bist du so sicher?«

Der Büttel blieb ruhig, konnte er doch Pauls Folgerung nicht unbedingt nachvollziehen.

Paul fuchtelte mit seinen langen Armen unbestimmt in der Luft herum.

»Ich kann es schwerlich beweisen, aber mein Gefühl hat mich noch selten getäuscht.«

Matthias versuchte vergeblich, Paul zu beruhigen.

»Wer auch immer Schuld hat an dieser Schweinerei, das Gerede bringt uns nicht weiter. Was willst du jetzt tun?«

Er dachte auch als Erster wieder praktisch.

»Das Bier für unsere Markttage kann ich natürlich vergessen«, erwiderte der wütende Braumeister.

»Und den Zehnten deines Herrn dafür auch«, setzte er gleich noch eins drauf. »Aber er trägt seinen Spitznamen ›Der Einfältige‹ ja nicht zu Unrecht, also wird er es wahrscheinlich gar nicht bemerken.«

Der Ordnungshüter schaute erst böse drein, als sein Herr beleidigt wurde, er war desgleichen jedoch schon gewohnt, und so trug er es mit Fassung.

»Das bedeutet also nichts anderes, als dass wir das Bier wieder einmal aus Nordhausen heranfahren müssen. Wir machen uns langsam zum Gespött des Landes. Seit 150 Jahren haben wir eine Bierbannmeile, um zu verhindern, dass jemand im Umkreis von einer Meile rund um Weißensee Bier verkauft oder ausschenkt, außer wenn es von dir stammt.«

Die Erwähnung der Bierbannmeile brachte Pauls Gestik wieder auf Touren, seine Arme rotierten wie Windmühlenflügel.

»Und zum wiederholten Male müssen wir den Bann aufheben, weil wir sonst kein Bier haben. Ich verliere so langsam die Lust am Bierbrauen. Du musst mir helfen und den Mistkerl finden, der verhindern will, dass wir hier gutes Bier brauen.«

Matthias langte nach oben und schlug Paul jovial auf die Schulter.

»Wir werden ihn finden, und ich verspreche dir, er wird es teuer bezahlen.«

Er drehte sich um und machte Anstalten zu gehen.

»Komm mit zum Essen. Das wird dich aufmuntern. Es gibt gedämpfte Biberschwänze.«

Er lachte hämisch.

»Das ist das Beste, was wir auf dem Speisezettel haben, solange die Fastenzeit noch andauert.«

Paul schaute immer noch grimmig drein.

Dann entspannte sich seine Mimik, und er stimmte ins Lachen seines Gefährten ein.

»Ja, lass es uns den Viechern heimzahlen, falls sie es doch gewesen sind.«

Auf der Runneburg

WIEDERUM ZWEI TAGE SPÄTER hatte auch der Landgraf von Thüringen, Fürst Friedrich, die Geschichte vom ›Scheißedamm‹ vernommen. Friedrich, mittlerweile fast 50 Jahre alt, entstammte dem Hause der Wettiner und verbrachte die meiste Zeit auf seiner Runneburg in Weißensee. Er selbst nannte sich ›der Vierte‹, während seine Untertanen, je nach Lust und Laune, entweder den ›Friedfertigen‹ oder den ›Einfältigen‹ an den Friedrich dranhängten.

An diesem Morgen passte keines der beiden Anhängsel zu seiner Laune. Aufgebracht vom Bericht des Büttels, beschloss er, an den bestehenden Gesetzen etwas zu ändern.

Sogar seine Ehefrau, die Gräfin Anna, hatte ihn selten so erregt gesehen. Normalerweise gab sie die Richtung vor, was politische Entscheidungen oder die Regierungsarbeit anging.

Der Büttel und Gräfin Anna, die ihn an Größe leicht überragte, waren zwar nur ein kleines Publikum, Friedrich plusterte sich dennoch auf, als wolle er eine Regierungserklärung abgeben. Immer wenn er sich in Pose stellte, sah das unfreiwillig komisch aus, da seine Extremitäten für seine durchschnittliche Körpergröße zu lang und dünn geraten waren. Zusammen mit seinem leicht korpulenten Mittelteil ergab das für Beobachter den Anschein, als wäre er aus verschiedenen Körpern zusammengesetzt worden, die nicht zueinanderpassten. Seine Stimme erschallte durch das fürstliche Besprechungszimmer, das sich im Erdgeschoss der Burg gleich neben dem Audienzzimmer befand:

»Da haben wir einen prachtvollen Brauherren, den Paul, der sich nach Kräften bemüht, ein gutes und gesundes Bier zu brauen. Und immer dann, wenn ein größeres Fest oder ein Markt ansteht, pfuscht ihm jemand ins Handwerk.«

Er holte tief Luft und nahm einen kräftigen Schluck aus seinem Krug, in dem sich warmer gewürzter Wein befand.

»Ich mag das Bier aus Nordhausen nicht. Es ist gepanscht und macht bisweilen toll im Kopf, wenn sie die falschen Würzkräuter zusetzen. Nicht nur die Grutmischung ist zweifelhaft. Leider ist es das einzige Brauhaus, das immer ausreichend Bier übrig hat, um uns zu beliefern, als würden sie darauf warten, uns Bier verkaufen zu dürfen. Und das, obwohl Kaiser Karl IV. schon vor langer Zeit für den Brauherrn Dietrich in Nordhausen eine Bierbannmeile proklamiert hat. Daher sollte der sein Bier doch eigentlich in der eigenen Stadt reichlich verkaufen können.«

Erneut hob er den Zinnkrug und setzte an.

»Aber zurück zum Grund unserer Erregung. Wir werden zwei Dinge veranlassen: Du«, er zeigt auf den dicken Matthias, »wirst den Schuft finden, der unser Brauwasser verdirbt. Und du, meine Gräfin«, er winkte in Annas Richtung, »wirst dir mit mir ein Gesetz ausdenken, damit wir zukünftig hier im Fürstentum und in Weißensee sauberes Bier trinken können.«

Der Weinkrug war mittlerweile zur Gänze geleert.

»Ja, ich trinke zwar lieber den Wein als das Bier, aber ein Gesetz für sauberes Bier wäre auch ein Wunsch meines seligen Vaters gewesen. Der alte Balthasar war ein gewaltiger Biertrinker vor dem Herrn. Am Ende seines Lebens hat er nur noch in der Wartburg gesessen und sich von Bier ernährt. Wir sollten außerdem sehen, dass wir jemanden finden, der durchs Land reist und den Brauern in die Töpfe schaut und untersucht, welche Rezepturen verwendet werden. Diese Profession gibt es noch nicht, wohl weil sie nicht ohne Gefahr ist.«

Wieder einige Tage darauf hörte der dicke Matthias in einer Schenke, die er regelmäßig kontrollierte, dass Dieter, der Dorftrottel, trotz des Verbotes, ihm Bier auszuschenken, irgendwie an Bier gelangt war. Er war schnell so volltrunken gewesen, dass er nur noch stammelte. Aber was er stammelte, handelte von einem Damm, den sie angeblich für einen Gulden Lohn gebaut hatten, wobei der Auftraggeber tatsächlich der Brauherr Dietrich aus Nordhausen gewesen war. Und die Hälfte davon – »einen Viertel Gulden, ehrlich!« – hatte er erhalten, aber bereits redlich verzecht.

Es war ein Leichtes für den Büttel, vom später wieder nüchternen Dieter den Namen seines Komplizen zu erfahren, und beide erhielten prompt eine Prügelstrafe und mussten zwei Tage lang auf dem Marktplatz am Schandpranger stehen.

Dietrich selbst konnten sie leider nicht belangen, Nordhausen war ihrer Gerichtsbarkeit zwar nicht komplett entzogen, aber als Freie Reichsstadt und, seit Kurzem, auch Mitglied der Hanse wäre der zu erwartende Ärger größer gewesen als die übliche Strafe Dietrichs; daher wurde lediglich sein Bier mit einem einstweiligen Einfuhrverbot nach Weißensee belegt.

Das Gesetz

Im nächsten Frühjahr war es so weit: Das neue Gesetz ›Statuta thaberna‹ oder ›Wirtshausgesetz‹, wie es in Absprache mit dem Weißenseer Bürgermeister Hartwig Schemelraufe genannt wurde, wurde im gesamten Fürstentum verkündet und auch ins Stadtbuch von Weißensee übernommen. Friedrich war nicht nur Landgraf, sondern auch Stadtherr von Weißensee, und Unruhen innerhalb der Stadt lieferten ihm einen willkommenen Anlass zu neuen Gesetzen.

»Da schlagen wir gleich zwei Fliegen mit einer Klappe. Es herrscht wieder Ruhe, und wir haben unser Biergesetz«, brüstete er sich vor seinem Hof mit seiner politischen Weitsicht, wieder einmal vergessend, dass Gräfin Anna die Idee dazu geliefert hatte.

Friedrich und Anna hatten ganze Arbeit geleistet und nicht nur das Bier geregelt, sondern auch das Benehmen beim Biertrinken gleich mit.

Artikel zwölf lautete: »Zu dem Bier brauen soll man nicht mehr nehmen als so viel Malz, als man zu den drei Gebräuen von 13 Maltern an ein Viertel Gerstenmalz braucht … Es sollen auch nicht in das Bier weder Harz noch keinerlei andere Ungeferck*. Dazu soll man nichts anderes geben als Hopfen, Malz und Wasser. Das verbietet man bei zwei Mark, und derjenige muss die Stadt für vier Wochen räumen.«

Und Friedrich wurde nicht müde, immer zu erwähnen:

»Das Gesetz gilt natürlich auch für Biere von auswärts.«

Der erste Bierpolizist

RUND EINEN MONAT nach Verkündung der Statuta thaberna erhielt der dicke Matthias eine Vorladung auf die Runneburg. Festlich gewandet für alle Fälle, schleppte er sich wieder einmal den steilen Weg zur Burg hinauf. Die Sonne brannte, zum Teufel, war das unbequem und heiß in seinem festlichen Wams aus grünem und braunem Samt. Zur Feier des Tages hatte er sogar einen Hut mit einer langen Fasanenfeder dran auf seinen Kopf gestülpt.

Keuchend hielt er am Haupttor inne, richtete sein Gewand und meldete sich förmlich beim Torwächter an. Er musste ausnahmsweise nicht lange warten. Friedrich begrüßte ihn und kam gleich zur Sache:

»Matthias, du hast gute Arbeit geleistet, um dem Bierbrauerschuft Dietrich auf die Schliche zu kommen. Ich möchte aber verhindern, dass dies noch einmal vorkommt, was er uns angetan hat.«

Er schlug Matthias anerkennend auf die linke Schulter.

»Daher ernenne ich dich hiermit zum offiziellen ›Fürst-

* Ungeferck = gefährliche Stoffe.

lichen Bierpolizisten‹, dem ersten dieser Art im ganzen thüringischen Lande.«

Matthias stockte der Atem. Er war zwar sonst nicht auf den Mund gefallen, wusste aber nicht, was er hiervon halten sollte.

Erst als Friedrich ergänzte: »Und dein Lohn soll das Zweifache sein von dem, was du bislang als Büttel erhalten hast«, grinste er voller Freude, und sein Bauch hüpfte übermütig mit.

»Du sollst alle Bierbrauer im Lande regelmäßig überprüfen, auf dass sie ihr Bier nicht vernachlässigen«, fuhr Friedrich fort. »Du wirst die Einhaltungen unserer Statuta thaberna einfordern und damit das Leben und die Gesundheit meiner Untertanen fördern. Streng wollen wir sein, jede Verfehlung und Nichtbefolgung unerbittlich ahnden, und du darfst dich durch keine Entschuldigung versöhnen lassen. Gleichzeitig musst du unbestechlich die Brauherren beobachten, denn gute Beobachtung bringt auch mir sicheres Geld in meine Steuerkasse, sodass du dein Auskommen damit schon allein sicherst.«

Matthias machte sich schon zum Gehen bereit, da ergriff Fürstin Anna noch das Wort. Und, wie das Sprichwort sagt, gibt es keine Rose ohne Dornen. Denn der erste Auftrag, den Anna erteilte, war nicht nach Matthias' Geschmack.

»Ich möchte, dass du sogleich nach Nordhausen gehst und Dietrich endgültig das Handwerk legst, zum Wohle aller, auch der Nordhäuser Bürger.«

Beziehungen zwischen den drei Adelsgeschlechtern, soweit sie in der Handlung eine Rolle spielen. Personen, die im Buch genannt sind, sind fett gedruckt und grau unterlegt.

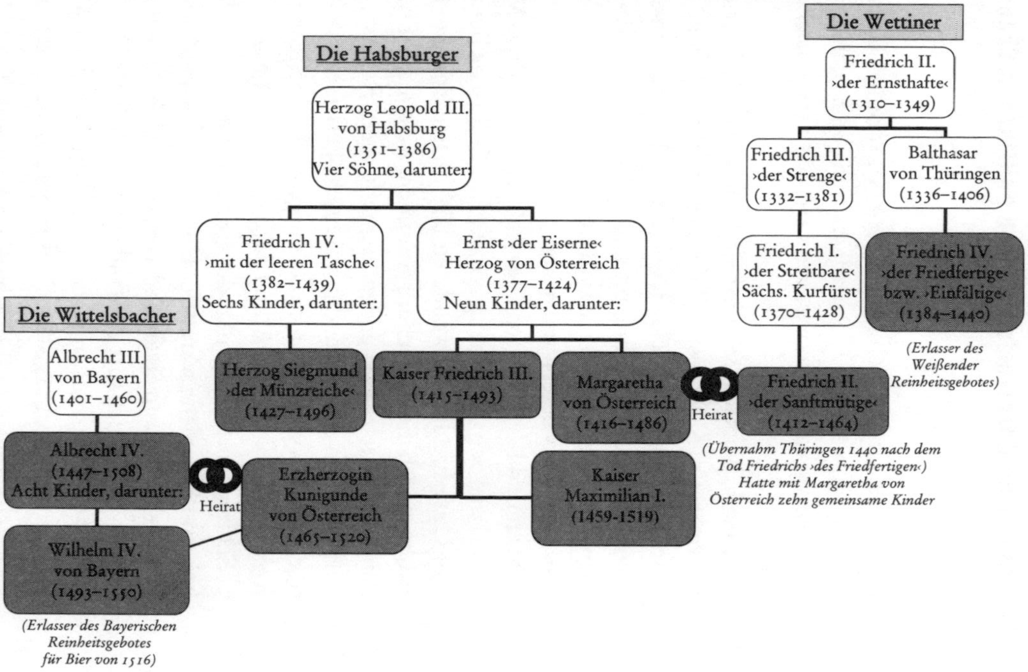

25 Jahre später: Unfriede, Unzufriedenheit und politisches Chaos

Unfriede, Unzufriedenheit und politisches Chaos: Mit diesen wenigen Worten lässt sich die Situation im Mitteleuropa der Zeit zwischen 1450 und 1500 umschreiben.

Je nach Blickwinkel wird sie heutzutage als Zeit des Umbruchs, der Auflösung oder der Vielfalt gesehen.

In jedem Fall verabschiedete sich das Mittelalter aus der europäischen Geschichte mit den größten gesellschaftlichen Umwälzungen seit dem Ende des Römischen Reiches und der Völkerwanderung.

Staat und Kirche waren über jegliches vernünftige Maß hinaus marode und korrupt geworden. Politische Berater und Unterhändler verwendeten ihre meiste Energie darauf, nur noch die Bestechungssummen, welche zur Erlangung ihrer Ziele bei Ständeversammlungen, Reichstagen oder Konklaven notwendig waren, zu berechnen. Richtige Politik wurde fast nicht mehr gemacht, Intrigen und Korruption hatten die Mittel der Diplomatie ersetzt.

Schlimmste Höhepunkte der vorherrschenden Unfähigkeit und Dekadenz waren der Habsburgerkaiser Maximilian I., sein Cousin Siegmund ›der Münzreiche‹ sowie der legendäre Borgiapapst Alexander VI.

Obwohl Maximilian I. als ›letzter Ritter‹ und als Wegbereiter des habsburgischen Weltreiches in die Geschichte eingegangen ist, war er in finanziellen Dingen derart unfähig, dass man ihm heute nicht einmal eine Portokasse anvertrauen würde. Gleiches gilt für Siegmund, der als Regent von Tirol sogar trotz reicher Edelmetallminen ungeheure Schulden anhäufte.

Nur das Finanzgenie eines Jakob Fugger konnte sowohl Habsburg mit großzügigen Krediten im Tausch für weit reichende Privilegien wie auch die Kirche, die mit Fugger einen schwunghaften Reliquien- und Ablasshandel betrieb, über die Halbjahrtausendwende retten.

Der Klang der Reformation, die von Fugger nur aufgehalten, nicht jedoch abgewendet werden konnte, war dafür umso lauter.

Die Bevölkerung, die in den 200 Jahren zuvor durch Hungersnöte und Pestepidemien arg dezimiert worden war, hätte sich jetzt von diesen Schrecken erholen können, doch war dies nunmehr aus anderen Gründen nicht möglich: Durch den Niedergang des Rittertums und der höfischen Kultur hatten Raubrittertum, Wegelagerei und Fehde(un)wesen ein Ausmaß erreicht, welches die einfache Landbevölkerung in Angst und Schrecken versetzte. Landflucht war die logische Folge. In den Städten hatte die Kirche immer weniger Macht, und so schlug die Unzufriedenheit der Gläubigen auch gerne einmal in Unfrömmigkeit um.

Die Einnahme des als uneinnehmbar geltenden Konstantinopel im Jahre 1453 durch die Türken schürte nicht nur die Unsicherheit, sondern blockierte auch jahrhundertealte Handelswege zum Orient und den allseits begehrten Gewürzen. Doch anstatt gemeinsam gegen die drohende Gefahr anzugehen, verzettelten sich Habsburger, Ungarn und der Apostolische Stuhl in ebenso unergiebigen wie sinnlosen Machtkämpfen und Kriegen.

Auch das zerstückelte Heilige Römische Reich Deutscher Nation, bestehend zum einen Teil aus Hunderten kleiner Landesfürsten, von denen manche ihr ganzes

Reich vom Turm ihrer Burg aus überschauen konnten, zum anderen aus etablierten Mächten mit straffer Verwaltung, wie Bayern, Württemberg, Sachsen, Brandenburg oder den geistlichen Kurfürstentümern Köln, Mainz und Trier, litt unter der ständigen Vermischung von Staat und Kirche.

Die Keime von Reformation und Revolution, für die späteren Bauernkriege sowie den noch späteren Dreißigjährigen Krieg wurden in diesen Jahren gelegt.

Und während in Norditalien Architektur und Kunst in einem Rausch aus Farben und Formen förmlich explodierten, wurden weite Teile Deutschlands immer noch von der simplen Geometrie des Fachwerkbaus beherrscht. Ein größerer Kontrast zur kühnen Domkuppel von Florenz war kaum vorstellbar.

Dennoch, gefördert durch die Erfindungen des Buchdrucks mit beweglichen Lettern, Entdeckungen der großen Seefahrernationen und neue Erfindungen von Menschen vom Schlage eines Leonardo da Vinci, trieben Aufklärung, Renaissance und Reformation auch in Deutschland bereits zarte Blüten.

So also sah es in Mitteleuropa aus, als unsere Geschichte ihren Fortgang nahm.

DIE ERBEN DES BIERZAUBERERS

Georg

DAS BEGINENHAUS IN DER HOLLENSAMMLUNG, in unmittelbarer Nähe der Reutlinger Marienkirche, stand schon seit beinahe 100 Jahren. Immer mehr Frauen suchten Zuflucht in der halb laienhaften, halb religiösen Gemeinschaft, zu der Männer nicht zugelassen waren. Die Beginen gehörten keinem Orden an und führten kein klösterliches Leben. Die Erfüllung, die sie suchten, beschrieben sie selbst als den ›mittleren Weg‹. Ihre Vorbilder waren Frauen wie die Heilige Johanna von Orleans, die ein heiliges Leben geführt hatte, ohne je einem Orden angehört zu haben. Zwar hatten sie Regeln, die denen eines Ordens ähnelten, wer aber mit den Grundregeln der Bescheidenheit, Keuschheit und des Fleißes nicht zurande kam, konnte jederzeit ohne Folgen wieder austreten.

Als die 25-jährige Begine Gerlinde am 23. April 1458 vor die Tür trat und dort ein abgelegtes Bündel Mensch fand, das nach Kräften schrie und strampelte, war sie nicht überrascht. Es kam häufiger vor, dass junge Mütter ihre meist unehelich geborenen Kinder vor einem Beginenhaus ablegten. Die Waisenkinder wurden dort einige Jahre erzogen und durchgefüttert, bis sie alt genug waren, um irgendwo arbeiten zu können. Dies geschah, wenn die Findelkinder Glück hatten; wenn sie Pech hatten und nicht bei Beginen, Klöstern oder sonstigen wohlmeinenden Menschen abgelegt wurden, blühte den Kindern die Hölle auf Erden. Völlig rechtlos, wurden sie oft in die Sklaverei verkauft oder als leibeigene Knechte, Tieren gleich, auf Bauernhöfen gehalten.

Gerlinde nahm das Bündel vom Boden auf und schaute hinein. Ein kleines Jungengesicht, verheult und verrotzt, mit graugrünen Augen unter einem rötlich-braunen Schopf, sah ihr entgegen. Das Kind war kein Neugeborenes mehr, aber älter als drei Monate war es auch nicht.

»Na, dann werde ich dich mal mitnehmen, kleiner Mann«, sagte sie mehr zu sich selbst als zu dem Bündel. »Du bist sicher hungrig und durstig.«

Die Namensgebung war leicht, nach dem Tag des Fundes, an dem Papst Georg VII. seinen Namenstag feierte, wurde der Kleine ›Georg‹ genannt und auch gleich getauft.

Gerlinde hatte vor Kurzem von einer anderen Begine, die, da wohlhabend, in jüngeren Jahren viel gereist war und bei einem ihrer letzten Besuche in Reutlingen bei ihnen übernachtet hatte, gehört, dass Findelkinder in südlichen Ländern meist den Nachnamen ›Esposito‹ – ›Ausgesetzt‹ – erhielten, also schlug sie dies auch hier vor. Als Geburtstag für Georg Esposito wurde denn auch der 23. April 1458 ins Hausbuch der Beginen eingetragen.

Nachforschungen nach der Mutter wurden in diesen Findelkindfällen selten angestellt; wenn niemand zufällig etwas gesehen hatte, beließ man es in der Regel dabei, dass die Mutter ihr Kind nicht haben wollte. Die Beginen waren froh, wenn die Mutter es nicht tötete oder im Wald aussetzte.

Die Art des Zusammenlebens der Beginen, eine Wohn- und Arbeitsgemeinschaft, war ideal für die Aufzucht von Waisen- und Findelkindern. In Gerlindes Haus lebten derzeit acht Frauen, von denen die älteste mit Namen Hildegard die ›Mutter‹ oder ›Meisterin‹ war. Angeredet wurde sie aber mit ihrem gewöhnlichen Namen. Hildegard teilte ein, dass Gerlinde verantwortlich für Georg war und alle anderen nach Kräften mithelfen sollten. Es gab noch ein zweites Kind im Haus, ein Waisenkind mit Namen Peter, das aber bald weggehen musste, weil es mit zehn Jahren arbeitsfähig war und auf sich selber achtgeben konnte.

Die anderen Frauen kümmerten sich hauptsächlich um

Alte und Kranke, machten Hausbesuche und besorgten die Gartenarbeit. Eine von ihnen klöppelte Spitzen für feine Gewänder, was ihnen etwas Geld einbrachte. Ansonsten waren sie auf Förderung durch adelige Frauen angewiesen, von denen es aber zum Glück mehr gab, als die meisten annahmen.

Seitdem die Bewegung der Beginen stark zugenommen und sich von Flandern aus bis nach Süddeutschland verbreitet hatte, wurde sie von der Kirche argwöhnisch beäugt. Ihre Weigerung, sich als Orden zu betrachten und somit von der Kirche kontrollieren zu lassen, war vielen Klerikern ein Dorn im Auge. Häufig waren es die gleichen Kleriker, deren Sittenlosigkeit und Habsucht von den Beginen angeprangert wurden. Und nachdem die Frauen begonnen hatten, Schriften der Kirche aus dem Lateinischen in die Sprache des Volkes zu übersetzen, war das Fass kurz vor dem Überlaufen. Es war nur noch eine Frage der Zeit – sollte es so weitergehen, würde sich die Heilige Inquisition der Beginen annehmen.

All dies war Gerlinde völlig gleichgültig, als sie sich in den ersten Wochen um den kleinen Georg kümmerte. Der hatte es wahrhaft gut getroffen, er wurde regelmäßig gefüttert – dank einer Amme, die Gerlinde gleich aufgetrieben hatte, wurde regelmäßig gewaschen und gewickelt. Von seiner Ziehmutter wurde er mit Zärtlichkeiten und Streicheleinheiten versorgt, die ein Findelkind ansonsten niemals hätte erwarten können. Gerlinde war nur mäßig hübsch, aber von ausgeglichenem, sonnigem Charakter, dazu dank eines, wenn auch geringen, Erbes nicht völlig unvermögend, was ihr die Aufnahme ins Beginenhaus erleichtert hatte. So hatte sie für ihr Findelkind immer wieder überraschende kleine Geschenke oder Naschereien bereit, auch ohne Anlass. Aber nicht nur Gerlinde, alle Frauen des Hauses hatten den kleinen Mann sehr bald ins Herz geschlossen.

Nach zwei Jahren machte er bereits Haus und Garten unsicher, die nächsten Jahre tobte er auf der Straße mit den anderen Kindern herum, er war arm wie die meisten Beginen, aber rundherum glücklich. Gerlinde lehrte ihn Sprechen, besonderen Wert legte sie auf seinen Namen, und alle lachten, wenn das Kind, laut ›Georggeorg Espositototo‹ rufend durch die Gegend tollte. Sie wurde auch nicht müde, ihm immer wieder zu bestätigen, welches Glück er gehabt habe und welches Schicksal ihm im Findelhaus oder anderswo geblüht hätte. Die Sommersprossen, die sich auf seinem Babygesicht beinah verschämt versteckt hatten und kaum sichtbar gewesen waren, waren mittlerweile voll erblüht. Nase und Backen waren voller Punkte, die besonders gut zu seinem Lachen passten. Wenn jemand Freude in die Hollensammlung brachte, dann war es Georg. Bei seinem Haarschopf hatte ein dunkles Rot den Braunton der ersten Monate vollständig verdrängt, ebenso wie Grün, nachdem er kein Baby mehr war, eindeutig seine Augenfarbe war. Diese Kennzeichen waren so augenfällig, dass alle Frauen im Beginenhaus sicher waren, dass er der Sohn, wahrscheinlich sogar der Bastard eines der häufig durchreisenden Händler, Spielmänner oder Boten war, die Reutlingen als Durchgangsstation benutzten.

»Niemand hier in Reutlingen hat rote Haare, Sommersprossen und grüne Augen«, war denn auch die einhellige Meinung der anderen Kinder, mit denen Georg manchmal spielte, aber ebenso oft wegen ebendieses Spottes aneinandergeriet. Ihm selbst, ständig verdreckt von seinen diversen Abenteuern, mit Schürfwunden an Armen und Beinen, wenn er vom Baum gefallen war oder mit einem anderen Jungen gerauft hatte, war sein Status als Findelkind völlig gleichgültig. Wenn er nicht mit Absicht darauf gestoßen wurde …

Kurz nach seinem sechsten Geburtstag, oder vielmehr dem Tag, an dem er gefunden worden war, ereignete sich die zweite Katastrophe seines Lebens. Georg spielte wie üblich auf der Straße, als eine Kutsche vorfuhr, der ein groß gewachsener Mann in einer schwarzen Soutane entstieg. Georg kannte natürlich nicht den Unterschied der verschiedenen Gewänder des Klerus, er ahnte jedoch, dass dies ein Mann hohen Ranges war. Mit grimmigem Gesicht wartete dieser, bis der ihm zu Fuß folgende Trupp Stadtsoldaten bei ihm angelangt war. Dann klopften sie alle laut und vernehmlich an die Tür des Beginenhauses und verlangten Zutritt. Die Tür wurde geöffnet und gleich nach Eintritt der Besucher wieder geschlossen. Georg kämpfte mit seiner Neugierde, hinüberzugehen, schließlich aber siegte die Angst. Er hockte sich in eine Häuserecke, von der aus er gute Sicht zu seinem Haus hatte. Geschrei kam aus dem Haus, gefolgt von Gepolter und Lärm. Derbe männliche Flüche, als es sich so anhörte, als fiele jemand eine Treppe herunter. Dann herrschte Ruhe.

Etwa zehn Minuten dauerte der Spuk.

Schließlich öffnete sich wieder die Vordertür, die Soldaten und der Priester traten heraus und führten alle Frauen des Hauses mit sich. Einige weinten, Gerlinde war darunter, das Gesicht unter einer Haube verborgen. Hildegard hielt ihren Kopf hoch, den verbissenen, tränenlosen Blick voller Hass auf den Priester gerichtet. Dieser bestieg seine Kutsche und gab das Kommando zur Abfahrt. Der Hauptmann der Soldaten zündete eine Kerze an, befestigte etwas an der Tür, verschloss diese, blies die Kerze wieder aus und marschierte mit seinen Soldaten davon, in ihrer Mitte führten sie die Frauen mit. Als alle weg waren, ging

Georg vorsichtig zur Tür und schaute sich das Siegel an, welches der Hauptmann mit Wachs dort hingeklebt hatte. Hätte er lesen können, hätte er Folgendes gelesen:

›Auf Anordnung des Magistrats der Stadt Reutlingen und auf Wunsch der Heiligen Mutter Kirche und ihrer Heiligen Inquisition wurde beschlossen, die Bewohner dieses Hauses einer Befragung zu unterziehen, um antichristliche Umtriebe zu untersuchen. Bis zur Rückkehr der Bewohner bleibt dieses Haus verschlossen und darf ohne Anordnung nicht betreten werden.‹

Georg wartete den Rest des Tages und die ganze folgende Nacht vor dem Haus auf die Rückkehr der Beginen. Am nächsten Morgen hatte er sich unter Tränen damit abgefunden, dass er, obwohl erst sechs Jahre alt, bereits zum zweiten Male zum Waisenkind geworden war.

Ziellos lief er durch die Gassen von Reutlingen. Er hatte keine Ahnung, wohin er gehen sollte, und fühlte sich von Gott und der Welt verlassen. So klein er war, er wusste instinktiv, dass er keinen Büttel oder eine andere ›offizielle‹ Person ansprechen sollte. Zu heftig war die Abneigung, die er bei Gerlinde immer verspürt hatte, wenn vom Magistrat und Behörden die Rede war. Er ahnte, was ihn im Waisenhaus erwartete, wenn ihn jemand auf der Straße auflas.

Also versteckte er sich immer, sobald er einen Menschen sah, dem er das Attribut ›ehrenwert‹ verpassen würde. Er schlich zum Stadttor und wartete auf eine günstige Gelegenheit. Als er einen Karren erblickte, neben dem ein alter Mann herging, der so damit beschäftigt war, seinen Esel zu beschimpfen, dass er alles andere um sich herum nicht mehr wahrnahm, tat er, als ob er dazugehöre. Die Torwächter übersahen den kleinen Jungen, und so fand er sich bald außerhalb von Reutlingen auf der belebten, aber verdreckten und nach einem Platzregen sehr schlammigen Landstraße wieder.

Er wanderte gemächlich und ohne Ziel Richtung Westen, er wusste nicht wohin, also überließ er alles dem Zufall. Er schlief in Heuschobern oder im freien Feld. Nach ein paar Tagen stibitzte er eine Decke von einem Karren herunter, der ihn passierte. Ab da konnte er auch im Wald übernachten, wo er vor Entdeckung am sichersten war. Manchmal erbettelte er sich etwas zu beißen, meist stahl er es sich zusammen. Er brauchte nicht viel. In der zweiten Woche seiner Wanderung nach nirgendwo lief ihm ein kleiner herrenloser Hund über den Weg. Die beiden freundeten sich schnell an, und fortan liefen sie zu zweit. Georg fühlte sich sicherer mit seinem neuen vierbeinigen Begleiter, dem er trotz seiner kleinen Erscheinung den Namen ›Fafnir‹ gab. Gerlinde hatte ihm zur guten Nacht gerne alte Geschichten erzählt, in denen auch ein Lindwurm dieses Namens vorgekommen war. Und mit einem Lindwurm als Begleiter, da würde ihm niemand etwas zuleide tun wollen!

Sie mieden Menschen, wo sie konnten, was auf den Wegen, auf denen sie jetzt unterwegs waren, recht einfach war. Es herrschte wenig Verkehr, und man sah bereits von Weitem, wenn sich jemand aus der Gegenrichtung näherte.

Eines Tages, Georg wusste nicht mehr, seit wie vielen Wochen er bereits unterwegs war, stolperte er, während er hinter Fafnir herlief. Er fiel hin und schlug sich das Knie auf. Während er weinend und blutend am Wegesrand saß und Fafnir ihn tröstend abschleckte, kam ein Karren daher, der von zwei Ochsen gezogen wurde. Überbordend beladen, an allen Seiten hingen klappernde und scheppernde Gerätschaften herunter, machte er einen solchen Lärm, dass Georg für einen Moment seine Schmerzen vergaß und den Mann anschaute, der auf dem Kutschbock saß.

»Was ist geschehen?«, fragte dieser, hielt an und stieg herunter. Ein klein gewachsener Mann stand vor ihm, nicht mehr der Jüngste. In seiner Leibesmitte wölbte sich ein kugelrunder Bauch, der ihm den Abstieg vom Karren nicht gerade erleichtert hatte. Vorne bereits glatzköpfig, hatte er sich die letzten verbliebenen Haare hinten lang wachsen lassen und zu einem dünnen Pferdeschwanz zusammengebunden. Dunkle, vertrauenerweckende Augen sahen hinunter auf den kleinen weinenden Rotschopf. Der Mann, der roch, als sei er schon länger unterwegs, ohne sich zu waschen, war von Berufs wegen den Kummer anderer Menschen gewohnt. Mit einem Blick hatte er das Missgeschick des Jungen erfasst und lachte.

»Da hast du aber Glück, dass du auf einen Bader wie mich getroffen bist.«

Er nahm eine Handvoll Kräuter, wickelte sie in ein Tuch und knotete dieses um Georgs Knie. »Das wird die Blutung stoppen und den Schmerz lindern. Wohin seid ihr beiden eigentlich unterwegs, so ganz allein?«

Georg wurde misstrauisch, diese Frage mochte er nicht. Dennoch, und weil das Gesicht des Baders in ihm keinen Argwohn erregte, antwortete er.

»Ich weiß nicht, wir suchen einfach nur einen Platz, wo wir leben können, ohne dass ich ins Findelhaus komme.«

Der Bader wackelte mit dem Kopf und hielt seine Arme verschränkt, sodass sie auf seinem Kugelbauch auflagen.

»Das ist gar nicht gut, die Straßen sind viel zu gefährlich für einen kleinen Jungen wie dich. Und wenn du nicht weißt, wo du hin willst, wirst du nicht lange überleben.«

Der Kopf wackelte weiter, es schien eine Angewohnheit des Baders zu sein.

»Warum kommst du nicht mit mir?«, sagte der Bader. »Mein Name ist Michel, und ich ziehe durch die Lande und biete allen meine Dienste an, die sie brauchen können. Wenn du Lust hast, kannst du mein Gehilfe werden. Für deinen Hund haben wir auch Platz.«

»Ich heiße Georg Esposito, und das ist Fafnir.« Michel lachte, als er den furchterregenden Namen hörte, und streichelte dem Hund über den Kopf. »Wir kommen aus Reutlingen«, fuhr Georg fort und deutete mit der rechten Hand auf sich selbst und Fafnir.

»Mir ist aber gleich, wo wir hingehen, solange es nicht dorthin zurückgeht.«

»Keine Sorge, das liegt im Moment nicht auf meinem Weg. Wir gehen genau in die andere Richtung.«

Gesagt, getan. Georg kletterte auf den Karren des Baders, Fafnir wurde nach mehreren vergeblichen Versuchen hinaufzuspringen von diesem lachend hinaufgehoben. Der Schmerz war vergessen, jetzt konnte er endlich einmal im Sitzen reisen!

Michel war ein guter Reiseleiter, er hatte es nicht eilig und erzählte immerzu Geschichten. Von Dingen, die er auf seinen Reisen erlebt hatte, Geschichten, die ihm andere erzählt hatten, oder althergebrachte Sagen und Märchen. Georg war zu jung, um zwischen Wahrheit und Dichtung zu unterscheiden, so lauschte er allem mit der gleichen Andacht und mit meist weit offen stehendem Mund.

Ab und zu hielten sie in einem Dorf, Michel packte seine Gerätschaften aus, plauderte mit den Bewohnern, verkaufte Medizin, kurierte Wehwehchen und führte gelegentlich sogar eine kleine Operation durch. Er wurde oft mit klingender Münze bezahlt, manchmal jedoch gab es auch ein Huhn, einen Schinken oder ein schönes Stück Käse als Lohn für seine Arbeit.

Er mied die größeren Städte.

»Da sind wir Bader nicht immer so angesehen. In den Städten gibt es Medizi, die wollen uns am liebsten immer gleich zum Stadttor hinausjagen. Und solange es hier genug zu tun gibt, brauche ich nicht in die Städte zu gehen.«

Wochenlang fuhren sie in Süddeutschland herum, ohne dass Georg eine Ahnung hatte, wo sie sich befanden. Aus Wochen wurden Monate, aus Monaten Jahre. Gelegentlich schnappten sie Neuigkeiten auf der Straße auf, wie zum Beispiel, dass 1467 der Herrscher von Burgund, Philipp ›der Gute‹ gestorben war. Sein bereits mitregierender Sohn Karl ›der Kühne‹ hatte sogleich seine Nachfolge angetreten.

Georg lernte, was Michel ihm beibringen konnte, dazu gehörte neben dem Anrühren von mehr oder weniger vertrauenerweckenden Rezepturen auch ein wenig Lesen und Schreiben sowie Zählen und Rechnen.

»Wer nicht zählen und Münzen zusammenrechnen kann, wird immer behumst«, sagte Michel regelmäßig. ›Behumst‹ war eines seiner Lieblingswörter. Georg hatte es vorher noch niemals gehört. Hier, in Michels Welt, wurde grundsätzlich jeder von jedem behumst.

»Du musst lernen, aufzupassen. Die Welt ist schlecht und will meist nur dein Geld, so du welches hast. Und wenn du welches hast, achte genau darauf, wie viel du ausgibst und an wen.«

Für Georg waren diese Lektionen wertvoller als die, die mit Michels Handwerk zu tun hatten. Sie verstanden sich gut, Michel schimpfte zwar bisweilen, war aber nicht nachtragend, wenn Georg einen Fehler gemacht hatte. Dieser beherrschte das Bader-Handwerk bald perfekt, zumindest vom Standpunkt des Gehilfen aus.

Es lief aber nicht immer gut. Manchmal war ein Patient nach einer Operation verstorben, oder eine Medizin, die Michel beim letzten Besuch verkauft hatte, hatte nicht die erhoffte und versprochene Wirkung gezeigt. Dann gestaltete sich ein erneuter Besuch im Dorf schwierig. Beschimpfungen und Drohungen wurden gerufen, und bevor die Dorfbewohner handgreiflich werden konnten, ergriffen sie die Flucht. In solchen Fällen murmelte Michel noch stundenlang Verwünschungen vor sich hin und verfluchte sein schlechtes Gedächtnis.

»Ich sollte mir besser merken können, wo ich welche Tinktur verkauft habe und wem ich wo das Bein aufgeschnitten habe. Das würde mich und uns davor bewahren, in einen solchen Schlamassel erst hineinzugeraten.«

Tätliche Angriffe blieben aber aus, und so erfreuten sich alle drei bester Gesundheit, als sie im Frühling des Jahres 1468, vier Jahre, nachdem Michel Georg und Fafnir von der Straße aufgelesen hatte, nach einem Aufstieg durch einen dichten Nadelwald unversehens auf einer Anhöhe standen und Zeugen eines wahrhaft fantastischen Sonnenunterganges wurden. Die letzten zwei Tage hatte es heftig geregnet, und jetzt hatte die untergehende Sonne im Westen einen blutroten Saum über den wolkenlosen Horizont gelegt. Davor lag ein weites Tal mit steilen Hängen und einem großen Fluss mittendrin. Es war ein großartiger Anblick, den Georg nie wieder vergessen sollte.

»Das ist der Rhein, der größte Fluss in unserem ganzen Land!« erzählte Michel stolz, als wäre er der Eigentümer. »Ich war schon seit ein paar Jahren nicht mehr hier.«

Georg war überwältig von der Breite des Flusses, dem Tal, durch das er floss, überhaupt von der ganzen Landschaft. Schäumend und voll mit Schmelzwasser, das der Frühling aus den Bergen mitbrachte, wälzte sich der Rhein durch sein Bett. Niemals hätte sich Georg so etwas Gewaltiges vorstellen können. Das größte Abenteuer seines Lebens war, mit der Fähre überzusetzen. Er hatte furchtbare Angst, war jedoch andererseits fasziniert davon, über diesen riesigen Fluss zu fahren. Fafnir bellte und war begeistert, hauptsächlich deswegen, weil die Gerätschaften an Michels Karren während der Überfahrt klapperten und lärmten.

Drüben angekommen, hielten sie sich nach Süden, sie fuhren durch viele Dörfer, in denen die Menschen Weinreben anbauten. Überall gab es etwas zu tun.

Michel kehrte häufig in Gasthöfen ein und trank auch gerne mal ein Glas Wein über den Durst. Je wärmer es wurde, desto durstiger wurde er.

Er achtete nach wie vor darauf, dass er seine Arbeit ordentlich erledigte, aber manchmal war es schon lustig anzuschauen, wie er mit hochrotem, wackelndem Kopf schwankend auf seinem Karren saß und Trinklieder sang.

Auf ihrem Weg weiter rheinaufwärts sahen sie am Straßenrand zusammengekrümmt ein Bündel Mensch liegen. »Schauen wir einmal nach, was mit dem los ist«, sagte Michel. »Nicht, dass der überfallen und totgeschlagen wurde.« Sie stiegen vom Bock, beugten sich herunter und drehten den Körper um, der daraufhin ein schmerzvolles Gejammer hören ließ. »Na, zum Glück ist er nicht tot. Was ist mit dir geschehen?«, fragte Michel den Jungen, der immer noch kein Wort gesagt hatte. Er schaute ihn genauer an und sah überall Spuren von Schlägen, die Hände und Arme bluteten, der Kopf war voller Beulen. Michel riss ihm die Reste des sowieso nur noch in Fetzen herunterhängenden Hemdes vom Oberkörper und stieß einen überraschten Schrei aus. Der bestenfalls 14-jährige Junge sah aus, als hätte ihn jemand zu Tode prügeln wollen. Am ganzen Oberkörper gab es keine Stelle, die nicht malträtiert worden wäre.

»Wer ist das gewesen?«, fragte Michel, in dem Zorn aufwallte. Auch wenn es ihm Kundschaft brachte, diese Art von Gewalttätigkeit verabscheute er zutiefst.

Seltsam blassblaue Augen, die beinah durchsichtig wirkten, schauten ihn fragend an. Die kurzen, unregelmäßig stoppeligen Haare des Jungen sahen aus, als wären sie zuletzt mit einem sehr stumpfen Messer gestutzt worden.

»Und warum?«, vollendete Michel seine Frage.

Endlich öffnete der Junge den Mund: »Daniel Fischer!«, waren die beiden einzigen Worte, die er herausbrachte, bevor er erneut zusammenbrach.

Michel und Georg räumten schnell einen Teil des Wageninhalts beiseite, hoben ihn vorsichtig hinten drauf und betteten ihn behutsam. Michel behandelte die schlimmsten und offensichtlichsten Wunden und flößte ihm einen Schluck Wein ein.

»Das wird alles wieder heilen«, beruhigte er den Jungen.

»Nur deine Nase, die hat es schlimm erwischt.« Die war in der Tat regelrecht schräggehauen worden. Ohne Zweifel gebrochen, würde sie nie wieder gerade stehen.

Michel versuchte, die Nase ein wenig zu richten, erntete aber nur Schmerzgeschrei und hörte bald wieder auf.

»Das wird er überleben. Es gibt Schlimmeres als eine krumme Nase.«

Während der folgenden Stunden der Weiterfahrt schlief Daniel Fischer tief und fest. Zur nächsten Rast öffnete er die Augen und sah bereits erheblich besser drein als vorher.

»So, Daniel, nun erzähl mal genau, was dir passiert ist.« Michel platzte fast vor Neugierde.

»Mein Name ist nicht Daniel, wie kommt ihr darauf?«, sagte der Junge. »Ich heiße Bertram und bin Brauergehilfe. Besser gesagt, ich war es, bis heute morgen. Und zwar bei Daniel Fischer.«

»Ist das der Kerl, der dich so zugerichtet hat?«

Bertram nickte.

»Na, mit dem sollten wir mal ein ernstes Wort reden. Wo finde ich den Mistkerl?«

»In Straßburg, aber das ist nicht der Ort, wo ich wieder hin zurückgehen möchte.«

»So, so, Straßburg, das ist nicht mehr weit.« Michel wiegte wieder einmal seinen Kopf hin und her. »Was hast du denn angestellt, dass du so vertrimmt wurdest?« Er hatte mittlerweile festgestellt, dass Bertrams Wunden zwar schlimm aussahen und ohne Zweifel sehr schmerzhaft waren, jedoch zum Glück nicht lebensgefährlich. Er würde sich schon wieder aufrappeln. Da schadete es nichts, einmal zu erfahren, ob er die Prügel nicht unter Umständen sogar verdient gehabt hatte.

Bertram sah aus, als würden ihm jeden Moment die Tränen kommen. »Ich bin eingeschlafen bei der Arbeit. Wir hatten am Vortag von früh bis spät das Feuer geschürt, Holz herangetragen und aufgepasst, dass das Feuer nicht kleiner wird. Nach einer sehr kurzen Nacht musste ich heute Morgen auf die Biersteine achtgeben und sie im rechten Moment heranschleppen. Beim Warten darauf bin ich eingenickt und habe die Biersteine zu spät ins Brauhaus gebracht. Und was dann passiert ist, davon habt Ihr Euch ja selbst überzeugen können.«

Georg verstand überhaupt nicht, wovon er redete. Brauergehilfe, Biersteine, Brauhaus, was sollte das? Und überhaupt, wer bei der Arbeit einschlief, verdiente doch eine Tracht Prügel!

Michel und Bertram diskutierten noch eine Weile weiter, und da Michel nach Straßburg wollte, bedankte und verabschiedete Bertram sich schließlich und ging langsam, bedächtig und mit schmerzverzerrtem Gesicht rheinabwärts die Straße entlang, nur weg von Straßburg.

Daniel Fischer

Die Freie Reichsstadt Strassburg geht auf eine Gründung des römischen Kaisers Augustus zurück. Die etwa 10.000 Menschen waren stolz darauf, in einer der ältesten und gleichzeitig kleinsten Republiken des Heiligen Römischen Reiches zu leben.

Das öffentliche Leben war wesentlich interessanter als in anderen vergleichbaren Städten. Zum großen Teil war das zurückzuführen auf den Jahrhunderte dauernden Streit zwischen den beiden bedeutendsten Straßburger Patriziergeschlechtern, den Müllenheims und den Zorns. Deren Rivalität um die Vormacht war mehr als ein Mal in regelrechten Straßenschlachten ausgefochten worden. Bei einer dieser Auseinandersetzungen hatten 146 Zeugen ihre Berichte zu Protokoll gegeben und bestätigt, dass sogar Geistliche beider Familien aufeinander eingeschlagen hätten. Für das Rathaus der Stadt waren kurioserweise – und einzigartig in Europa – zwei Eingänge eingerichtet worden, einer für die Müllenheims, einer für die Zorns. Sie gingen sich aus dem Wege, wo sie nur konnten, sogar am Flüsschen Ill, das durch Straßburg fließt, waren die Ufer nach Familien geteilt: Es gab einen Kai Müllenheim und einen Kai Zorn.

Straßburg blickte nicht nur auf eine lange Geschichte zurück, sondern war auch eine kulturelle Hochburg. Vergessen waren die finsteren Zeiten, als 1349 bei einem der größten Pogrome des Mittelalters bis zu 3.000 Juden öffentlich verbrannt und die Überlebenden der Stadt verwiesen worden waren. Zwar war es Juden immer noch bei Todesstrafe untersagt, sich des Nachts innerhalb der Stadtmauern aufzuhalten, tagsüber jedoch liefen alle Geschäfte wieder ihren geregelten Gang. Der Drucker Johannes Mentelin hatte zwei Jahre zuvor in Straßburg die erste Bibel in deutscher Sprache gedruckt und war dafür von Kaiser Friedrich III. mit einem Wappen belohnt worden. Dadurch hatte er, zusammen mit dem Straßburger Münster, dem höchsten Gebäude der Welt, den Ruhm der Stadt durch das ganze Reich getragen.

Während auf der anderen Seite des Rheins sowie im Sundgau, südlich von Straßburg, im sogenannten Waldshuterkrieg eidgenössische Truppen plündernd und marodierend durch die Gegend zogen und zahlreiche Dörfer dem Erdboden gleichmachten, um es den österreichischen Adligen, die sich im Namen der Habsburger dort wie die Raubritter aufführten, heimzuzahlen, herrschten in Straßburg Zufriedenheit und Optimismus.

Auch die Brauwirtschaft Straßburgs hatte in den letzten 20 Jahren einen unerhörten Aufschwung erlebt. Eigentlich war das Elsass immer eine Weingegend gewesen. In der Nacht zum Palmsonntag 1446 aber hatte es zu regnen und zu schneien begonnen, und in nur einer Nacht waren alle Reben im gesamten Elsass erfroren. Für die Maß Wein wurden auf einmal ganze sieben Pfennige verlangt. Wein gab es also nur noch für die Reichen, die zudem ihre Keller für die ärmere Bevölkerung nicht öffneten. So fingen die findigen Straßburger an, verstärkt Bier zu sieden. Innerhalb von 20 Jahren eröffneten 40 neue Bierschenken in Straßburg. Die Stadt erhöhte daraufhin die Biersteuer, die in Straßburg ›Umgeld‹ genannt wurde, auf einen Schilling von 13 Schillingen*. Sogar mit diesem Umgeld war das Bier viel günstiger als der Wein.

Einer dieser neuen Straßburger Brauer war Daniel Fischer. Fischer war noch jung, erst Ende 20, aber im Jahre 1468

* Einer von 13 Schillingen entspricht etwa 7,7 Prozent.

bereits auf dem besten Wege, ein reicher Mann zu werden.

Hatte er zuerst nur für seine eigene Schenke Bier gebraut, rannten ihm mittlerweile Schenkenwirte aus der ganzen Umgebung die Türe ein.

Der Grund lag nicht nur darin, dass Fischer sich aus dem Familienzwist der Müllenheims und Zorns heraushielt – die meisten Geschäftsleute ergriffen immer Partei für eine der beiden Familien –, sondern auch darin, dass Fischer einfach das beste Bier weit und breit herstellte. Er hatte einige Reisen unternommen, um so viel wie möglich übers Bierbrauen zu lernen, war in Nürnberg, Hamburg und Köln gewesen, sogar in Einbeck hatte er in die Töpfe geschaut.

Und so hatte er sich entschlossen, sein Bier nur mit Hopfen zu würzen und auch sonst bei der Rezeptur nur das Beste an Rohstoffen einzusetzen.

In seinem Sudhaus in der Brüderstraße in der Nähe des Münsters hing ein Schild, auf das er mit ungelenker Schrift geschrieben hatte:

»Mit dem zahmen Hopfen tut man großen Fleiß.

Ohne diese Blumen wird man nicht viel gutes Bier mögen machen.«

Der Erfolg gab ihm bald recht, und das Geld floss nur so herein.

Er hatte sein Haus aus Stein erbauen lassen, sodass er neben den öffentlichen, sogenannten ›Ofenhäusern‹ einer der wenigen Brauer war, die immer brauen durften. Es hatte durch die dichte Bauweise einige verheerende Brände in Vierteln mit Holzhäusern gegeben, bis das Brauen in Privathäusern verboten worden war.

Leider teilte er seine Erfolge nicht mit seinen Mitarbeitern. Er war für seinen Jähzorn bekannt, seine plötzlichen Gewaltausbrüche, und mehr als einmal hatte er einen Knecht wegen eines kleinen Fehlers aus dem Haus geprügelt. In dem Moment, wo er sich zornig mit beiden Händen in seinen gewaltigen Backenbart griff, war es das Beste, schnell Reißaus zu nehmen. Dann wurde es gefährlich.

Keiner seiner Brauknechte kannte auch nur eine der Rezepturen, und so manche derjenigen, die in sieben Jahren für ihn geschuftet hatten, hatten ihre Neugier mit Schlägen bezahlen müssen. Am liebsten prügelte er mit den Latten der Holzfässer, die in seiner Werkstatt herumlagen. Wie die meisten Brauer, die alle nur im Winter Bier herstellen konnten, arbeitete Fischer im Sommer als Küfer, soweit er nicht das Brauhaus auf den Herbst und die Brausaison vorbereitete.

Ein Stück Holz lag daher immer griffbereit, wenn ihm die Hand locker saß.

Sein Ruf hatte mittlerweile die Runde gemacht, sodass ihm nicht nur die Suche nach neuen Mitarbeitern schwerfiel, auch die Frauen, die ihn interessierten, wandten sich schnell ab und suchten das Weite.

In schöner Regelmäßigkeit saß er daher als Letzter noch in seiner Schenke und trank, bis er wie leblos von der Bank fiel.

Dennoch war der Fischerbräu regelmäßig voll.

Daniel hatte nicht nur gutes Bier anzubieten, sondern auch sein Essen ragte aus der breiten Masse heraus. Er kochte mit Bier, salzte und pfefferte viele Gerichte trotz der immer weiter steigenden Gewürzpreise so heftig, dass man glaubte, sich am Hofe eines Herzogs zu befinden. Seine Biersuppe wurde weithin gerühmt.

An diesem Morgen war Fischer auf der Suche nach einem neuen Brauburschen. Er musste klein und dünn sein, um in alle Töpfe reinklettern zu können, gleichzeitig aber kräftig, drahtig und zäh. Denn Daniel Fischer verlangte seinen Brauburschen körperlich alles ab. Wer da schlappmachte, wurde mit Schimpf und Schande davongejagt. Und wer richtig Pech hatte, so wie am gestrigen Morgen der Brauursche Bertram, der erhielt zum Abschied noch Prügel mit der Fasslatte.

Währenddessen hielten Michel, Georg und Fafnir mit ihrem schaukelnden und lärmenden Wagen Einzug in die Stadt. Da Michel lange nicht mehr hier gewesen war, hatten sie nichts zu befürchten von unzufriedenen Kunden. Sie machten Quartier in einer preiswerten Schenke, dem ›Schwarzen Schwan‹, die ihnen empfohlen worden war. Am nächsten Tag wollte Michel einmal Fischers Brauhaus aufsuchen und ein paar Takte mit Daniel reden.

»Damit der sich so was nicht angewöhnt, seine Burschen so durchzuprügeln!«

Dazu sollte es jedoch nicht mehr kommen.

Beim Abendessen im ›Schwan‹ langte Michel kräftig zu. Georg erhielt seine übliche Ration Suppe und Bier, aber Michel war so angetan vom Straßburger Bier, dass er einen Krug nach dem anderen in sich hineinschüttete.

Georg ging derweil in die Kammer und legte sich auf den Boden, nahm etwas Stroh und schlief sofort ein.

Kurze Zeit später, so kam es ihm vor, rüttelte ihn jemand sehr unsanft wach.

Der Schwanenwirt stand vor ihm und rief: »Schnell, steh auf. Dein Vater ist schwer verletzt.«

Georg stolperte schlaftrunken die Stiege hinunter, undeutlich hallte in seinen Ohren nach, dass Michel und er anscheinend für Vater und Sohn angesehen wurden, und sah gleich hinter der Tür Michel blutend auf einer Bank liegen. Auf der gleichen Bank, auf der dieser noch kurze

Zeit vorher mit anderen Zechern, schäumend vor Bierseligkeit, sich den Hintern platt gedrückt hatte.

»Der alte Trottel hat sich in einen Raufhandel verwickeln lassen. Dabei ging es nur um einen Streit, wo das beste Bier herkäme«, erzählte der hochgradig erregte Wirt. »Deinem Vater hat unser Bier zwar sehr zugesagt, aber er behauptete, es sei nur das zweitbeste, das er jemals getrunken habe.«

Ein ebenfalls aufgeregter Gast mischte sich ein.

»Und das war unserem stadtbekannten Raufbold Anselm nicht gut genug. Anselm hat zwar schon einiges auf dem Kerbholz, aber so wie heute ist er noch niemals in Zorn geraten.

Erst haben die beiden einander mit Krügen auf die Schädel geschlagen, dann hat Anselm kurzerhand sein Messer gezückt und Michel abgestochen wie eine Sau.«

Michel stöhnte vernehmlich, das Blut lief trotz einer Bandage aus der großen Wunde in seinem Bauch.

Fafnir saß vor Michels Bank und bellte, fast so, als erfasse er den Ernst der Situation.

»Wir haben nach dem Medikus gerufen, aber der ist gerade woanders. Wenn es noch lange dauert, werden wir ihn nicht mehr brauchen.« Der Wirt war der Verzweiflung nahe.

»Noch niemals ist im ›Schwan‹ jemand erstochen worden. Mein guter Ruf ist ruiniert!«

Er dachte bereits wieder pragmatisch, ohne Emotionen.

Dass den Straßburgern dieser Pragmatismus zu Recht nachgesagt wurde, belegte die nächste Äußerung eines weiteren Gastes, dessen hervorstechendes Attribut sein fauliger Atem war.

»Sollte der Bader sterben, würde ich seinen Wagen und seine Gerätschaften kaufen.«

Georg sah ihn entsetzt an.

Und als hätte Michel nur auf das Stichwort gewartet, bäumte er sich noch einmal auf, tat einen letzten Schrei und sank zurück auf die Bank. Seine Augen verloren innerhalb einer Sekunde ihren Glanz, alles Leben war aus seinem Körper entwichen.

Die Frau des Wirts, eine kugelrunde Person mit dicken Pausbacken, die bis dahin versucht hatte, mit der Bandage den Blutfluss an Michels Wunde zu stoppen, fing zu weinen an. Der Wirt verdrehte die Augen und murmelte etwas, das wie ein Gebet klang, es könnte aber auch ein gotteslästerlicher Fluch gewesen sein.

Georg verstand die Welt nicht mehr, war er jetzt etwa schon wieder allein und auf sich selbst gestellt?

Irgendwann erschien der Büttel, Georg hatte kein Zeitgefühl mehr. Alles war wie verschwommen in seiner Wahrnehmung.

Der Büttel stellte sachlich Michels Tod fest, konstatierte, dass Anselm zur Verhaftung ausgeschrieben und ein Prozess feststellen werde, ob dieser in Notwehr oder nicht gehandelt habe.

Dann fragte er nach Michels Besitz, erklärte Georg zum nächsten Angehörigen und somit Alleinerben von Michels Nachlass. Er ließ sich von Georg Michels Geldkatze zeigen, nahm ein paar Münzen heraus, »für die Totengebühr und als Vorschuss für das Begräbnis«, wünschte eine gute Nachtruhe und verließ die Schenke.

Michel wurde noch in der Nacht abgeholt und gleich am nächsten Tag begraben.

Der Gast, der Interesse an Michels Gerätschaften und Fahrzeug angemeldet hatte, wollte am Tag wiederkommen. Georg sagte zu, aber ohne wirklich zu verstehen, was vor sich ging. Der Wirt versprach Georg, ihm bei der Verhandlung zu helfen, wobei sich Georg eindringlich an Michels Angst erinnerte, ›behumst‹ zu werden.

Natürlich ließ sich der Wirt seine Hilfe teuer bezahlen, dennoch war der Preis, den er für Georg dann aushandelte, gut genug, um diesem eine prall gefüllte Geldkatze zu übergeben.

Viel Geld für einen zehnjährigen Jungen …

»Was wirst du jetzt machen, so ganz allein?« Ob der Wirt dies wirklich wissen oder nur höflich zu dem Trauernden sein wollte, konnte Georg nicht ausmachen.

Georg wusste ebenfalls nicht, ob der Wirt ihn als Waise melden musste, daher sagte er vorsichtshalber schnell:

»Ich weiß nicht, meint Ihr, ich kann eine Weile hier in der Stadt bleiben? Später gehe ich zurück nach Reutlingen. Da wohnt eine Tante von mir.«

Das war gleichwohl das Letzte, was er vorhatte.

Der Wirt durchschaute ihn gleich, grinste nur und sagte:

»Sicher, in der Stadt findest du immer Arbeit. Pass nur auf deine Geldkatze auf und lass sie dir nicht stehlen. Du kannst dir aber auf jeden Fall erst einmal leisten, ein paar Tage hier wohnen zu bleiben, bis du etwas anderes gefunden hast.«

Obwohl Georg wenig Vertrauen in den Wirt hatte, viele Möglichkeiten blieben ihm nicht. Immerhin hatte ihn der Wirt nicht bestohlen.

Er versteckte das Geld an einem sicheren Ort und machte sich daran, Straßburg zu erkunden.

Erst Tage danach, als sich seine Trauer um Michels Tod bereits gelegt hatte, bemerkte er, dass er gar nicht erfahren hatte, welches Bier nach Michels Meinung denn die Krone verdient hätte. Daher beschloss er, es für sich selbst herauszufinden.

»An dem Trank muss ja etwas dran sein, wenn sich Menschen deswegen totstechen«, dachte er für sich.

Als Georg ein paar Tage später in Fischers Brauhaus zur Tür eintrat, war Daniel gerade damit beschäftigt, die atemberaubendste Frau, die seit langer Zeit bei ihm zu Gast gewesen war, zu überreden, das Nachtlager mit ihm zu teilen. Groß, schlank, mit langen schwarzen Haaren wie eine Zigeunerin, lehnte sie an der Theke, die dunklen Augen voller Glut, die ihn beinahe so faszinierten wie ihre vollen Brüste, die frivol unter ihrem knappen Kleid hin und her hüpften.

Sein Gast, Sonja hieß sie, war auf der Durchreise und während des Abendessens mit anschließender Zecherei in einen heftigen Streit mit ihrem Reisebegleiter, Verlobten oder Beschützer geraten; Daniel konnte dessen wirkliche Bedeutung nur raten; der Streit war in einer fremden Sprache ausgetragen worden, die Daniel lediglich als osteuropäisch erkannt hatte, mehr aber nicht.

Auf jeden Fall war der Mann wutentbrannt hinausgestürmt, nicht ohne der guten Ordnung halber ein paar Münzen »für den Fraß und das Gesöff« auf den Tisch zu werfen.

Den Umstand, dass diese Münzen weder für die Zeche noch für ein Nachtquartier ausreichten, versuchte Daniel sich gerade zunutze zu machen, als jemand ihn am Ärmel zupfte.

»Kann es sein, dass Ihr einen Brauburschen sucht?« fragte Georg forsch.

»Schleich dich, siehst du nicht, dass ich beschäftigt bin, oder magst du dir eine Backpfeife einfangen?«

Daniels schroffe Art hatte wieder einmal die übliche abschreckende Wirkung auf die Weiblichkeit. Das Gesicht der Frau erstarrte. Weil Fischer diesmal aber wirklich Feuer gefangen und schon seit längerer Zeit allein geschlafen hatte, änderte er seine Strategie, sobald er die Veränderung bei Sonja bemerkt hatte. Diese hatte Georg über den Kopf gestreichelt, also entgegnete Daniel etwas freundlicher:

»Woher weißt du das? Ich suche tatsächlich einen Burschen. Setz dich da rüber.«

Er zeigte auf einen leeren Platz.

»Lass dir etwas zu essen und zu trinken geben. Du kannst neben der Feuerstelle schlafen, wenn du sonst keinen Platz hast. Morgen reden wir weiter.«

Georg nickte und grinste, obwohl er im ›Schwarzen Schwan‹ übernachten könnte.

Die Frau aus dem Osten feixte ihm zu.

Daniel winkte Georg davon.

»Gute Nacht, lass uns jetzt in Ruhe.«

Georg bekam Suppe und Bier, Fafnir etwas Wasser. Er hatte mit Michel mehrmals Bier getrunken, so wusste er, dass zwei Krüge für guten Schlaf sorgten, ihm von mehr jedoch schlecht wurde.

Während er seinen zweiten Krug vor sich hatte, bemerkte er, dass Daniel seine glutäugige Osteuropäerin unverhohlen und mit ihrer Billigung tätschelte und sie bald darauf die Stiege hinaufschickte.

Ausnahmsweise war er einmal nicht der Letzte, der seine Schankstube verließ.

Das überließ er diesmal Adelheid, der guten Seele seines Brauhauses. Adelheid, die auch Georg verköstigt hatte, ohne Fragen zu stellen – sie war es gewohnt, dass Daniels Burschen abends neu eingestellt wurden –, war der einzige Mensch, gegen den Daniel Fischer niemals die Hand erhoben hätte.

Was aber auch daran lag, dass sie Daniels Mutter war.

Bertram

Nachdem er sich von Georg und Michel getrennt hatte, wanderte Bertram langsam, so gut es seine geschundenen Gliedmaßen zuließen, rheinabwärts.

Er wusste nicht, wo es hinging, niemals zuvor hatte er Straßburg verlassen. Aufgewachsen als Sohn eines einfachen, armen Kesselflickers, hatte er sich immer mit Gelegenheitsarbeiten am Leben gehalten. Die Arbeit bei Daniel Fischer war seine erste längerfristige Arbeit gewesen, beinahe ein Jahr lang hatte er es dort ausgehalten.

Der regelmäßige, wenn auch karge Lohn war ihm wichtiger gewesen als die ebenso regelmäßigen Schläge, besonders, als kurz nacheinander beide Eltern gestorben waren.

Jetzt hielt ihn nichts mehr in Straßburg, er wollte nur noch fort und Neues kennenlernen. Aber während er so dahinwanderte, begann er Daniel Fischer zu vermissen. Nein, nicht so sehr Daniel, den wollte er sein Lebtag nicht mehr wiedersehen, sondern dessen legendäre Biersuppe. Und je mehr der Hunger in seinen Eingeweiden wütete, desto mehr war Bertram sicher, dass diese Biersuppe das leckerste, köstlichste und wunderbarste Gericht war, das er jemals gegessen hatte.

Jeden Morgen vor Arbeitsbeginn hatte als Frühstück ein Topf davon über dem Feuer gehangen.

Nun sehnte er sich so danach, dass er gerne ein paar Schläge dafür in Kauf genommen hätte.

»Einen Esel muss man ja auch antreiben«, entschuldigte er sogar vor sich selber Daniels regelmäßige Unbeherrschtheiten.

Im nächsten Ort erbettelte er sich etwas zu essen, er hatte fast kein Geld, Fischers Lohn hatte nicht ausgereicht, um etwas zurückzubehalten. Die wenigen Pfennige, die er bei sich trug, hütete er daher wie einen Schatz.

Langsam verheilten seine Wunden, und er kam schneller voran, je besser er genas. Bei Worms lernte er während einer Rast einen kleinen, aber sehr muskulösen Mann kennen, der sich ihm als Emmerich vorstellte und der eine Reisegruppe anführte. Emmerich hatte sogleich erkannt, dass Bertram allein und ziellos unterwegs war, und fragte ihn, ob er mit ihnen reisen wolle. Bertram hatte kein Geld, aber Emmerich bot ihm sogar einen kleinen Lohn an, wenn er als Hilfe beim Tragen und zum Schutz bei Überfällen mitreiste.

»Kannst du mit Waffen umgehen? Du siehst jung, kräftig und geschickt aus. Je zahlreicher wir sind, desto sicherer sind wir vor Überfällen.«

Bertram bejahte und fragte:

»Wohin geht denn die Reise?«

»Wir haben zwei Kaufleute, die nach Trier möchten, von da geht es mit der restlichen Gruppe weiter nach Köln. Und der Weg von Worms nach Trier ist nicht ohne Gefahren.«

Bertram sagte sofort zu, das Angebot hatte auf den ersten Blick nur Vorteile für ihn, er war sicherer, nicht mehr allein, hatte Unterhaltung und verdiente sogar Geld auf der Reise.

Den gelegentlichen Spott über seine schiefe Nase, die in dem mittlerweile ausgeheilten Gesicht ziemlich deplatziert wirkte, überhörte er geflissentlich.

Auf dem Weg durch die Pfalz wurden sie immer wieder vor Räubern und Wölfen gewarnt. Nachdem sie Annweiler mit seiner mächtigen Burg Trifels passiert hatten, gerieten sie in den dichten Pfälzer Wald.

»Nun müssen wir achtgeben. Wir werden den Weg von Speyer über Saarbrücken nach Metz verlassen und weiter durch den Hunsrück in Richtung Trier reisen.«

So verlautbarte ihr Führer.

»Wir wären nicht die Ersten, denen hier ein Unglück widerfährt. Schon Richard Löwenherz wurde hier auf dem Rückweg vom Kreuzzug gefangen genommen und auf dem Trifels gefangen gesetzt.«

Bertram wusste zwar weder, was ein Kreuzzug, noch wer Richard Löwenherz war, aber spannende Geschichten vertrieben die Langeweile auf der Reise.

»Weit gefährlicher als marodierende Raubritter sind jedoch die Wölfe hier in dieser Gegend!«

Emmerich prahlte mit seiner Reiseerfahrung.

»Wölfe sind böse, gierig und falsch. Sie sind alles das, was wir Menschen verachten. Sie sind Kreaturen des Teufels!«

Während einige aus ihrer Gruppe erschrocken dreinsahen, lachten zwei junge Männer über die Bemerkungen. Ihrem Gewand nach zu urteilen, kamen sie aus der Stadt und waren die beiden Kaufleute, die nach Trier wollten.

»Lacht nur, ihr Narren, das wird euch noch vergehen«, sagte Emmerich.

Das Lachen verging ihnen tatsächlich, als sie die ersten beiden Männer am Wegesrand fanden. Es war offensichtlich, dass hier Räuber am Werk gewesen waren. Sie hatten ganze Arbeit geleistet und nicht nur die Schädel der beiden eingeschlagen, sondern auch alle Kleidung geraubt.

Stunden später fanden sie die ersten Wolfsopfer. Eine ganze Familie, Vater, Mutter und drei kleinere Kinder, hatte sich anscheinend ohne Geleitschutz auf den Weg nach Trier begeben. Alle fünf waren von den wilden Tieren übel zugerichtet worden. Komplett ausgeweidet, Arme und Beine zerbissen und abgenagt, die Kleidung zerfetzt, konnte man lediglich an den Köpfen noch menschliche Gestalten erkennen.

Emmerich bekreuzigte sich und schickte sogleich ein

Gebet an den heiligen Wolfgang, den Beschützer vor Wölfen.

Bertram war nicht der Einzige, der bei diesem Anblick vom Wagen sprang und sich erbrach. Auch die beiden vornehmen Städter spuckten nach Leibeskräften.

Emmerich, desgleichen Anblick scheinbar gewohnt, befahl rasch, eine Grube auszuheben und die Opfer zu bestatten.

»Sonst zieht es noch mehr dieser Bestien an.«

Ein kurzes Gebet, dann zogen sie weiter.

Der weitere Weg nach Trier verlief ohne besondere Vorkommnisse.

In Trier verließen die beiden Kaufleute die Truppe, ein Kaufmann sowie eine Familie mit vier Kindern stießen hinzu, die alle nach Köln wollten. Schließlich noch zwei Nonnen, die dies ohne Geleitschutz nicht zuwege brächten und die Emmerich aus Anstand, und weil dies so üblich war, umsonst mitreisen ließ.

Am Ende des ersten Tages machte die Gruppe Rast in Bitburg. Die Stadt hatte, wieder einmal, schwere Zeiten hinter sich, die Bevölkerung war durch Krieg, Hungersnot und Krankheiten auf weit unter 2.000 Einwohner reduziert worden, ganz langsam ging es jedoch wieder aufwärts.

Bitburg gehörte im Jahr 1468 zwar offiziell zu Luxemburg, war jedoch 14 Jahre zuvor gegen 500 rheinische Gulden an den Grafen Robert zu Virneburg verpfändet worden.

Luxemburg hingegen hatte seit geraumer Zeit durch die Heirat von Elisabeth von Luxemburg mit dem Habsburgerkaiser Albrecht II. dem österreichischen Haus Habsburg gehört, aber durch Ende dieser Linie und Vererbung auf den Herzog von Sachsen waren die Besitzverhältnisse sehr turbulent geworden.

Auch der Herzog von Burgund hatte nämlich mittlerweile Ansprüche auf Luxemburg angemeldet. Dieser Herzog nannte sich Karl der Kühne und wurde später gerne als letzter Vertreter feudalen Geistes gesehen, als ein Mann, dessen hervorstechende Tugend seine blinde Tapferkeit war.

Luxemburg hatte schon immer eine bedeutende Rolle für die burgundische Politik gespielt, da es ein wichtiges Bindeglied zu den niederländischen Besitzungen der Burgunder war, wie Brabant, Limburg und Holland. Auch Karl der Kühne verfolgte den ehrgeizigen Plan, Erwerbungen zu einem Burgund, das den Namen ›Königreich‹ wirklich verdiente, zusamenzufassen.

Nachdem Albrechts Nachfolger, Kaiser Friedrich III., schließlich die 500 Gulden bezahlt hatte, gehörte Bitburg de facto wieder zum Habsburgerreich. Ruhe war dennoch nicht eingekehrt, nur die unmittelbare Kriegsgefahr schien einstweilen gebannt.

Die Nonnen konnten im Hospiz der dortigen Stiftkirche St. Maximin übernachten, die anderen Reisenden suchten einen Gasthof auf. Auf ihre Frage nach guter, preiswerter Kost und gutem Bier wurde ihnen Flügels Brauergasthof der ›Feiste Römer‹ in der Petersgasse* empfohlen.

»Seit über 100 Jahren gibt es hier das beste Bier der Stadt!«, lobpreiste ihr Gastgeber die Schenke.

Bertram spitzte die Ohren.

Das war das erste Mal, dass er wieder in die Nähe einer Brauerei kam.

Vielleicht gab es dort Arbeit für ihn.

Auf dem Weg zum ›Römer‹ kamen ihnen bereits einige stark schwankende Gestalten entgegen, vor der Tür lagen links und rechts zwei im Rinnstein.

* siehe ›Der Bierzauberer‹.

»Das Bier hier scheint recht stark zu sein«, lachte Emmerich.

Als sie in den gut gefüllten Römer eintraten, genossen sie erst einmal die Wärme, den Lärm und den Geruch nach Essen und Bier, der dort herrschte. Auf der Reise hatten sie bislang wenig Lobenswertes erlebt, was die Verpflegung betraf.

Immer nur Weizenbrot, Hafergrütze, dünnes Bier und etwas Gemüse, das war sättigend, aber nicht wirklich ein Genuss.

Emmerich ließ sich nicht lumpen und lud Bertram ein.

»Du bist ein guter Begleiter, sollst dich auch einmal satt essen.«

Von seinen Ersparnissen hätte Bertram nicht einmal die vier Pfennig ausgegeben, die ein großer Krug Wein oder ein Laib Brot kostete. So aber langte er zu.

Das Bier war köstlich, aber doch etwas dünner, als Bertram es von Straßburg her gewohnt war; braun und schäumend stand es im Krug. Sie merkten schnell, dass das ›Römerbier‹, entgegen ihrer ersten Prognose, nicht so stark war und tranken eines mehr.

Zu essen gab es eine Spezialität des Hauses: Laganum, dünn ausgerollte Teigfladen, die in mehreren Schichten abwechselnd mit Gemüse und Käse belegt und im Ofen gebacken wurden.

»Mensch, die sind ja gastfreundlicher als das Haus Abrahams!«

Emmerich war hellauf begeistert, genau wie alle anderen.

Das war das Raffinierteste, was alle jemals gegessen hatten.

»Ich esse ja sonst am liebsten eher grobes Fleisch, das hält Leib und Seele zusammen. Aber dies hier ist einfach köstlich!«

Bertram versuchte, sich an den anderen Tischen umzuhören, bevor er den ›Römer‹-Praxator direkt um Arbeit anfragen wollte.

Das war leicht, weil alle, durch das gute Bier befeuert, lautstark redeten und der Lärmpegel ständig stieg. So hörte er, dass man in den Städten, die in der Nähe zu Frankreich lagen, leichter die Bürgerrechte erhielt.

»In Frankreich hat es in den letzten 100 Jahren die Hälfte der Bevölkerung dahingerafft, durch Hunger und Pest«, ereiferte sich einer.

»Auch hier in Eifel und Moselland gab es viele Tote«, so ein Zweiter.

»Wir haben aber seit 20 Jahren keine Missernte mehr gehabt«, ergänzte ein dritter Zecher. »Die neuen Methoden wie das, was die Bauern ›Drei-Felder-Wirtschaft‹ nennen, verhelfen ihnen zu besseren Ernten.«

»Und die neuen Mühlentechniken erst. Da geraten das Brot und das Mehl viel besser«, fuhr der Erste fort.

»Die Städte füllen sich wieder«, kam der Zweite zurück zum Thema. »Und wer was kann, der kann hier leicht Bürger werden.«

Das lag für Bertram zwar in weiter Ferne, er war viel zu jung und hatte zu wenig Geld, aber in einer aufstrebenden Stadt gab es sicher Arbeit für ihn.

Dieter de Foro

Der Brauer Dieter vom Markte war ein abgrundtief schlechter Charakter. Der Nachkomme von Peter de Foro betrieb das Brauhaus ›Zum Lüsternen Eber‹, das seit über 200 Jahren in der Nähe des Hospitals lag.

Die beiden anderen, von Niklas Hahnfurt* gegründeten Brauhäuser Bitburgs, ›Römer‹ und ›Arschleder‹, waren nach Peters plötzlichem Tod 1281 von der Familie La Penna übernommen worden. Latinisierte Namen waren aus der Mode gekommen, so nannten sich die La Pennas mittlerweile ›Flügel‹. Deren Brauhäuser florierten, während die de Foros/vom Markte mehr schlecht als recht und nur mithilfe ihres sonstigen großen Reichtums den ›Eber‹ durch die letzten 200 Jahre hatten manövrieren können.

Dieter war der letzte männliche Nachkomme der de-Foro-Familie und, wenn kein Wunder geschah, würde das alte Stadtadelsgeschlecht mit ihm in männlicher Linie aussterben. Er hasste Kinder nämlich, und das, was er am wenigsten vom Leben erwartete, war, mit einer Frau in Familienbanden zu leben.

»Womöglich mit einer, die nach dem dritten Kind nur noch fett und nörgelnd hinter mir herläuft«, pflegte er mürrisch von sich zu geben.

Gerne ließ er sich nach ein paar Bier darüber aus:

»Ich möchte keinen schreienden, keifenden Nachwuchs. Die seit Generationen überlieferten göttlichen Strafgerichte, die mal als Hungersnot oder Missernte, mal als Seuche über uns kommen, zeigen doch überdeutlich, dass zu viele Menschen auf der Erde die vorgegebene Ordnung zerstören würden, wie schon Aristoteles gemahnt hat. Von mir aus kann das Menschengeschlecht gerne vom Angesicht der Erde verschwinden.«

Dann betrachtete er amüsiert den Schrecken in den Gesichtern seiner Zuhörer und brach in meckerndes Gelächter aus.

* siehe ›Der Bierzauberer‹.

Misanthropie war jedoch nur eine seiner schlechten Seiten.

Verschlagen, hinterhältig, schweigsam und illoyal, war Dieter nur seinen eigenen Interessen und Neigungen verpflichtet, nämlich Bier, gutem Essen und Musik.

Dem Ersten und Zweiten in einem Maße, dass es an Völlerei grenzte, dem Letzteren in einem Ausmaß, das an Götzendienst gemahnte. Aber mit Geboten oder kirchlichen Regeln wie Todsünden gab er sich erst gar nicht ab. Seine sonst übliche Schweigsamkeit überwindend, rechtfertigte er so zum Beispiel volltönend die von ihm mit schöner Regelmäßigkeit abgehaltenen Fress- und Saufgelage, sobald er keinen Denunzianten in seinem Brauhaus glaubte:

»Fasten ist etwas für Idioten. Wenn alle Leute lesen könnten oder die Pfaffen es euch aus der Heiligen Schrift übersetzten, dann wüsste ein jeder, dass Jesus und die Propheten viel gefastet haben. Bis zu 40 Tage. Und dass sie es zum Kotzen fanden!«

Seine große, hagere Gestalt sprach seinem Lebenswandel Hohn.

»Seid froh, in der Stadt zu leben«, sagte er gerne.

»Hier dürfen wir sogar in der Fastenzeit Butter essen.«

Diesen Ausspruch unterstrich er, indem er mit der Hand in den Butterteller langte und ein großes Stück, ohne Brot oder sonstige Beilage, in sich hineinstopfte. Manch einem wurde dabei bereits vom Zusehen übel.

Seine Haare wurden zusehends dünner, aus Eitelkeit kämmte er sie nach vorne, was ihm ein leicht groteskes Aussehen verlieh. Sein fahles Gesicht mit den hervorspringenden Wangenknochen unterstrich dies noch.

Obwohl sein Bier bestenfalls Mittelmaß war und er das

gute Essen meist nur sich selbst gönnte, war sein Brauhaus regelmäßig zum Bersten voll. Das lag ausschließlich an seinen erlesenen musikalischen Darbietungen. Es gelang ihm immer wieder, die besten fahrenden Sänger und Musikanten zu engagieren.

In Trier wie in Köln gab es bereits Meistersinger-Schulen, sodass deren Schüler auf der Reise häufig in Bitburg Station machten. Begleitet von Flöten, Dudelsäcken und Handtrommeln, sangen die Fortgeschrittenen unter den Sängern bereits mehrstimmig. Obwohl die Lehre der großen Pariser Magister Leoninus und Perotinus von der Mehrstimmigkeit bereits seit Längerem an den Meistersinger-Schulen gelehrt wurde, galt ein derartiger Vortrag in einer Schenke doch als etwas unerhört Neues. Die Menschen waren ganz verrückt danach und drängten in die Vorstellungen, egal was es kostete.

An diesem Abend war es eher ruhig. Keine Musik, wenige Gäste.

Dieter war derlei gewohnt.

Da er am nächsten Tag Bier brauen wollte, war es ihm aber recht, da konnte er zeitig zu Bett gehen.

Er plante, ein neues Rezept auszuprobieren. Ein Bier mit Zusatz von Queckenwurzel und Runkelrüben. Nach seiner Vorstellung sollte das Bier damit bernsteinfarben bis rötlich herauskommen.

»Dazu ein wenig Wermut und Wacholder. Das wäre doch mal was anderes als die dunkle, bittersüße Brühe, die von den Flügels hergestellt wird«, murmelte er vor sich hin.

Ihm graute nur vor der Arbeit, die Runkelrüben klein zu hacken.

»Mein Brauerbursch wird dazu keine Zeit haben, muss ich es wohl selber machen.«

Da fuhr ein Windstoß durch die fast leere Schenke: Die Tür wurde geöffnet.

Ein Junge stand im Eingang, ging auf ihn zu und fragte:

»Seid Ihr der Brauherr Dieter? Man ruft mich Bertram, und ich suche eine Arbeit als Brauerbursch! Der Flügel-Pierpreu vom ›Römer‹ hat mich zu Euch geschickt.«

»Was denkst du dir, du Bauerntölpel, dass du mich einfach so anreden darfst! Meine Familie ist seit Erlangung der Stadtrechte, seit über 200 Jahren, als Stadtadel im Bitburger Schöffenkollegium vertreten. Du solltest nur mit mir reden, wenn ICH DICH anspreche.«

Dieters Zorn war gespielt, er machte sich gerne einen Spaß daraus, vor einfachen Leuten den arroganten Edelmann herauszukehren.

Bertram blickte eingeschüchtert zu Boden und murmelte eine Entschuldigung.

Dieter schaute ihn an und bemerkte die Entstellung in dessen Gesicht.

Er lächelte hintergründig, eigentlich kam der Bursche ja wie gerufen.

»Magst du Runkelrüben klein schnitzeln? Dann kannst du gleich morgen anfangen.«

Er hatte nicht vor, ihn länger zu behalten, aber diese Arbeit konnte der schiefnasige Trottel ihm gut abnehmen. Danach würde er ihn vom Hof jagen.

Georg

Georgs Anfangslohn betrug zehn Pfennige am Tag. Damit hätte er nicht viel anfangen können, aber bei Fischer gab es zu essen, und er hatte sich von seinen, oder besser: Michels Ersparnissen noch vorher neu eingekleidet.

Eine einfache Hose für sieben Pfennige, für vier Pfennige ein Hemd, dazu 15 Pfennige für ein Paar Schuhe, die ersten seines Lebens. Fischer bestand darauf, dass bei der Arbeit mit den Biersteinen Schuhe getragen wurden. Trotzdem hatte er noch reichlich Münzen übrig, die er wieder zurück ins Versteck tat.

Daniel und Georg kamen überraschend gut miteinander aus. Oder war es, dass es Sonja, die länger geblieben war als nur eine Nacht, gelungen war, ihn zu zähmen? Seine Wutausbrüche und ebenso seine Prügelorgien blieben jedenfalls monatelang aus.

Wenn er auch Anfangs viel schimpfte, weil Georg keine Ahnung von der Brauerarbeit hatte, »Heiliger Himmel, einem Esel kann ich das leichter erklären. Dich anzuleiten ist eine Qual, womit habe ich das verdient? Die Via Dolorosa unseres gekreuzigten Heilands war ja ein Zuckerschlecken dagegen!« und dergleichen mehr, so merkte er doch bald, dass Georg schnell von Begriff war und er ihm das meiste nur einmal zeigen musste. Als ein Junge, der bereits in jungen Jahren dreimal Eltern oder Pflegeeltern verloren hatte, war dieser Kummer gewohnt und tat sich schwer, anderen Menschen zu vertrauen. So hatte Georg sich bereits früh eine gewisse Zähigkeit und Unempfindlichkeit angeeignet, die er jedoch gegenüber Daniel mit einer anhänglichen Loyalität paarte, die dem Charakter des selbst ziemlich raubeinigen Brauherrn ungemein entgegenkam. Langsam, ganz langsam, stieg Georg in den Rang eines Protegés von Daniel Fischer auf.

Da dieser als Einziger die Rezepturen kannte, durften weder Georg noch die anderen Mitarbeiter wirklich selber brauen. Aber die Handlangerdienste waren schwer genug.

Alle Arbeiten waren aufgeteilt, es gab niedere und höher gestellte Arbeiten, wobei die höher gestellten Arbeiten direkt mit den Rohstoffen zu tun hatten:

Das von Daniel vorher abgemessene Malz schroten und in den Maischbottich einmaischen.

Oder die von Daniel im stillen Kämmerlein berechnete Hopfenmenge hinzufügen.

Die niederen Arbeiten hingegen waren heiß und dreckig, und je heißer und dreckiger, desto niedriger.

Seit einigen Jahrzehnten war es in Straßburg üblich, nicht den Topf übers Feuer zu hängen, sondern es genau umgekehrt zu machen. Sobald der Braukessel bereit und mit allen Zutaten gefüllt war, versenkte man über hölzerne Kufen glühend heiße Steine darin und erhitzte so den Inhalt des Kessels.

Dies war enorm aufwendig, vor allem, da die Steine häufig zersprangen und somit nur ein einziges Mal verwendet werden konnten. Die Biere aber gerieten meist besonders aromatisch und süßlich, weil ein Teil des Malzextraktes am heißen Stein karamellisierte.

Georgs Aufgabe war es, die Steine zu erhitzen. Dazu wurde im Kamin ein wahres Höllenfeuer angefacht. Zwei ältere Gesellen bliesen mit einem Blasebalg Luft ins Feuer, während Georg mit einer Art langarmiger Riesenzange die Steine hineinlegte und wieder herausnahm. Er hatte das Gefühl, direkt in einem Ofen zu sitzen, die Flammenzungen leckten nach seinen Händen und seiner Kleidung, er troff vor Schweiß, und mehr als einmal hätte er sich um ein Haar schlimme Verbrennungen zugezogen. Nach getaner Arbeit war er krebsrot, seine Haut brauchte Stunden, um ihre normale Farbe wiederzuerlangen.

Sein Herr schickte ihn auch regelmäßig auf die Suche nach Biersteinen. Columban, der lahme und halbtaube Knecht, fuhr mit dem Eselskarren los, manchmal, bevor Georg aufgesprungen war. Der Knecht mochte ihn nicht besonders und zeigte dies deutlich. Dann musste Georg immer hinter dem Karren herlaufen und sich im Fahren daraufschwingen. Das war nicht ganz ungefährlich, trotz der langsamen Fahrt.

Hatten sie dann Biersteine gefunden, musste Georg sie hochwuchten und auf den Karren legen. Columban stand derweil daneben und grinste. In der Brauerei angekommen, musste Georg auch allein abladen. Viele der Steine waren ziemlich schwer, und mehr als einmal schmerzten ihm abends alle Knochen.

Auch Georg schätzte Daniels berühmte Biersuppe und freute sich jeden Morgen darauf. Und am Ende seines zweiten Jahrs in Straßburg, nachdem Georg in der Zwischenzeit ein fester Bestandteil von Fischers Brauerei geworden und auch im Rang der Arbeiten aufgestiegen war, wich Daniel von seiner ansonsten strengen Gewohnheit ab und verriet Georg das Biersuppenrezept:

»Du hängst einen Topf mit Bier übers Feuer, nimm am besten von dem dunklen, süßen, in einen anderen Topf schlägst du ein Dutzend Eier auf, legst ein großes Stück Butter dazu, etwas Milch und quirlst es mit kaltem Bier ab. Dann gießt du das heiße Bier zu den Eiern, ein wenig Salz und noch einmal quirlen. Dann nimmst du ein gutes Brot und richtest die Suppe auf diesem an. Du kannst die Suppe auch mit Zucker oder Zimt versüßen.«

Er hielt inne und steckte sich demonstrativ schmatzend die Finger in den Mund.

»So werden sich die Gäste die Finger schlecken und mehr von dieser Suppe verlangen.«

Monat für Monat ging ins Land, Daniel wurde ruhiger, je älter er wurde. Dafür sorgten nicht zuletzt auch Sonja und

Adelheid. Sonja war in Straßburg geblieben, ihr vormaliger slawischer Stolz war einer treuen Ergebenheit für Daniel gewichen, seit sie durchschaut hatte, dass sie ihn dadurch eigentlich umso besser im Griff hatte. Adelheid und sie verstanden sich bestens. Adelheid war für die Küche zuständig, insbesondere für das Kochen der Eingeweide und Innereien, die, angerichtet mit Paradieskorn, Lorbeer und Langpfeffer, neben der Biersuppe zu den Spezialitäten der Fischer-Küche gehörten, Sonja für die Schankstube, beides jedoch unter Daniel Fischers Oberaufsicht.

Georg profitierte von dieser Entwicklung, indem Daniel ihn mehr und mehr in seine speziellen Brauergeheimnisse einweihte.

»Solltest du jemals von hier fortgehen und mir mit meinen eigenen Rezepturen Konkurrenz machen, werde ich dich windelweich prügeln!«, sagte er mehr als einmal, wenn Georg ihm wieder ein weiteres Geheimnis entlockt hatte.

Georg hatte, genau wie Sonja, Gefallen an der Stadt gefunden.

Dadurch, dass sie seit Langem nur dem Kaiser untertan waren und sonst niemandem, ließ es sich befreit und gut dort leben. Sogar der Stadtadel war entmachtet worden, die Zünfte dominierten, und wer ihnen nicht in die Quere kam, oder noch besser, ihnen angehörte, hatte ein gutes Auskommen.

Es gab drei Zünfte, die den Handel und das Gewerbe beherrschten:

Die Kaufleute und Bäcker waren zusammengeschlossen, ebenso die Fleischhauer, Loher und Schuhmacher.

Die dritte Zunft waren die Schmiede und Schröter. Die Schröter hatten die Aufgabe, abgefüllte Weinfässer aus den Kellern der Winzer zu ›schroten‹, auf Wagen durch die engen Gassen zu transportieren und auf die Rheinschiffe zu verladen.

Die Zünfte hatten am meisten von den ständigen Streitereien zwischen den Familien Müllenheim und Zorn profitiert und sich langsam, aber sicher starke Machtpositionen erarbeitet.

Die Zunft der Kaufleute und Bäcker war die älteste, vornehmste und bedeutendste Vereinigung. Ihr wurden später, nach dem Aufschwung des Braugewerbes durch die Frostkatastrophe von 1446, auch die Bierbrauer angeschlossen.

Für das Kind eines Straßburger Bürgers betrug der Eintrittsbeitrag zwölf Schillinge und ein Pfund Wachs, mit dem Kerzen für die verstorbenen Zunftmitglieder hergestellt wurden.

Der gleiche Eintrittspreis galt für Berufe, die einer Zunft neu hinzugefügt wurden, unabhängig von der Herkunft.

Neulinge von auswärts hatten in etablierten Berufen keine Möglichkeit, Mitglied zu werden. Verstoß gegen die Zunftregeln wurde hart bestraft, bis zu einer Mark kostete eine einfache Missachtung, wie zum Beispiel die Herstellung von Brot ohne entsprechende Erlaubnis.

Daniel besuchte die Zunftversammlungen regelmäßig, erzählte hinterher ausführlich davon und schimpfte über die Einfalt und Sturheit seiner Zunftgenossen.

Georg hatte bald herausgefunden, dass es schwierig, wahrscheinlich sogar unmöglich werden würde, hier in Straßburg ein eigenes Brauhaus auf die Beine zu stellen, auch wenn dies in noch so weiter Ferne lag.

Also versuchte er zu lernen, in seiner karg bemessenen freien Zeit das Leben zu genießen und zusammen mit Fafnir Straßburg zu erkunden.

Dominiert wurde die Stadt vom Münster. Das Liebfrauenmünster war angeblich eines der höchsten Gebäude auf der ganzen Welt, zumindest der Nordturm!

Als ein Monument aus rosa Vogesensandstein strebte es dem Himmel entgegen: der ganze Stolz der Straßburger, die nicht müde wurden zu betonen, dass der Bau des Münsters von Bürgergeldern und nicht vom Bischof oder vom Domkapitel finanziert worden war.

Oftmals stand Georg am Münsterplatz, der nicht weit von Fischers Brauerei war, und bewunderte nicht die prächtigen Bürgerhäuser, sondern die eintürmige Kirche und ihre charakteristische asymmetrische Form, obwohl er diese Gedanken nicht in Worte fassen konnte.

Er fragte sich, wie weit entfernt dieser Turm zu sehen sei, »vielleicht sogar über das Rheinufer hinweg«.

Grundsätzlich waren die Voraussetzungen für die Aufnahme in das Brauhandwerk nicht nur in Straßburg, sondern in jeder Stadt des Reiches außergewöhnlich hoch gesteckt. Die beiden wichtigsten Voraussetzungen fehlten Georg von Anfang an: der Nachweis der ehelichen Geburt – sein Nachname ›Esposito‹ dokumentierte dies sogar anschaulich – und der Besitz des Bürgerrechts. Daniel ignorierte dies, obwohl ihm im Gegensatz zu Georg dieser Makel bewusst war, und setzte sich über die alten Regeln hinweg, indem er Georg mehr und mehr in seine Geheimnisse einweihte.

Vor der großen Elsässer Frostkatastrophe war das Recht, ein Brauhaus zu errichten und zu führen, nur an einflussreiche und wohlhabende Bürger, die auch Grundstücksbesitzer waren, verliehen worden. Da diese Brauherren ihr Privileg jedoch in der Regel nicht selber nutzten – ihre städtischen Ämter ließen dies nicht zu –, sondern die Arbeit von Lohnknechten und Gesellen ausführen ließen, hatte sich aus diesen ein ebenfalls privilegierter Berufsstand herauskristallisiert: der der Braumeister, denen es sehr bald gelungen war, ihren Berufstand streng abzuschirmen und gegen Neulinge von außerhalb zu verteidigen.

Nach der Katastrophe waren die Regeln etwas aufgeweicht worden, weil mehr guter Nachwuchs benötigt wurde, als die eigenen Reihen hergaben.

Daniel Fischer war jedoch auch hier die Ausnahme, weil er nicht bei einem Straßburger Brauherr gearbeitet hatte, sondern sich gleich mit eigenen Mitteln sein eigenes Brauhaus errichtet hatte. Seine Kenntnisse hatte er von einigen nützlichen Reisen, die er als junger Mann unternommen hatte. Er kam insofern nicht aus dem eigenen Nachwuchs, hatte sich aber mittlerweile den Respekt der anderen Brauer erworben.

Der aber nicht unbedingt auf Gegenseitigkeit beruhte, weswegen Daniel auch nicht daran dachte, eine Erlaubnis zu Georgs Ausbildung einzuholen.

Je mehr Zeit verging, je besser Georg das Bierbrauen beherrschte, desto mehr sah er in Georg den Sohn, den er wohl niemals selber zeugen würde können. So hatte ihm eine Wahrsagerin vor Jahren prophezeit. Und ein Medikus, den er aufgesucht hatte, hatte diese Diagnose bestätigt. Sonja schien es egal zu sein, er hatte ihr gegenüber seine Bedenken jedoch noch nicht geäußert.

Georg lernte viel in dieser Zeit. Viele Menschen aus ganz Europa besuchten Straßburg, darunter Pilger und Wallfahrer, Kaufleute und Ritter, aus Frankreich, sogar aus Spanien und den Niederlanden kamen sie an den Rhein. Daniel hatte ihm einmal erzählt, dass in den letzten 100

Jahren in der Diözese Straßburg über 30 neue Wallfahrtsorte entstanden waren, darunter mehr als die Hälfte Marienheiligtümer mit sogenannten Hostienwundern.

»Sollen die Narren doch kommen und ihr gutes Geld bei uns lassen«, hatte der wenig fromme Brauherr oft genug gelästert.

Das Völkergemisch, das sich in der Schankstube drängelte, die fremden Sprachen und der Anblick fremd aussehender Menschen boten Georg viele Möglichkeiten, Erfahrungen zu sammeln. Er nutzte sie redlich.

Bertram

WIEDER EINMAL war er verprügelt worden, wieder einmal verfluchte er sein Schicksal.

Zwei Tage lang hatte er jeweils zwölf Stunden lang mit einem nicht sehr scharfen Messer Eimer um Eimer voller Runkelrüben klein geschnitten. Kurze Pausen für ein karges Essen, das Dieter de Foro ihm mehr hingeworfen als -gestellt hatte, dann ging es weiter.

Als er fertig war, hatte er seinen Lohn eingefordert und nach weiterer Beschäftigung gefragt.

Hohnlachen und eine Tracht Prügel waren die Antwort gewesen.

»Soll ich dir den Rest deines Gesichts auch noch verunstalten? Reicht dir deine Nase noch nicht?«

Jetzt saß er am Straßenrand und weinte.

Mehr über die erneute Demütigung als über die Verletzungen.

Er konnte es einfach nicht glauben: Sogar ein Mitglied der städtischen Hochgerichtsbarkeit setzte sich über Recht und Anstand hinweg und verweigerte ihm seinen verdienten Lohn!

Dieter vom Markte war allerdings nicht so geschickt im Austeilen gewesen wie Daniel Fischer, und daher hatte er davonlaufen können.

Er war vom Pech verfolgt und wusste nicht, warum.

Während er sich in Selbstmitleid erging, erkannte er plötzlich mit glasklarem Blick, dass er einfach nicht wehrhaft genug war.

Emmerich hatte ihn zwar als Begleiter akzeptiert, er hatte seine Wehrhaftigkeit während der Reise jedoch nicht unter Beweis stellen müssen.

Er war kräftig, aber es fehlte ihm sowohl an Selbstbewusstsein als auch an ordentlicher Bewaffnung und Erfahrung im bewaffneten wie im unbewaffneten Kampf.

Ein Ruck ging plötzlich durch ihn, als er beschloss, dies zu ändern.

Das wenige, was er darüber wusste, hatte er von Emmerich gelernt.

Lange Zeit waren die Ritter das Maß aller Dinge in perfekter Bewaffnung gewesen. Mit Schwert, Schild und Lanze war ein guter Ritter praktisch unbesiegbar gewesen.

Dies hatte sich in letzter Zeit dramatisch geändert. Der Niedergang des Rittertums war nicht zuletzt auch neuen Waffen geschuldet. Langbogen und Armbrust konnten mit ihren schnell verschossenen Pfeilen und Bolzen auch stärkste Rüstungen durchschlagen. Ein geübter Bogenschütze konnte einen Ritter zur Strecke bringen, lange bevor dieser den Schützen attackieren konnte. Auch ein Verbot des Papstes für diese unritterlichen Waffen hatte nichts genützt. Es war weitgehend ignoriert worden.

Bertrams Entschluss stand fest: gute Waffen mussten her, bevor er sich wieder mit anderen Menschen einließ. Einen Dolch hatte er sich von dem Geld für Emmerichs Dienste bereits beschafft. Mittelgroß, mit schlanker Klinge, jedoch scharf geschliffen, mit einem schwarzen Griff aus Messing, den er mit Leder umwickelt hatte. In einem kleinen Futteral steckend, band er ihn sich jetzt an der Wade fest, bevor er seine Schnürstiefel – die andere Neuanschaffung von Emmerichs Lohn – darüberzog. Damit sollte im Notfall das Überraschungsmoment auf seiner Seite sein.

Eine mittelgroße Armbrust, die bräuchte er noch. Und Übung im Kampf.

Emmerich und seine Gruppe waren schon weitergereist. So gab er sein letztes Geld für einen Beutel mit Wegzehrung aus, dann verließ er Bitburg durch das Kölner Tor. Allein, voll Hass und zu allem entschlossen.

Er musste nicht lange warten, bis er ein Objekt zum Üben gefunden hatte. Hinter Nattenheim traf er auf einen Schäfer, der mit seiner kleinen Herde am Wegrand stand. Der mittelgroße, schwarzbraune Hund bellte ihn fröhlich an, nicht ahnend, wen er da anbellte.

Der Gruß des Schäfers wurde nicht erwidert. Wortlos ging Bertram auf den Hund zu, nahm seinen Dolch, packte den Hund am Hals und schnitt ihm kurzerhand die Kehle durch.

Blut spritzte, als das Messer weich durch das Fleisch des Hundes glitt, der Schreck ging ihm anfangs durch Mark und Bein, schließlich war es das erste Mal, dass er bewusst ein Lebewesen tötete, und dieses dazu noch ohne Grund.

Der Schäfer, ein älterer Mann, dessen Gesicht von einem großen Hut verdeckt war, schrie auf und ging, mit seinem Stab vor sich her fuchtelnd, auf Bertram los.

Bertram schlug ihm den Stab aus der Hand und trommelte mit den Fäusten auf den armen Schäfer ein, der gar nicht wusste, wie ihm geschah. Völlig überrascht von dem Angriff, versuchte er lediglich, sein Gesicht zu schützen, durch die Hiebe und Tritte ging er alsbald zu Boden.

Bertram hatte leichtes Spiel. Er ließ erst ab, als der Schäfer blutend und regungslos, aber noch lebend vor ihm im Gras lag.

Er setzte eine Grimasse auf, die er als diabolisch empfand, überlegte kurz, ob er auch noch ein Schaf massakrieren sollte, empfand das aber als seiner unwürdig und ging weiter seines Weges.

Seine erste Bewährungsprobe hatte er bestanden. Niemals wieder würde jemand ihn wehrlos finden und verprügeln. Plötzlich verwandelten sich der Hass und die Rage, die er eben noch auf alles Lebende empfunden hatte, in ein Triumphgefühl, wie er es noch niemals verspürt hatte. Herr über Leben und Tod zu sein, ein Leben nach seinem Belieben zu verlängern oder zu beenden, dieses Hochgefühl war unbeschreiblich.

Um vor eventueller Verfolgung sicher zu sein – vielleicht hatte der Schäfer ja einen Lehnsherren, der ihn zur Rechenschaft ziehen wollte –, verließ Bertram die Hauptstraße Richtung Köln und wollte sich nach Osten durchschlagen, in Richtung Kyllburg.

Nach einer Stunde Wegzeit fiel ihm ein, dass er in Bitburg noch etwas vergessen hatte, was der Erledigung harrte. Er ging zurück, um die Stadt herum, mischte sich am südlichen Stadttor, dem Trierer Tor, unauffällig unter das Volk und gelangte so in die in diesen ausnahmsweise friedlichen Zeiten weniger streng bewachte Stadt.

Das Brauhaus lag links vom Stadttor, lediglich zwei Türme weiter, hinter dem Hospital. Bertram wartete in einer dunklen Nische des Turms, bis er sicher war, dass der letzte Gast den ›Lüsternen Eber‹ verlassen hatte, dann schlug er zu.

Der Kampf, wenn man es überhaupt ›Kampf‹ nennen konnte, war kurz. Bevor Dieter verstanden hatte, dass er angegriffen wurde, steckte ihm Bertrams Messer schon bis zum Heft im Hals, sodass es hinten wieder herausfuhr. Er sprang mit einem Schrei auf, zog sich das Messer aus dem Hals und wollte damit auf seinen Widersacher losgehen. Bertram hatte mit einem sofortigen Tod gerechnet und war entsprechend überrascht über den anfänglichen Widerstand. Der dauerte indes nicht lange. Mit jedem Atemzug kamen große blutige Luftblasen aus der Kehle, Bertram hatte mit seinem Dolch Dieters Luftröhre angeschnitten. Der lag bald am Boden und röchelte, während seine Wunde weiterhin blutigen Schaum ausspuckte. Bertram stand mitleidlos grinsend über ihm und wartete in aller Ruhe ab, bis der Todeskampf des Brauherrn, der ihn um seinen Lohn geprellt hatte, vorbei war.

Bis Dieter vom Markte am nächsten Mittag in seinem Brauhaus gefunden wurde, mit durchgeschnittener Kehle und den Mund voller Rübenschnitzel, hatte Bertram die Stadt schon wieder verlassen und war auf dem Weg nach Süden.

Dieters Tod wurde zu Protokoll genommen, besonders die Rübenschnitzel wurden vermerkt. Das Protokoll ging an alle Hochgerichtsbarkeiten in der Umgebung mit der Bitte, den Täter nach Bitburg zu überstellen, sollte er gefasst werden.

Mord und Totschlag kamen häufiger vor, als es der Obrigkeit lieb war, aber an Adligen doch eher selten. Da musste mit aller Macht ein Exempel statuiert werden.

Nach einem weiteren Tag erreichte Bertram das Moseltal und war dem Bitburg-Luxemburgischen Herrschaftsbereich bereits wieder entronnen.

Er folgte der Mosel flussabwärts. Was er brauchte, Essen oder Geld, stahl er unterwegs. Es war leichter, als er anfangs gedacht hatte.

Einen Fehler jedoch machte er: Er vergaß, dass er aufgrund seines entstellten Gesichts leichter zu beschreiben war als andere. Da die Wunden verheilt waren und sogar die Nase nicht mehr schmerzte, dachte er meist gar nicht mehr daran. Gelegenheit, in einen Spiegel zu schauen, hatte er keine.

Kurz vor Cochem machte er Rast in einer Schankstube. Der Raum war beinahe leer, lediglich zwei andere Männer verspeisten gerade eine riesige Fleischportion mit einem großen Krug Wein. Bertram sah das üppige Gepäck der beiden, dann hörte er interessiert mit.

Die beiden waren unterwegs zu den Herren von Eltz auf der gleichnamigen Burg. Die Burg Eltz lag im Tal der Elz, die das Maifeld von der Vordereifel trennt.

Der ältere der beiden war der Wortführer, und offensichtlich waren sie Kaufleute in Sachen Bewaffnung. Sie führten Gerätschaften mit sich, die Bertram niemals als Waffen erkannt hätte.

Nach einem weiteren Krug Wein kam Bertram mit ihnen ins Gespräch und gab sich als Brauerbursch auf Wanderschaft aus. Ganz gelogen war das ja nicht.

Der ältere der Kaufleute stellte sich als Bredelin vor, der jüngere, »mein Sohn, der mein Geschäft übernehmen und jetzt lernen soll«, hieß Eberwin.

Ohne großes Nachfragen erzählte Bredelin.

Sie kamen aus Nürnberg, waren in Trier gewesen und jetzt eigentlich auf dem Heimweg. Eine Kundschaft hätten sie noch unterwegs zu besuchen, die Eltzer Herrren.

»Die Burg Eltz ist schon über 300 Jahre alt, wird aber gerade ausgebaut. Und da haben wir neue Waffen im Angebot.«

Bertram schaute interessiert, als Eberwin eines der seltsam anmutenden Geräte in die Hand nahm.

»Das ist eine Hakenbüchse. Hier in der Moselgegend oder im Luxemburgischen nennt man sie ›Arkebuse‹. Das sind ganz neue Arten von Verteidigungswaffen. Die möchten wir den Eltzern verkaufen.«

Bertram hatte keine Vorstellung, wie diese Waffen funktionieren sollten, und gab das auch unumwunden zu.

»Ich kann es dir nicht vorführen, es ist zu aufwendig und zu gefährlich hier drinnen, aber glaube mir, die Wirkung ist verheerend«, erklärte Bredelin.

Nachdem Bertram kein klares Ziel hatte, versuchte er, sich so bei den beiden anzubiedern, dass sie ihn zur Gesellschaft mitreisen ließen.

»Nürnberg ist eine große Stadt. Da gibt es sicher Arbeit für mich.«

»Dann komm mit uns. Wir haben einen kleinen Wagen, nur für unser Gepäck und unsere Ware, neben dem wir hergehen. Da ist gute Gesellschaft immer passend. Und ich verspreche dir, wenn wir in Nürnberg angelangt sind, weißt du alles über die neuen Waffen. Auch wenn es dir beim Bierbrauen nicht hilfreich sein wird.«

Am nächsten Tag schon besuchten sie die Burg Eltz. Imposant und gewaltig reckte sie sich auf einem 70 Meter hohen Felsen aus dem Tal des kleinen Elzflüsschens empor, das sie von drei Seiten umfloss. Die Lage war gut gewählt, einerseits abseits der großen Straßen und nicht leicht zu finden oder zu erobern, andererseits an der Verbindung zwischen Mosel und den fruchtbaren Gegenden des Eifeler Maifeldes. Lediglich eine schwere Auseinandersetzung hatte die

Burg Eltz in ihrer Geschichte durchstehen müssen: die sogenannte ›Eltzer Fehde‹ von 1331 bis 1336. Dabei ging es um einen politischen Streit der Eltzer Herren mit dem Erzbischof und Kurfürsten Balduin von Trier. Balduin belagerte schließlich die Burg, und die Eltzer ergaben sich, bevor die Burg zerstört werden konnte. Seither waren die Eltzer Lehensleute des Trierer Erzbischofs.

Bredelin und Eberwin hatten hier gleich drei Kunden. Seit über 200 Jahren lebten auf der Burg Eltz drei Linien der Eltzer in einer sogenannten Ganerbengemeinschaft*. Die Linien waren benannt nach den drei Brüdern Elias, Wilhelm und Theoderich, die die Stammesteilung damals beschlossen hatten.

Sie traten ein durch die auf drei Pfeilern ruhende gewölbte Vorhalle, durch die sich die Hoffront der Häuser öffnete.

Als die Herren von Eltz sich zur Begrüßung näherten, schickte Bredelin Bertram fort.

»Geh, setz dich irgendwo hin und warte, bis wir unser Geschäft erledigt haben.«

Bertram tat, wie ihm gesagt wurde, setzte sich aber noch nahe genug, um Bredelins Vorstellung mitzuerleben.

Zuerst wurden Neuigkeiten ausgetauscht, die fahrende Kaufleute immer reichlich mit sich führten und die in einer etwas abgelegenen Burg gerne gehört wurden.

Besonders die politische Lage, Kriege und Eroberungen wurden am liebsten kolportiert.

»Die Türken stehen schon in Bosnien, nach Wien ist es nicht mehr weit«, war eine der neuesten Schreckensmeldungen.

»Dafür zahlen es die Portugiesen den Arabern heim

---

* Eine Ganerbengemeinschaft war nach altdeutschem Erbrecht das gemeinsame Familienvermögen, vorwiegend Grundbesitz, über das die Ganerben nur gemeinsam verfügen konnten.

und belagern Tanger. Die Stadt wird bald in Christenhänden sein.«

»Und der englische König Heinrich VI. wurde im Tower zu London von seinem Rivalen Eduard, der sich jetzt als König ›der Vierte‹ nennt, ermordet.«

Schließlich war der Informationspflicht Genüge getan, die Vorstellung begann.

Eberwin nahm eine der sechs Hakenbüchsen, die sie mit sich führten, und Bredelin begann mit seinem Vortrag.

»Hochverehrte Herren von Eltz. Gewiss habt Ihr schon gehört von der Erfindung des Freiburger Franziskanermönchs Bertholdus Niger, obwohl dessen Erfindung bisweilen auch anderen klugen Köpfen zugeschrieben wird. Bertholdus hatte für ein Experiment in einem Mörser Salpeter, Schwefel und Kohle zerstampft. Den Mörser stellte er, zusammen mit dem Stößel, in einen Ofen und verließ seine Kammer. Kurz darauf erfolgte eine heftige Explosion. Alles war in die Luft geflogen. Der Stößel steckte sogar so fest in der Decke, dass er nicht einmal durch Berühren mit Reliquien der heiligen Barbara herausgezogen werden konnte.«

Er trank einen Schluck Wein, der ihm gereicht worden war.

»Dies geschah vor über 100 Jahren und ist wohl bekannt. Nun, resultierend aus dieser Erfindung, welche ›Schwarzpulver‹ genannt wurde, entstanden neue Waffen. Und die neueste Verteidigungswaffe möchten wir Euch vorstellen.«

Eberwin hielt die beinah acht Kilogramm schwere Büchse triumphierend über den Kopf, während Bredelin fortfuhr.

»Ihr braucht Euch in Zukunft nicht mehr allein auf Kriegsmaschinen wie Katapulte oder Schleudern zu verlassen. Auch Armbrüste oder Langbögen gehören der Vergangenheit an. Wir arbeiten in Nürnberg Hand in Hand mit einer Gießerei, einer Schmiede und einer Schleiferei. Dazu kommt noch feinste Drechslerarbeit für die

Hölzer. Diese Hakenbüchsen haben ein Luntenschloss und werden von vorne geladen. Sie sind bestens geeignet, von einer Burgmauer herab auf einen Angreifer zu schießen.«

Einer der drei Herren von Eltz, deren Namen Bertram nicht verstanden hatte, hatte Eberwin die Büchse aus der Hand genommen und wog sie nun, fachmännisch begutachtend, in seinen Händen.

»Das ist das Beste, Leichteste und Durchschlagendste, was es derzeit an schießenden Verteidigungswaffen gibt!« Bredelin redete sich in eine regelrechte Euphorie.

»Seht Ihr diesen Haken?« Er zeigte auf einen eisernen Haken unter dem Lauf der Arkebuse.

»Damit könnt Ihr die Büchse auf der Mauer oder an einem Ast fixieren, um den Rückstoß aufzufangen. Und der ist enorm, glaubt mir, genauso wie die Geschwindigkeit der Geschosse.«

Dass die Treffsicherheit ab zehn Metern Entfernung rapide abnahm, verschwieg er wohlwissentlich.

»Wie schießt man damit?«, ergriff der erste Eltzer das Wort.

»Ganz einfach! Zuerst nehmt Ihr ein Zündkraut. Das ist ein nicht gekörntes Schwarzpulver. Und dann werde ich unsere neue Entwicklung vorstellen. Bislang wurden die Hakenbüchsen mit einem Luntenschloss ausgestattet. Damit konnte man bereits während des Abdrückens zielen und dadurch genauer schießen als mit den früheren Modellen. Es gab aber viele Nachteile: Man musste eine brennende Lunte mitführen, die Lunte am Schloss ständig korrigieren, und konnte nicht zuletzt bei Feuchtigkeit nicht schießen. Und bei starkem Wind wurde das Pulver aus der Pfanne geweht. Daher waren diese Büchsen bei Wind und Regen nutzlos. Mit unseren neuen Büchsen hingegen könnt Ihr Euch bei jedem Wetter verteidigen. Unsere Nürnberger Handwerker haben dieses ›Radschloss‹ neu entwickelt.«

Er ging zur Büchse, zeigte auf den Mechanismus, die Büchse ging von Hand zu Hand. »Seht dieses Zahnrad aus Eisen, das durch die Zündpfanne greift. Ihr dreht es mit einem Schlüssel an der Achse, dadurch wird diese Kette gespannt, die sich um seine Achse windet.

Am anderen Ende befindet sich die Schlagfeder. Durch Auslösen des Hahns wird die Feder gelöst, der Hahn, auf dem ein Stück Schwefelkies liegt, schlägt Funken in der Pulverpfanne, und der Schuss geht los.«

Eberwin schritt zur Demonstration.

Bertram verfolgte mit großer Spannung, was da kommen sollte.

»Habt Ihr ein Objekt, auf das ich schießen soll?«, fragte Eberwin.

Auf einen knappen Befehl eines Eltzers hin brachte ein Bursche einige größere, flaschenähnliche Pflanzen, die wie ein Gemüse aussahen, die Bertram aber völlig unbekannt waren.

»Ah, Churpizze, die sind hervorragend zur Demonstration geeignet«, rief Bredelin aus.

Sie hängten einen Churpiz an einem Seil vom Galgen herab, der im Hof stand.

Bredelin schickte mit warnenden Gesten die Herren von Eltz in sichere Entfernung, während Eberwin derweil umständlich die Arkebuse von vorne lud, die Pulverpfanne füllte, das Radschloss spannte, zielte – und abdrückte.

Die Wirkung war erstaunlich: ohrenbetäubender Lärm, Qualm und ein Eberwin, den der Rückstoß an die Wand einige Meter hinter ihm drückte.

Das Seil schwankte im Wind, vom Churpiz war nichts mehr zu sehen, außer einigen schmierigen Flecken an den

Wänden des Innenhofes, einige Meter weit vom Galgen entfernt.

Höflicher Applaus der drei Herren von Eltz.

Bredelin und Eberwin verneigten sich kurz wie Künstler nach einer Darbietung und nahmen kurz darauf huldvoll die Bestellungen entgegen.

Bertram war tief beeindruckt. Das verheerende Resultat dieses Schusses übertraf alles, was er sich bisher unter einer Handwaffe hatte vorstellen können.

Es folgte ein üppiges Mittagessen, auch Bertram wurde eingeladen, allerdings nur, um mit dem Gesinde zu essen. Dennoch, die Küche von Eltz war gut und deftig, er trank sogar einen Moselwein, der mit Milch und Honig vermischt war.

Dann, mit leichterem Gepäck, verließen die drei die Burg. Fünf der sechs Büchsen waren gleich gegen bare Münze dagelassen worden. Eine wollten die Nürnberger Kaufleute behalten, »falls sich unterwegs noch ein Kunde ergibt, dem wir es vorführen möchten«.

Bei Koblenz trafen sie auf den Rhein, jetzt wusste Bertram wieder ungefähr, wo er sich befand. Das verhasste Straßburg lag stromaufwärts, Nürnberg glücklicherweise Richtung Osten.

Bredelin und Eberwin waren prächtiger Laune, eine gute Bestellung, reichlich Vorauszahlung, da konnten sie es sich leisten, großzügig zu sein. Sie luden Bertram zum Essen ein.

Der Weg ging entlang der Lahn, durchs Nassauische in Richtung Limburg. Viel Wald, nur wenige Menschen begegneten ihnen, Siedlungen waren noch seltener. Sie mussten im Wald übernachten. Die Nürnberger Kaufleute waren aber auch darauf vorbereitet.

»Wenn man wie wir dauernd auf Reisen ist, findet man nicht immer ein Gasthaus«, sagte Bredelin lachend, während Eberwin das Feuer anzündete.

Bertram nutzte die Gelegenheit, sich noch einmal ausführlich die Vorzüge der Hakenbüchse demonstrieren zu lassen.

»Kann man damit auch jagen?«

»Das Wild ist zu weit weg und wittert uns zu schnell, das dürfte schwierig sein. Die Büchse ist besser zur Verteidigung aus der Nähe geeignet.«

Tage später fand man die beiden Kaufleute im Wald. Bredelin war die Kehle mit einem scharfen Dolch durchschnitten worden, offensichtlich im Schlaf.

Eberwin war nicht mehr wiederzuerkennen. Eine gewaltige Explosion aus nächster Nähe hatte seinen Kopf weggerissen und seinen Oberkörper zerfetzt. Auch ihn hatte der Tod offenbar im Schlaf überrascht.

Geld fand man keines bei ihnen, auch keine Waffe, kein Pulver und keine Munition.

Von Bertram fehlte jede Spur.

Die letzten Menschen, die die beiden lebend gesehen hatten, berichteten von einem jungen Mann in ihrer Begleitung. Einem Mann mit entstelltem Gesicht, genauer gesagt, einer extrem schiefen Nase. Die Beschreibung deckte sich auch mit der, die der Schäfer bei Nattenheim seinem Vogt gegeben und die dieser an den Hof des Trierer Kurfürsten weitergereicht hatte. Auch hier wurde ein Protokoll erstellt und an verschiedene Städte gesandt. Als dieses in Bitburg ankam, erinnerte man sich auch hier an einen Burschen mit schiefer Nase, der im Brauhaus ›Zum lüsternen Eber‹ gesehen worden war.

Kaiser Friedrich III.

»Wo ist mein Medikus? Du verfluchter Quacksalber, komm endlich herbei!«

Gequält, aber donnernd hallte der Schrei des Kaisers an diesem Tag des Jahres 1474 durch die Hallen der kaiserlichen Residenz in Wiener Neustadt; das Echo der knallenden Türen, die der Kaiser aus Gewohnheit immer mit aller Kraft auftrat, drang sogar bis in die Frauenkapelle und störte dort die Andacht.

Geduckt, mit fliegenden Gewändern eilte der Medikus in Richtung der kaiserlichen Gemächer, ebenso sprangen und verdrückten sich die Bediensteten verschüchtert in Nischen und Türrahmen, als Friedrich III. mit wehenden rotblonden Haaren, das schmale Gesicht schmerzverzerrt, seinem Leibarzt ein Stück entgegenkam.

Der Kaiser, dem sonst im Allgemeinen eine unerschütterliche Robustheit des Körpers, gepaart mit einer spröden Unempfindlichkeit der Seele, nachgesagt wurde, wirkte an diesem Morgen ungewohnt wehleidig.

»Meine Bauchschmerzen bringen mich noch um! Tut endlich etwas dagegen.«

Andreas Reichlin von Meldegg, der kaiserliche Leibarzt, tastete sorgfältig den Bauch seines Patienten ab und sah hoch an dem schlanken, groß gewachsenen, mit etwa 1,80 Meter fast einen Kopf größeren Kaiser des Heiligen Römischen Reiches. Während er in der Magengegend einmal etwas fester drückte, rülpste dieser laut und vernehmlich, dann ließ er wie zur Antwort darauf einen kräftigen Furz fahren.

»Na, Ihr wisst immer wieder, wie Ihr meine Qualen lindern könnt.« Friedrich hörte sich bereits viel versöhnlicher an, obgleich seine gleichgültige Miene das Gegenteil ausdrückte.

»Ich gebe mir Mühe, Euch bestens zu versorgen«, erwiderte der aus Sankt Gallen stammende, ehemalige ›Physicus Iuratus‹ der Stadt Konstanz.

»Hier, schluckt dies. Das wird Euch guttun.«

Er rührte ein Pulver in einen Becher mit verdünntem Wein ein. Friedrich trank und rülpste erneut erleichtert.

Andreas schaute leicht angewidert, als er die Fahne vom Wein, vermischt mit halbverdautem Essen, aus dem Mund des Kaisers roch.

»Warum tue ich mir das immer wieder an? Dieser Teufel Alkohol! Als meine Frau, die gute Eleonora, noch lebte, da hatten wir beide nichts für dieses Zeug übrig. Jetzt ist sie schon seit sieben Jahren tot, und der Wein schmeckt immer noch sauer.«

Friedrich redete sich in Rage.

»Aber jetzt, im Alter, was bleibt mir anderes an Freuden, außer ab und an einmal gut zu essen und zu trinken!«

Er beruhigte sich wieder.

»War das eine Tafel gestern! Ein Bankett wie das der Söhne und Töchter Hiobs! Koteletten und Schulter, Teile vom Lamm, Rinderhaxe, Kalbsgekröse und dazu ein halber Kapaun, wie ich das alles hineinbekommen habe, ist mir ein Rätsel.« Friedrich lachte gequält.

Reichlin von Meldegg war weniger erfreut.

Trotz der schwierigen Zeiten und der politischen Nöte, in denen sich der Kaiser häufig befand, war der Kaiserhof eine Insel der Sorglosigkeit und Völlerei inmitten eines zerrissenen Landes. Die Bevölkerung fiel, was ihre Ernährung anging, von einem Extrem ins andere; ausgelassenen Festen folgten lange und intensive Fastenzeiten, deren Einhaltung streng überwacht wurde.

Am Hof hingegen waren selbst an normalen Tagen alle Portionen üppiger als anderswo, obwohl der Kaiser eigentlich als geizig verrufen war.

Über Mangel an Arbeit durfte sich der kaiserliche Leibarzt also nicht beklagen.

Mit 41 Jahren stand er in der Blüte seiner Jahre, er war einer der am höchsten angesehenen Medizi im ganzen Reich, bis zum Tod von Papst Pius II. im Jahre 1464 sogar päpstlicher und kaiserlicher Leibarzt in Personalunion gewesen.

Pius II., der bürgerlich Enea Silvio de' Piccolomini geheißen hatte, hatte ihn auch mit dem Kaiser bekannt gemacht. Friedrich hatte Enea damals nicht nur als kaiserlichen Sekretär geschätzt, sondern auch seine lockeren Verse geliebt und ihm den Ehrentitel ›poeta laureatus‹ verliehen. Mit Vorlesungen über die Dichter der Antike an der Universität Wien war er einer der einflussreichsten Denker des Humanismus gewesen, bevor er 1456 zum Kardinal ernannt und zwei Jahre später sogar überraschend zum Papst gewählt worden war.

Enea, Andreas Reichlin von Meldegg, bis zu seinem Tode auch der kaiserliche Kanzler Kaspar Schlick sowie ihr gemeinsamer Freund, der Brixener Bischof Nikolaus Cusanus, hatten nächtelang mit Diskussionen über philosophische und politische Themen verbracht, so mancher Krug Wein war dabei gelehrt worden. Nachdem sich Friedrich, bis 1452 noch als König Friedrich IV., danach als Kaiser Friedrich III., regelmäßig hinzugesellt hatte, waren die Weinrationen reichlicher – obwohl Friedrich anfangs selten Wein trank –, der Wein aber keineswegs besser geworden.

Enea Piccolomini bemerkte des Öfteren mit spitzer Zunge, dass die Holzkannen, in denen der Wein ausgeschenkt wurde, ruhig öfter als einmal jährlich gereinigt werden könnten.

»Das wäre der Qualität des Weines sicherlich nicht abträglich.«

Saurer Wein aus Holzkannen, der mit Zucker so lange gesüßt wurde, bis er trinkbar war, das konnte auf Dauer auch der robusteste Magen nicht verkraften.

Und da der Kaiser, obwohl ansonsten eher menschenscheu, viele andere Verpflichtungen hatte, bei denen geschlemmt und gezecht wurde, denen seine humanistischen Freunde jedoch entgehen konnten, hatte ihn seit einigen Jahren eine heftige Gastritis fest im Griff.

Regelmäßig schrie der mittlerweile 60-jährige Kaiser nach dem Aufwachen wie ein weidwunder Löwe nach seinem Leibarzt, wie nun nach der gestrigen Schlemmerei.

Andreas Reichlin von Meldegg war anfangs nicht davon angetan, sich ausschließlich mit kaiserlichen Rülpsern und Fürzen abzugeben.

Die sechs Jahre jedoch, von 1458 bis 1464, in denen er zwei Hauptkunden hatte, noch dazu die beiden wichtigsten Herrscher Europas, waren sehr aufreibend gewesen.

Andauernd auf Reisen, zwischen Rom, Graz und Wiener Neustadt hin- und herpendelnd, auf lange Sicht konnte er keinen zwei Herren dienen. Obwohl er den Tod seines Freundes betrauerte, als Papst Pius II. im August 1464 in Ancona starb, war er auch erleichtert, zumindest was seine Profession betraf. Da im gleichen Monat wie Pius auch der Vierte im Bunde, Nikolaus Cusanus gestorben war, blieb ihm nur noch der verschlossene, wortkarge Kaiser Friedrich zur geselligen Diskussion. Das damit einhergehende, etwas ruhigere Leben hatte ihn mit den körperlichen und geistigen Launen des Kaisers wieder versöhnt.

Friedrich selbst wollte seinen Leibarzt um keinen Preis der Welt missen.

Seit 1438 trug das Haus Habsburg die Kaiserkrone des Heiligen Römischen Reiches Deutscher Nation. Und im

Jahre 1474 saß Friedrich III. bereits seit 34 Jahren auf dem Thron, 22 davon als Kaiser. Zum König gewählt in Frankfurt, gekrönt in Aachen, gefolgt vom Triumph der Kaiserkrönung in Rom – er sollte in der 400-jährigen Erfolgsgeschichte der Habsburger der Einzige bleiben, dem diese Ehre zuteil wurde, wanderte der Regent aus der Steiermark seither ruhelos zwischen Graz, Linz und Wiener Neustadt hin und her.

Er gab reichlich Anlass zum Spott. Zuerst hatte der Pöbel darüber gelacht, wie er immer jünger geworden war: Als Herzog von Österreich Friedrich ›der Fünfte‹ wurde er zu König Friedrich ›dem Vierten‹, und als Kaiser nahm er den Namen Friedrich ›der Dritte‹ an.

»Und sollte er noch Papst werden, wird er sich ohne Zweifel Friedrich ›der Zweite‹ nennen!«, war ein beliebter Spott auf den Kaiser.

Auch einige seltsame Angewohnheiten und Widersprüchlichkeiten Friedrichs hatten den Weg auf die Straße des Spotts gefunden. Er war geradezu als geizig verschrien, gleichzeitig aber als süchtig nach Gold, Schmuck und Juwelen und hatte den Ruf, einer der besten Experten der Welt zu sein, um eine gefälschte Preziose zu erkennen, aber nur, um beim Kauf nicht hereingelegt zu werden. Er galt als abergläubisch und fromm zugleich, vernarrt in Horoskope und gleichzeitig als Freund des Humanismus.

Die Wiener hassten ihn, das beruhte auf Gegenseitigkeit. Er zog seine Residenz in Wiener Neustadt allen Wiener Annehmlichkeiten vor.

»Wien ist ein Pestloch und eine Schlangengrube«, behielt er seine Meinung nicht für sich.

Verheiratet gewesen war er mit der 21 Jahre jüngeren Prinzessin Eleonore von Portugal. Von den sechs Kindern, die sie geboren hatte, lebten nur noch zwei: der 16-jährige Maximilian, der später selbst Deutscher Kaiser werden sollte, und Kunigunde, seine zehnjährige Tochter. Friedrich hatte von Beginn seiner Regentschaft an militärische Auseinandersetzungen gescheut und immer den Verhandlungsweg bevorzugt. Dies war ihm häufig als Mühseligkeit ausgelegt worden, und trotz vieler zäh errungener Erfolge hielt sich hartnäckig sein Spottname ›Des Römischen Reiches Erzschlafmütze‹.

Obwohl an diesem Morgen Andreas wieder einmal die kaiserlichen Leiden gelindert hatte, wusste er, dass dies nicht von Dauer sein würde.

Und, in der Tat, die Reue des Kaisers war kurz.

Am nächsten Abend saßen sie bereits wieder an einer so vorzüglichen Tafel, dass beiden das Wasser im Mund zusammenlief.

Angerichtet auf feinster Keramik aus Faenza, die als Neuheit italienischer Herkunft erst vor Kurzem ihren Weg an den kaiserlichen Hof gefunden hatte, standen die Speisen vor ihnen. Zuerst bewunderten sie wieder einmal die Feinheit der Struktur des Tafelgeschirrs.

»Schaut nur, die Farben, die Brillanz ist unübertroffen«, war Friedrich sichtlich stolz auf sein Tafelgeschirr. »Die Art, wie die Italiener auf den gebrannten Ton eine Zinnglasur aufbringen, ist einfach unvergleichlich.«

»Unser Freund Enea Silvio de' Piccolomini hatte es schon immer verstanden, sich mit guten Leuten bekannt zu machen.« Andreas wusste genau, wem Friedrich dieses Fayence-Geschirr zu verdanken hatte.

»Dieser Luca Della Robbia, der die Erfindung gemacht hat, lebt er noch in Florenz?«

»Ich denke ja.«

»Wir sollten ihn an unseren Hof rufen und die Kunst dieser Keramik-Herstellung hier lehren lassen.«

»Daraus wird nichts werden. Della Robbia ist alt und

gebrechlich. Diese Reise würde ihn umbringen. Und außerdem: Die Florentiner überwachen eifersüchtig ihre Waren und möchten nicht, dass irgendjemand sie nachmacht. Zwar gibt es schon Manufakturen auf der Insel Mallorca und anderswo, die ähnliche Keramik herstellen, aber alle sind sehr verschlossen. Das ist allgemein bekannt.«

Der Leibarzt war häufiger im Süden gewesen und wusste um die Praktiken des Handels und der Herstellung von gefragten Produkten.

Nachdem dieses Thema erledigt war, wandten sie sich dem Essen zu.

Andreas Reichlin von Meldegg war im Gegensatz zum nur mäßig gaumengebildeten Kaiser ein Feinschmecker. Auch wenn er seinen Patienten häufig davon abraten musste, er selbst wusste ein gutes Mahl sehr wohl zu schätzen. Und beinahe alles, was Friedrich III. über gutes Essen wusste, hatte dieser von ihm.

Friedrich erinnerte seinen Leibarzt hingegen gerne an die traumatischen Geschehnisse des Habsburger Bruderkriegs von 1462.

»Als mein eigener Bruder mich damals bekriegt und in der Wiener Hofburg eingeschlossen hatte, da war Haferbrei das Beste, was es zu essen gab. Hunde und Katzen haben wir in unserer Not gegessen, sogar die Aasgeier, die eigentlich auf unser Ende warteten, landeten zu ihrer eigenen großen Überraschung in unseren Kochtöpfen.«

Den Gourmet Reichlin von Meldegg schüttelte es bei dem Gedanken daran.

»Damals habe ich mir geschworen, dass ich nie wieder solch eine entsetzliche Speise zu mir nehmen muss.«

Nun stand vor ihnen eine Kalbsbrust, gefüllt mit in Wein eingeweichtem Weißbrot, Eiern, Butter und Rosinen. Das Fleisch duftete herrlich nach Muskatnuss und Thymian.

Friedrich ließ großzügig den Wein dazu einschenken.

»Unser Koch hat sich wieder einmal selbst übertroffen.«

»Wollen wir ihn nicht enttäuschen!«

Beide ließen sich die Kalbsbrust munden, dennoch konnte sich Andreas Reichlin von Meldegg einen Kommentar nicht verkneifen.

»Wenn Ihr weiter den sauren Wein in Euch hineinstürzt, werdet Ihr nicht mehr lange leben.« Friedrich stutzte, rümpfte seine lange, mächtige Nase und fragte indigniert:

»Was soll ich denn Eurer geschätzten Meinung nach trinken? Vom Wasser allein werde ich krank. Und guten Most gibt es nicht zu jeder Zeit des Jahres.«

Andreas erwiderte:

»Lasst Euch einen guten Brauer an den Hof kommen und trinkt kräftiges, süßes Bier. Das wird Euer Leiden vielleicht mildern, zumindest aber nicht so schädlich sein wie die zwei Liter vom sauren Wein, die Ihr täglich trinkt.«

Friedrich nickte und sagte:

»Dann helft mir aber bei der Suche.«

»Wie wäre es wieder einmal mit einer Kur? Vor zwei Jahren, als der Fürstentag in Baden-Baden tagte, habt Ihr dies gleich mit einer heilsamen Kur verbunden. Im Rheinischen gibt es gute Brauer. Lasst uns dort einen suchen.«

»Ein guter Gedanke! Dann möchte ich auch nach dem mir treu ergebenen Straßburg reisen. Das sind mir seit jeher mit die liebsten Untertanen gewesen. Und eine Heilige Messe im Straßburger Münster ist niemals zu verachten.«

Der Kaiser auf Reisen

SCHNELLER ALS BEABSICHTIGT, zwangen zahlreiche verschiedene Angelegenheiten Kaiser Friedrich zu einer längeren Reise über viele Stationen.

Im Frühjahr 1475 setzte sich der kaiserliche Tross von Wiener Neustadt aus in Bewegung.

Neben dem Kloster Salem hatte auch Dijon in Burgund als eines der wichtigsten Reiseziele gegolten. Dort wollte Friedrich mit Karl dem Kühnen, dem Herzog von Burgund, die Verheiratung seines Sohnes Maximilian mit Maria von Burgund und auch die Besitzverhältnisse von Luxemburg verhandeln.

Dieses seltsame Staatengebilde, das sich Burgund nannte, hatte sich in den letzten 100 Jahren zu einem teilweise zersplitterten, teilweise aber auch kompakten Territorium gemausert, das vom Genfer See bis zum Oberlauf der Loire und nach Westfriesland reichte. Dort entfaltete das späte Mittelalter seine prächtigste Hof- und Lebenshaltung, nirgendwo sonst wurde so farbenprächtig gelebt und gefeiert wie in Burgund.

Als verbindende Landbrücke zwischen Frankreich und dem Heiligen Römischen Reich Deutscher Nation weckte die Pracht Burgunds jedoch immer wieder Begehrlichkeiten als potenzielles Beuteobjekt. Und so war Karl der Kühne dabei sowohl meist Verteidiger seines Reiches als manchmal auch vorbeugender Aggressor und tummelte sich munter auf den Schlachtfeldern Zentraleuropas.

Daher hatte sich auch in der Zwischenzeit die Reiseroute des Kaisers geändert. Dijon wurde gestrichen. Karl der Kühne hatte im Juni 1474 begonnen, die Stadt Neuss zu belagern.

Und das, obwohl er zur gleichen Zeit, im November

desselben Jahres, bei Hericourt von den Eidgenossen im Auftrag der Habsburger besiegt wurde.

»Wie kann dieser Tor zwei Kriege zugleich führen?« Friedrich war ratlos.

Auch die Neusser Belagerung, die im Zusammenhang mit der Kölner Stiftsfehde stand, bei der Karl den Erzbischof von Köln, Ruprecht von der Pfalz, unterstützte, wurde von Friedrich nicht gutgeheißen.

»Wir müssen diesen Narren wieder zur Räson bringen, bevor er noch größeren Schaden anrichtet«, sagte Friedrich mehr als einmal.

»Hat er aus Hericourt nichts gelernt?«

Da er mit leichtem Tross und wenigen Wachsoldaten reiste – er wollte schneller und beweglicher unterwegs sein –, hatte er seine Armee schon einmal nach Neuss vorgeschickt.

In Salem hatten sie ihren ersten längeren Aufenthalt. Das Stift im Linzgauer Hinterland des Bodensees war ein wohlhabendes Zisterzienserkloster und seit 1137 im Rang einer Abtei.

»Salem, ein schöner Name! Der biblische Ort des Friedens.«

Friedrich machte hier gerne Station.

Die politisch ehrgeizigen Äbte wussten, was sie an diesen hohen Besuchen hatten, und hofierten diese entsprechend. Die Bewirtung war wieder einmal erlesen. Die klostereigene Brauerei stellte ein passables Bier her, und die Klosterküche war für hohen Besuch auf Wild spezialisiert. Hirsch, Hirschkuh und Wildschwein gab es in solchen Mengen, dass die köstlichen Rebhühner nur beiläufig zur Kenntnis genommen wurden.

Auch hier wurde mit Leidenschaft über die Kochkunst diskutiert, und das ohne erhobenen Zeigefinger, da der saure Wein diesmal wegfiel.

»Diese grüne Sauce ist ein Geschenk des Himmels«, seufzte von Meldegg und tunkte einmal mehr ein großes Stück Weißbrot hinein.

»Was da wohl alles drin sein mag?« Friedrich aß zwar auch mit Genuss, ihm fehlten indes die Kenntnisse über die Zutaten.

»Wenn ich mich nicht täusche, Bohnenkraut, Minze, Sauerampfer und Mangold. Dazu erschmecke ich Wein, Essig und etwas Lebkuchen.«

Der fantasielose Friedrich war wieder einmal beeindruckt vom kulinarischen Genius seines Leibarztes.

Nach dem Essen ließ sich besser verhandeln. Satte Gäste waren leichter für Zugeständnisse zu gewinnen. Das wusste die Führung von Salem auch. Diesmal bat der Abt Johannes Stantenat den Kaiser um Erteilung von Privilegien. Diese betrafen in erster Linie die Autonomie des Klosters. Friedrich nahm die Anliegen zur Kenntnis und versprach, sich nach seiner Rückkehr darum zu kümmern. Dies sollte allerdings noch zehn Jahre dauern. Erst am 20. August 1485 besuchte Kaiser Friedrich III. das Kloster Salem wieder, brachte dafür aber erfreuliche Meldung bezüglich der Privilegien: »Mein Freibrief wird Euch gestatten, fortan von Euren Untertanen Steuern zu erheben und säumige Zahler selbst zu bestrafen. Des Weiteren dürft Ihr Euren Schutzvogt selbst wählen und wieder absetzen.«

Nachdem der Tross Salem wieder verlassen hatte, ging es Richtung Rhein, und nach zehn Tagen hatten sie Straßburg erreicht.

»So, jetzt wollen wir unseren treuen Straßburgern noch unsere Aufwartung machen, bevor wir uns mit Herzog Karl auseinandersetzen müssen.«

Friedrich besprach auch Regierungsdinge abseits von

seinem Kanzler und seinen sonstigen Beratern gerne mit seinem Leibarzt.

»Was denkt ihr, Andreas, wie sollen wir die Verhandlung mit dem Burgunderherzog angehen?«

Reichlin von Meldegg zuckte die Schultern.

»Das hängt davon ab, was Ihr erreichen wollt. Wollt Ihr dem ›Großherzog des Westens‹« – er grinste bei Nennung dieses Titels, den der Parvenü sich selbst verliehen hatte – »eine Lektion erteilen dafür, dass er Euch vor zwei Jahren in Trier zuerst mit seinem Reichtum gedemütigt und dann noch die Königswürde und eine Krönungszeremonie abgeschwatzt hatte, zu der er dann schlussendlich nicht erschienen ist?«

Friedrich erinnerte sich, als wäre es gestern gewesen: 400 Wagenladungen kostbarer Wandteppiche, jede Menge Gold und Silber hatte Karl mitgebracht, um die Trierer Abtei Sankt Maximin in eine Mischung aus Palast und Schatzkammer zu verwandeln. Sein Schwert hatte allergrößtes Aufsehen erregt: Das vollständige Vaterunser prangte auf dem Schwertgriff, jeder einzelne Buchstabe bestand aus Diamanten. Die besten Musiker hatte er mitgebracht, Karl selbst war in einem prächtigen, juwelenbesetzten Mantel, durchwirkt mit goldenen Fäden, erschienen, und alles nur zu dem einen Zweck – so war es Friedrich erschienen –, um ihm, dem Kaiser, deutlich aufzuzeigen, was wahrer Reichtum bedeutet. Friedrich war am Ende dieser sinnlosen Demonstration ohne Gruß und Verabschiedung abgereist.

Der Leibarzt schaute auf den sinnierenden Kaiser und fuhr fort:

»Oder wolltet Ihr nicht doch Euren Sohn Maximilian erstklassig mit seiner Tochter Maria verheiraten?«

Friedrich, der allen anderen Menschen meist mit Misstrauen begegnete, fuhr aus seinen Gedanken hoch und lächelte.

»Ihr seid mit allen Wassern gewaschen. Wärt Ihr nicht so ein guter Leibarzt, als Berater könntet Ihr kaum besser sein. Da hätte sogar mein guter alter Kanzler Schlick noch etwas lernen können.«

Er zitierte sein Lieblingsmotto: »Mögen andere Kriege führen, du glückliches Österreich, heirate!«

Von Meldegg kam nochmals auf das Trierer Treffen zu sprechen: »Erinnert Ihr Euch noch an das Geschenk, welches Karl Eurem 14-jährigen Sohn überreichte?«

»Diese eigens für ihn angefertigte, mit Initialen und Wappen geschmückte, kostbare Kriegsordnung?«

»Ja. Ich weiß immer noch nicht, ob er Euch damit seine Geringschätzung zeigen oder Maximilian Ehre erweisen wollte.« Er kratzte sich am Kopf.

»Nun, in dubio pro reo. Im Zweifel für den Angeklagten.«

Der Kaiser wechselte das Thema: »Was ist denn diese Maria von Burgund für ein Weib?«

Von Meldegg war wie immer bestens informiert.

»18 Jahre alt, sein einziges Kind. Lebte die ersten Jahre in ziemlicher Abgeschiedenheit auf der Festung Le Quesnoy. Nach der Trennung von den Eltern wurde das Kind in Gent am Hof des Grafen von Flandern erzogen. Sie wurde in allen für ihren Stand wichtigen Wissensgebieten unterrichtet und gilt allgemein als klug.«

»Auf ihre Rolle als mögliche Herrscherin wurde sie allerdings nicht vorbereitet«, warf Friedrich ein. »Soweit ich weiß, hofft Karl immer noch auf einen Sohn.«

»Das habe ich auch gehört«, lachte von Meldegg.

»Ach ja, da wäre noch etwas«, fuhr er fort. »Sie soll wunderschön sein!«

»Na, das wird meinen Sohn freuen, sollten wir zu einer Einigung kommen.«

Friedrich erklärte die Besprechung für beendet.

Von Meldegg verspürte ein trockenes Ziehen in der Kehle und machte sich auf in die Stadt.

Georg

Der Herbst des Jahres 1475 hatte in Straßburg früh begonnen und somit die Brausaison ebenso. Georg hatte von Daniel den Auftrag bekommen, eine neue Rezeptur auszuprobieren, die Daniel euphorisch ›Trippel‹ nannte.

»Mehr Malz allgemein, mehr geröstetes Malz, mehr Hopfen, da sollte ein wunderbares Bier herauskommen. Vorne süß, hinten bitter, in der Mitte voller Geist.«

Georg fragte nach, warum Daniel nur Hopfen nähme, er hatte mittlerweile in den paar Jahren bei Daniel auch über andere Rezepturen reden hören.

Daniel tat das nur kurz und schnell ab.

»Lass die anderen mit Fichten- und Tannensprossen würzen, der Hopfen ist das Beste, was die Natur uns bietet.«

Er schob noch nach:

»Und mach ja, dass der Trippel schön dunkel wird, am besten kohlrabenschwarz!«

So mühte sich Georg mit dem Maischescheit und bellte Befehle hinüber zum Feuer, wo sein Nachfolger die Biersteine erhitzte, als ein älterer Mann neben ihm auftauchte, den er noch niemals hier gesehen hatte.

Von vornehmer Gestalt, gekleidet wie ein Edelmann, wich Georg verschüchtert zur Seite, um ihn vorbeizulassen, wo immer er hinwollte.

Der Mann machte jedoch keine Anstalten, vorbeizugehen.

»Was schaffst du da Köstliches?«, fragte er Georg.

»Ein Bier, Eure Herrschaft!« Georg wusste nicht einmal, wie er den hohen Herrn richtig anreden sollte.

Dieser lachte. »Ein Bier! Das sehe ich auch. Ich meine, was für ein Bier?«

Georgs Mut kehrte zurück. Der Herr schien ihm nichts Böses zu wollen.

»Ein ›Trippel‹, so nennen wir das. Das wird ein neues Bier, und wir hoffen, dass die Leute wie verrückt danach sein werden.«

»Bist du hier der Brauherr?«

»Oh, nein. Verzeiht, wenn ich den Eindruck erweckt habe. Ich bin lediglich der Brauerbursche Georg. Der Brauherr ist Daniel Fischer. Er ist im Moment in der Küche und sieht nach den Speisen.«

»Habe ich diesem Daniel also nicht nur dieses herrliche Bier zu verdanken« – erst jetzt sah Georg, dass der Herr einen Krug in der Hand hielt, aus dem er einen genüsslichen Zug nahm –, »sondern auch dieses köstliche Hasengericht mit Wein, Schweinebauch, Nelken, Pfeffer, Thymian und Pumpernickel?«

»Ja, Herr, ich braue hier alles nach Daniel Fischers Rezepturen. Er ist der Herr von allem hier. Obwohl …« Er zögerte, ob es einem Fremden gegenüber nicht zu vorlaut klang, »… ich könnte das Bier auch allein machen. Ich bin ja bereits seit vielen Jahren hier und habe viele Rezepturen bereits gebraut. Sagt es aber bitte nicht weiter.«

Andreas Reichlin von Meldegg lachte leise und hatte in diesem Moment eine Idee.

»Möchtest du irgendwann einmal ein eigenes Brauhaus führen?«

»Möchten gerne, aber ich kann nicht lesen und schreiben und bin kein Bürger und nur ein Waisenkind.« Mittlerweile war er sich seiner Defizite bewusst geworden.

»Das können wir ändern.«

Der Leibarzt des Kaisers stellte sich neben den Bottich und wartete ab, bis Daniel aus der Küche zurückkehrte.

Zuerst erschien Sonja, was von Meldegg zu einem anerkennenden Kopfnicken veranlasste.

Bald darauf kam Daniel, von Meldegg stellte sich vor und erklärte seinen Plan. Die Verhandlung mit Daniel war kurz. Erst schien es, als sollte der alte Jähzorn wieder hochkommen, der in seinen jungen Jahren jeden Streit begleitet hatte.

Dann sah er die Münzen, die von Meldegg aus dem Beutel kullern ließ, und grinste.

Georg, bereits wieder bei der Arbeit, sah nur, wie beide einander die Hände schüttelten.

Er ahnte, dass sich sein Schicksal soeben geändert hatte. Wie, das erklärte Daniel ihm nach getaner Arbeit.

»Heute ist dein Glückstag, Junge!« Daniel redete gar nicht erst um den heißen Brei herum.

»Der Herr war Andreas Reichlin von Meldegg, Leibarzt des Kaisers. Des Kaisers! Verstehst du?« Seine Stimme wurde schrill.

»Und er möchte dich nach Österreich an den Hof des Kaisers mitnehmen. Damit du ein Bier braust, mit dem der Kaiser seinen sauren Wein ersetzen kann.«

Seine Aufregung war echt.

»Er fragte erst, ob ich mitgehen wolle. Ich kann aber mein Brauhaus hier nicht aufgeben. Daher habe ich ihm dich versprochen.«

Georg verstand nicht alles sogleich. Er sollte jetzt verreisen?

»Der kaiserliche Tross reist noch weiter rheinabwärts. Auf der Rückkehr, in etwa drei bis vier Monaten, wird von Meldegg dich hier abholen und mitnehmen. In der Zwischenzeit soll ich dich noch in alles einweisen, was du vielleicht noch nicht weißt. Und ich soll aufschreiben, was man zum Betrieb eines Brauhauses an Gerätschaften benötigt.«

Er klopfte Georg auf die Schulter.

»Junge, Junge, so jung und schon kaiserlicher Brauer! Und lesen und schreiben will er dich auch lehren. Ich sage ja, heute ist dein Glückstag!«

Georg war nicht sicher, ob er dieser Einschätzung zustimmen sollte.

Ein wenig Angst hatte er schon.

Ein paar Monate in Straßburg hatte er ja noch …

Aufbruch

Der Kaiser verbrachte zwei Wochen in Straßburg. Von dort begab man sich auf ein Schiff und fuhr rheinabwärts Richtung Neuss, das seit Juli 1474 von Karl dem Kühnen belagert wurde. Die Nachrichten, die mittlerweile mit schöner Regelmäßigkeit rheinaufwärts kamen, klangen dann allerdings beruhigend. Da die Neusser tapfer Widerstand geleistet hatten, bis Friedrichs Armee auf der Bildfläche erschienen war, hatte Karl die Stadt nicht einnehmen können. Und im Juni, nach einem Jahr der Belagerung, hatte Karl der Kühne schließlich aufgegeben. Was sicher auch damit zu tun hatte, dass seine Soldaten zwischendurch immer wieder einmal ihre Kampfhandlungen unterbrochen hatten und zum Grab des heiligen Quirinius in Neuss gepilgert waren. Dort hatten sie gebetet und geopfert, danach wurde wieder fröhlich weitergekämpft.

Friedrich hätte eigentlich frohlocken sollen, wieder einmal war der Kaiser ein Rätsel für die Menschen in seiner Umgebung. Seine kleinen, tief liegenden braunen Augen verrieten Unschlüssigkeit und alles andere als Freude.

Sein optimistischster Kommentar war noch:

»Das wird dem alten Hitzkopf eine Lehre sein!«

Von Meldegg ergänzte:

»Und es schwächt seine Position für die Heiratsverhandlungen.«

Dem konnte Friedrich nur zustimmen.

Als Treffpunkt für die Verhandlung schlug Friedrich Trier vor. Immer wieder hielt das Schiff an, um Nachrichten abzugeben oder aufzunehmen. Die Kuriere Karls und Friedrichs ritten hin und her und sich die Hintern wund, bis eine Einigung erzielt war.

»Wir sind den Trierern ja noch etwas schuldig, da wir die Krönung Karls vor zwei Jahren abgesagt haben.«

Auch hierzu hatte der kaiserliche Medikus ein Bonmot parat:

»Erinnert Ihr Euch noch, dass Karl in seinem Triumphgefühl bei den Trierer Handwerkern bereits eine Königskrone in Auftrag gegeben hatte? Da war die Enttäuschung groß gewesen, nachdem diese Träume zerplatzt waren und er die Krone abbestellte.«

Er lachte schelmisch, der Kaiser schwieg dazu.

Friedrich war meist auf Ausgleich bedacht, und Trier war außerdem gewissermaßen neutrales Gebiet, da der Erzbischof von Trier, der ebenfalls Kurfürst war, sich von niemandem dreinreden ließ.

»Ob der Erzbischof nach meiner Abreise wohl alle Rechnungen bezahlt hat, wie ich es ihm aufgetragen hatte«, fragte Friedrich, jedoch mehr als Selbstgespräch. »Ich habe auf jeden Fall niemals eine Rechnung von ihm erhalten. Also hat er noch etwas gut bei mir!«

Und außerdem wollte Friedrich dort die zwei Jahre zuvor gegründete Universität besuchen.

Das Treffen in Trier Anfang Oktober 1475 verlief, im Gegensatz zu dem von Karl mit großem Aufwand inszenierten Treffen zwei Jahre zuvor, ohne großen Pomp. Maximilians Schwiegervater in spe, angetreten als frisch Besiegter zweier sicher geglaubten Schlachten, war nicht in Streitlaune.

Schnell wurden die Modalitäten vereinbart. Die Hochzeit wurde für August 1477 festgelegt.

Karl der Kühne ließ keinen Zweifel daran, warum er so schnell zugestimmt hatte.

»Ihr werdet noch sehen, was Ihr mit Marias Taufpaten, König Ludwig XI., für eine Freude haben werdet. Er ist ein heimtückischer und herrschsüchtiger Charakter und hat es bereits auf mein Burgund abgesehen. Sogar seine Untertanen nennen ihn ›Den Grausamen‹!«

Er sah Friedrich genau in die Augen.

»Aber wenn jemand mein Burgund für meine Tochter verteidigen kann, so ist es Eure habsburgische Landesmacht.«

Dann trennten sich ihre Wege.

Karl reiste zurück nach Dijon, Friedrich doch noch nach Neuss.

Denn trotz dieser Abmachung hatte Friedrich noch eine kleine Rache für Karls Neusser Angriff parat. Die Stadt Neuss erhielt aus Friedrichs Hand das Münzprivileg, das Recht, mit rotem Wachs zu siegeln, die Rechte einer Hansestadt sowie ein neues Wappen. Fortan war er dort sehr gerne gesehen.

Von Neuss aus reiste Friedrich auf kürzestem Wege zurück nach Wiener Neustadt. Der Winter nahte, und da waren lange Reisen mühsam.

Von Meldegg fuhr rheinaufwärts, legte in Straßburg an und holte Georg ab.

Der Abschied von Daniel war bewegend. Wenn jemand

Georg ein paar Jahre früher erzählt hätte, dass er bei der Trennung von Daniel Fischer Tränen in den Augen haben würde, den hätte er ausgelacht. Auch Sonja hatte ihn mittlerweile lieb gewonnen wie einen Sohn und weinte hemmungslos. Sie bat darum, Fafnir behalten zu dürfen.

»Damit wir eine Erinnerung an dich haben.«

Georg zögerte, von Meldegg aber meinte auch, die Reise, jedoch erst recht das Leben am Hof würden Fafnir nicht guttun.

»Hier in der Braustube fühlt er sich zu Hause. Also lass ihn hier.«

Schweren Herzens gab Georg nach, umarmte Daniel und Sonja.

»Gib uns Nachricht, wie es dir ergeht! Oder komm uns einmal besuchen!«

Beide hatten keine Ahnung, wie dieser Wunsch in Erfüllung gehen würde.

Zu zweit ließ sich schneller reisen, nur in gefährlichen Gegenden schlossen sie sich einer bewaffneten und eskortierten Reisegruppe an.

Als sie nach Überlingen kamen, blieben sie ein paar Tage dort und ruhten sich aus.

Hier erkannte Georg zum ersten Mal die Möglichkeiten, die man als Angestellter eines Kaisers haben konnte: Herr von Meldegg besaß ein eigenes Schloss!

»Das Schloss hat meine Familie erst vor fünf Jahren fertiggestellt und es ist unsere Stadtresidenz«, erklärte der Leibarzt. »Ich bin so viel auf Reisen, da möchte ich wenigstens wissen, wo ich daheim bin, wenn ich einmal Ruhe habe.«

Georg war so beeindruckt von Haus und Garten, dass er es nicht verbergen konnte.

»Die Gartenanlage hat einen Ausblick sowohl auf die Stadt wie auch auf den See.«

Auch von Meldegg war sichtlich stolz auf seine Residenz.

Bald rüsteten sie wieder zur Weiterreise. Unterwegs redeten sie viel, von Meldegg versuchte hier bereits, Georg etwas Bildung zu vermitteln, sodass er als Brauer am Kaiserhof bestehen konnte.

»Lesen und Schreiben ist wichtig, aber nicht alles. Auch in der Sprache musst du gewandter werden«, erklärte er Georg.

»Der kaiserliche Hof ist nicht so streng zeremoniell wie andere Fürstenhöfe. Aber dennoch eine Schlangengrube. Voller Günstlingswirtschaft, Verleumdungen und falscher Freunde. Sei also gewarnt! Wenn du zu gutgläubig bist, wirst du dort nicht bestehen.«

Die Worte erinnerten Georg einmal mehr an Michels Warnungen und seine ständige Angst davor, ›behumst‹ zu werden.

»Ist die Welt wirklich so schlecht«, dachte er bei sich.

Nun, er war zumindest vorgewarnt.

Ein gutes Stück reisten sie per Schiff auf der Donau, das Wetter war auf ihrer Seite, und mit Unterricht im Lesen und Schreiben verging die Zeit schneller als erwartet.

So erschienen sie im März 1476 auf Kaiser Friedrichs Burg in Wiener Neustadt.

Junge Freundschaft

Georg, mittlerweile 18 Jahre alt, war nun bereits einige Monate lang kaiserlicher Brauer in der Residenz Wiener Neustadt und glücklich wie noch nie zuvor in seinem Leben.

Von Meldegg hatte seine Beziehungen spielen lassen

und all die Gerätschaften, die Daniel akkurat beschrieben hatte, ohne Ausnahme besorgen lassen: Langarmige Zangen für die Biersteine, hölzerne Ascheschaber, Schöpfkellen, Maischescheit, alles war vorhanden.

Georg glaubte, die feinste Brauerei im ganzen Heiligen Römischen Reich zu ›besitzen‹. Ihr waren sogar eine Malztenne, eine Malzdörre, eine Getreidekammer und eine Fässerkammer angeschlossen. Das Brauhaus bestand aus einem Maischebottich, der hier in Österreich ›Maischschaff‹ genannt wurde und der auch als Läuterbottich diente, einem Brühschaff zum Aufbrühen des Hopfens und einem Schaff mit verzapfter Bodenöffnung, unter der ein Fangtrog und eine Rinne angebracht waren. Da lief dann die fertige Bierwürze in den Gärbottich.

Georgs Lohn betrug 30 Pfennige am Tag, acht Pfennige mehr als zum Beispiel ein erfahrener Maurergeselle bekam. Dafür hätte er sich jeden Tag zwei Hühner leisten können. Das tat er natürlich nicht, sondern legte fleißig Geld zur Seite.

»Wer in Armut aufgewachsen, wird niemals zum Verschwender!« Diesen Spruch aus der großen Sprüchesammlung des Baders Michel behielt er zeitlebens im Hinterkopf.

Man hatte ihm drei Brauburschen an die Seite gestellt, die ihm beim Mälzen und beim Sieden zur Hand gingen. Der älteste von ihnen, Winand, hatte schon reichlich Erfahrung mit Steinbierbrauen. Er kam aus Hirt in Kärnten, wo dies seit über 200 Jahren Praxis sei, wie er zu betonen nicht müde wurde. Dennoch akzeptierte er Georg als Vorstand der Brauerei. Die beiden Jüngeren, Otto und Rembold, kamen nur bei Bedarf hinzu. Ansonsten mussten sie in der Küche arbeiten und sogenannte ›Bengelarbeit‹ verrichten, Fische ausnehmen, Bratspieße drehen oder Geflügel rupfen.

Als Quelle für die Biersteine hatten sie einen Platz am Ufer des Leithaflusses gefunden, an dem es reichlich Grauwacke gab. Diese Steine barsten beim Eintauchen in die Würze nicht, auch wenn sie glühend heiß waren.

Um Kundschaft brauchte sich Georg auch keine Sorgen zu machen: Er braute nur für den Hof, da gab es viele durstige Seelen. Friedrich und sein Leibarzt waren nicht die Einzigen, die den Wein leid waren, der so sauer war, dass er die Schnauzen der Zinnkannen zerfraß. Der Trupp der tschechischen Söldner mit den unaussprechlichen Namen, der für die Sicherheit des Hofes garantieren sollte, war immer durstig und gab sich bisweilen heftigen Trinkgelagen hin.

Da Trunkenheit wie überall, so auch hier am Hof, sowieso als aristokratische Tugend galt, hatte er also immer reichlich zu tun.

Wiener Neustadt war zu dieser Zeit das glanzvolle urbane Zentrum Österreichs, durch seine Nähe zum Balkan lag es im Brennpunkt der strategischen Planungen sowohl der Ungarn als auch der Türken und der österreichischen Kleinherrscher. Mit ihrer zwölf Meter hohen und zweieinhalb Kilometer langen Stadtmauer galt die Residenz als uneinnehmbar, zumal die Bewohner der Stadt auf Anordnung Lebensmittel für mindestens ein Jahr zu horten hatten, um einer eventuellen Belagerung zu widerstehen.

Georg liebte die ausgedehnten Parkanlagen voller Obstbäume, Blumenbeete, Fischteiche und Tiergehege. Ebenso genoss er die Aussicht von der Burg über das Steinfeld, den südlichen Teil des Wiener Beckens, und auf die Voralpen, die Hohe Wand und den Schneeberg im Süden und Westen. Schnell hatte er das pannonische Klima schätzen gelernt, mit warmen und trockenen Sommern, dafür kalten, jedoch ebenso trockenen Wintern.

Wenn er etwas in Süddeutschland und Straßburg gehasst hatte, so war es der ständige Regen gewesen.

Die Stadt selbst kam ihm vor wie das Paradies, obwohl auch Straßburg schon ansehnlich gewesen war. Hier jedoch waren die Straßen gepflastert, Bettler, fremde Kinder und ›untaugliches Volk‹ auf Anordnung von oben aus der Stadt verjagt worden. Die Kirchen durften nicht barfuß betreten werden, sogar die Schweine mieden auf höchste Anordnung die Straßen und suhlten sich anderswo. Da ließ es sich leben!

So braute Georg vor sich hin, probierte verschiedene Rezepturen aus. Er hielt sich an die Vorgabe Daniel Fischers, nur mit Hopfen zu würzen. Ansonsten aber braute er auch mit anderem Getreide, nahm neben Roggen, Gerste und Weizen auch Emmer, Einkorn und Buchweizen, gelegentlich Rispenhirse oder Dinkel und erhielt dabei die unterschiedlichsten Resultate. Manchmal beschwerten sich die Höflinge, dann gelobte er Besserung. Manchmal kam Reichlin von Meldegg persönlich vorbei und gratulierte ihm zu einem besonders gelungenen Wurf. Dies vermerkte Georg dann in einem Buch. Das Schreiben klappte immer besser, anfangs konnte Georg seine eigene Schrift nach ein paar Tagen nicht mehr erkennen.

Kaiser Friedrich ließ sich anfangs nicht blicken, der hatte andere Sorgen.

Obwohl von Meldegg Georg mehrmals das kaiserliche Wohlwollen übermittelte.

»Seine Säfte fließen wieder besser, seine Verdauung ist regelmäßiger, und seine Leibschmerzen haben fast ganz aufgehört.« Georg vernahm es mit Befriedigung.

Das wichtigste Lob aber für seine Ohren kam immer von Kunigunde, der Tochter von Kaiser Friedrich III.

Sie war das schönste Mädchen, das Georg jemals gesehen hatte, mit einem weißen, ebenmäßigen Gesicht, rehbraunen Augen, langen Haaren und zarten Händen. Und obwohl erst elf Jahre alt, kam sie regelmäßig in seine Brauerei. Sie musste dies eher heimlich machen, da es als unfein galt, und sie sollte doch die Erziehung einer Prinzessin genießen.

Als sie zum ersten Mal in der Brauerei erschienen war, dachte Georg noch, sie hätte sich verirrt, und hatte sie, da er sie nicht erkannt hatte, mit barschen Worten hinausgeschickt.

»Ich habe mich nicht verlaufen. Ich will mir das Brauhaus ansehen«, hatte sie patzig zurückgeschossen.

Bei Interesse an seinem Brauhaus wird ein jeder Brauer weich, und so hellte sich auch Georgs Miene auf. Er versuchte, Kunigunde mit einfachen Worten zu zeigen, worauf es beim Bierbrauen ankam, was man falsch machen konnte und wie sich ein gutes von einem schlechten Bier unterschied.

Dann zeigte er sein Rezeptbuch, deutete auf eine Notiz darin und sagte lachend:

»Das ist des Kaisers Lieblingsbier. Da muss er am wenigsten furzen!«

»Du redest sehr respektlos über meinen Vater!«

Nun war es heraus!

Da Kunigunde sich nicht vorgestellt hatte, hatte Georg sie für eines der zahllosen Kinder der Höflinge oder Minister gehalten, die immer durch die Burg tollten.

Ihm rutschte das Herz in die Hose.

»Bitte verzeiht mir. Ich wusste nicht, dass …«

Kunigunde schnitt ihm das Wort ab.

»Lass nur, ich lache auch immer über seine Blähungen, zumindest wenn er oder sein Leibarzt nicht dabei sind.«

Nun lachten beide, Georg stellte sich auch vor.

»Das weiß ich doch«, sagte Kunigunde, die häufig an der Tafel ihres Vaters speiste.

»Beim Essen hat der Leibarzt viel erzählt, wie er dich gefunden hat, wie ihr zusammen gereist seid und wie er dich Lesen und Schreiben gelehrt hat. Er ist sehr stolz auf dich, jedoch auch auf sich selbst.«

Bei den nächsten Besuchen fragte sie ihn weiter aus. Georg hatte auch Daniel Fischers Rezept für die berühmte Biersuppe mitgenommen. Die stand nun regelmäßig auf dem Speiseplan, als Frühstück für die Kinder.

Auch Kunigunde liebte diese Suppe.

Manchmal brachte sie Georg aber auch etwas zu essen ins Brauhaus. Georg mochte besonders den Obstbrei, der mit Honig und Pfeffer gewürzt war.

Im Laufe der nächsten Monate wurden sie gute Freunde. Wenn Kunigunde in Wiener Neustadt weilte, besuchte sie ihn. Anfangs brachte sie manchmal ihre besten Freundinnen und Gespielinnen mit, die Schwestern Rosina und Sigune von Kraig, die, gleich alt wie Kunigunde, der Brauerei und Georg jedoch nicht das geringste Interesse entgegenbrachten.

Nach einer Weile kam sie wieder allein, dann spottete sie über Rosina.

»Mein Bruder Maximilian bildet sich ein, sich in sie verliebt zu haben. Und jetzt hält sie sich schon für eine Erzherzogin.«

Auch ihre Hofmeisterin Else Pellenhofer wurde gelegentlich Opfer ihrer spitzten Zunge.

»Bauerntrampel«, schimpfte sie. »Und so was soll mich erziehen. Sie und ihr Mann Hans gehören in einen Kuhstall, nicht an einen Fürstenhof!«

Georg kannte die Pellenhoferin nur vom Sehen, dünkelhaft und geflissentlich ignorierte sie den kleinen Brauerburschen und sah ihn wohl nicht als passenden Umgang für ihren Zögling. So stahl sich Kunigunde meist davon, wenn sie in die Brauerei kam, und schimpfte über ihre Erziehung.

»Vom Lesen und Schreiben wollen sie mir nur das Nötigste beibringen. ›Zu viel Lernen kostet dich Kraft und Gesundheit, mein Liebes‹, sagt die Pellendorferin. ›Und vermindert deine Anmut!‹ Sticken und Nähen soll ich lernen, Reiten, Waidwerk und Haushaltsführung.«

Georg wusste nicht, was daran schlecht sein sollte, er sollte aber noch oft genug ihren wachen Geist und ihren robusten Charakter kennenlernen, aus dem sich mit den Jahren zwei herausragende Eigenschaften über allen anderen ausbilden sollten: Eine tief gehende, ungeheuchelte Frömmigkeit und eine geradezu klassische, aristokratische Tapferkeit.

Sie verbrachte aber auch viel Zeit in Graz, weil ihr Vater nicht viel Zeit für sie hatte und, wie sie Georg bald erzählt hatte, ihre Mutter, Eleonore von Portugal, vor Jahren schon verstorben war.

»Ich war erst zwei Jahre alt, als sie starb, an einer Krankheit der Eingeweide, so wurde mir erzählt. Sie soll eine sehr schöne Frau gewesen sein, ihr Vater war der König von Portugal.«

»Nun weiß ich auch, woher du deine Schönheit hast.«

Georgs Kompliment ließ Kunigunde erröten.

Sie fuhr fort:

»Meine Mutter liebte den Tanz, das Spiel und die Jagd. Das sind nun Dinge, die mein Vater verachtet. Sie hatte mich wie auch meine fünf Geschwister, von denen vier bereits als Kind gestorben sind, immer mit süßen Naschereien aus Portugal verwöhnt.«

Manchmal brachte sie solche Süßigkeiten mit, Naschereien, von denen Georg keine Ahnung hatte, dass es so etwas gab.

»Koste mal das hier, das ist Dragant.«

Die Mischung aus Stärkemehl, Gummiarabikum und portugiesischem Rohrzucker war einfach köstlich.

»Ist doch etwas anderes als das grobe Fleisch, das Sauerkraut und das Hirsemus, das wir hier tagaus, tagein zu Abend essen müssen.«

»Deine Mutter scheint eine gute Frau gewesen zu sein. Ich habe meine Eltern niemals kennengelernt und bin als Waise aufgewachsen.«

»Mein Vater war anderer Meinung. Er bemängelte die Erziehung von uns Kindern und dass wir zu viele stark gewürzte Speisen aus Portugal äßen. Ich bin mit zwei Jahren einmal schwer an den Eingeweiden erkrankt. Mein Vater hatte Angst, ich könnte wie drei andere Kinder zuvor auch jung sterben. So hat er einfach die Kost geändert und mich auf deutsches Essen umgestellt. Als ich dann wieder gesund war, wohl weil ich so robust bin, nicht wegen der neuen Speise, hat mein Vater dies natürlich der Ernährung zugeschrieben. Und nach dem Tod meiner Mutter haben neue Köche, die mein Vater ausgesucht hat, das Regiment in der Küche übernommen.«

Ihre Gespräche drehten sich also beileibe nicht nur ums Bier. Kunigunde hatte schon als Kind die Erfahrung machen müssen, als Spielball der machtpolitischen Intrigen ihres Vaters herhalten zu müssen. Sie war sich dessen mittlerweile auch bewusst.

»Stell dir vor«, sagte sie eines Tage zu Georg, »der ärgste Widersacher meines Vaters, Matthias Corvinus, König von Ungarn, Böhmen und Kroatien, hatte um meine Hand angehalten. Er wollte mich tatsächlich heiraten, da war ich gerade einmal fünf Jahre alt!«

Georg erschauderte. Er hatte mit fünf Jahren noch im

Beginenhaus in Reutlingen gelebt. Das schien ihm jetzt wie in einem früheren Leben gewesen zu sein.

»Mein Vater hat ihn aber abgewiesen.« Kunigunde schnaufte zufrieden.

»Gut so«, ergänzte Georg. Er machte sich zwar keine Hoffnungen, jemals eine Romanze mit der Prinzessin, einer leibhaftigen Tochter des Kaisers, anzufangen, aber er stellte sich vor, dass er sie niemals kennengelernt hätte, wenn die Hochzeit der Fünfjährigen tatsächlich stattgefunden hätte. Das wäre schade gewesen.

So erfuhr Georg Einzelheiten der kaiserlichen Familie und deren Politik, die sonst nur dem engsten Beraterkreis vorbehalten waren.

Zum Beispiel auch, was Kunigundes Vater von weltlichen Vergnügungen hielt.

»Er sagte einmal zu meiner Mutter – so hat mir mein Bruder jedenfalls erzählt: Lieber werde ich fieberkrank, als beim Tanzen mitzutun!«

Solange der Kaiser nicht davon erfuhr …

Und er lernte auch andere Mitglieder des kaiserlichen Stabs kennen.

Andreas Reichlin von Meldegg war ja nur ›nebenbei‹ Berater und in erster Linie Leibarzt.

Ein Mensch, den Georg überhaupt nicht leiden konnte, war zum Beispiel Johann Beckenschlager. Der 40-jährige Sohn eines Schmieds hatte von seinem Vater die große, ungeschlachte Statur und die derben Gesichtszüge geerbt. Seine dröhnende, laute Stimme kannte nur den Kommandoton. Er hatte ursprünglich für den Ungarnkönig Matthias Corvinus gearbeitet, der ihn zum Probst, dann zum Bischof und schließlich sogar zum Primas von Ungarn ernannt hatte, jedoch aus irgendeinem unerfindlichen Grund, Corvinus' Gunst verloren und Ungarn Anfang des Jahres 1476 verlassen müssen. Rasend schnell war er am Habsburger Hof aufgestiegen und, nicht zuletzt aufgrund der 47.000 Goldgulden, die er im Reisegepäck gehabt hatte, ein wichtiger Berater und Geldgeber Friedrichs geworden.

Er war innerhalb ebenso kurzer Zeit bei der Bevölkerung äußerst unbeliebt geworden, da er, obwohl ein Gottesmann, sich gerne in voller Rüstung zeigte und niemals ein gutes Mahl oder einen Trunk stehen ließ. Auch die Wege zu den Konkubinen allerorten waren ihm bestens bekannt. Er war einer der schwierigsten ›Kunden‹ Georgs, obwohl er niemals zahlen musste, sich gerne beschwerte und alles besserwisserisch kommentierte. Und der dennoch von dem Bier, das ihm angeblich so wenig mundete, am meisten trank.

Mehr als einmal hatte er sich im Brauhaus dermaßen betrunken, dass er sich zuerst erbrochen hatte und dann in seine Kammer getragen werden musste.

So war Georg nicht unfroh, als Kunigunde ihm eines Tages erzählte, »der Beckenschlager wird jetzt auf Auslandsmission gehen, im Auftrag meines Vaters«.

Die Laufbahn Johann Beckenschlagers setzte sich fort als Statthalter oder Diplomat in den Niederlanden, in Ober- und Niederösterreich, Kärnten, der Krain, in Istrien und dem Karst und endete als Erzbischof von Salzburg, als der er 1489 starb.

Georg sah ihn zuletzt im Frühjahr 1479 und weinte ihm später keine Träne nach.

Kunigunde erzählte Georg auch, warum ihr Vater sie mit diesem Namen getauft hatte.

»Eigentlich werden unsere Namen von Generation zu Generation weitergegeben, normalerweise hätte ich also Gertrud, Elisabeth, Viridis, Margarethe oder Adelheid getauft werden sollen. Oder gar Cimburgis?«

Sie lachte.

»Aber Vaters Lieblingsheilige war und ist nun einmal die keusche Kunigunde.«

»Und wieso?«

»Ich glaube, ihm gefiel nur die Geschichte, wie die Gattin von Kaiser Heinrich II. des Ehebruchs bezichtigt wurde, und zum Beweis dagegen wandelte sie über zwölf glühende Pflugscharen.«

Die Geschichte kam Georg nicht sehr glaubwürdig vor.

»Mein Vater ist ein frommer Mann. Und Kunigunde konnte sogar noch nachweisen, dass sie immer noch unberührte Jungfrau war, und das nach langen Ehejahren.«

Georg war so unerfahren, dass er sich unter dem Begriff ›Jungfrau‹ nichts vorstellen konnte. Das musste etwas Heiliges sein! Kunigunde erschien ihm da viel klüger und reifer, trotz der sieben Jahre, die er älter war.

Turbulenzen, Hochzeit und Niederlage

1477 SOLLTE ein äußerst ereignisreiches Jahr werden.

Es begann mit der Schlacht von Nancy, die am 5. Januar stattgefunden hatte. Die Nachrichten hatten indes doch einige Zeit gebraucht, um bis zum Kaiserhof durchzudringen. Dieses Ereignis war die letzte Auseinandersetzung der Burgunderkriege zwischen Karl dem Kühnen und Herzog Réné von Lothringen, der die schweizerische Eidgenossenschaft anführte. Ein Jahr zuvor hatte Karl bereits eine Schlappe erlitten, bei der sein legendärer Burgunderschatz in die Hände der Schweizer gefallen war, diesmal sollte es noch schlimmer kommen.

Beinah 35.000 Mann kämpften auf beiden Seiten, wobei Karls Streitmacht die kleinere war. Die Eidgenossen überrannten die Burgunder, und der größte Teil der Truppen ertrank in den eisigen Wassern des Flusses Meurthe. Die Sieger kannten keine Gnade und verfolgten die Überlebenden bis vor die Tore von Metz. Für Karl den Kühnen, dessen Abstieg mit der missglückten Belagerung von Neuss begonnen hatte, war es das letzte Gefecht. Er wurde verwundet und starb in der Schlacht. Man fand seine verstümmelte, bereits von Wölfen angefressene Leiche am Tag nach dem Gemetzel, halb eingefroren im Eis.

Mit einem Schlag war Kaiser Friedrichs Schwiegertochter in spe, Maria von Burgund, nicht mehr ›nur‹ eine Prinzessin, sondern die alleinige Erbin des Reiches Burgund.

Und sogleich, wie von Karl zu Lebzeiten prophezeit, machte Marias Taufpate, König Ludwig XI. von Frankreich, seine Ansprüche geltend. Er betrachtete Burgund von nun an als ein an ihn zurückgefallenes Lehen und behauptete, er müsse ›seine geliebte Cousine Maria‹ beschützen.

»Fein, dass die Spinne die Fliege beschützen will«, lästerte Maximilian. »Daraus wird nichts werden.«

Maximilian und Friedrich setzten vorerst auf Diplomatie, zunächst jedoch musste baldmöglichst die Hochzeit stattfinden, bevor man weiter planen konnte.

Ludwig von Frankreich ließ mittlerweile seine Truppen in die burgundischen Städte der Picardie, nach Artois, Flandern, Hennegau und das Herzogtum Burgund einrücken.

Nun war Eile geboten.

Georg hatte von alldem keine Ahnung, als eines Tages Kunigunde im Brauhaus erschien, in Tränen aufgelöst. Er ließ alles liegen und stehen und kam, um sie zu trösten.

»Was ist geschehen?«

»Ich soll bald verheiratet werden!«, brachte Kunigunde schluchzend hervor.

»Mit wem?«

Georgs erster Gedanke war ›Feindschaft‹; wer auch immer der zukünftige Gatte Kunigundes sein sollte, er wäre sein Feind auf ewig. Sein zweiter Gedanke war: »Wer würde ein zwölfjähriges Mädchen heiraten wollen?«

»Das weiß ich noch nicht. Aber ein Brautbewerbungsbild soll von mir gemalt werden.«

»Was ist ein Brautbewerbungsbild?«, fragte Georg.

»Ein Bild, das von mir gemalt wird, damit mein zukünftiger Ehemann weiß, wie ich aussehe. Auch mein Bruder und seine Maria kennen sich nur von Bildern, die seit Langem hin und her geschickt werden.«

»Ein Bild kann aber niemals deine Schönheit im Ganzen erfassen.« Georg war mittlerweile recht geschickt im Verteilen von Komplimenten, und es gelang ihm tatsächlich, Kunigunde aufzuheitern.

Es gab eine große Debatte, welcher Meister das Bild malen sollte. Am Ende sprach der Kaiser ein Machtwort.

»Unsere Wahl fiel auf Volmar, den Meisterschüler des ›Maitre Ecossais‹.«

Der ›Maitre Ecossais‹, auch Schottenmeister genannt, arbeitete seit acht Jahren an einem gewaltigen Altar im Benediktinerkloster ›Zu unserer lieben Frau zu den Schotten‹ vor den Toren Wiens. Der Altar wurde, obwohl noch nicht fertig und der Öffentlichkeit noch nicht vorgeführt, bereits als neues Wunder der Malerei gehandelt. Der Schottenmeister wäre aufgrund seiner Maltechnik die erste Wahl gewesen, aber zwei Gründe sprachen dagegen. Zum einen war der Altar noch nicht fertig. Zum anderen »ist er ein verfluchter Freimaurer«, wie der Kanzler immer wieder betonte.

Volmar war weder Freimaurer noch unabkömmlich,

und so wurde er für das Bildnis engagiert. Er kam an den Hof nach Wiener Neustadt, und Kunigunde musste Tag um Tag für ihn Modell sitzen.

Nach zwei Wochen kam Kunigunde ins Brauhaus, zog Georg von seinem kochenden Sud weg und verband ihm die Augen.

»Ich möchte dir etwas zeigen.«

Sie nahm ihn bei der Hand und führte ihn in den Saal, der dem Porträtisten als Atelier zugewiesen worden war, stellte Georg vor ein verhülltes Bild und nahm ihm die Augenbinde ab.

Dann zog sie das verhüllende Tuch weg, und Georg schaute das schönste Bild an, das er jemals gesehen hatte.

Volmar hatte Kunigunde als Brustbild auf Holz gemalt, ungefähr eine Elle breit und etwas mehr als eine Elle hoch.

Sie schaute ihn an, leicht nach links gewandt, und hatte die Hände übereinandergeschlagen. Ihr rundes, ebenmäßiges Gesicht, der kleine Mund und die Augen waren perfekt getroffen. Lediglich die monströse Kopfbedeckung störte ihn. Ein riesiger Hut voller Perlen und Edelsteine füllte das halbe Bild aus.

»Warum hast du diesen seltsamen Hut auf?«, fragte er entsetzt.

Kunigunde lachte.

»Das war eine Idee von Volmar. Er dachte, das sieht majestätischer aus.«

»Das ist ein Hut für eine alte Schachtel, wo er vom faltigen Gesicht ablenken soll.«

Zu niemandem sonst wäre Georg so kühn gewesen.

Kunigundes Lächeln gefror, ihre Nasenflügel bebten.

»Der Kopfputz gehörte meiner Mutter.«

Georg fühlte, dass er zu weit gegangen war, und wurde blass.

»Also gefällt dir das Bildnis nicht?«

»Natürlich, es ist einzigartig und zeigt das schönste Mädchen auf der ganzen Welt!«

Das Lächeln kehrte zurück.

Das Bild wurde in den nächsten Jahren der Reihe nach an Diplomaten und Unterhändler Friedrichs ausgegeben, die es an den verschiedensten europäischen Höfen vorzeigten.

Kunigundes Brautbewerbungsbild
Schule des Schottenmeisters, um 1480. Holz, 44,5 × 31 cm.
Brustbild, leicht nach links gewandt, mit übereinandergeschlagenen Händen.

Doch zunächst wurde einmal die Hochzeit des 18-jährigen Maximilian mit Maria von Burgund vorangetrieben.

Georg hatte ihn nur selten, und dann nur von Weitem gesehen. Maximilian war von klein auf dazu erzogen worden, ein Held zu werden. Seine Mutter hatte ihn in den ersten zehn Jahren seines Lebens bis zu ihrem Tod geprägt. Kunigunde verehrte ihn und erzählte immer wieder Geschichten von Maximilian, der viel mehr reiste als sie.

»Stell dir vor, er hat in München in einem Löwenkäfig dem Ungeheuer mit der Hand den Rachen geöffnet! Und in Ulm ist er auf den Turm des Münsters geklettert. Bis hinauf auf die Spitze!«

Georg empfand Bewunderung für ihn und wünschte sich, auch so ein Held zu sein. Aber dann holte Kunigunde ihn immer wieder auf den Boden der Tatsachen zurück.

»Mein Bruder ist vielleicht ein glänzender Reiter und Fechter, aber in Latein bin ich jetzt bereits viel besser als er. Sein Erzieher, der Peter Engelbrecht von Passail, war kein guter Lehrer gewesen.«

Beide sahen sich an und lachten.

Ende Mai wollte Maximilian nach festlicher Verabschiedung mit großem Tross aus Österreich abreisen, wobei er sich um ein Haar verspätet hätte.

Zum einen, weil der Abschied von Rosina ausführlich und viel zu tränenreich ausgefallen war. Zum anderen, weil, peinlich genug für die kaiserliche Familie, die Reisekasse schlichtweg gähnend leer war. Der Thronfolger sollte nicht wie ein armer Pilger reisen, das Renommee verlangte nach Prachtentfaltung während der Reise, und das kostete Geld, viel Geld. In ungewohnter Hektik hatte Friedrich versucht, alle möglichen Kredite aufzunehmen, alle offenen Schulden einzutreiben – letzten Endes halfen ihm die Ulmer Juden mit der Begleichung einer alten Schuld aus der Patsche.

Es blieb sogar noch Geld übrig für den ebenfalls benötigten päpstlichen Dispens, da die Brautleute entfernt miteinander verwandt waren.

Schließlich, am 22. Mai, konnte der Tross mit dem erforderlichen Brimborium abreisen. Die Hochzeitsgesellschaft wurde unterwegs immer größer. Diverse Würdenträger, Kirchenmänner und Äbtissinnen schlossen sich unter dem Jubel des einfachen Volkes, das die Straßen flankierte, der Reisegruppe an, unter den zahlreichen Geschenken, die Maximilian unterwegs in Empfang nahm, war auch viel lebendes Vieh sowie ganze Wagenladungen an Wein- und Bierfässern, welche die Länge des Zuges zusätzlich immer unübersichtlicher machten.

Dennoch, Anfang August war Maximilian in Maastricht, wurde in Löwen begeistert als Retter von Burgund empfangen und erreichte am 11. August Brüssel.

Mit 700 Rittern, alle mit dem roten Burgunderkreuz auf der Brust, verursachte Maximilian geradezu einen Volksauflauf.

Angetan im Silberharnisch, sah er aus »wie der leibhaftige Erzengel Michael«, so raunte jedenfalls das Volk.

Beim Einzug in Gent war die ganze Stadt geschmückt. Im Genter Schloss Ten Walle sah er seine Braut zum ersten Mal von Angesicht zu Angesicht, beide waren leichenblass vor Aufregung.

Die Hochzeit war schlicht, das Land in Aufruhr und von außen bedrängt, Krieg stand bevor.

Der Legat des Papstes segnete die beiden, assistiert von dem alten Erzbischof von Trier, der schon bei den Verhandlungen zwei Jahre zuvor zugegen gewesen war.

Das Volk jubelte, Maximilian und seine frisch Angetraute blieben einstweilen in Flandern und Brabant, eine Rückkehr nach Österreich kam vorerst nicht infrage.

Zudem brauchten sie eine Weile, um sich miteinander

zu verständigen. Zuerst mit Zeichensprache – beide waren unkundig in der Muttersprache des Partners –, lernten sie schnell voneinander.

Diese Hochzeit sollte böse Folgen haben für die Geschichte ganz Europas. Sie war nämlich letzten Endes der Auslöser für die jahrhundertelangen Kriege, Auseinandersetzungen und Erbfeindschaften zwischen Frankreich und Deutschland, wenn dies auch zu jener Zeit noch niemand ahnen konnte …

All die Nachrichten über Maximilian und Maria erfuhr Kunigunde nur von den Herolden, die zwischen den Höfen verkehrten.

»Ach, könnte ich doch nur dabeisein! Hier diese freudlose Burg, und drüben in Flandern ist alles reich und bunt!« Sie ließ ihrem Kummer nur in Georgs Gegenwart freien Lauf. Alles andere war unschicklich für eine Prinzessin.

Zeitgleich mit den Hochzeitsnachrichten aus den Niederlanden brachte der Bote eine traurige Nachricht: Andreas Reichlin von Meldegg war Ende Juli auf einer Reise verstorben, ausgerechnet im Kloster Salem. Er fiel während eines Mahls einfach vom Stuhl und war tot. Georgs wichtigster Fürsprecher war nicht mehr da. Trotz der Freundschaft zu Kunigunde fühlte er sich plötzlich wieder sehr allein.

Im selben Jahr ernannte Kaiser Friedrich sein ehemaliges Mündel, Siegmund ›den Münzreichen‹, Regent von Tirol und Vorderösterreich, noch zum Erzherzog. Siegmund war bekannt für seinen zügellosen Lebensstil, der ihm ungeheure Schulden eingebracht hatte. Zeitweise hatte er zur Finanzierung seines Hofes ganze Landstriche verkauft, darunter auch das Elsass an Karl den Kühnen. Die Entscheidung war Friedrich nicht leichtgefallen, so manches Bier hatte er über die Entscheidung getrunken.

Und das Ende dieses ereignisreichen Jahres verschaffte Friedrich noch einen gerechtfertigten Wutausbruch. Obwohl sonst eher kühl, introvertiert und schwerblütig, kein Mann großer Gesten, lief er tobend durch die Residenz.

Kunigunde erschien überraschend in der Brauerei, obwohl Georg sie in Graz wähnte. Sie ergriff gleich das Wort.

»Du wunderst dich, mich hier zu sehen. Die Steiermark ist nicht mehr in unserem Besitz. Der Sauhund Matthias Corvinus, wie mein Vater den ungarischen Emporkömmling jetzt nennt, hat sie erobert. Ist das die Rache dafür, dass er mich nicht heiraten durfte?«

Georg war fassungslos.

»Ist Graz gefallen?«

Er war zwar noch nie dort gewesen, hatte aber viel über die Stadt und die mächtigen Kasematten gehört.

»Nein, die Burgen von Graz und hier in Wiener Neustadt sind unbezwingbar. Der Rest der Steiermark ist jedoch an den Ungarn gefallen. Daher darf ich dort in der nächsten Zeit nicht mehr hinreisen. Mein Vater überlegt sogar schon, mich weiter nach Westen zu schicken.«

»Nein, bitte nicht!«, entfuhr es Georg, ohne dass er es gewollt hatte.

Augsburg

Von den meisten dieser Vorgänge bekam man im eher behäbigen Augsburg, schön gelegen an Lech und Wertach, nichts mit, oder nur das wenige, was die Kaufleute an Erzählungen mitbrachten. Die alte Römerstadt schmückte sich seit gut 200 Jahren mit dem Titel der ›Freien Reichsstadt‹. Rudolf von Habsburg persönlich hatte Augsburg dieses Privileg verliehen, der letzte Besuch eines Habsburgers war jedoch 1473 erfolgt, und das war nun bereits fast fünf Jahre her. Damals wären Friedrich und Maximilian auf ihrem Weg nach Trier um ein Haar in Bedrängnis geraten, als die Augsburger Händler sie festhielten und erst nach Begleichung ihrer Schulden weiterreisen lassen wollten. Die Familie Fugger hatte ihnen damals aus der misslichen Lage geholfen, und so war das Verhältnis zwischen Habsburg und Augsburg seither leicht gestört.

In der Politik der Freien Reichsstadt hatten auch hier Patrizierfamilien und Zünfte mehr und mehr die Macht über die Geschicke der Stadt erlangt, der Fürstbischof von Augsburg war aus seinen weltlichen Pfründen gedrängt worden und, als Höhepunkt der Selbstständigkeitsbestrebungen Augsburgs, nach Dillingen an der Donau umgezogen.

1478 hatte Augsburg ungefähr 30.000 Einwohner, was sie nach Köln und Prag zu einer der drei größten Städte des Heiligen Römischen Reiches machte. Der amtierende Bürgermeister Ulrich Schwarz regierte mit beinahe diktatorischen Vollmachten, um seine ehrgeizigen politischen Visionen umzusetzen. Der Wohlstand der Stadt war überall spürbar, aber nicht für alle greifbar. Die niederen Zünfte und das einfache Volk forderten ihren Anteil, wie es Schwarz vor seiner Wahl versprochen hatte. Die alteingesessenen Patrizier, die teilweise nur von ihren Renten und ihrem Vatererbe lebten, stellten sich dem entgegen. Schwarz war in der Wahl seiner Mittel nicht zimperlich und reagierte häufig äußerst brutal. Er sollte nur noch ein paar Monate haben, bis er selber gestürzt und hingerichtet werden würde …

Für das leibliche Wohl dieser 30.000, zuzüglich vieler Besucher und Durchreisender aus ganz Europa, sorgten währenddessen unter anderem über 20 Brauhäuser. Bier war auch hier auf dem Vormarsch und dabei, den Wein als volkstümliches Getränk zu verdrängen.

Zu den bekanntesten gehörten das Brauhaus ›Zu den drey Glass‹ von Ulrich Alpertshofer – den Namen hatte das Brauhaus daher, dass der erste Kunde, der Stadtpfleger Andreas Frickinger, gleich drei mächtige Glashumpen Bier geleert haben soll. Daneben gab es die Brauerei ›Zum Goldenen Ross‹ sowie das Brauhaus zum ›König von Flandern‹. Der Ruf Jans I. oder Gambrinus, des Siegers der Schlacht von Worringen* und Schutzpatrons der Bierbrauer, hatte sich mittlerweile bis nach Augsburg verbreitet.

Das Brauhaus ›Zum Geprellten Kaufmann‹ war eines der kleineren, hatte aber einen guten Ruf. Trotz oder vielleicht gerade aufgrund des Namens trafen sich hier gerne Kaufleute aus Augsburg und von außerhalb auf einen Umtrunk. Die Faktoreien und Zunftgebäude hatten zu viele Ohren, im Lärm der Gaststube konnte man bisweilen vertrauliche Dinge besser besprechen.

Viele Kaufleute hatten ihre eigenen, prächtig verzierten Krüge hinter der Theke stehen. Sie hatten sich das von den Brauern abgeschaut, die als Erste aus Zunftkrügen tranken. Die Brauerzunft war angesehen und mittlerweile auch politisch mächtig und einflussreich geworden. Längst nicht jeder Pierpreu durfte sich in Augsburg niederlassen, und wenn, dann galt es, sich den strengen Zunftregeln zu unterwerfen.

---

* siehe ›Der Bierzauberer‹.

Der Brauer Markus rührte mit dem Maischescheit mit aller Kraft durch die zähflüssige Maische. Seit über sechs Jahren arbeitete er als Brauer im ›Geprellten Kaufmann‹, und es machte ihm immer noch Freude. Gewiss, die Arbeit war hart und der Lohn nicht allzu üppig, aber er hatte ein Auskommen, sein Herr behandelte ihn gut, und im Brauhaus gab es immer ausreichend Unterhaltung. Er war schweigsam, zurückhaltend und fleißig, das wiederum schätzte sein Brauherr, der zur alteingesessenen Familie Rehlinger gehörte.

Johann Baptist Rehlinger war nur pro forma Brauherr und kümmerte sich im Grunde nicht weiter um die Bierherstellung. Er überließ Markus die Leitung des Brauhauses. Die Sicherung seiner Pfründe und das Tagesgeschäft im Handel waren wichtiger.

Er war erst sehr skeptisch gewesen, als damals der knapp 18-jährige Junge bei ihm um Arbeit nachgefragt hatte. Ohne Referenzen, ohne Leumund, mit von einer längeren Reise zerlumpten Kleidern, hatte er ihn um Arbeit förmlich angebettelt. Flehende, fast kindliche Augen hatten ihn angeschaut, einzig die schiefe, deformierte Nase hatte nicht zu dem ansonsten jugendlichen Gesicht gepasst.

»Ich komme aus dem Breisgau und habe dort schon drei Jahre lang als Brauergehilfe gearbeitet. Dann verstarb mein Brauherr ganz plötzlich, und das Brauhaus wurde geschlossen, weil es keine Nachkommenschaft gab.«

Er schnäuzte sich die Nase, das ganze Theater hatte er vorher gut einstudiert.

»Man nennt mich Markus.« Den Namen hatte er geändert, falls sich doch jemand an Bertram erinnern sollte.

»Jetzt bin ich ein paar Monate auf Wanderschaft gewesen und habe mal hier, mal dort ausgeholfen.« Wo er sich herumgetrieben hatte, das verschwieg er wohlweislich.

»Ich suche nun eine feste Anstellung und wurde nach längerem Herumfragen zu Euch geschickt.«

Rehlinger war zwar ein knallharter Geschäftsmann, hatte aber als frommer Kirchenmann ein gutes Herz. So stellte er den Jungen auch ohne Leumundszeugen ein.

Bislang hatte er es nicht bereut.

Das Brauhaus lief, und die Bierqualität war meist sehr gut. Von den Kaufleuten, die zu Gast waren, trank kaum noch einer Wein, der selbstverständlich auch ausgeschenkt wurde.

Immer wieder geschah es, dass ein besonders gutes Geschäft fleißig begossen wurde. Das endete dann mit schöner Regelmäßigkeit in einem Saufgelage, sodass sich am Ende alle in der Gosse wiederfanden, beziehungsweise die Reicheren unter ihnen sich von ihren Dienern nach Hause tragen lassen mussten.

Auch die Kaufleute hatten ihre eigenen Rituale beim Zutrinken. Markus hatte anfangs fasziniert den verschiedenen Trinksprüchen zugehört, die im ›Geprellten Kaufmann‹ ausgegeben wurden, mittlerweile kannte er sie auswendig.

Er hörte lediglich dann noch zu, wenn einmal ein Mitglied der bekanntesten Augsburger Familien wie der Welser oder Peutinger zu Gast war.

So rührte er fleißig in seiner Maische, als drei bekannte Augsburger Kaufleute sich in der Nähe des Maischebottichs an einen Tisch setzten.

Der eine war Ulrich Höchstetter, der andere sein erst 14-jähriger Neffe Ambrosius. Die alte Augsburger Familie Höchstetter betrieb einen höchst ertragreichen Groß- und Fernhandel für Textilien und Gewürze. Sie hatte, so munkelte man auf der Straße, sogar mittlerweile ein eigenes Gewölbe im Kontor der Deutschen Kaufleute, dem ›Fondaco dei Tedeschi‹ in Venedig. Ulrich Höchstetter, ein großer, gut aussehender Mann, trotz seiner 55 Jahre mit vollem, dunklem Haar, war als Zunftmeister der Gewandschneider und Mitglied des Kleinen Rats auch entsprechend vornehm gekleidet. Feine Stoffe, Samt und Brokat in Blau, Grün und Gelb ließen ihn noch auffälliger erscheinen, als er ohnehin schon war. Er strahlte Vornehmheit und Lebensfreude aus.

Sein Neffe Ambrosius saß wohl zum Zuhören und Lernen bei ihm. Auch er war groß gewachsen, mit den roten runden Backen eines Jugendlichen, der viel an der frischen Luft ist. Offenbar sollte er den Handel von der Pike auf lernen.

Ihr Gesprächspartner war ein großer, aber asketisch, hager und dadurch leicht verbittert wirkender Mann. Ulrich Fugger war der älteste Sohn und somit Geschäftsführer des Zweiges der ebenfalls alteingesessenen Weberfamilie, die man die ›Fugger von der Lilie‹ nannte, nachdem sie das Lilienwappen nach dem missglückten Augsburg-Besuch des Kaisers von Friedrich III. verliehen bekommen hatten.

Fugger war ebenfalls teuer, aber einfach und nicht so farbenprächtig gekleidet wie sein Gegenüber. Sein dunkelgrüner Samtrock mit einem Innenfutter aus dunkelroter Seide war an den Taschen und am Rand schon leicht abgewetzt.

Markus hatte, ebenfalls auf der Straße, Gerüchte gehört, dass die Fugger ihr Vermögen neuerdings nicht mehr nur mit Tuch und dessen Handel verdienten, sondern vom Papst persönlich mit der Organisation des Ablasshandels betraut worden waren.

»Wenn das Geld im Kasten klingt, die Seele in den Himmel springt!« Mit diesem Spruch, von den Ablasshändlern immer wieder vorgebetet, wurde mittlerweile auch mancher Witz oder manche Schimpfkanonade auf die Kirche eröffnet, auch hier in den Brauhäusern. Markus wusste nicht, was er von den Fuggern halten sollte, während er erfolgreiche Kaufleute wie die Höchstetters ohne Abstriche bewunderte und ihnen die Ehrerbietung entgegenbrachte, die sie seiner Meinung nach verdienten.

Sobald die Krüge auf dem Tisch standen, ging es los mit der Diskussion.

Markus spitzte die Ohren und versuchte unauffällig, so viel wie möglich von dem Gespräch zu erhaschen. Es ging anscheinend um Metall.

Höchstetter und Fugger diskutierten heftig.

»Nur ich als Gesellschafter der Gossembrot-Gesellschaft kann euch Fuggern einen erfolgreichen Einstieg in den Tiroler Bergbau und Metallhandel gewährleisten!«, ereiferte sich Höchstetter.

»Glaubt nicht, dass Ihr der Einzige seid«, konterte Fugger.

»Der frisch gekrönte neue Erzherzog von Tirol, Siegmund, den sie den ›Münzreichen‹ nennen, benötigt immer wieder frisches Geld und neue Kredite. Er gibt immer mehr aus, als er einnimmt, und hat doch noch so manches Bergwerk zu vergeben.«

»Dann müsst Ihr aber alles neu schaffen. Ich biete Euch an, in ein bestehendes Geschäft einzusteigen. Alles, was Ihr tun müsst, ist, bei uns eine Einlage zu tätigen. Mit 5.000 Gulden für den Anfang seid Ihr dabei. «

Markus musste kurz seinen Platz verlassen, seine rumorenden Gedärme trieben ihn auf den Abort. Als er wiederkam, hatte die Einigung schon stattgefunden.

Höchstetter erhob seinen Krug und salutierte in Richtung Fugger:

»Trinke Heil, trinke mir nach und trinke mir zu, trinke voll, trinke halb und ich trinke dir zu!«

Während Ambrosius trotz seiner 14 Jahre mit salutierte, erhob sich der Fugger-Kaufmann und retournierte:

»Ich trinke Euch zu, danach trinkt, so viel ich trinke!«

Die Krüge wurden geleert, behagliches Schmatzen folgte, dann verließen erst die Höchstetters das Brauhaus, kurze Zeit später Ulrich Fugger.

Die Zeche wurde von den Höchstettern übernommen.

Erzherzog Maximilian

WÄHREND DER KAISER sich mit Matthias Corvinus herumschlug, Georg in Wiener Neustadt Bier braute und Kunigunde darauf wartete, endlich erwachsen zu werden, wollte sich ihr frisch verheirateter Bruder seine ersten Sporen als Heerführer verdienen.

Diese Aufgabe löste der 20-Jährige mit Bravour.

Es begann damit, dass er im Herbst 1478, bei einem seiner selten gewordenen Besuche in Wiener Neustadt, in der Brauerei vorbeisah. Georg fiel auf die Knie, wusste er doch, dass der allseits beliebte Maximilian mehr Ehrerbietung erwartete als der Rest seiner Familie. Und groß gewachsen wie sein Vater, mit einer ungewöhnlich großen, schmalen Nase, die an ein Segel erinnerte, sowie mit seinem markant vorspringenden Kinn flößte er jedem Gegenüber Respekt ein. Hier stand ein junger Mann, der es gewohnt war, seinen Willen zu bekommen!

Maximilian jedoch hieß ihn aufstehen, legte seinen Distanz fordernden Blick ab und gab sich jovial. Kunigunde hatte Georg früher schon erzählt, dass Maximilian als Kind seine Zeit am liebsten mit den Ofenheizern, Pförtnern und Besenkehrern verbracht hatte. Immer jedoch hinter dem Rücken seiner Eltern. Dadurch hatte er die Sprache des Volkes gelernt, und gleich sieben verschiedene an der Zahl.

Nun ließ er sich ausführlich die Brauerei und die Techniken des Biersiedens erläutern.

»Habt ihr Brauer eigentlich einen Schutzheiligen?«

Georg schwieg verlegen, er wusste keine Antwort.

»Ich verehre die Heilige Nothburga«, sagte der Erzherzog. »Sie ist die Beschützerin von Tirol, welches ich mir eines Tages als Eigentum erhoffe.«

Er hieb Georg kameradschaftlich auf die Schultern.

»Jeder Stand und jeder Beruf braucht einen Schutzheiligen!«, dröhnte er. »Auch ihr Bierbrauer solltet euch darum kümmern.«

Georg klärte ihn dann über die verschiedenen Biersorten auf.

»Welches Bier feuert den Kampfesmut an und welches Bier macht schläfrig?«

Maximilian dachte sich wohl, dass man für jede Gelegenheit ein passendes Bier herstellen könne. Er fuhr also fort, Georg auszufragen.

»Du kommst aus Straßburg, habe ich gehört.«

Georg bejahte.

»Wer braut denn dort ein gutes Bier?« Georg wusste nicht, warum Maximilian das fragte, also sagte er wahrheitsgemäß:

»Mein früherer Brauherr, der Daniel Fischer, macht ein himmlisch gutes Bier. Stark, mit viel Hopfen drin.«

Maximilian zeigte, dass er vorher zugehört hatte:

»Dann ist es auch länger haltbar als Dünnbier?«

»Sicherlich.«

Nach dieser Antwort verließ er das Brauhaus.

Im nächsten Frühjahr erhielt Daniel Fischer in Straßburg Besuch. Dieser stellte sich vor als »Jakob von Savoyen, Graf von Romont und Herr von Waadt, und ich komme im Auftrag des Erzherzogs Maximilian von Habsburg«.

Fischer beäugte den jungen Mann, den er auf Ende 20 schätzte, also etwa zehn Jahre jünger als er selbst.

Vornehme Kleidung, ein Mantel aus schwarzem Samt mit beigefarbenem, seidenem Innenfutter. Dazu schmückte ihn ein kreuzförmiger Orden, an dem vier Rubine hingen und den er an einer goldenen Kette vierfach um den Hals gelegt hatte. Daniel wusste sofort, dass sein Besucher diesen Orden nur angelegt hatte, um ihn zu beeindrucken. Niemand trug so etwas während einer Reise. Das wäre einer Aufforderung zum Raubüberfall gleichgekommen. Er trug eine schwarze, einfache Kopfbedeckung, die er nach ›Schweizerart‹ schräg auf seine üppig wuchernde Haarpracht gesetzt hatte.

Sein verkniffener Mund passte nicht zu seinem ansonsten ebenmäßigen, schönen Gesicht.

»Was kann ich für Euch tun?«, fragte Daniel und setzte gleich nach:

»Doch bevor wir weiter reden, setzt Euch Euren Hut gerade auf den Kopf. Schweizer sind hier nicht sehr beliebt. Man könnte Euch übel wollen.«

Er hatte genug Selbstbewusstsein und das Hausrecht auf seiner Seite, um auch einen Edelmann zurechtzuweisen.

Jakob von Savoyen sah zuerst so aus, als ignorierte er den Rüffel, dann zog er seinen Hut gerade und grinste Daniel Fischer an.

»Ihr seid fürwahr ein Mann mit Mumm. Das weiß ich zu schätzen.«

»Nun, noch einmal meine Frage: Was wünscht Ihr?«

»Der Erzherzog schickt mich. Ich soll ein Bier in Auftrag geben. Viel Bier, so viel, wie Ihr in einer Woche brauen könnt.«

»Was soll damit geschehen?«

»Das braucht Euch nicht zu interessieren, solange es bezahlt wird.«

»Und wann soll es fertig sein?«

»Zum Ende Eurer Saison. Macht es stark und haltbar. Und füllt alles in große Fässer, die Ihr mit verrechnet. Ihr werdet sie nicht zurückerhalten.«

Daniel rechnete kurz durch und nannte seinen Preis, der anstandslos akzeptiert wurde.

»Einer unserer Gesandten wird das Bier abholen kommen und Euch auszahlen.«

Der Graf von Romont setzte sich nieder und trank genussvoll einige Krüge leer.

Dann verabschiedete er sich.

Um diesen Auftrag zu erfüllen, arbeitete Fischers Brauhaus eine Woche lang Tag und Nacht. Ende April kam ein Abgesandter, um das Bier abzuholen. Gezahlt wurde mit einem Wechsel des Augsburger Kaufhauses der Fugger vom Reh. 50 große Fässer – Daniel Fischer hatte bei anderen Brauhäusern leere Fässer zukaufen müssen – wurden abtransportiert. Fischer hatte immer noch keine Ahnung, was damit geschehen sollte.

Am 17. August 1479 trafen Maximilians Truppen bei Guinegate, einer kleinen Ortschaft in der Picardie, auf die des französischen Königs Ludwig XI.

Die Meinungsverschiedenheiten der beiden über den Besitz Burgunds hatten sich seit dem Tod Karls des Kühnen nicht aufgelöst. Da Ludwig Burgund als Mannslehen betrachtete, das nach dem Tod des letzten männlichen Erben an Frankreich zurückfallen sollte, ließ er seine Truppen in einige burgundische Städte in Flandern einrücken.

Maximilian hingegen sah Burgund als Besitz, den er gemeinsam mit Maria regieren wollte.

Und er sah sich in seinem Hass auf Frankreich bestätigt.

»Es ist kein größrer Bösewicht in der Welt als er«, ließ er nicht nur vor dieser Fehde seinen Soldaten seine Meinung über den König von Frankreich dezidiert zukommen.

Die letzten Auseinandersetzungen in der Region hatte immer die Partei gewonnen, welche das meiste Fußvolk, bewaffnet mit Piken und Dolchen, in die Schlacht schickte. Das klassische Ritterheer hatte keine Chance mehr, Karl der Kühne hatte davon ein Lied singen können. Die erfolgreiche Strategie der Eidgenossen wurde nun nachgeahmt, nicht zuletzt auch von den damals unterlegenen Burgundern.

Jakob von Savoyen, der Graf von Romont, brachte dazu seine Erfahrungen von den Eidgenossen mit. Er stand kurz vor seiner Hochzeit mit Marie von Luxemburg und war daher den Habsburgern so wohlgesinnt, dass er kurzerhand den Arbeitgeber gewechselt hatte.

Sie heuerten flämische Soldaten an, die ein gutes Bier zu schätzen wussten. Leider waren die flämischen Brauereien in Ludwigs Hand, ein weiterer Kriegsgrund; deswegen musste das Bier von weiter weg hergekarrt werden, unter anderem auch aus dem zwölf Tagereisen entfernten Straßburg.

Zur Verfügung hatte Maximilian nun nicht weniger als 11.000 Kämpfer mit blanken Waffen, Spießen und Hellebarden, die ihm Jean Dadizelle, Bailli von Gent und Generalkapitän von Flandern, mitgebracht hatte.

Der Graf von Romont lehrte die Fußknechte, sich richtig aufzustellen und zu kämpfen.

Das Bier floss vor und während der Schlacht in Strömen. Die Landsknechte waren ein bunter Haufen, im wahrsten Sinne des Wortes. Sie waren farbenprächtig gekleidet, mit gepufften und geschlitzten Hemden und Hosen. Auf dem Kopf trugen sie entweder Bundhauben oder Barette, welche mit Feder oder Wollbüschen geschmückt waren, an den Füßen bunte Socken sowie die nach ihrer Form benannten Kuhmaulschuhe, die Anlass zu zahllosen Scherzen gaben.

Maximilian kämpfte, einen Langspieß in der Hand, in erster Reihe Seite an Seite mit dem Fußvolk, was dem jungen Thronfolger viel Ruhm und Akzeptanz als Heerführer eintrug.

Die Franzosen wurden geschlagen, Maximilian gewann das Hennegau und die Stadt Cambrai zurück.

Militärhistorisch war die Schlacht bedeutsam, weil hier die vom Bier befeuerten Landsknechte ihren Einstand in der Weltgeschichte als Element der Kriegsführung gaben, sowie durch die Tatsache, dass sich der Heerführer in die kämpfende Truppe eingereiht hatte.

Einige Monate später erhielt Daniel Fischer eine Depesche. Darin wurde ihm bestätigt, dass er für seine Verdienste, die er sich mit seinem Bier bei der Schlacht von Guinegate erworben hatte, mit einem Wappen ausgezeichnet würde. Er solle sein Wappen bei Maximilians Hof einreichen und es bei nächster Gelegenheit verliehen bekommen.

Kunigunde und Georg

Nachdem die Bewohner von Wiener Neustadt, im Gegensatz zu den Wienern, bislang immer treu zu ihrem Kaiser gehalten hatten, kamen aber Anfang 1480 auch hier Gerüchte über eine mögliche Unruhe auf. Die Bevölkerung war arm und hungerte, die ständigen Kriege und der Prunk der Kirche verschärften die Gegensätze zwischen Arm und Reich. Bis Friedrich III. dieses Rumoren vernahm, war es schon beinahe zu spät. Der Aufruhr hatte bereits begonnen.

Kunigunde hatte Georg eben noch einige neue Lieder vorgesungen, die sie gelernt hatte – Georg liebte auch ihre Stimme. Nun bereiteten sie sich gerade auf einige Partien Wurfzabel vor – das Spiel wurde vulgär auch einfach ›Puff‹ genannt und ist der Vorgänger unseres heutigen Backgammons, später sollte es ein beliebtes Spiel in Bordellen werden –, da ließ ihr Vater sie rufen.

Friedrich nahm seine Tochter bei der Hand und beging die einzige wirklich tollkühne, heldenmütige Tat seines gesamten Kaiserlebens.

Er setzte die blasse, verschreckte 15-Jährige auf einen Schlitten und fuhr allein mit ihr, ohne Wachen oder Bewaffnung, hinaus in die bitterkalte, dunkle Winternacht von Wiener Neustadt.

Durch die geplante Revolte waren die Straßen voller Menschen. Drohend, mit Fackeln in der Hand, hatten sie sich am Straßenrand aufgebaut und wollten nicht zur Seite weichen, sogar dann nicht, als sich der Schlitten mit dem Kaiser und der Erzherzogin an Bord näherte.

Friedrich hielt die Zügel fest in der Hand, alle sahen das Mädchen an, das nicht wusste, wie ihm geschah. Und dann passierte das Wunder: Die Spannung wich. Niemand wollte dafür verantwortlich sein, dem Mädchen ein Haar zu krümmen, da alle es von Kindesbeinen an kannten. Die Menge trat zurück und löste sich erst zögerlich, dann immer schneller auf. Die Menschen gingen nach Hause. Die Situation war gerettet, Wiener Neustadt ›wieder treu‹.

Als Kunigunde später Georg von dem Erlebnis erzählte, war sie mittlerweile wieder gefasst, aber innerlich immer noch aufgewühlt.

Je mehr sich Kunigunde und Georg anfreundeten, desto persönlicher wurden ihre Gespräche. Beide trauten sich voreinander, Dinge zu fragen oder auszusprechen, die ihnen sonst niemals über die Lippen gekommen wären.

Kaiser Friedrich war in den letzten beiden Jahren doch das eine oder andere Mal kurz im Brauhaus erschienen und hatte Georg ein Lob für sein Bier gezollt.

Etwas am Aussehen des Kaisers war ihm seltsam vorgekommen, und so fragte er Kunigunde:

»Was ist mit seiner Lippe geschehen?«

Kunigunde lächelte und erklärte:

»Diese hängende Unterlippe ist ein Erbstück von meiner Großmutter. Mein Großvater, Herzog Ernst der Eiserne von der Steiermark, wollte keine gewöhnliche Frau ehelichen. Also hat er die Sarmatin Cimburgis von Masovien geheiratet, die stärker war als alle Männer. Sie soll Eisennägel mit der bloßen Hand aus der Wand gezogen haben. Bisweilen hat sie zum Spaß auch mal ein ganzes Heufuder gestemmt.«

Kunigunde fuhr sich versonnen durch die Haare und fuhr fort.

»Meine Großmutter wurde bereits mit diesem seltsam geformten Unterkiefer geboren und hat ihn an meinen

Vater vererbt. Zum Glück ist dieses Erbe nicht an mich übertragen worden, sondern nur an meinen Bruder Maximilian.«

Sie lachte leicht kokett.

»Ich bin mehr nach meiner Mutter geraten.«

Mit ihren 15 Jahren war Kunigunde zu einer wirklichen Schönheit erblüht, da blieb es nicht aus, dass sie sich immer öfter eitel im Spiegel betrachtete und nach einem Makel suchte.

Den fand sie an schlechten Tagen, da jammerte sie:

»Nichts habe ich von meiner Mutter. Meine Züge sind gröber, meine Bewegungen sind plumper, meine Gestalt ist stämmiger, und mein Haar ist dünner! Wer soll mich jemals heiraten wollen?«

In Georgs Augen gab es keinen Makel, er war mittlerweile 22 Jahre alt und verehrte und liebte Kunigunde über alles, wagte aber nicht, es ihr einzugestehen. Kunigunde sah zwar das Funkeln in seinen Augen und nahm seine Verehrung huldvoll entgegen, betrachtete diese aber als romantische Minne, der nichts Körperliches anhaftete.

Georg hatte ein paar amouröse Erfahrungen mit einfachen Mädchen aus dem Hofgesinde gehabt, die ihn in den Stall gelockt und dort verführt hatten. Sein erstes derartiges Erlebnis hatte er jedoch mit einer kräftig gebauten Köchin gehabt, die ihn vor drei Jahren kurzerhand, ohne lange zu fackeln, in die Vorratskammer gedrängt und dort in die körperliche Liebe eingeführt hatte. Es hatte ihm durchaus Freude bereitet, hatte aber nichts mit der Liebe zu tun, die er für Kunigunde empfand.

Immer häufiger sprachen sie über den Kaiser, je älter sie beide wurden. Kunigunde fragte Georg aus, was die einfachen Leute über ihren Vater denken und sagen mochten.

»Sei du für mich Augen und Ohren zum einfachen Volk. Mir sagt ja niemand mehr die Wahrheit.«

Und da sie ihren Vater abgöttisch liebte, hatte sie für jede Bemerkung Georgs, die dieser aufgeschnappt hatte, eine passende Replik zu Hand.

»Man nennt ihn sauertöpfisch.«

»Er ist besorgt um sein Volk.«

»Er wird ›Der Schlafmützige‹ genannt.«

»Ich weiß, in Wahrheit macht er nur bedächtige Politik.«

»Sein Geiz ist wohlbekannt.«

»Er ist sparsam, für schlechte Zeiten, die da kommen können.«

»Er ist zögerlich, wo es zuzupacken gilt.«

»Kluges Taktieren nennt man das anderswo.«

Georg fragte auch, warum ihr Vater nicht wieder geheiratet hatte.

»Ich habe schon des Öfteren die wunderliche Gelassenheit mit angesehen, die er den Weibsbildern entgegenbringt. Keinerlei Neugierde oder gar Interesse kann ich darin erkennen.«

»Ich glaube, er fürchtet sich vor ihnen«, war Kunigundes Antwort. »Ich weiß jedoch nicht, warum.«

Als zu den Osterfeierlichkeiten 1480 in der Wiener Hofburg Kunigundes Einführung in die Gesellschaft anstand, war Georg natürlich ausgeschlossen. Umso mehr wollte er hinterher erzählt bekommen, umso eifersüchtiger hörte er zwischen den Zeilen zu, ob nicht doch ein Verehrer oder gar potenzieller Gatte aufgetaucht war.

Wichtigster Ehrengast in der Hofburg war in diesem Jahr Herzog Georg aus dem Hause der Wittelsbacher, der belehnt werden sollte. Während der Zeremonie stand Kunigunde, umringt von ihren Hofdamen, unmittelbar dabei. Der Herzog war in Begleitung seines Vetters, Herzog Christoph, und beider Freund, Niklas von Abensberg. Beide Begleiter, die Kunigunde hier zum ersten Mal sah, sollten in späteren Jahren in Form einer blutigen Mitgift noch dramatisch in ihr Leben eingreifen.

Anstelle ihrer toten Mutter führte Kunigunde am Galaabend ebendiesen Herzog Georg zum Tanz, so selbstverständlich, als wäre sie schon länger die erste Frau im Reich.

Die ganzen Festlichkeiten schilderte sie hinterher Georg in leuchtenden Farben, sodass er beinah das Gefühl hatte, selbst dabeigewesen zu sein.

Auch in diesem Jahr hatte Kaiser Friedrich wieder Probleme mit seinem alten Widersacher Matthias Corvinus. Dessen Armee mit 18.000 Mann war eine der besten in Europa und um ein vielfaches stärker als die Habsburger-Armee.

So schickte er Kunigunde regelmäßig fort, diesmal erschien ihm die Residenz in Wiener Neustadt zu unsicher. Bei jeder Abreise nach Graz gab es einen tränenreichen Abschied von Georg. Die Aufenthalte dauerten jedoch immer nur vier bis sechs Wochen, dann war sie wieder da.

Bis zum Ende des Jahres 1480 hatte Kaiser Friedrich weite Teile Niederösterreichs an Matthias Corvinus verloren.

Mehr und mehr tagte der Kaiser nun mit seinen Beratern in Wiener Neustadt, wenn er nicht durch das Reich reiste und seine Münzprägestätten in Frankfurt, Nördlingen, Dortmund oder Basel besuchte, um seiner desolaten Haushaltskasse wieder frisch gepresste Goldgulden und Silberstücke zuzuführen.

Immer häufiger musste Georg persönlich die Bierkannen mit frisch gezapftem Bier zum Beratungstisch tragen. Denn während die Residenz vom Personal mehr und mehr verlassen wurde, nahm die Zahl der Berater und Besucher zu.

Der derzeit wichtigste kaiserliche Berater war Peter Bonomo, der einer reichen und einflussreichen Triester Patrizierfamilie entstammte.

Der junge, aufstrebende Humanist, der in Bologna studiert hatte, war mit Anfang 20 als Sekretär an Friedrichs Hof gekommen. Er war mittelgroß gewachsen und, obwohl dem herrschenden Schönheitsideal voll entsprechend, eine eher unauffällige Erscheinung. Seine schläfrig dreinblickenden Augen hatten schon manch einen darüber hinweggetäuscht, dass dahinter ein messerscharfer, wacher Verstand saß.

Das Markanteste an ihm war sein überdimensionaler Oberlippenbart.

Georg musste immer grinsen, wenn Bonomo einen tiefen Schluck aus dem Bierkrug nahm und sein Gesicht wieder auftauchte, den Bart voller Schaum.

Bonomo lachte dann immer auf eine merkwürdig scheppernde Art und sagte Dinge wie:

»Der Trank war schon weniger angenehm gewesen hier in früheren Zeiten, habe ich mir sagen lassen. Dieses Bier ist ein guter Grund, die Beratungen hier abzuhalten und nicht in Wien am Hof.«

Der ganze Beraterstab war immer wieder überrascht von der Offenheit, beinahe Dreistigkeit, mit der Bonomo mit dem Kaiser sprach, dieser aber schätzte den mehr als 40 Jahre Jüngeren sehr und ließ ihm einiges durchgehen.

Markus

Augsburg und Markus hatten sich gesucht und gefunden. Seit der Hinrichtung des brutalen Bürgermeisters Ulrich Schwarz zwei Jahre zuvor, an der er sich sehr ergötzt hatte, schätze er Augsburg nicht nur wegen seines pulsierenden Lebens.

»Auge um Auge, Zahn um Zahn, das ist eine Devise, nach der es sich leben lässt.«

Auch wenn er niemals irgendjemandem von diesen Gedanken erzählte, seine Rachegelüste gegenüber allen, die ihm jemals Unrecht getan hatten, sah er widergespiegelt in der Augsburger Politik.

Er kannte mittlerweile jeden Kaufmann Augsburgs zumindest vom Namen her. Alle gingen sie im ›Geprellten Kaufmann‹ ein und aus.

Auch wenn viele von ihnen kaufmännische Konkurrenten des Brauherrn Rehlinger waren, wurde doch manches Gespräch mit loser Zunge geführt, was nicht zuletzt auch am Bier lag.

Da viele seiner Kunden in ganz Europa unterwegs waren, brachten sie ihm manche Anregung mit.

»Neulich war ich in Flandern, da habe ich ein beinah weißes Bier getrunken, das schmeckte nach Pfirsichen. Kannst du das auch herstellen?«

Ein anderer empfahl ein Bier aus Buchweizen.

Ein Dritter kannte ein Bier mit Pferdegras, »dunkel, stark und erhitzend, lange gelagert im Eiskeller. Es muss alt schmecken, wie ein mehrjähriger Wein.«

So experimentierte er mit verschiedenen Getreidesorten, nahm einmal Emmer dazu, einmal Einkorn oder Pferdegras, würzte mit Ingwer oder Ahorn, Heidekraut und

Weißdorn. Auch Pflaumen oder süßen Birkensaft und Birkenblätter probierte er aus.

»Das ist gut gegen Haarausfall«, hatte vor Kurzem ein reisender Medikus behauptet.

Seitdem war die Nachfrage nach dem dunkelgelben Birkenbier größer als das Angebot.

Auch bei Rheuma, Durchfall und Hautekzemen versprach es Linderung.

Wenn er diskret den Gesprächen der Kaufleute lauschte, hörte er Nachrichten aus dem Gewürzhandel, dem Bergbau, der Textilindustrie, kurzum: von allem, was handelnswert war.

Besonders aufmerksam hörte er zu, wenn ein Mitglied der Fuggerfamilie von der Lilie anwesend war. Oberhaupt der Firma war zwar Ulrich Fugger, doch sein 18 Jahre jüngerer Bruder, der erst 21-jährige Jakob, wurde unter der Hand und im Brauhausklatsch bereits als der gerissenste Kaufmann unter den Augsburger Kaufleuten und als die Zukunft der Fugger gehandelt. Und während viele Augsburger Kaufleute nur den Textilhandel und die damit verbundene Schafzucht kannten – dieses Thema hing Markus schon zum Hals hinaus –, gab es bei den Fuggern immer Neuigkeiten.

Eines Abends kam dieser Jakob mit einem Gast zum ›Geprellten Kaufmann‹. Jakob war mit einem der Rehlingers, dem Conrad, befreundet. Der ›Geprellte Kaufmann‹ war daher auch die einzige Schenke, wo sich der ansonsten nüchterne und trockene Mann gelegentlich niederließ.

Sein Gast war, wie Markus später erfuhr, der frühere Innsbrucker Bürgermeister Hans Suiter.

Soweit Markus verstand, ging es um Tirol und den Bergbau. Die beiden redeten von neuen Erfindungen, von Schwungrad und Riemenantrieb, von Wasserkunst und

Abholzung der Wälder, da man das Holz für die Bergwerke benötigte.

Sie diskutierten über die verschiedenen Metalle: Silber, Blei, Zinn, die Grundlagen des klassischen Bergbaus. Aber auch über die, welche neu an Bedeutung gewannen.

»Wir sollten Wismut nicht außer Acht lassen«, sagte zum Beispiel Jakob und ergänzte, als er Suiters ratlose Miene sah: »Wismut wird zur Legierung im Guss für die Typen beim Buchdruck benötigt. Der mit beweglichen Lettern, die dieser Johannes Gensfleisch in Mainz erfunden hat.«

Suiters Miene hellte sich auf.

»Du meinst, wer das Wismut beherrscht, beherrscht auch den Buchdruck?«

»Oder Kobalt, das wird zur Erzeugung verschiedener Farben immer wichtiger.«

Schließlich einigte man sich bei einem kräftigen Zutrunk jedoch darauf, dass das wichtigste Metall der Zukunft immer noch das Kupfer sei.

»Wenn die Kanonen donnern, muss man Kupfer besitzen. Und die Kanonen werden häufig donnern in der Zukunft!«

Mit diesem nahezu prophetischen Spruch und einer anschließenden Vereinbarung, dass Suiter in Zukunft als Faktor für Jakob Fugger arbeiten würde, endete das Fachgespräch.

Dann wurde es gemütlicher. Beide erzählten einander Anekdoten, plötzlich spitzte Markus die Ohren. Ein Name war gefallen im Gespräch, den er kannte.

»Letztes Jahr hat unser lieber Erzherzog Maximilian bei Guinegate die Franzosen besiegt und wieder aus Flandern und dem Hennegau verjagt«, erzählte Jakob. »Und dabei soll es ziemlich hoch hergegangen sein, viele recht betrunkene Landsknechte sollen hernach die Gegend unsicher gemacht haben. Das war ein guter Streich unseres Habsburger-Freundes.«

Fugger nahm einen Schluck.

»Und weißt du, wer ihm das Bier für die Landsknechte bezahlt hat?«, fragte er höhnisch.

Jakob wollte sich vor Lachen schier ausschütten, obwohl niemand den frommen, schmallippigen Mann sonst jemals auch nur lächeln sah.

»Meine lieben unfähigen Cousins der Fugger vom Reh!« Fast schrie er es hinaus vor Schadenfreude. »Bestellt der Graf von Romont doch in Straßburg bei einem Brauherrn Daniel Fischer 50 große Fässer mit Bier für seine Soldaten. Bezahlt mit einem Wechsel von Lukas Fugger! Und was gibt der Erzherzog als Gewähr? Sein Wort, sonst nichts!«

Daniel Fischer! An den hatte Markus seit über zehn Jahre nicht mehr gedacht. Mit dem hatte er noch eine Rechnung offen ...

Währenddessen erging sich Jakob Fugger weiter in Schadenfreude.

»Der Brauer bekommt zum Lohn sogar ein Wappen, das er sich irgendwann einmal abholen kann. Am besten hier in Augsburg, wenn er den Wechsel einlöst. So haben alle dabei etwas gewonnen, nur mein lieber Cousin nicht. Wenn der so weitermacht, wird er noch im Schuldturm enden.«

Auch Suiter wollte nun etwas beitragen und sagte:

»Eines Tages werden die Habsburger ganze Städte als Pfand geben, weil ihnen sonst nichts mehr bleibt. Das Wort ist wertlos, die Bergwerke werden wir besitzen ...«

»Wenn alles glatt läuft, mein lieber Suiter«, unterbrach ihn der Fugger.

Schließlich rüsteten sie zum Aufbruch, wobei der Fugger für Markus noch ein kurzes Lob auf das Bier übrig hatte:

»Ich werde dein Bier zum nächsten Geschlechtertanz empfehlen.«

Dann verließen beide das Brauhaus.

Markus wusste zwar nicht, ob das, was er gehört hatte, von Bedeutung war, aber er war überrascht, wie offen dort gesprochen worden war. Er hatte den Stand der Kaufleute für diskreter gehalten.

Aber vielleicht kam Daniel Fischer tatsächlich irgendwann einmal nach Augsburg.

Er musste Augen und Ohren offenhalten.

Freiheit und Gefahr

Kunigunde fühlte sich einsam. Sie durfte nur in Begleitung und mit Bewachung die Residenz verlassen, und auch innerhalb fühlte sie sich ständig beobachtet.

Durch die häufige Abwesenheit ihres Vaters und ihres Bruders, die in diesem Jahr 1481 andauernd unterwegs waren, fehlte ihr, trotz zahlreicher Hofdamen und Gespielinnen, ein Partner für anregende Gespräche.

Georg war dafür mittlerweile ihr erster Ansprechpartner geworden. Sie schätzte seine Ehrlichkeit und Aufrichtigkeit, den krassen Gegensatz zum sonstigen Hofgesäusel.

Kunigunde war es auch gewesen, die ihren Vater veranlasst hatte, Georg nach fünf Jahren Dienst im kaiserlichen Brauhaus zu befördern. Sein offizieller Status war immer der eines Findelkindes, und daher ›unfrei‹, gewesen, nur dass er sich einem eventuell vorhandenen Dienstherrn oder

Grundbesitzer durch das Herumreisen mit Michel schon als kleines Kind entzogen hatte. Daniel Fischer, selbst ein Querkopf, hatte sich nicht an Georgs Herkunft gestört, erst Andreas Reichlin von Meldegg hatte für Georg eine Dienstherrnrolle übernommen und diese an den Kaiser weitergegeben.

Friedrich III. war eines Tages im Februar 1481 im Brauhaus erschienen – sein Kanzler, der sonst an seiner Seite war, fehlte ebenso wie sonstige Berater – und hatte Georg ohne größeres Zeremoniell mit einem von ihm gezeichneten Brief zum Ministerialen befördert.

Ministeriale, so wurde eine Oberschicht ursprünglich unfreier Dienstleute im Hof- oder Verwaltungsdienst genannt. Die Ernennung war nicht so selten, aber dennoch ein Privileg, bedeutete sie doch ganz offiziell das Ende der Unfreiheit.

Georg platzte beinah vor Stolz, als Friedrich ihn mit einer menschlichen Wärme, die er niemals von einem Adligen, geschweige denn vom Kaiser erwartet hätte, für seine »Tüchtigkeit und Loyalität und dafür, dass dein Bier mich von meinen Plagen der Eingeweide erlöst hat«, lobte und ihm formlos die Ernennungsurkunde in die Hand drückte, die ihm im günstigsten Fall sogar den Aufstieg bis in den niederen Adel ermöglichen konnte.

Kunigunde teilte Georgs Stolz mit ihm.

»Jetzt bist du gleichauf mit unseren anderen höheren Bediensteten, dem Mundschenk, dem Truchsess und dem Kämmerer«, sagte sie, ermahnte ihn jedoch sofort, sich nicht darauf auszuruhen und weiterhin gutes Bier zu brauen.

Sie hatte die Jahre zuvor kräftig an seiner Allgemeinbildung gearbeitet, damit sie alle Themen besprechen konnten, die ihr am Herzen lagen. Ihr zuliebe ging Georg sogar regelmäßiger als je zuvor zum Gottesdienst. Und wieder einmal war er froh, dass seine Förderer, hauptsächlich Andreas von Meldegg und Kunigunde, ihn lesen gelehrt hatten. So war er nicht mehr darauf angewiesen gewesen, wie die meisten anderen Gläubigen die beiden großen, mit Bibelszenen bemalten Säulen zu betrachten, die links und rechts vor dem Altar das Dach abstützten. Lieber sah er hinauf zu den reich verzierten Emporen aus weißem Marmor, die links und rechts an den Wänden des Längsschiffs auf Höhe des Altars für die kaiserliche Familie angebracht waren. Kunigunde blickte dann huldvoll nach unten, hielt sich in der Öffentlichkeit der Kirche aber streng ans Zeremoniell, indem sie ihn einfach wie Luft behandelte.

Ganz anders unter vier Augen. Sie zeigte ihm gelegentlich sogar Reliquien, die sie oder ihr Vater von anderen Fürsten oder hochstehenden Kirchenmännern geschenkt bekommen hatten.

»Wenn das so weitergeht, müssen wir bald eine strenge Auslese treffen, welche Reliquie in unseren Schrein kommt, bevor dieser überquillt.«

Georg wusste um Kunigundes Frömmigkeit und bewunderte die Ernsthaftigkeit, mit der sie die Reliquien verehrte. Ihm selbst kamen viele dieser Objekte sehr suspekt vor.

›Wer will beweisen, dass dies wirklich ein Stück Haut von der Brust des Apostels Paulus ist?‹, dachte er für sich. ›Oder dieser gewöhnlich aussehende Nagel: Wer kann garantieren, dass damit ein Heiliger ans Kreuz genagelt wurde?‹

Am skurrilsten fand er Körperteile, die angeblich irgendwelchen Heiligen, manchmal sogar Aposteln oder einem Mitglied der Heiligen Familie gehört haben sollten.

Fingernägel, Haarbüschel, konservierte Blutstropfen oder

Knochensplitter, sogar die eingetrocknete Vorhaut eines angeblichen Heiligen wurde von Kunigunde verehrt.

Ohne Provokation fragte er, wozu das gut sei.

»Zum Schutz und Segen für uns alle. Weißt du nicht, dass diese Reliquien das Böse von uns fernhalten können?«

Georg hatte so seine Zweifel, hatte nicht sogar Kunigunde erzählt, was der Reliquienhandel mittlerweile für ein florierendes Gewerbe geworden war? Beinah so gut wie der Handel mit Ablassbriefen, für die sowohl Georg als auch Kunigunde bereits einiges von ihrem Ersparten ausgegeben hatten. Beide Geschäftszweige waren auf dem besten Wege, ertragreiche Domänen der Familie Fugger zu werden, mit denen sich die Wege Kunigundes, ihres Vaters und ganz besonders ihres Bruders in Zukunft noch des Öfteren kreuzen sollten.

Wenn Kunigunde angemeldet erschien, schickte Georg vorher schon einmal seine Handlanger in die Pause, damit sie ungestört waren.

Einmal hatten sie in einer Ecke des Brauhauses verstohlen und mit geröteten Gesichtern Händchen gehalten, als es Georg wagte, Kunigunde einen Kuss auf die Wange zu drücken.

Eher amüsiert als erschrocken hatte sie ihn angefahren:

»Was erlaubst du dir? Ich bin eine Prinzessin, eine Erzherzogin, eine Nachfahrin des großen Julius Cäsar! Und du küsst mich einfach so?«

Georg hatte keine Ahnung, wer Julius Cäsar war, und so erzählte Kunigunde ihm von der Abkunft der Habsburger über die Grafen von Tusculum und das alte römische Patriziergeschlecht der Colonna, bis zurück zu Julius Cäsar.

So lernte er durch seine Liebe zu Kunigunde auch Grundzüge der Geschichte kennen.

Sie brachte aber nicht nur das Wurfzabel-/Puff-Spiel mit in die Brauerei, sondern auch Bücher. Bei solchen Gelegenheiten ließen sie sich in der Malztenne nieder, setzten sich in die Malzhaufen hinein – Kunigunde liebte den Malzgeruch – und lasen sich gegenseitig vor.

»Die Pellendorferin wird nie verstehen, dass Lesen und Schreiben wichtiger sind als der ganze Haushaltsunfug.«

Mit dem ›Buch der Spiele‹ (›Libro de los juegos‹) des früheren spanischen Königs Alfons des Weisen hatten sie das Wurfzabeln gelernt. Immer wenn Kunigunde einen Stein besonders gut gesetzt hatte, lachte sie und sagte:

»Jetzt habe ich einen Stein bei dir im Brett!«

Ihr gemeinsames Lieblingsbuch war jedoch unangefochten das ›Decamerone‹ von Giovanni Boccaccio in deutscher Übersetzung.

»Wie kann sich ein Mensch allein nur so viel ausdenken«, rief Kunigunde immer wieder begeistert. »Einhundert Geschichten! Und eine schöner als die andere.«

Auch Georg mochte die Geschichten, sah das Ganze jedoch etwas nüchterner.

»Nun, wenn du auf einem Landhaus einen ganzen Sommer lang eingeschlossen wärst und nicht heraus könnest, weil überall herum der Schwarze Tod wütet, würdest du dir auch die Zeit vertreiben wollen.«

Und für eine 16-Jährige bewies sie erstaunliches Verständnis, wenn sie anmerkte:

»Wenn alle Menschen die Parabel von Melchisedech kennen würden, Christen, Türken und Juden, dann gäbe es weniger Krieg und Not auf der Welt.«

Georg und Kunigunde diskutierten lange über diese Ringparabel, und Georg konnte dabei seinen Horizont um bisher ungeahnte Dimensionen erweitern.

Ein andermal machte Georg Kunigunde sogar ungelenke, halbernste Heiratsanträge, die sie mit einem Lachen beantwortete.

»Du Narr, sei froh, dass wir Freunde sein können und niemand weiß, wie gut wir befreundet sind.«

»Wieso?«

»Weil es mir bestimmt ist, jemanden zu heiraten, der mächtig ist und unsere eigene Macht und unseren Reichtum dadurch vermehrt.«

»Aber wenn du diesen Mann nicht lieben wirst?« Georg verstand es einfach nicht.

»Die Liebe kommt mit den Jahren, hat mein Vater immer schon gesagt. Und ich werde nicht einfach ruhig dasitzen und mir einen Gatten zuteilen lassen. Ich werde mir aus den passenden Männern den besten heraussuchen, wenn die Zeit gekommen ist.«

Ende Oktober desselben Jahres war Kunigunde kurz in Wien gewesen. Von dort war sie überstürzt zurück nach Wiener Neustadt gekommen und kam atemlos, eigentlich unschicklich für eine Erzherzogin, ins Brauhaus gelaufen.

»Georg, stell dir nur vor, in Wien ist die Pest ausgebrochen!«

Georg erschrak. Die Pest war für ihn stets etwas weit Entferntes gewesen, seit er in der Residenz Bier braute. Nun diese tödliche Gefahr gleich vor der Tür zu wissen, war in der Tat beunruhigend.

»Was ist geschehen? Erzähl es mir.«

Kunigunde berichtete von einigen Pesterkrankungen, die man in Wien festgestellt hatte. Daraufhin wurde eine Quarantäne verhängt und alle Mitglieder des Hofstaates, die sich zu dieser Zeit in Wien aufhielten, vorbeugend evakuiert.

»Wir sollen gleich weiterreisen nach Graz.«

Diese Nachricht Kunigundes überraschte Georg nicht mehr. Zwei Tage später schon fand der Aufbruch nach Graz statt. Ihr Vater hatte mittlerweile auf die ständig drohende Gefahr durch Matthias Corvinus reagiert und Kunigundes Tross diesmal nicht weniger als 1.200 Mann mit auf den Weg gegeben. Das Kommando hatten die Hauptleute Sittich von Zedwitz und Andreas Weispriacher.

Nicht nur diese beiden, alle machten sich Sorgen um eine sichere Reiseroute.

»Schwanberg, Leibnitz, Deutschlandsberg und Radkersburg sind in der Hand der Ungarn«, verkündete von Zedwitz.

»Es kann also unterwegs zu Scharmützeln kommen«, warnte er seine Soldaten.

»Auch Fürstenfeld ist gefallen, die Ungarn rücken weiter vor«, ergänzte der Weispriacher und fügte hinzu:

»Aber der Kaiser traut uns eher zu, die Erzherzogin sicher in die Grazer Burg zu bringen, als den Wiener Medizi, die Pest zu besiegen.«

»Wollen wir ihn nicht enttäuschen«, war von Zedwitz' Schlusswort, bevor der Zug aufbrach.

Während Kunigunde so auf dem Weg ins sichere Grazer Refugium war, schmiedeten die Ungarn Pläne, um die für uneinnehmbar geltende Burg durch Verrat zu erobern.

Ein gewisser Haugwitz von Biskuwitz und Seibersdorf war von Corvinus gedungen worden, die Grazer Burgleute zu bestechen. Zwei von ihnen, Himmelfeind und Grässel, sollten auf ein Zeichen hin heimlich eine Nebenpforte der Burg öffnen.

»Das wird uns Corvinus reich lohnen«, frohlockte Grässel.

»Er wird die Habsburger eh bald besiegt haben und

dann Herr im ganzen Reich sein«, ergänzte Himmelfeind. »Dann werden für uns sonnige Zeiten anbrechen.«

Beide sahen sich schon als zukünftige Hauptleute.

So warteten sie auf das verabredete Zeichen, das sich indes hinzog.

Das Wetter war schlecht, der Winter früh hereingebrochen, so kam der große Tross nur langsam voran auf dem langen Weg von Wiener Neustadt nach Graz.

Es schneite, die Straßen waren schlecht. Die alten Römerstraßen auf dieser Strecke waren längst verfallen, und man konnte nur bei Tageslicht reisen. Alle waren froh, wenn am Ende des Tages eine gastfreundliche Burg, auch wenn sie noch so eng und kalt war, oder ein großes Bürgerhaus den vornehmen Besuchern Obdach gewährte, während der Rest sich in Zelten niederließ, um dort eine nasse und klamme Nacht zu verbringen.

Schließlich erreichten sie Ende November ihr Ziel, und Kunigunde bezog ihr Quartier. In einer Nacht kurz darauf rückten im Schutz der Dunkelheit und so leise wie irgend möglich 2.000 Ungarn, von Leibnitz kommend und bis an die Zähne bewaffnet, gegen die Grazer Burg vor.

Der oberste Burghauptmann, Ulrich von Graben, machte gerade seine übliche Runde, da sah er zwei seiner Männer, wie sie sich am Schloss des Seiteneingangs der Burg zu schaffen machten.

»Halt, was macht ihr da?«

Er erkannte die beiden als Himmelfeind und Grässel und rief sofort die Wache. Die beiden Saboteure wurden verhaftet und in Eisen gelegt.

»Bringt sie nach Wien!« Von Graben wollte sichergehen und schickte 200 Mann zur Bewachung mit. »Damit keiner auf die Idee kommt, die beiden Verräter zu befreien.«

Haugwitz von Biskuwitz hatte Besseres vor, als sich für zwei Verräter in Gefahr zu begeben, und so wurden beide im Gewaltmarsch nach Wien überstellt.

Dort machte Kaiser Friedrich kurzen Prozess:

»Die beiden Verräter sollen den Tod erleiden und zusätzlich gevierteilt werden!«

Das Urteil wurde im Hof der Wiener Burg vollstreckt. Die beiden Delinquenten wurden zuerst gehängt. Die Leichen wurden danach mit Armen und Beinen an die Schweife von vier kräftigen Pferden gebunden. Diese wurden auseinandergetrieben und die Körper so in vier Stücke zerrissen. Die acht Teile wurden schließlich zur Abschreckung für alle entlang der Straße von Wien nach Graz aufgehängt.

Nachdem Kunigunde von der geplanten Entführung erfahren hatte, schlief sie einige Nächte lang sehr schlecht.

»Was habe ich ihnen angetan, dass die Ungarn mich entführen wollten?«, fragte sie ihren Vater nach ihrer Rückkehr zur Residenz Wiener Neustadt Anfang 1482.

»Ich glaube nicht, dass sie hinter dir her waren«, beruhigte sie der Kaiser.

»Sie wollten die Grazer Burg. Niemand konnte es wissen zu dem Zeitpunkt, als diese Ränke geschmiedet wurden, dass du dich genau dann in Graz aufhalten würdest. Deine Gefangennahme wäre lediglich noch ein Zubrot für die Verräter gewesen, ein kostbares Unterpfand, für das ich viel Geld hätte bezahlen müssen.«

Wie immer, wenn Kunigunde verreist gewesen war, malte sie Georg danach alles in dramatischen Farben aus; auch die drohende Gefahr konnte er so bestens mitfühlen.

Krieg und Trauer

Der Aufenthalt in Wiener Neustadt war wieder einmal nur kurz. Corvinus' Truppen rückten immer weiter vor. Im Frühjahr 1482 standen sie in Baden, Wien war in greifbare Nähe gerückt. Die Feste Graz wurde jetzt Kunigundes Hauptwohnsitz.

Sie und Georg schickten einander kleine Briefchen, die von den ständig hin- und herreitenden Herolden mitgenommen wurden.

»Hier ist es so langweilig«, beklagte sich Kunigunde darin. »Alles ist so karg und ungeschliffen. Es gibt keine Feste, es finden auch keine Turniere statt. Besuch von außerhalb ist selten. Ach, wie schön und lustig war es doch in Wiener Neustadt!«

Georg fühlte ähnlich. Die Langeweile nagte auch an ihm. Die Residenz wurde immer leerer. Die Nachfrage nach Bier sank, sodass Georg ernsthaft überlegte, den Kaiser um seine Entlassung zu bitten und wieder in einer Stadt als Brauer zu beginnen.

Der Gedanke war überflüssig, denn bald schon sollte sich Georgs Leben wieder einmal entscheidend ändern.

Maximilian und Maria von Burgund hatten sich in den fünf Jahren seit der Hochzeit am Hof in Flandern bestens eingelebt. Maria war die absolute, von allen Ständen akzeptierte Landesherrin, Maximilian wurde lediglich geduldet. Die schöne, energische und kluge Frau war beliebt beim Volk wie keine Königin vor ihr. Bis 1482 hatte sie Maximilian bereits drei Kinder geboren, von denen zwei überlebt hatten: den inzwischen drei Jahre alten Philipp, der später als Philipp I., genannt ›der Schöne‹, als erster Habsburger den spanischen Thron besteigen sollte, sowie die zwei Jahre jüngere Margarethe, die bereits mit drei Jahren heiraten musste, und die später als ›Tante Europas‹ und Regentin der Niederlande in die Geschichte eingehen sollte. Ein drittes Kind, Franz, war Ende des letzten Jahres bei der Geburt gestorben.

Auch ihre Fruchtbarkeit trug mit zu Marias Beliebtheit im Volk bei. Jeder Bewohner des leidgeprüften Flandern hoffte, dass eine sichere Anzahl gültiger Erben zukünftige Streitereien und Kriege verhindern würde.

Im Frühjahr 1482 war Maria bereits wieder schwanger. Das Königspaar verbrachte das Frühjahr auf Schloss Wynendaele, etwa 20 Kilometer südlich von Brüssel. Der Liebeshof der Sibylle von Anjou aus dem 12. Jahrhundert war ihr Lieblingsort geworden, an dem beide viel Zeit füreinander hatten. Am fünften März ritt sie vom Hof in Brügge aus zur Falkenjagd. Bei einer besonders wilden Hatz stieg Marias Falke auf und stieß gleich darauf zu. Die als exzellente Reiterin bekannte Königin stürzte vom Pferd und verletzte sich schwer. Wochenlang wurde sie umsorgt und gepflegt, das ganze Volk bangte um sie. Maximilian weilte Tag und Nacht bei ihr, betete mit ihr und für sie, sie erholte sich aber nicht mehr.

Am 27. März erlitt sie im Krankenbett eine Fehlgeburt und verstarb kurz darauf.

Maximilian war außer sich vor Trauer.

Frankreich reagierte schnell.

Bevor Maximilian sein Erbe zementieren konnte, besetzte Frankreich die Niederlande, die Freigrafschaft Burgund und das Herzogtum Burgund, da all dies immer noch als französisches Lehen betrachtet wurde.

Friedrich eilte, trotz gelegentlicher Auseinandersetzungen mit seinem Sohn in jüngster Zeit, zu Hilfe; mit allem, was er in seinem hohen Alter noch beisteuern konnte.

Peter Bonomo war mittlerweile Pfalzgraf und somit Vertreter des Kaisers geworden. Auch Maximilian schätzte ihn als Berater, und so war er einer der wenigen Menschen, die er in dieser Zeit in seiner Nähe duldete. Friedliche Auswege jedoch fand auch Bonomo nicht, und so schickte Maximilian ihn als Gesandten nach Mailand zum Hof der Sforza, bevor der Krieg richtig losging.

Viele kleine Scharmützel und Kriegshandlungen prägten den Rest des Jahres, bevor dann einen Tag vor Heiligabend Frankreichs König Ludwig XI. und Maximilian im Frieden von Arras Burgund unter sich aufteilten.

Um die Versöhnung vollständig zu machen, wurde ein Jahr später Maximilians dreijährige Tochter Margarethe Ludwigs Sohn, dem 13-jährigen Dauphin Karl, als zukünftige Ehefrau vertraglich zugesichert.

Die Versöhnung hielt indes nicht lange, der mittlerweile paranoide, an Wahnvorstellungen leidende König der Franzosen wollte schnell mehr, als im Frieden von Arras vereinbart worden war. Auch sein baldiger Tod im Sommer 1483 und die Nachfolge seines Sohns Karl unter dessen Vormund Guillaume Kardinal Briçonnet beendeten die Streitereien nicht, die sich noch viele Jahre hinziehen sollten.

Maria wurde in der Liebfrauenkirche in Brügge bestattet.

Trauer legte sich wie ein Leichentuch über die ganze Familie. Kunigunde weinte, als sie die Nachricht erfuhr, ihr Vater und ihr Bruder waren wochenlang zu keiner fröhlichen Geste fähig, bei Maximilian wurde sogar krankhafte Schwermut angenommen. Tagelang saß er an einem Tisch und schrieb seine tristen Gedanken nieder, wenn er nicht gerade hoch zu Ross Marias Erbe verteidigte.

Jahrelang sollte er keine andere Frau mehr ansehen.

Am Ende seines Lebens, das allerdings noch mehr als 35 Jahre in seiner Zukunft lag, veröffentlichte er seine eigenen Verse über seine Werbung und Brautfahrt zu Maria als Versepos: Der ›Theuerdank‹ oder ›Ritters Thewrdanck zu Fräulein Ernreich‹ ist bis heute ein enorm wichtiges Werk der Buchdruckerkunst und, da vom Kaiser persönlich geschrieben und erlebt, autobiografisch und authentisch wie kein zweites Werk aus dieser Zeit.

Des Kaisers Geheimnis

An einem Spätfrühlingstag des Jahres 1483 erhielt das Brauhaus unverhofft hohen Besuch. Während Georg schimpfend und tobend einen ganzen Bottich Bier in den Ausguss schütten ließ – das Bier war sauer geworden, und Georg gab Rembold die Schuld daran –, stand plötzlich der Kaiser vor ihm. Er machte einen seiner selten gewordenen Besuche in Wiener Neustadt. Seit seiner Beförderung war Georg ihm nicht mehr begegnet; ihm fiel erst jetzt auf, dass Friedrich im gesamten vergangenen Jahr meist abwesend gewesen war. »Ich habe also nur für die tschechischen Söldner gebraut?«, wunderte er sich jetzt. Als wäre das vergangene Jahr nicht gewesen, machte der Herr des Heiligen Römischen Reiches nun Georg seine Aufwartung.

Friedrichs Tagesrhythmus war immer ungewöhnlich gewesen, er ging meist spät zu Bett, schlief dann aber nur kurz – vier bis fünf Stunden –, um anschließend mit schlaftrunkenen Beratern oder Höflingen mitten in der Nacht stundenlang zu plaudern oder Politik zu machen; danach legte er sich meist wieder schlafen. Es war allgemein bekannt, dass er dann nicht mehr gestört werden wollte und, falls dies doch geschah, sehr grob werden konnte.

An diesem Tag war er ausgeschlafen und allein. Angetan mit einer Art Morgenrock, stand der groß gewachsene Mann vor Georg, lächelte und rief ihm zu:

»Komm her, mein Hofbräu, heute sollst du eine Ehrung erfahren!«

Georg erschrak und hörte auf, Rembold zu beschimpfen. Das Ganze kam sehr plötzlich, und er war nicht darauf vorbereitet, vor einer größeren Gesellschaft zu sprechen.

Der Kaiser lachte und sagte:

»Keine Sorge, von dieser Ehrung werden nur ich und du erfahren. Die anderen erst, wenn die Zeit gekommen ist.«

Georg bemerkte eine leicht säuerliche Bierfahne aus dem Munde des Regenten. Er stand nicht in dem Ruf, morgens schon zu trinken, aber Marias Tod und die daraus resultierenden Streitigkeiten belasteten ihn und seinen Sohn doch über Gebühr.

Da musste man ihm einen gelegentlichen Krug Bier in der Frühe einfach nachsehen.

Kaiser Friedrich winkte herrisch.

Georg wusste, dass Friedrich kein Schwätzer war und die zum Hofzeremoniell gehörenden albernen Riten strikt ablehnte. Daher übergab er das Brauhaus nebst Schimpferei an Winand und folgte dem Kaiser, der mit wehendem Morgenmantel und gestikulierenden Armen voranschritt.

Sie gingen die Treppe hinunter und kamen in den ausgedehnten Innenhof. Vorbei am großen steinernen Ziehbrunnen, der auch Georgs Brauhaus mit frischem Wasser versorgte, spazierten sie zur großen Wappenwand. Viele Male war Georg achtlos daran vorbeigelaufen, jetzt stand er mit dem Kaiser davor, dieser deutete auf eines der zahlreichen, prächtigen, in Stein gehauenen Wappen an der Rückseite der Kirche und fragte Georg:

»Was siehst du darauf?«

Georg sah hin und bemerkte fünf Buchstaben, die in eines der Wappen unten links gehauen waren.

»A, E, I, O, U. Was bedeutet das?«

»Komm, weiter«, drängte der Kaiser.

Sie durchquerten die Kirche, die Kaiser Friedrich vor Kurzem umbenannt hatte. Die frühere Frauenkapelle hieß seit vier Jahren Georgskirche, nachdem der vom Kaiser in Millstatt gegründete Georgsritterorden nach Wiener Neustadt verlegt und Papst Sixtus IV. die Stadt zum Bistum erhoben hatte.

In der Kirche, drei Klafter* vom Haupteingang entfernt, stand auf vier bronzenen Säulen Kaiser Friedrichs prächtiger Reliquienschrein, gold bemalt, mit vielen kleinen Fächern, gedacht für die bis jetzt vorhandenen und in Zukunft zu sammelnden Reliquien.

Der Kaiser ging unter den Schrein, wobei er sich fast bücken musste, und winkte Georg zu sich. Er verdrehte den Kopf nach oben und zeigte auf die Bodenplatte des Schreins:

»Sieh hierher!«

Georg zählte 15 Tafeln, in die der Boden aufgeteilt war. Einige waren mit Heiligenfiguren bemalt, bei anderen sah man, dass der Künstler noch bei der Arbeit war. Die mittlere Tafel jedoch enthielt ein verschnörkeltes Monogramm sowie:

»A, E, I, O, U«, las Georg erneut, diesmal mit Flüsterstimme; immerhin befanden sie sich unter einem heiligen Reliquienschrein.

---

* drei Klafter = 5,68 Meter.

»Dies ist mein persönliches Monogramm!« Der Kaiser scherte sich nicht um die Pietät des Ortes und sprach mit normaler Lautstärke.

Er führte Georg hinaus zum Haupteingang. Dort zeigte er nach oben, in Richtung des Giebels der Kirche.

»Siehst du den Stein, der dort eingelassen ist?«

Schon wieder: AEIOU!

Georgs Gesicht zeigte völlige Ratlosigkeit. Der Kaiser drängte weiter.

Nun durchquerten sie die Eingangshalle und kamen in den Rittersaal.

Friedrich zeigte auf eine große, wunderschön geschnitzte und bemalte Truhe, die darin stand. Auch hier waren alle Möbelstücke mit AEIOU verziert.

Der nächste Raum, die nächsten Möbel. Und überall diese seltsame Inschrift: AEIOU.

Nun ging es sogar ins Allerheiligste: Friedrichs Privatgemächer.

Die Wachen wollte Georg aufhalten, aber der Kaiser winkte ihn vorbei.

Der Kaiser bemerkte Georgs Verfassung und lachte.

»Ich bin ein alter Mann, beinahe 68 Jahre alt. Wenn es so weitergeht, wird der heilige Vitus, der auf einem Ölkessel sitzt und Beschützer der Bettnässer ist, bald mein persönlicher Schutzheiliger.«

Er lachte schelmisch, seinen eigenwilligen Humor hatte er trotz aller Probleme noch nicht verloren.

»Seit Jahrzehnten markiere ich mit diesem Rätsel all mein Eigentum. Sogar meine Schlösser und Burgen tragen das AEIOU. Und ebenso rätseln seit Jahrzehnten der ganze Hof und alle, die es sonst kennen, über dieses AEIOU.«

Georg wartete ab, bis ihm wieder das Wort erteilt wurde. Friedrich jedoch fuhr fort:

»Du sollst die Auflösung erfahren, die ich letzte Nacht geträumt habe!«

Georg errötete, sollte er wirklich ein Geheimnis mit dem Kaiser teilen?

»Viele Deutungen wurden gemacht: *A*ustriae *e*st *i*mperare *o*rbi *u*niverso (Es ist Österreich bestimmt, die Welt zu beherrschen) und *A*ustria *e*rit *i*n *o*rbe *u*ltima (Österreich wird ewig sein) sind die beliebtesten davon.«

Er hob die Hand und fuhr sinnierend die Buchstabenfolge auf der Kommode nach.

»Andere halten es für ein Anagramm von ›Jehova‹, was natürlich Unfug ist. Es ist auch keine Staatsdevise, sondern ein ganz höchstpersönliches mystisches Rätsel. Jeder weiß, dass mein eigentlicher Wahlspruch ›Felix oblivio‹ lautet, ›das Glück liegt im Vergessen‹.«

Er nahm das kleine Büchlein, das er die ganze Zeit in der Hand gehalten hatte, ohne dass Georg es bemerkt hatte, und schlug es auf:

»Dies war meine erste Idee, vor vielen Jahren. Dieser Italiener Dante hat dieses Buch ›Convivio‹, das ›Gastmahl‹, geschrieben. Vor langer, langer Zeit, er hat es nur leider nicht fertig geschrieben. Darin geht es um Philosophie, Weisheit und einen Weltkaiser.«

Georg lauschte andächtig, obwohl er rein gar nichts verstand.

»Dante erfand das Verbum AEIOU als das alles verbindendes Wort für die Friedensaufgaben dieses Weltkaisers. AEIOU steht bei Dante für das Verbindende. Und das hatte ich mir, als ich vor über 30 Jahren zum Kaiser gekrönt wurde, zum Ziel gesetzt: Der Kaiser zu sein, der alle Völker des Reiches verbindet.«

Er seufzte enttäuscht.

»Aber Zwist und Krieg unter den Völkern meines Reiches haben die meisten meiner Ziele verhindert. Und so möchte ich dem AEIOU ab heute eine neue Bedeutung geben.«

»Was bedeutet denn AEIOU ab heute, Majestät?« Georg platzte bald vor Neugierde und redete ungefragt.

»Dein Bier wird damit geehrt«, sagte der Kaiser nachsichtig.

»Es hat mich erlöst vom sauren Wein und meinen ständigen Leibschmerzen. Es nährt mich, denn ich alter Mann habe schlechte Zähne und kann keine feste Speise mehr kauen. Von daher lautet die Deutung ab heute: *A*lles *E*ssen *I*st *O*hnehin *U*nnütz!«

Georg grinste über die verwegene Deutung und ergänzte für sich in Gedanken:

›BNDK. Bier nährt den Kaiser!‹

Das Gespräch war damit jedoch noch nicht beendet.

Der Kaiser setzte sich, Georg blieb vor ihm stehen, und Friedrich holte aus:

»Seit Jahren erlassen wir Zunftverordnungen, um die Arbeit in den Werkstätten zu kontrollieren. Meine Beschaumeister gehen in allen Städten ein und aus. Das möchten wir irgendwann einmal auch für die Brauhäuser einführen. Ich habe festgestellt, dass gutes Bier der Gesundheit meines Volkes zuträglich ist. Schlechtes Bier hingegen verdirbt das Volk und macht es toll oder krank. Daher ist es mein Wunsch, Bier in gleich guter Qualität, wie wir es hier dank deiner Braukunst in der Residenz genießen, überall im Reich verfügbar zu haben. Wir haben Krieg an allen Grenzen des Reiches, da müssen ich und mein Sohn Maximilian, der wohl mein Nachfolger werden wird, noch einiges befrieden. Es wird noch eine Weile dauern, da mich diese Dinge sehr in Anspruch nehmen, aber irgendwann in naher Zukunft wird der Tag kommen, an dem ich dich auf eine Mission durch mein Reich schicken werde. Einstweilen aber bleibst du noch hier.«

Georg wollte zu einer Erwiderung ansetzen, da ergänzte der Kaiser noch:

»Und wenn deiner Mission Erfolg beschieden ist, wird eine der Figuren in der Bodenplatte des Reliquienschreins möglicherweise irgendwann einmal dein Konterfei tragen! Das soll meine Belohnung sein für große Verdienste in meinem Auftrag.«

Dann winkte er huldvoll, und Georg war entlassen.

Georg konnte gar nicht anders, als Kunigunde beim nächsten Treffen davon zu erzählen. Besonders die Aussicht auf ein eigenes Porträt am Reliquienschrein gefiel ihm.

Kunigunde lachte einmal mehr ihr glockenhelles Lachen.

»Mach dir nicht zu große Hoffnungen. Mein Vater wird alt und vergesslich. Wahrscheinlich weiß er schon morgen nicht mehr, was er dir versprochen hat.«

Georg hingegen glaubte fest an die Worttreue des Kaisers.

Doppelmord

Wieder einmal hatte er sich rächen müssen, denn wieder einmal hatte ihn jemand ungerecht behandelt. Seit beinahe zwölf Jahren war er nun treuer und loyaler Brauer seines Brotherrn Rehlinger. Immer seltener hatte sich jemand über seine Nase lustig gemacht. Ebenso selten, genauer gesagt, seit Jahren nicht mehr, hatte er an seine Arkebuse gedacht, die er sicher verwahrt hatte. Eingewickelt in ein Flachstuch, das er mit Ruß und Leinölfirnis präpariert hatte, lag sie eingegraben am Wegesrand von Augsburg nach Aystetten. Den nächsten Baum hatte er markiert, und er konnte sie binnen zwei Stunden beschaffen.

Aber an einem Samstag Anfang des Jahres 1484 war eine Gruppe froh gesinnter Reisender in den ›Geprellten Kaufmann‹ eingefallen. Schon von Weitem hatte man sie singen hören können, wie sie angetrunken den Oberen Graben entlangmarschiert kamen. Es war ein bunt gemischter Haufen, Reisende der verschiedensten Berufe, allesamt viel herumgekommen.

Sänger, Tuchhändler, einen Mann der Kirche mittendrin, einen Bildschnitzer und sogar einen Bierbrauer, den sie als Tilo ansprachen, glaubte Markus aus den lauten Gesprächen und Angebereien herauszuhören.

Als sie dann im Brauhaus saßen, meinte jeder, den anderen übertrumpfen zu müssen.

»Ich war gerade in Spanien«, rief der Sänger, der von Berufs wegen die lauteste Stimme hatte und der von den anderen Lehenhard genannt wurde. »Seht her, was die armen Spanier sich ausgedacht haben.«

Er öffnete einen Beutel, der wie eine Geldkatze aussah, und nahm einige Papierfetzen heraus.

»Wisst ihr, was das ist?«

Ratlose Gesichter ringsum.

»Das soll Geld sein, liebe Freunde!« Lehenhard schüttete sich aus vor Lachen.

»Den Spaniern sind das Gold und das Silber und somit auch die Münzen knapp geworden. So haben sie sich gedacht, bedrucken wir halt kleine Zettelchen mit einem Wert und verkaufen es den Leuten als Geld!«

Jetzt stimmten die anderen lauthals in Lehenhards Lachen ein.

Keiner konnte die Dummheit der Spanier fassen.

»Ich habe es mitgebracht, weil es ja keinen Wert hat.«

Der Sänger warf die Zettel in die Luft.

»Seht ihr, niemand balgt sich darum! Wenn es wahres Geld wäre, hättet ihr euch schon längst darauf gestürzt.«

»Damit können die Spanier die Scheiterhaufen entzünden«, rief der Gottesmann, anscheinend ein fahrender Ablassprediger. Bislang hatte er sich unauffällig verhalten, nun drängte er nach vorne.

»Seit Tomás de Torquemada endlich Großinquisitor geworden ist, wird den Ketzern dort endlich wieder das Fürchten gelehrt. Lacht nicht über die Spanier, nehmt sie euch zum Vorbild. Dort brennen die Scheiterhaufen schon.«

Diese Reden waren im in Glaubensfragen toleranteren Augsburg nicht gerne gehört, und so schickte Rehlinger Markus zur Gruppe, um für Ruhe zu sorgen.

»Schiefnase will uns zum Schweigen bringen.« Jetzt meldete sich auch der Brauer Tilo zu Wort. Er stand auf, löste sein Stirnband, schüttelte seine langen Locken und begann, Spottverse zu zitieren. Die Gruppe grölte lautstark, während Markus fassungslos davorstand.

»Hast du etwa diese Bierbrühe hier verbrochen?«, schob Tilo noch provozierend nach und hob einen Krug mit einem weißlichen Pfirsichbier nach flandrischer Brauart in die Höhe.

Markus kochte innerlich. Höflich fragte er:

»Ihr könnt es sicherlich besser?«

»Und ob. Ich komme aus Köln, der größten Stadt der Welt mit dem besten Bier der Welt!« Tilo platzte fast vor Selbstbewusstsein, die anderen grölten.

»Und wenn die Stadt so toll ist, warum bist du dann nicht dort?«

Markus war schnell zum ›Du‹ gewechselt, zu viel Ehrerbietung musste nicht sein.

»Weil der Kölner Rat ein neues Gesetz erlassen hat: Man darf nur dann ein eigenes Brauhaus führen, wenn man als freier Kölner geboren ist, seit mindestens zehn Jahren einen Bürgerbrief besitzt und katholischen Glaubens ist.«

»Ach, ein freier Bürger bist du etwa nicht?«

Tilo grunzte.

»Noch nicht lange genug. Mein Brauherr zum Rabenstein ist just verstorben, und ich wollte das Brauhaus weiterführen. Das wurde mir verboten. Daher bin ich jetzt auf dem Weg nach München. Dort wurde mir bereits Arbeit versprochen. Oder soll ich dir deine Arbeit im ›Geprellten Kaufmann‹ wegnehmen, Schiefnase?«

Allgemeines Gelächter. Markus schluckte, schwieg und kehrte ins Brauhaus zu seinem Maischebottich zurück. Später sah er Tilo im Gespräch mit Rehlinger und hatte zum ersten Mal Angst um seinen Arbeitsplatz.

Sonntags wurde auch im umtriebigen Augsburg nicht gearbeitet, der Kirchgang hatte Vorrang. Markus war in aller Frühe aus dem westlichen Stadttor geschlichen, hatte sein Paket ausgegraben und sich südöstlich von Augsburg in den Auen der Lech auf die Lauer gelegt.

Es herrschte wenig Verkehr, da die Reisezeit noch nicht begonnen hatte. Im Winter reiste nur, wer wirklich musste. Nach einigen Stunden des Wartens erblickte er sein auserwähltes Opfer. Markus erschrak, denn der Kölner Brauer war nicht allein. Der Ablassprediger, der die Inquisition am Vorabend gepriesen hatte und von dem Markus nicht einmal den Namen kannte, schien den gleichen Weg wie Tilo zu haben.

»Na, dann eben zwei«, dachte Markus. »Es trifft nicht die Falschen.«

Tilo wurde überrascht mit einer vollen Ladung aus der

Hakenbüchse, mitten auf die Brust. Da das Nachladen zu lange dauerte, erstach Markus den wehrlosen Priester mit seinem Dolch.

Dem Brauer schnitt er noch die Zunge ab und legte sie ihm in die linke Hand.

»Für deine lose Zunge.«

Für den Priester stapelte er Holz – »er liebte ja die Scheiterhaufen« – und legte die Leiche darauf. Bevor er den Stapel mit Feuerstein und einem Zunderpilz, den er immer mit sich führte, entfachen und sein grausiges Werk vollenden konnte, hörte er von Weitem Reisende sich nähern und verschwand in den nebligen Donauauen.

So wurden beide aufgefunden und in Augsburg zu den Akten genommen. Die ungewöhnliche Todesart sowie die herausgeschnittene Zunge erregten dabei besonderes Aufsehen.

Abends, in seinem Schlafgemach oberhalb des Brauhauses, welches ihm von Rehlinger zur Verfügung gestellt worden war, war Markus ein Häuflein Elend. Das bei früheren Morden verspürte gottgleiche Gefühl, Herr über Tod und Leben zu sein, war schon lange verflogen. Er hasste sich selbst, und immer, nachdem er gewalttätig geworden war, im Grunde gegen seine Natur, verfluchte er im stillen Kämmerlein sein Leben. Er hatte begonnen, sich zur Strafe für seine Untaten selbst zu geißeln. Er tat dies aber nicht aus religiösen Motiven – alle Kirche und Pfaffen waren ihm zutiefst zuwider –, sondern aus Ekel vor sich selbst. Wenn die Lederriemen auf sein Fleisch klatschten, stieß er Verwünschungen aus gegen sein Schicksal, sein verwüstetes Äußeres und seinen Charakter, der sich gegen erlittenes Unrecht nicht anders zur Wehr setzen konnte, als heimtückisch zu morden. Erschöpft sank er dann später auf sein Lager, dennoch sorgfältig darauf achtend, keine

Blutspuren zu hinterlassen. Auch geißelte er sich niemals so stark, dass es seiner Arbeitsleistung am nächsten Tag abträglich gewesen wäre.

Rehlinger hatte nicht die Spur einer Ahnung, welche Natter er an seinem Busen nährte. Tagsüber mimte Markus, wie immer, den tüchtigen, wenngleich wortkargen Brauerburschen, der die lockeren Scherze seiner Gäste mit einem Achselzucken wegsteckte.

Bis zum nächsten Ausbruch …

Kunigunde in Innsbruck

Sowohl Graz als auch Wiener Neustadt boten in diesen unsicheren Zeiten keine Möglichkeit zur Unterbringung für Kunigunde, jetzt ging es richtig in die Ferne! Am 24. Februar 1484 war alles bereit zum Umzug nach Innsbruck. So weit würden die streitlustigen Ungarn sicher nicht vordringen!

Die Hofmeisterin Hedwig Despotin, als Erzieherin Kunigundes war sie die Nachfolgerin der Pellendorferin, und der Hofmeister Kaspar Aspach waren bereits im Hof der Residenz und kommandierten die 24 Hofdamen, die Kunigunde begleiten sollten, herum. Außerdem bestimmten sie, wer in welchem der 28 Wagen reisen sollte, von denen jeder mit sechs Hengsten bespannt war.

Georg und Kunigunde hatten sich schon am Vorabend ausführlich und tränenreich verabschiedet. Beide wussten, dieser Abschied würde für länger sein. Für wie lange tatsächlich, konnten sie nicht einmal ahnen. Zum ersten Mal hatte Kunigundes Blick einen Hauch von Zärtlichkeit angedeutet – so schien es Georg –, da musste sie ihn schon verlassen.

Also blickte Georg nur wehmütig aus dem Fenster, als sich der Konvoi in Bewegung setzte. Die Wagen mitgerechnet, die in Bruck und Leoben noch dazustießen – Friedrich ließ sein gesamtes Archiv überführen, um es vor den Ungarn zu retten –, waren jetzt 44 Wagen mit 600 Berittenen unterwegs oder, besser gesagt: auf der Flucht.

Die Fahrt verlief ohne Schwierigkeiten. Ein derart schwer bewachter Tross schreckte alle Straßenräuber ab, und Mitte März liefen die 28 Wagen in den Hof der Residenz von Siegmund dem Münzreichen ein. Kunigunde lebte gleich nach ihrer Ankunft sichtlich auf. Da war es wieder, das höfische Leben, wie sie es sich erträumt hatte!

Siegmund hatte aus dem rückständigen Tiroler Dorf eine richtige Stadt gemacht, mit Behörden, Rüstungswerkstätten, Geschützgießereien und weithin berühmten Harnischschlägereien.

Und genauso wie Innsbruck mit seinen 4.500 Einwohnern zwar keine Großstadt war, aber trotzdem vor Geschäftigkeit vibrierte, so war Siegmund ›der Münzreiche‹ beileibe kein schöner Mann. Kleiner und weniger stattlich als sein ehemaliger Vormund, der Kaiser, mit einer langen, spitzen Nase und einem fleischigen Kinn ausgestattet, brachte er jedoch eine Eigenschaft mit, die für Kunigunde alles wieder wettmachte und die ihrem Vater so gänzlich abging: eine unbändige Lebenslust!

Er empfing seine Nichte wie eine lange verschollene, geliebte Tochter. Er ließ es ihr an nichts fehlen und veranstaltete von Beginn an Feste und Empfänge nur für sie.

In der verschwenderisch ausgebauten Innsbrucker Burg gab es zwar ein strenges Zeremoniell, das aber schloss Pomp, Glanz und Festlichkeit mit ein. Es gab einen Truchsess, der die Sitzordnung festlegte. In Graz hatte zuletzt ein jeder dort Platz genommen, wo es ihm gefiel. Die Stühle waren bequem und gepolstert, die Tische geschmückt. Es gab Schalen zum Händewaschen; Siegmund liebte Musik: Jeden Abend spielte die eigene Hofkapelle mit Trommeln, Pfeifen, Pauken und Posaunen zum Galadinner auf. Spielleute und Schauspieler gingen ein und aus.

Siegmund hatte sogar einen Benimmlehrer engagiert, der den Neuen am Hof Manieren beibrachte. Richtiges Schlucken, das Verbot, mit vollem Mund zu reden, die Kunst, sich korrekt den Mund abzuwischen, also nicht am Tischtuch, all das wollte gelernt sein. Ebenso, die Flöhe, die einen zwickten, am Tisch diskret und unauffällig zu knacken.

Erzherzogin Katharina, Siegmunds frisch angetraute Frau, war eine Enkelin des Wettiner Herzogs Friedrich des Sanftmütigen. Sie kümmerte sich ganz besonders um den edlen Gast. Beide verbrachten viel Zeit miteinander, und die drei Jahre jüngere Katharina war es auch, die Kunigunde ins höfische Leben einband.

Bei schönem Wetter liebte Kunigunde die Stadt und die Umgebung. Die Berge voller Schnee – beides hatte sie noch nie in solchen Massen gesehen – versetzten sie an einem sonnigen Tag in hellste Verzückung. In der Dämmerung jedoch oder bei Gewitter, wenn Blitze zuckten und Lawinen in die Täler donnerten, die sie bis hinauf zur Burg hören konnten, dann fürchtete sich die Erzherzogin wie ein kleines Mädchen.

Nach einem Jahr in Innsbruck kam der Kaiser zu Besuch.

»Ich wollte nachsehen, ob mein Cousin dich auch gut behandelt.« Erfreut registrierte er, wie zufrieden und erwachsen Kunigunde geworden war.

»Wie ich sehe, bekommt dir das Leben am Innsbrucker Hof gut.«

Kunigunde bestätigte ihn darin, indem sie voller Begeisterung vom Leben in ihrem neuen Domizil erzählte. Gelegentlich vorkommende Frivolitäten, die ihr Vater bekanntermaßen ablehnte, ließ sie bei ihren lebhaften Schilderungen selbstverständlich aus.

So reiste Kaiser Friedrich bald wieder ab.

Der Abschied war herzzerreißend. Als hätten beide geahnt, dass von nun an Jahre vergehen würden, in denen sie durch Verleumdung, Zank, Hass und Krieg voneinander getrennt sein würden, klammerten sie sich zum Abschied aneinander.

Hexenjagd

WÄHREND ER VERSUCHTE, seine Nichte angemessen zu unterhalten, widmete sich Siegmund der Münzreiche durchaus auch anderen Themen. Zusammen mit Bischof Georg Golser, der als Bischof von Brixen Nachfolger des legendären Nikolaus Cusanus geworden war, veranstaltete er einen Hexenprozess.

Anfang 1485 war ein Dominikanermönch namens Heinrich Kramer, der sich latinisiert und akademisch vornehm ›Doktor und Theologischer Magister Henricus Institor‹ nannte, mit der neuen Hexenbulle von Papst Innozenz VIII. von Rom nach Brixen gekommen. Die Hexenbulle mit dem Namen ›Summis desiderantes affectibus‹ hatte er selbst für den Papst geschrieben. Er war sehr überzeugend, und Bischof Golser unterstützte ihn, zusammen mit Siegmund, bei seiner Suche nach schädigender Zauberei, Hexen und Zauberwesen.

Henricus war prompt in Innsbruck erschienen, hatte nach Kräften gepredigt, denunziert und schließlich mehrere

Frauen festnehmen lassen. Kunigunde war ihm einmal am Hof begegnet, hatte jedoch kein Wort mit ihm gewechselt. Er war auch ohne Worte der abstoßendste Mensch, dem sie jemals begegnet war. Seinen Hass auf alles Weibliche kroch ihm aus allen Poren, sie hatte ihn förmlich riechen können. Sie war froh wie nie zuvor in ihrem Leben, einen für die Inquisition unantastbaren Rang zu besitzen.

Kramers Hexenprozess, von Golser und Siegmund anfangs unterstützt, war eine einzige Farce. Die Art der Fragestellungen von Kramer, die offen und bewusst erniedrigend abgefragte Sexualität sowie der allgemein vorherrschende Ton verstörten viele Anwesende. Der Stellvertreter von Bischof Golser drohte mit Abbruch und verwies auf die gültigen rechtlichen Normen. Fast alle anwesenden Juristen liefen im Laufe der Verhandlung ins Lager der Verteidigung über und plädierten schließlich gemeinsam erfolgreich für die Freilassung der Angeklagten.

Golser erklärte daraufhin die Mission Kramers als Inquisitor für beendet und verwies ihn des Bistums. Erst im Frühjahr 1486 kam er diesem schmählichen Rauswurf nach. Diese Demütigung, wie Kramer sie empfand, sollte schlimme Folgen für die Geschichte Europas haben …

Die Prozesskosten übernahm, wie erwartet, Erzherzog Siegmund der Münzreiche. Das Geld dafür borgte er sich mal wieder von den Fuggern.

Der bayerische Galan

Im Sommer 1485 traf Kunigunde am Hof ihres Onkels nicht nur den bösartigen Dominikanermönch, sondern sah einen Mann, der, gekleidet wie ein Fürst, durch die

Räume schlenderte. Er kam ihr bekannt vor, indes konnte sie nicht einordnen, woher.

»Wer ist das?«, fragte sie die Hofmeisterin Despotin, die in diesen Tagen nicht von ihrer Seite wich.

»Das ist der Bayernherzog Albrecht von Wittelsbach«, bekam sie zur Antwort. »Der geht neuerdings hier ein und aus, als wäre es seine Burg. Ist er nicht ein stolzes Mannsbild?«

Kunigunde stimmte ihr zu und erinnerte sich, fünf Jahre zuvor mit einem anderen Wittelsbacher in Wien getanzt zu haben.

»Das waren sein Vetter Georg und sein Bruder Christoph«, bestätigte die scheinbar allwissende Hofmeisterin auf Kunigundes Frage. »Albrecht war zwar auch dabei, hatte sich aber sehr im Hintergrund gehalten zu jener Zeit.«

Groß, kräftig, korpulent wie kaum ein Zweiter, war er für Kunigunde der Inbegriff von Macht und Männlichkeit. Auch die markante, spitze Nase und das beginnende Doppelkinn taten diesem Eindruck keinen Abbruch. Und obwohl er bereits auf die 40 zuging, war er noch nicht verheiratet. In diesem Augenblick beschloss Kunigunde, dies zu ändern. Sie selbst wurde bald 20 Jahre alt und kam sich bereits wie eine alte Jungfer vor.

»Du solltest dich jedoch besser vor diesem Mann in Acht nehmen«, raunte die Despotin. »Diese Familie ist mit dem Bösen im Bunde.«

»Wie meinst du das?«, fragte Kunigunde arglos.

»Sein Vater war heimlich mit einer Hexe verheiratet.« Die Hofmeisterin schaute sich um, ob niemand zuhörte, dann flüsterte sie Kunigunde ins Ohr: »Du kennst doch sicher die Geschichte vom Bayernherzog und der Augsburger Hexe.«

Jetzt erinnerte sich Kunigunde daran, als sie Kinder

gewesen waren, war ihnen davon erzählt worden. Der Bayernherzog Albrecht der Fromme hatte sich in eine Agnes Bernauer verliebt und sie heimlich geheiratet. Sein Vater kam dahinter, ließ die Bernauer verhaften, als Hexe anklagen und in der Donau ertränken. Sie hatte aber nie erfahren, ob die Geschichte wahr gewesen war.

»Seitdem, seit 50 Jahren, liegt ein Fluch auf der Familie.« Die Hofmeisterin flüsterte verschwörerisch. »Um dem Fluch zu entkommen, hat Albrecht der Fromme vor 30 Jahren sogar ein Benediktinerkloster gegründet, auf dem Heiligen Berg zu Andechs. Der Fluch ist sicherlich auch auf seine Kinder übergegangen.«

»Was macht denn der Herzog hier am Hof meines Onkels?«

Kunigunde dachte, es hätte vielleicht etwas mit dem anstehenden Hexenprozess zu tun. Sie hätte jedoch nicht weiter danebenliegen können. Hedwig Despotin sah die Zeit gekommen, Kunigunde eine kleine Einführung in die höfische Haushaltskunde zu geben. Zu naiv erschien sie ihr mit einem Mal für die kommenden Aufgaben.

»Was glaubst du, wer das alles bezahlt? Albrecht und sein Vetter Georg der Reiche unterstützen deinen Onkel. Sieh doch einmal, was hier geschieht: Schlösser, Kirchen, Schlitten, Kutschen, Schiffe, alles muss vom Feinsten sein. Auch das kostbare Tafelgeschirr, die Prunkgewänder und der Schmuck kosten viel Geld. Und die Hofkapelle spielt auch nicht umsonst auf. Du weißt doch sicher, dass Siegmund, auch wenn sie ihn ›den Münzreichen‹ nennen, kein guter Haushalter ist. Was heißt: kein guter! Ein ganz, ganz schlechter ist er, so beliebt er beim Volk auch ist! Wer sonst würde sich beim Besuch seiner Münze in Hall von seinen eigenen Münzern auf den Schultern durch den Ort tragen lassen und Goldmünzen unters gemeine Volk werfen? Dabei ist er hoch verschuldet, alle Feste und die Hofhaltung bestreitet er nur mittels Krediten, die er den Wittelsbachern und den Augsburger Kaufleuten abschwatzen kann.«

Wieder beugte sie sich mit Verschwörermiene zu Kunigunde, die all dies fassungslos angehört hatte. Zu keiner Zeit ihres Lebens hatte sie sich um derartige Dinge gekümmert, niemals hatte sie geglaubt, der Geldfluss könnte für den Hof irgendwann versiegen, niemals war ihr die Abhängigkeit der Fürsten vom Geld, auch ihrer eigenen Familie, so bestürzend einfach vor Augen geführt worden.

»Da Siegmund kinderlos ist, hoffen die beiden wohl, nach seinem Tod die Herrschaft über Tirol, Vorderösterreich und die Markgrafschaft Burgau zu erhalten. Halb Tirol gehört ihnen ja jetzt schon. Da aber sei dein Vater, der Kaiser, vor!«

In den nächsten Tagen beobachtete Kunigunde den Bayernherzog aus der Distanz, ohne ihm indes persönlich vorgestellt zu werden. Sie hatte sich vorgenommen, Georg hiervon ausnahmsweise einmal nicht zu berichten. Sie wusste, dass er Albrecht in kindischer Sichtweise als Rivalen ansehen würde.

Hätte sie geahnt, dass dieser nichts anderes im Sinn hatte, als durch sie Zugang zu ihrem Vater zu erhalten, hätte sie sich tatkräftiger um die Bekanntschaft des Bayernherzogs bemüht.

Albrecht spielte den Charmeur und vollendeten Kavalier. Er hob Taschentüchlein auf, die offensichtlich niemand hatte fallen lassen, und übergab sie mit gezierter Geste dem nächststehenden Fräulein. Er zwinkerte den Hofdamen vielsagend zu, flirtete leicht frivol mit allen Frauen, die ihm begegneten, und verbrachte seine Zeit hauptsächlich damit, durch die Gemächer und bei schönem Wetter durch die Parkanlagen zu flanieren. Kunigunde war beeindruckt von seinen guten Manieren – er hatte in Italien offensichtlich eine passende Erziehung genossen. Zusammen mit der Aura des Skandals, den er von seinem Vater übernommen hatte, war er für Kunigunde schlichtweg unwiderstehlich.

Vergessen waren Georg und alle romantischen Jungmädchenträume. Das war der Mann, den sie heiraten wollte!

So dauerte es nicht lange, und Siegmund stellte Kunigunde und Albrecht einander vor.

Kunigunde zahlte Albrecht seine Charmeurspielchen mit gleicher Münze heim. So ließ sie bei Tisch gerne mal achtlos ein Gäbelchen oder ein Messerchen fallen, damit sie sich umso artiger bedanken konnte, wenn Albrecht, trotz seiner Leibesfülle behänder als sämtliches anwesendes Personal, das Besteck aufhob und Kunigunde formvollendet höflich zurückgab.

Auch wenn sie für Georg das schönste Mädchen der Welt gewesen war und auch bleiben sollte, dem gängigen Schönheitsideal entsprach sie nicht mehr. Obgleich noch durchaus hübsch, waren ihre Züge bereits dabei, mittels eines sich auszubildenden Doppelkinns ins Matronenhafte abzugleiten. Und auch die Füße waren nicht mehr so ›schlank, mit einem Rist, dass ein Zeisig darunter durchschlüpfen kann‹, wie man die Füße wohlgeformter Frauen am Hof ansonsten bildhaft beschrieb. Des Weiteren hatte sie, wie alle Frauen am Hof, nachgeholfen und sich vom Hofbarbier mit einer Mischung aus Harnstoff und Salpetersäure die vom vielen Dragant schon schwärzlich gewordenen Zähne aufhellen lassen sowie die Lippen rot und die Wangen rötlich angemalt.

Dadurch sah niemand, wie sie errötete, als Albrecht ihre Hand nahm und einen Kuss darauf andeutete. Von da an holte er sie jeden Tag ab, wenn er Zeit hatte, und ging mit ihr spazieren.

Schneller als Kunigunde erhofft hatte, hielt Albrecht um ihre Hand an.

Mittlerweile gab es traurige Nachrichten aus dem Osten: Matthias Corvinus war am ersten Juni 1485, nach viermonatiger Belagerung, die Eroberung von Wien gelungen. Die Wiener hatten die Tore geöffnet und sich ergeben. Auch wenn Wien noch nicht Hauptstadt war, die größte Stadt mit annähernd 50.000 Einwohnern war es bereits.

»Der Emporkömmling residiert in meiner Stadt!« Der Kaiser war fassungslos.

Sofort machte er sich aus Süddeutschland, wo er gerade unterwegs war, auf nach Wiener Neustadt, um dort nach dem Rechten zu sehen.

Oder um zu retten, was noch zu retten war.

Die Mission

Gleich nach seiner Ankunft begann Friedrich damit, die Verhältnisse der Wiener Neustädter Residenz neu zu ordnen. Er hatte ein ausgeprägtes Gerechtigkeitsgefühl, daher wollte er alle anständig behandeln. Das Personal musste nach Linz, nach Graz, nach Innsbruck verteilt werden. Obwohl die Residenz sicher schien, war sie doch im Moment zu nah am Feind. Der Kaiser wollte kein Risiko eingehen. So erinnerte er sich auch des Gesprächs mit seinem Hofbrauer, drei Jahre zuvor.

Georg hatte zwar die Wiener Invasion, schon aufgrund der Nähe zu dieser Stadt, sehr intensiv verfolgt, von den Geschehnissen in Innsbruck jedoch hatte er keine Ahnung.

Briefchen und Depeschen waren rar geworden, Georg schrieb dies keinesfalls Kunigundes Schreibfaulheit oder gar Nachlässigkeit zu, die Wege waren auch für Boten einfach nicht mehr sicher.

Und dann stand eines Tages ganz unverhofft Jacob Ben Jehiel Loans, ein Jude, der als Leibdiener des Kaisers begonnen hatte, mittlerweile zum Leibarzt befördert und sogar in den Adelsstand erhoben worden war, vor Georg im Brauhaus und forderte ihn auf, mitzukommen.

Georg bekam es mit der Angst zu tun, was hatte er angestellt, dass er vor dem Kaiser erscheinen musste?

Das Rätsel sollte bald aufgelöst werden.

Vor dem Thronsaal war immer eine Reihe von Stühlen aufgestellt, für diejenigen, die auf eine Audienz warteten.

Auf einem dieser Stühle saß überraschenderweise Maximilian, der Sohn des Kaisers. Als Georg an ihm vorbei zur Audienz geführt wurde, sprang dieser entrüstet auf und rief in den Thronsaal: »Vater, warum muss ich warten, während der kleine, unnütze Brauer zu Euch geführt wird? Warum behandelt Ihr mich wie einen kleinen Jungen?«

»Schweig, Sohn«, kam die barsche Antwort. »Ich will dich Geduld und Demut lehren.«

Georg hatte schon gehört, dass es um das Verhältnis der beiden nicht zum Besten stand, aber eine solche Demütigung in aller Öffentlichkeit war doch sehr derb. Er schaute Ben Jehiel an und errötete vor Scham.

Der Jude murmelte ihm zu: »Beim letzten Mal hat er ihn sechs Stunden warten lassen.«

Friedrich saß auf seinem Thron, als Georg schüchtern vor ihn hingestellt wurde.

Es waren nur einige wenige Personen anwesend, was Georg erleichtert registrierte. Abmahnungen oder gar

Urteile wurden in der Regel vor vollem Hofstaat verkündet.

Der Kanzler Hanns Rebwein stand rechts neben Friedrich und schaute grimmig, aber das tat er eigentlich immer. Auch Friedrich schaute besorgt und kaute an seiner Habsburgerlippe.

Fast hätte Georg gelächelt, denn er stellte sich in diesem Moment Kunigundes Großmutter vor, als mindestes zwei Meter großes Mannweib, wie sie Nägel aus der Wand zog und dabei ebenfalls auf ihrer monströsen Unterlippe kaute.

Friedrich hob die Hand, alles Getuschel verstummte.

»Du, Georg, bist seit acht oder neun Jahren unser Hofbrauer hier in der Residenz. Du verstehst dich aufs Bierbrauen wie kaum ein Zweiter.«

Georg atmete durch, das hörte sich nicht nach Strafpredigt an.

»Dennoch werden wir dich fortschicken müssen«, fuhr der Kaiser fort.

Georg traute seinen Ohren nicht.

»Aber nicht, weil wir unzufrieden mit dir sind. Nein, ganz im Gegenteil. Wir möchten, dass der Rest des Reiches auch erfährt, was ein gutes Bier ist.«

Rebwein übernahm von Friedrich III. und fuhr fort.

»Auf unseren zahlreichen Reisen durch das Heilige Römische Reich haben wir viel Gastfreundschaft erfahren, wie es sich für die Aufnahme des Kaisers geziemt. Und wir sind zu dem Schluss gekommen, dass unsere Städte eine wahre Zierde sind für das Reich. Schmuck und wohlhabend, sauber und reinlich sind die meisten.«

Vernehmliches Räuspern, der Kaiser raunte leise: »Reutlingen.«

Georg stutzte: Das war seine Heimatstadt!

»Leider gibt es auch Ausnahmen, wo die Städte dreckig

und verkotet sind, so wie Reutlingen, wo unser Kaiser vor einigen Wochen um ein Haar mitsamt seinem Pferd im Straßendreck versunken wäre.«

Der Kanzler zupfte an seinem frisch gestutzten Kinnbart, Georg grinste und war froh, nicht mehr in Reutlingen zu leben.

»Leider haben wir jedoch erfahren müssen, dass, bei allem Wohlstand, die Qualität von Speis und Trank nicht immer die geziemende für den Kaiser war. Einige Städte brauen gutes Bier, wieder andere bieten so gefährliche Biere an, dass man um sein Leben fürchten muss.«

Er hob eine beschriebene Pergamentrolle auf, die vor ihm auf dem Tisch lag, und reichte sie dem Kaiser.

Dieser ergriff wieder das Wort.

»Wir haben eine Aufstellung gemacht über die Städte unseres Reiches, in denen das vornehmste und bekannteste Bier gebraut wird. Deine Aufgabe wird es sein, als neu ernannter ›kaiserlicher Bierkieser‹ unsere Städte zu besuchen und den Brauherren in die Töpfe zu schauen. Das werden sicher nicht alle gerne sehen, aber sie müssen dich gewähren lassen, wie ich es befehle.«

Friedrich entrollte das Pergament und las:

»Unser Reich besitzt viele vornehme Bierstädte. Unter anderem sind uns soweit bekannt: Augsburg, Bamberg, Berlin, Bernau, Bitburg, Braunschweig, Bremen, Budweis, Dortmund, Einbeck, Gardelegen, Hamburg, Ingolstadt, Köln, Köstritz, Landshut, Lübeck, München, Nordhausen, Nürnberg, Prag, Ratzeburg, Regensburg, Rostock, Stralsund, Straßburg, Weißensee, Wismar und Zerbst. Es gibt wohl noch viele mehr, die hier nicht aufgeschrieben sind.«

Er überflog die Städte noch einmal, jedoch ohne sie erneut laut vorzulesen.

»Da sind einige Städte in Thüringen dabei. Da kannst

du meiner Lieblingsschwester Margaretha deine Aufwartung machen. Sie war verheiratet mit dem Wettiner Friedrich II., den sie auch ›Den Sanftmütigen‹ genannt haben. Er ist schon lange verstorben. Meine Schwester fristet jetzt ihr Witwendasein in Altenburg, in dem Teil Thüringens, den ihr Schwager Wilhelm ihr und ihren Kindern Ernst und Albrecht noch gelassen hat.«

Unkonzentriert und vom Anlass der Audienz abschweifend, wandte er sich an alle Anwesenden:

»Die Älteren unter euch können sich vielleicht noch an Kunz von Kaufungen erinnern, diesen treulosen Bastard, der die Kinder meiner Schwester, meine Neffen, vor 30 Jahren entführt hat, um von meinem Schwager ein Lösegeld zu erpressen.«

Er griff sich an die Stirn.

»Mein Gott, 30 Jahre ist das schon her? Wie auch immer, Kunz wurde geschnappt und auf dem Marktplatz von Freiberg gevierteilt.«

Er lachte.

»Geschah ihm recht. Und wir haben seither immer unseren Kindern gedroht, wenn sie nicht brav waren: ›Warte ab, dich holt noch der Kunz von Kaufungen!‹«

Jetzt war der Kaiser in Fahrt geraten und redete weiter, er strich sich durch seine Haare und sagte leise, sinnierend:

»Ich erinnere mich auch, dass meine liebe Schwester mir einmal eine Geschichte von einem Bierbüttel erzählt hat, dem Onkel ihres Gatten, der ebenfalls Friedrich hieß – warum heißen wir eigentlich alle gleich? –, dieser Friedrich nun wurde von seinem Volk ›der Friedfertige‹ genannt und erließ bereits vor beinah 50 Jahren ein Gesetz, das die Herstellung von gutem Bier regeln sollte.«

Jetzt war er wieder beim Thema. Er erhob sich von seinem Thron und ging auf Georg zu:

»Mach dich kundig über dieses Gesetz und diesen Bierbüttel. Und dann gehst du auf große Reise. Natürlich nicht nur in die Städte, die wir eben genannt haben, sondern ebenfalls in alle anderen, die auf deinem Weg liegen mögen.«

Georg zuckte erschrocken zusammen, als ihm der einen Kopf größere Kaiser die Hand auf die Schulter legte.

»Und wer braut in Zukunft das Bier für den Kaiser?«

Friedrich lächelte.

»Mach dir darum keine Sorgen. Wir werden in Wiener Neustadt nicht mehr viel Hof halten in nächster Zeit. Bis wir den Emporkömmling Corvinus besiegt haben, werden wir uns mehr in Linz und in Innsbruck aufhalten. Das Brauhaus werden wir nach Linz bringen lassen, dort magst du dann Bier brauen, wenn du von einer Reise zurück bist.«

»Aber Kunigunde ...« verplapperte Georg sich.

Der Kaiser fuhr ihn ungewöhnlich barsch an:

»Was kümmert dich einfachen Brauerburschen meine Tochter?«

Mit einer Handbewegung entließ er Georg, der zwei elende Nächte lang keinen Schlaf fand.

Würde er Kunigunde jemals wiedersehen?

In den nächsten drei Wochen verbrachte er viel Zeit mit dem Kanzler Rebwein.

Rebwein, ein kleines, gedrungenes Männchen mit großer Intelligenz und noch mehr Ehrgeiz, galt seit einigen Jahren als loyaler Kanzler und Berater des Kaisers. Er war aber diplomatisch eher unerfahren und kam mit den zahlreichen Ränkespielen auf dem politischen Parkett nicht gut zurecht. Das hatte auch dazu geführt, dass der Kaiser zuletzt lieber auf seinen Leibarzt gehört hatte als auf seinen Kanzler.

Rebweins Aufgabe war es nun, Georg auf seine zukünftigen Aufgaben vorzubereiten.

Seine erste Frage war:

»Hat dich jemand lesen und schreiben gelehrt?«

Nachdem Georg von seiner Bekanntschaft mit Andreas Reichlin von Meldegg erzählt hatte, wandten sie sich den rechtlichen Grundlagen zu.

»Du wirst bisweilen auf Widerstand stoßen. Dazu musst du wissen, zu was du berechtigst bist und wozu nicht.«

Er legte zwei schwere gebundene Folianten vor Georg auf den Tisch.

»Hier haben wir einige Sammlungen von Gesetzestexten zum Nachschlagen. Du als Bierkieser bist auch selbst gewissen Bestimmungen unterworfen. Über alle Bierprüfungen wirst du ein Buch führen. Maximal sechs Prüfungen an einem Tag werden dir gestattet sein. Gewisse scharf gewürzte Speisen werden dir nicht erlaubt sein, um deinen Geschmackssinn nicht zu verwirren.«

Rebwein nahm einen tiefen Zug aus einem Krug Wein, den er zu Georgs Missfallen ständig vor sich stehen hatte, dann überreichte er ihm ein Buch.

»Dieses ›Buch von guter Speise‹ stammt aus Würzburg. Es enthält 101 Rezepte und zeigt die verschiedenen, raffinierten Zubereitungsweisen vieler Gerichte. Es beschreibt auch, welche Gewürze und Zutaten verwendet werden. Lerne daraus, dann weißt du bald, was du vor einer Prüfung essen darfst und was nicht.«

Georg blätterte in dem reichlich illustrierten Buch. Seit der Buchdruck von Mainz aus seinen Siegeszug angetreten hatte, waren Kopien solcher Bücher erschwinglich geworden. Aber Georg war trotzdem beeindruckt, da er noch nicht viele Bücher in seinem Leben gesehen hatte.

Der Kanzler unterbrach Georgs Gedanken:

»Weiterhin musst du genau wissen, welches Recht gilt, bevor du dich als Bierkieser zu erkennen gibst.«

»Aber gilt denn nicht überall das gleiche Recht?«, fragte Georg.

Rebwein lachte.

»Nein, das ist ein Wunschtraum, der sich wohl niemals erfüllen wird.«

Noch ein Schluck Wein.

»Im Norden des Reiches, was alles oberhalb des Mainflusses ist, im Bereich der Hanse und weiter im Westen, in Luxemburg, Kurtrier, Mainz und den freien Reichsstädten, ist Bier bereits Bürgernahrung und fällt daher unter das bürgerliche Recht. Alle Prüfungen, wie auch Verordnungen und Gesetze, sind meist Sache der Zünfte und Stadtverwaltungen.«

Georg bemühte sich, den Ausführungen Rebweins zu folgen.

»Im Süden hingegen, in Bayern, Schwaben und Franken vor allem, folgt das Recht dem des jeweiligen Landesherren. Sieh dich also vor und versichere dich des jeweiligen Rechts, bevor du eine Bierprüfung ansetzt.«

»Aber ist das Heilige Römische Reich nicht viel größer als Nord- und Süddeutschland?« Georgs Einwand war durchaus berechtigt, und so ergänzte der von Georgs Geografiekenntnissen ein wenig beeindruckte Kanzler:

»Wir schicken dich nur in die Teile des Reiches, wo Bier bereits eine Bedeutung für die Ernährung und Gesundheit des Volkes erlangt hat. In Italien und westlich von Straßburg trinkt man Wein. Am baltischen Meer würden die Deutschordensritter keine Prüfung zulassen. Flandern und Brabant sind, obwohl Bierregionen, noch nicht befriedet – unser Erzherzog Maximilian hat da noch ein gutes Stück Arbeit vor sich, ehe diese unseren Kaiser als den ihren anerkennen. Und die Eidgenossen sind derzeit sehr streitlustig. Nachdem du keinen Krieg anzetteln sollst, gehst du nur dorthin, wo Friede herrscht. Und wenn du unterwegs von Scharmützeln oder Raubrittern hörst, so geh ihnen aus dem Weg! Du kannst davon ausgehen, dass die meisten Reichsstädte sicher sind. Sie brauchen sichere Handelswege und kümmern sich daher auch mehr darum. Kannst du mit Waffen umgehen?«

Georg verneinte, Rebwein setzte gleich für den nächsten Tag einige Unterrichtsstunden mit einfacher Bewaffnung an.

»Nur damit du dich in deiner Haut wehren kannst, wenn du einmal Ärger bekommst.«

Der Kanzler fuhr fort mit den Instruktionen.

»Was ist mit den Klöstern?«

Georg war noch niemals in einem Kloster gewesen, die Braukunst der Benediktiner und anderer Orden war dennoch allgemein bekannt.

»Du sollst dorthin gehen, wo das Bier gegen klingende Münze verkauft wird. Was die Klöster innerhalb ihrer Mauern tun, schert uns nicht. Ebenso die Bischöfe und Fürsten, solange das Bier nicht ans gemeine Volk verkauft wird. Der Erzbischof von Köln, Hermann, den sie ›Pacificus, den Friedsamen‹ nennen, hat zum Beispiel ein eigenes Brauhaus. Und obwohl er unser Freund ist, schließlich hat er den Neusser Widerstand gegen die Belagerung Karls des Kühnen organisiert, brauchst du ihn nicht zu besuchen. Das ist sein Bier und so soll es auch bleiben.«

Rebwein selbst war viel gereist und wusste um die Entfernungen, als sie begannen, die einzelnen Routen zusammenzustellen. Ein Frachtfuhrwerk schaffte zwischen den Städten etwa 20 bis 30 Kilometer pro Tag, ein Sonderbote zu Pferd ungefähr 60. So veranschlagte der Kanzler Georgs Reisewege nach den Mitteln, die er zur Verfügung hatte.

Er sollte ein gutes Pferd erhalten und je nach Zustand

der Straßen allein oder, aus Sicherheitsgründen, im Tross mit Kaufleuten und Pilgern reisen.

Von der Geografie Deutschlands im Einzelnen konnte Georg keine Ahnung haben, und eine Karte hätte er nicht lesen können, selbst wenn es eine gegeben hätte. So schrieben sie die zu besuchenden Städte in Listen, mit denen Georg sich durchfragen musste. Sie legten verschiedene Reisen fest, erst einmal eine große Reise pro Jahr in jede Region Deutschlands.

Beginnen sollte Georg in Bayern, Schwaben und Franken, wo hauptsächlich die Wittelsbacher und Hohenzollern herrschten.

Anschließend sollten das Königreich Böhmen, Kursachsen und Thüringen besucht werden.

Eine weitere Reise sollte dem Kurfüstentum Brandenburg, den Hansestädten und dem Herzogtum Lüneburg gelten.

Schließlich noch am Bodensee vorbei durch das Herzogtum Württemberg Richtung Elsass, durch die Kurpfalz nach Kurtrier, Köln, Westfalen, Mainz und Frankfurt.

»Das wird dich einige Jahre kosten. Selbst wenn du nicht alle Städte und alle Brauhäuser besuchst.«

»Was mache ich, wenn unterwegs in oder bei einer Stadt eine Fehde oder gar ein Krieg ausbricht?« Georg war immer noch unsicher über die Bedeutung seines Auftrags.

»Dann machst du sofort einen großen Umweg oder begibst dich in Sicherheit. Im Ernstfall gibst du dich als Legat des Kaisers zu erkennen.«

»Und wenn ich eine Reise abbrechen muss?«

»Wenn du einmal früher zurück bist als geplant, kannst du noch die Brauhäuser hier im Habsburgerland prüfen. Obwohl es nicht so viele gibt.«

Nachdem die Organisation weitgehend geklärt war – Georg sollte die weiten Reisen im Sommer machen und im Winter, während der Brausaison, die Prüfungen durchführen –, verabschiedete sich Rebwein von Georg und wünschte ihm viel Erfolg.

Nun traten Truchsess und Mundschenk auf den Plan. Beides waren die Ämter, die am Hof mit Getränken zu tun hatten. Und so hatten Kaiser Friedrich und sein Kanzler beide für kompetent erachtet, erste Richtlinien für die Bierqualität zu entwerfen.

Der kaiserliche Erzmundschenk, der König von Böhmen, war nicht im Lande, so übernahm der Hofmundschenk Cuno von Dernbach die Rolle.

Der Truchsess hieß Humbert von Bruck.

Beiden war der tägliche Umgang mit Speis und Trank anzusehen, beide strotzten vor Leibsfülle, der Mundschenk hätte der jüngere Bruder von Humbert sein können.

Cuno von Dernbach warnte Georg zuallererst davor, die vielen verschiedenen Namen für annähend gleiche Biere zu ernst zu nehmen.

»Die Leute nennen die Biere gerne nach einem Anlass«, erklärte er. »Da gibt es Erntebier, Gesellenbier, Hochzeitsbier, Kindstaufbier, Kirchweihbier, Meisterbier, Pfingstbier, Schiffsbier oder dergleichen. Die sind aber meist alle gleich. Das Einzige, welches wirklich anders ist, ist das Fastenbier, weil dieses stärker ist.«

Humbert ergänzte:

»Schau also dahinter, nicht der Name zählt, sondern die Essenz des Bieres!«

Nach tagelangen, teilweise heftig geführten Diskussionen einigte man sich auf folgende sechs Richtlinien, die Georg in den zu besuchenden Brauhäusern einführen sollte:

1. Das Brauwasser muss frisch sein und darf nicht vom Müll der Gerber oder Färber, von Schlachtabfällen oder Kot verunreinigt sein, weil diese die Verbreitung der Pest und anderer Krankheiten fördern.

2. Das Malz muss gut riechen und ohne Schimmel sein. Unvermälztes Getreide darf nur in Ausnahmefällen verwendet werden. Wenn, dann muss es frisch und angetrocknet sein.

3. Zum Würzen dürfen neben Hopfen nur Gewürzkräuter zugegeben werden, die den menschlichen Geist nicht toll machen.

4. Die Bierwürze muss gekocht werden.

5. Das fertige Bier darf nicht mehr mit Wasser verdünnt werden.

6. Saures oder verdorbenes Bier muss weggeschüttet werden. Es darf nicht mit Asche oder anderen Mitteln korrigiert und verkauft werden.

»Diese sechs Gebote sind dein Werkzeug, deine Bewaffnung, um in den Bierkrieg zu ziehen.«

Cuno von Dernbach war mit dem Ergebnis sichtlich zufrieden.

Georg fragte noch arglos, was die Zeichen zu Beginn der Gebote wären.

Cuno von Dernbach schlug die Hände über dem Kopf zusammen.

»1, 2, 3, 4, 5, 6! Hast du etwa noch niemals indische Minuskelziffern gesehen? Die bedeuten das Gleiche wie die römischen Zahlen, die du hoffentlich kennst, sind aber leichter zu schreiben.«

Kurz vor der Abreise stellte sich Rebwein noch einmal im Brauhaus ein. Georg hatte bereits aufgehört zu brauen und schenkte nur noch die Fässer leer. Dann sollte alles demontiert und verladen werden.

Rebwein übergab Georg ein Bündel Papier, ein gebundenes Buch und eine Ledertasche dazu.

»Hier sind Briefe mit kaiserlichem Siegel. Damit kannst du dich legitimieren. Es sind zehn an der Zahl, falls du einen verlierst oder bestohlen wirst. Und in dem Buch kannst du deine Aufzeichnungen über die Brauhäuser führen. Wir sehen uns wieder in Linz nach deiner ersten Reise.«

Jetzt erst fühlte Georg sich als Bote des Kaisers und freute sich auf die neuen Aufgaben.

Man gab ihm ein, nach seinen Maßstäben, äußerst prächtiges Pferd. Rebwein war mit ihm zu den Stallungen gegangen und hatte ein schwarz-weiß geschecktes, handzahmes Pferd herausführen lassen.

»Das ist ein Noriker«, hatte er erklärt. »So eines verwende ich auch gerne für lange Ritte. Es ist ein kräftiges und ausdauerndes Kaltblut. Die römischen Legionäre haben es uns als Erbe in Österreich gelassen. Mit dem kannst du sogar übers Gebirge reiten. Es ist trittsicher und ausgeglichen. Behandle es gut, und es wird dir deine Reisen erleichtern.«

Georg tätschelte dem Pferd die Mähne und strich ihm über den Kopf.

Der Noriker wieherte leise.

»Wir werden bestimmt gute Freunde werden«, murmelte Georg.

Und Anfang des Jahres 1486, an einem diesigen, nebligen Morgen, ritt er allein mit seinem Pferd, nur ungefähr die Richtung kennend, durch das Tor der Burg in Wiener Neustadt, seinem neuen Leben als kaiserlicher Bierkieser entgegen.

Rex Romanorum

Bald nachdem Kaiser Friedrich Georg seine Mission erteilt hatte, war er wieder abgereist – um niemals in seinem Leben wieder nach Wiener Neustadt zurückzukehren. Und während Georg sich mit Truchsess Humbert von Bruck und Mundschenk Cuno von Dernbach auf seinen Auftrag vorbereitete, wurde die Königswahl geplant. Am 16. Februar 1486 nämlich erwählten in Frankfurt sechs anstelle der sonst sieben deutschen Kurfürsten Kaiser Friedrichs Sohn, Erzherzog Maximilian, zum Rex Romanorum, zum König des Römischen Reiches.

In Aachen erfolgte sechs Wochen später die Krönung.

Es hatte sich mittlerweile als vernünftig erwiesen, eine solche Wahl noch zu Lebzeiten des amtierenden Regenten durchzuführen. Maximilian war somit designierter Nachfolger als Kaiser, auch wenn Friedrich noch lebte, sich für sein Alter einer erstaunlich guten Gesundheit erfreute und strikt gegen diese Wahl gewesen war.

»Mein Sohn ist unfähig als Thronfolger, so wird er es auch als Regent sein«, hatte er mehr als einmal verlauten lassen. Nach der Krönung verschlechterte sich das Verhältnis zwischen Vater und Sohn dramatisch.

Erste Reiseerfahrungen

Georgs erste Reise, wie in der Residenz vereinbart, sollte hauptsächlich durch Wittelsbacher- und Hohenzollern-Gebiet führen.

Lange schon war er nicht mehr unterwegs gewesen. Die Jahre mit dem Bader Michel hatte er beinahe vergessen. Seitdem hatte er nur eine längere Reise unternommen: Die von Straßburg nach Wiener Neustadt, mit des Kaisers Leibarzt.

Jetzt kam alles, was er früher unterwegs gefühlt hatte, wieder hervor. Er fühlte sich frei!

Der Beutel voller Münzen, den ihm Rebwein beim Abschied mit mahnenden Worten in die Hand gedrückt hatte, zusammen mit seinen Ersparnissen, teilweise sogar noch aus Michels Erbe – er hatte in der Residenz wenig Gelegenheit gehabt, Geld auszugeben –, ermöglichte ihm eine sorgenfreie Reise. Und seine Funktion als kaiserlicher Beauftragter gab ihm das Recht, in vielen Städten kostenloses Gastrecht einzufordern.

Zu Beginn kam er gut voran, sein Noriker, den er zur Erinnerung an seinen früheren Reisebegleiter wiederum Fafnir getauft hatte, schritt tapfer aus.

Es war kühl, dennoch viel zu warm für einen Januar. Das Wetter hielt sich zwischen Nebel und Wolken, richtig nass wurden sie zum Glück nicht.

Nach drei Tagen erreichte er Dürnstein. Kaiser Friedrich hatte den ursprünglich aus Trier stammenden Kuenringern, den Besitzern der prächtigen Burg, erst vor Kurzem ein Stadtwappen verliehen, und so war ein Kurier des Kaisers als Gast gerne gesehen. Auch die Kuenringer waren Ministeriale, ihnen war aber schon vor längerer Zeit der Aufstieg in den Adel gelungen.

Fafnir geriet ins Keuchen, als Georg ihn den steilsten Burgweg hinauftrieb, den er jemals gesehen hatte. Der Blick über das Donautal der Wachau von der imponierenden, über 300 Jahre alten Anlage, deren Wälle sich über 100 Höhenmeter erstreckten, entschädigte Georg jedoch für die Mühen des Aufstiegs. Abends erzählte man sich Geschichten – er speiste natürlich mit dem Personal. Kein Adliger nahm Notiz von ihm.

Beliebtestes Thema war, anscheinend nicht nur bei Georgs Besuch, sondern immer wieder, die Legende, dass der englische König Richard Löwenherz 1192 in Dürnstein gefangen gehalten und erst nach Zahlung eines enorm hohen Lösegeldes vom Stauferkaiser Heinrich freigelassen worden war.

»Da hat der Hadmar von Kuenring ordentlich mitkassiert«, freuten sich seine Bediensteten noch 300 Jahre danach.

Am Morgen ging es weiter an der Donau entlang, nach sechs Tagen war er schon in Wels, nach acht in Salzburg, und am Ende des 13. Tages ritt er in München ein.

Das Wetter hatte sich verschlechtert, es schüttete wie aus Kübeln, und so war das Erste, was Georg auffiel, nachdem er sich legitimiert und so Zugang zur Stadt erlangt hatte, der schlechte Zustand der Straßen und der viele Unrat im Herzen des angeblich so wohlhabenden Wittelsbacher Reiches. Dreckig und verkotet hingen die Abtritte wie Schwalbennester an den Häusern der wohlhabenderen Bürger. In den Straßen stank es entsetzlich.

Das Zweite, das er im Regendunst erblickte, nachdem er mit Fafnir durch das Sendlinger Tor eingeritten war, waren die vielen Kirchtürme. In allen Himmelsrichtungen waren sie zu sehen, die ganze Stadt schien angefüllt damit.

Durch knietiefen Morast stapfte Fafnir unbeirrt vorbei am Rindermarkt und an St. Peter, Münchens ältester Kirche, bis sie zum Marienplatz mit seinem beeindruckenden Rathaus kamen. Von dort aus sah Georg bereits die große Baustelle der neuen prächtigen Kathedrale, die Frauenkirche genannt wurde und die sich nach nicht einmal 20 Jahren Bauzeit bereits der Vollendung näherte.

Aber wo residierten die Wittelsbacher, die ihm bei seiner Mission weiterhelfen sollten?

Er fragte sich durch, bis der Weg ihn schließlich zur ›Alten Veste‹ führte. Es war nicht leicht, in dem Gewirr von Gebäuden, die Burgstock, Zwingerstock, Lorenzistock, Pfisterstock und Brunnenstock genannt wurden, den passenden Eingang zu finden. Schließlich stand er vor der Pforte für Besucher und meldete sich als Legat des Kaisers an.

Zur gleichen Zeit, als Georg zu Besuch in München weilte, verhandelte der Eichstädter Bischof Wilhelm von Reichenau in Herzog Albrechts Auftrag mit König Maximilian die Verheiratung Kunigundes weiter. Maximilian befand sich zwecks Krönung in Frankfurt, und da er sich vor nicht allzu langer Zeit für eine Heirat Kunigundes mit dem Herzog von Savoyen ausgesprochen hatte, wollte Albrecht ihn zuerst auf seine Seite ziehen. Kaiser Friedrich war bei diesen Verhandlungen gänzlich außen vor gelassen worden. Sein Mitwissen hätte die Situation auch nicht eben erleichtert, denn er versuchte gerade, seine Tochter mit Wladislaw, dem Sohn des polnischen Königs Kasimir IV., zu verbinden. Diese Hochzeit war Friedrich im Hinblick auf Unterstützung gegen Matthias Corvinus am erfolgversprechendsten. Kunigunde sollte also um jeden Preis bald verheiratet werden.

Die ›Alte Veste‹ mitten im Zentrum Münchens war von Ludwig dem Bayern zur ersten ständigen Kaiserresidenz erhoben worden, und sie war die zentrale Herrschaftsresidenz der Wittelsbacher.

So kam Georg zu Besuch zu Kunigundes potenziellem zukünftigem Ehemann, konnte aber von Glück reden, dass er durch die Abgeschiedenheit in Wiener Neustadt nichts von Albrechts Werben um Kunigunde und den schwierigen Verhandlungen, die letzten Endes abgebrochen wurden, gehört hatte. Sonst hätte er sich unter Umständen um Kopf und Kragen geredet.

Er kam in der Erwartung, von den Wittelsbachern gastfreundlich aufgenommen zu werden.

Ein bunt uniformierter Mann mit grünen Epauletten an den Schultern nahm ihn in Empfang. Albrechts Hofmeister, der sich als Jörg von Eisenhofen vorstellte – er war somit der ranghöchste Hofbeamte und Herr über den königlichen Hausstand –, war groß, schlank und von angenehmer Erscheinung. Ein großer Oberlippenbart zierte sein Gesicht, in dem bereits einige Fechtkämpfe in Form von Narben ihre Spuren hinterlassen hatten.

Er begrüßte den Bierkieser freundlich.

»Was führt einen Legaten des Kaisers nach München?«

Georg hatte bereits gelernt, nicht gleich mit der Tür ins Haus zu fallen, und fragte erst nach einem Imbiss und einer Ruhepause.

»Dann werde ich Euch gerne Rede und Antwort stehen.«

Es war bereits spät am Tag, seine kleine unfreiwillige Stadterkundung und das schlechte Wetter hatten ihn mehr Zeit und Anstrengung gekostet als erwartet, so beschlossen sie, das Nachtmahl einzunehmen und sich dann zur Nachtruhe zu begeben.

Am nächsten Morgen saßen Georg und der Hofmeister dann zusammen. Es war, obwohl bereits helllichter Tag, so düster und trüb, dass sie ein halbes Dutzend Kerzen auf den Tisch stellen mussten, um sich Licht zu verschaffen.

Jörg von Eisenhofen stellte zwei große Krüge dunkles Bier dazu und konnte seine Neugierde kaum noch bezähmen.

»Also, was führt Euch nach München?«

Georg gab seine Geschichte zum Besten, erzählte von der Idee Friedrichs III., von seiner Mission, ergänzte noch, dass der Kaiser insbesondere auf die Unterstützung der Wittelsbacher zählte. All das schilderte er in einem Zug, ohne von Jörg von Eisenhofen auch nur einmal unterbrochen worden zu sein. Dann wartete er auf eine Reaktion.

Die erfolgte auch, allerdings anders als erwartet.

Von Eisenhofen schaute, holte tief Luft und – fing an zu lachen.

Und zwar so laut und viel, dass er nach Luft schnappen musste.

Völlig losgelöst von jeglichem diplomatischen oder politischen Zeremoniell, schlug er sich mit den Händen auf die Schenkel.

Schließlich hielt er inne und sah dem mittlerweile hochrot angelaufenen Georg in die Augen.

»Ich muss mich entschuldigen«, sagte der Hofmeister etwas kleinlaut.

»Das war ziemlich unhöflich, ich wollte Euch weder auslachen noch mich sonst wie über Euch lustig machen. Mir erscheint nur die Idee des Kaisers wie, nun ja, wie … Lasst es mich so ausdrücken: Der Kaiser schickt Euch in den Wald, und gibt Euch gleichzeitig Unmengen von Holz mit auf den Weg.«

Georgs Gesicht drückte tiefe Ratlosigkeit aus.

»Was ich damit sagen möchte«, fuhr der Hofmeister fort: »Alle Richtlinien, die Ihr Euch an Friedrichs Hof so fein ausgedacht habt, sind hier bei uns seit Längerem so oder in noch schärferer Form bereits Teil unserer Gesetzgebung.«

»Wie meint Ihr das?«

Georg konnte sich, naiv wie er in dieser Hinsicht geblieben war, nicht vorstellen, dass jemand die Gedankengänge des Kaisers, den er verehrte und bewunderte, bereits früher und genauso konsequent vorausgedacht hatte.

Jörg von Eisenhofen spürte Georgs Verwirrung.

»Ihr müsst wissen«, begann er seine Erklärung, zu der er seinen Krug erhob, Georg zutrank und einen tiefen Zug nahm, »die bayerischen Lande, die mittlerweile fast alles Wittelsbacher Lande sind, waren einst großartige Weinlandschaften. Die Römer hatten den Wein hier angesiedelt und nach ihrem Untergang dort gelassen. Wein war das nützlichste und am liebsten getrunkene aller Getränke, von allen Ständen, in der Stadt wie im Kloster oder auf dem Land. Dann kamen einige strenge Winter und Lenze, in denen fast alle Reben erfroren.«

Die ersten Krüge waren leer, von Eisenhofen orderte zwei frische.

»Die Leute fingen an, zunehmend Bier zu brauen, zuerst die Klöster, dann die Haushalte, schließlich auch für den Verkauf. Und da wurde es gefährlich!«

Die neuen Krüge waren schon da, die beiden tranken und nickten sich zu.

»Wie meint Ihr das: gefährlich?«

»Die Pierpreus setzten Würzkräuter ein, welche die Leute toll, krank oder schwermütig machten. Schon vor über 100 Jahren haben zwölf Mitglieder unseres Stadtrates begonnen, das Brauen regelmäßig zu beaufsichtigen. Aber es half nichts: Von den 21 Brauhäusern Ende des letzten Jahrhunderts waren zu Beginn dieses Jahrhunderts nur noch vier Brauer übrig geblieben, und die versetzten das Bier mit Pottasche – das machte durstiger – oder fügten Mohnsaft, Galle oder Fischkörner zu, um die Leute toll zu machen. Die Brauer bekamen des Öfteren den Zorn des Volkes zu spüren, besserten sich aber nicht.«

Georg fand Geschmack am herzoglichen Hofbräu, trank munter mit und hörte weiter zu.

»Vor etwa 60 Jahren hat die Stadt ein Gesetz erlassen, nach dem das Bier eine Weile zu lagern ist; auf dass es, selbst beruhigt, besser für die Gesundheit ist. Und vor über 30 Jahren ein weiteres Gesetz, nach dem zum Sieden von Bier und Gräwzzing nur noch Gerste, Hopfen und Wasser verwendet werden dürfen.«

»Was bitte ist Gräwzzing?«

»So nennt man hier Biere, die nicht mit Hopfen gewürzt sind.«

»Die sind erlaubt?«

»Noch. Unser Herzog bemüht sich allerdings, ihnen den Garaus zu machen. Die einzigen Braustätten, die die Qualität überwachten, waren die Klöster, die ließen aber niemanden in ihre Töpfe hineinschauen. Und so zog unser Herzog Albrecht anderweitig Erkundigungen ein und erfuhr, dass die Hanse im Norden des Reiches nur deswegen das bessere Bier braut, weil dort die Zünfte strenge Regeln haben. Und nur mit Hopfen brauen.«

»Und, haben die neuen Gesetze gefruchtet?«

»Freilich, mittlerweile sind es nicht mehr vier, sondern 17 Brauhäuser, um unsere 12.000 durstigen Münchner Kehlen zu stillen!«

»Bedeutet das, ich soll diese nicht besuchen?« Georg fürchtete schon um ein frühes Ende seiner Mission.

»Nein, geht nur hin. Im schlimmsten Falle lässt Euch der Preu nicht hinein, im besten Falle lernt ihr noch etwas.«

Der Inhalt der Krüge neigte sich bereits wieder bedenklich dem Ende zu.

»Eines solltet Ihr noch wissen«, fügte von Eisenhofen hinzu. »Das Brauen ist bei uns in Bayern ein sogenanntes examiniertes Gewerbe. Das Recht wird nicht vom Magistrat erteilt, sondern ausschließlich von unserem Landesherrn, Herzog Albrecht.«

Georg hörte konzentriert zu. Das war wieder eine Lektion, die er sich merken musste. Er nickte verständnisvoll, während der Hofmeister fortfuhr.

»Wichtig ist auch: Das Braurecht wird bei der Belehnung

nicht an den Brauherrn, sondern an das Grundstück verwurzelt. Daher heißt es auch ›radizierte Braugerechtigkeit‹.«*

Georg schüttelte den Kopf, das wiederum erschien ihm nicht sinnvoll. Von Eisenhofen entgegnete der Ablehnung mit einer Erklärung, die alles wieder ins Lot brachte:

»Dadurch haben wir Brautraditionen geschaffen, die es anderswo vielleicht nicht gibt. An manchen unserer Braustätten wird seit Hunderten von Jahren Bier gebraut, weil man es nur dort darf. Wir halten das für sehr geeignet, um unsere Brauherren in Ruhe arbeiten zu lassen.«

Georg erkannte das schließlich auch und stimmte zu.

»So, und jetzt zeigt mir mal Eure Reiseroute.«

Von Eisenhofen murmelte vor sich hin, während er die stichwortartige Liste studierte.

»Hmm, also, Landshut könnt Ihr Euch ersparen. Herzog Georg der Reiche hat bereits ähnliche Vorschriften erlassen wie Herzog Albrecht, ist aber ein guter Freund König Maximilians, der sich wiederum zurzeit mit seinem Vater nicht so gut verstehen soll.«

Der Hofmeister führte Georg wieder einmal vor, was es heißt, Politik zu machen.

Diesmal verstand Georg den Wink.

»Oha, um Regensburg macht Ihr besser einen großen Bogen, da braut sich was zusammen.« Von Eisenhofen erklärte Georg überdies, dass in Regensburg das Bier schon seit 1447 vom Stadtarzt kontrolliert wurde und es bereits seit über 20 Jahren dort eine Brauordnung gab, die einen Besuch erübrige. Dann beschlossen die beiden das Gespräch.

»Und hütet Euch vor der Stadttrommel, wenn Ihr morgen früh durch die Stadt geht«, war der abschließende, kryptische Gutenachtgruß des Hofmeisters.

* lat.: Radix, die Wurzel, Anm. d. A.

Blutige Mitgift

Der Hexenprozess Kramers hatte Siegmunds Verhältnis zu Herzog Albrecht, der aus eigener Familiengeschichte vorbelastet war und nicht an Hexen glaubte, nur für kurze Zeit beeinträchtigt. Oft und ausdauernd hatten sie nachts gestritten und debattiert, viel Wein war geflossen. Am Ende war jeder bei seiner Meinung, aber die beiden trotzdem Freunde und, wichtiger noch, Geschäftspartner geblieben.

Kaiser Friedrich hatte Albrecht gleich nach Empfang des Heiratsantrags für Kunigunde ganz offiziell zu Hochzeitsabreden nach Linz eingeladen. Die Gespräche mit dem polnischen König wurden sofort beendet, was diesen voller Zorn die Seiten wechseln und sich dem Ungarnkönig anschließen ließ. Nun hatte Friedrich sogar einen Feind mehr statt einen weniger …

Inzwischen hatte sich eine Tragödie um die Abensberger ereignet, die für die nun folgenden Verhandlungen die Hochzeit nebensächlich machten. Abensberg war das größere Thema.

Die beiden Männer, Albrechts zwei Jahre jüngerer Bruder Christoph und Niklas von Abensberg, waren kurz nach dem Wiener Besuch von Freunden zu erbitterten Feinden geworden.

Friedrich kannte die Geschichte bereits – er war trotz seines Alters immer noch bestens informiert, während Kunigunde sich wieder einmal von Hedwig Despotin belehren lassen musste, die das allerdings gerne tat. Hatte sie doch viel zu wenig Gelegenheit, mit dem durch Klatsch, Tratsch und eifriges Lauschen erworbenen Wissensstand zu protzen und ihn weiterzugeben.

»Also«, hob die schon etwas betagte, dennoch sehr

energische Dame an, »du hast beide vor Jahren in Wien gesehen, da waren sie noch die besten Freunde.«

Kunigunde nickte.

»Nun, kurz darauf kam dein Galan Albrecht ins Spiel.« Sie lachte frivol bei dem Wort ›Galan‹. »Er ist sehr machtbewusst und hatte seinen älteren Bruder bereits aus dem Amt gedrängt. Der jüngere Bruder Christoph jedoch wollte das nicht mit sich geschehen lassen. Die beiden Brüder haben sich sehr heftig gestritten, aber keiner wollte nachgeben. Plötzlich behauptete Albrecht, dass sein Bruder ihn ermorden lassen wollte. Und dessen Freund Niklas von Abensberg verdingte sich doch tatsächlich bei Albrecht, um seinen besten Freund zu verhaften!«

Sie holte Luft.

»Wie das Ganze geschah, mag dir jetzt frivol und schamlos vorkommen. In München gibt es tatsächlich öffentliche Bäder, in denen die Menschen nicht nur baden, sondern auch tafeln, musizieren und es sich wohlergehen lassen. Und das alles so, wie Gott sie erschaffen hat!«

Sie tat entrüstet ob dieser Schamlosigkeit der Münchner.

»Und sogar Fürsten gehen in diese Bäder und zeigen sich nackt! Nun war Christoph in solch einer Badestube, als Niklas von Abensberg mit seinen Männern dort eindrang und Christoph aus dem Badezuber heraus verhaftete. Nackt, wie er war, trugen sie ihn hinaus, wickelten ihn in Leintücher und entführten ihn. 18 lange Monate hielten sie ihn im Kerker fest, ehe er freigelassen wurde. Christoph schlug natürlich sofort zurück, die Abensberger wiederum belagerten die Burg Landshut. Das Ende vom Lied war: Niklas von Abensberg wurde von Christophs Gefährten Seitz von Freudenberg mit einem Dolch durch seinen Panzer mitten ins Herz getroffen und war tot. Er starb ohne leiblichen Erben, und seither streiten sich alle um die großen Güter und das riesige Vermögen der Abensberger.«

Albrecht hatte Niklas' Wunsch ignoriert, das Erbe seinem Ziehsohn zu übergeben, und alle Güter sofort eingezogen. Ebenso ignorierte er, dass viele dieser Güter als Reichlehen eigentlich dem Kaiser gehörten. Friedrich hatte Albrecht jedoch schon kurz vor den Verhandlungen in Linz durch einen Kurier ausrichten lassen, dass er gegen eine Zahlung von 20.000 Gulden mit sich reden lassen würde.

Dadurch, dass Albrecht nun um Kunigundes Hand anhielt, würden sich viele Probleme mit einem Schlag erledigen:

Der Kaiser wäre der Sorge um eine standesgemäße Mitgift enthoben, die er sich finanziell gar nicht hätte leisten können.

Albrecht hätte den Segen des Kaisers für das Erbe der Abensberger.

Der ansonsten als träge geltende Kaiser war in der Politik mit allen Wassern gewaschen und hoffte, durch Kunigundes Verbindung mit den Wittelsbachern auch die Gebiete Tirols, die sein freigiebiger Vetter Siegmund bereits an diese verpfändet hatte, über kurz oder lang wieder in den Schoß der Habsburger zurückzubringen.

Das Problem war nur: Albrecht dachte überhaupt nicht daran, Tirol zurückzugeben und hatte andere Interessen.

Friedrich und Albrecht waren beide anfangs abweisend, misstrauisch und voreinander auf der Hut. Sie belauerten einander wie zwei wilde Tiere vor dem entscheidenden Kampf um eine Beute. Nur langsam weichten die Positionen auf. Schlussendlich einigte man sich in Linz, allerdings nur vorläufig, auf das Abensberger Erbe als Mitgift und trennte sich schiedlich-friedlich.

Mordlust

DANIEL FISCHER WOLLTE nun endlich sein lange versprochenes Wappen, die Belohnung für das Bier zur Schlacht von Guinegate, in Empfang nehmen. Schön hatte er es sich ausgedacht und ebenso ausmalen lassen:

Oben links prangte ein Fisch für seinen Namen. Oben rechts ein Münster mit nur einem Turm für seine Straßburger Herkunft. Die untere Hälfte war den Brauersymbolen vorbehalten: eine Ähre, eine Hopfendolde, ein Maischescheit, ein Bottich und ein Hexagramm.

Auf dem Rückweg von Aachen, Ende April, wollte Maximilian, nun gekrönter König des Reiches, in Augsburg Station machen. Es galt mit den Fuggern zu verhandeln, neue Kredite standen an.

Fischer beendete die Brausaison zeitig, überließ den Verkauf der letzten Bierfässer seinen Brauhelfern und machte sich Anfang März zusammen mit Sonja auf nach Augsburg.

Beide sprühten während der Fahrt vor guter Laune, die Erwartung auf eine königliche Ehrung und ein eigenes Wappen machten den sonst eher knauserigen Brauherrn spendabel wie nie zuvor: Fürstliche Trinkgelder für alle unterwegs, und die besten Unterkünfte mussten es auch sein. Ein jeder sollte erfahren: Hier reist ein Mann, der vom König geehrt werden wird!

So sprach sich seine Reise bis nach Augsburg herum, und zwar bereits einige Tage vor seiner tatsächlichen Ankunft. Auch Markus hörte vom Brauherrn aus Straßburg und seinem Treffen mit dem König in Augsburg.

Das war seine Gelegenheit! Jedoch, die Gefahr war größer als je zuvor. Daniel könnte ihn wiedererkennen, auch nach

18 Jahren. Eigentlich glaubte es Markus nicht, zumal Fischer ihn ja niemals mit der schiefen Nase gesehen hatte, die er ihm eigenhändig beigebracht hatte. Aber sicher war sicher.

So verschwand er unter einem Vorwand von der Arbeit, täuschte Erbrechen und Dünnschiss vor und legte sich auf die Lauer. Nach seinen Berechnungen sollte Fischer, aus Richtung Burgau kommend, die Stadt durch das Wertachbrucker Tor betreten. Möglich wäre auch das Rote Tor, weil es das größte und bekannteste auf der Hauptstrecke nach Italien war, jedoch müsste er dadurch einmal um die halbe Stadt wandern.

Markus kannte den Wirt des ›Bärenkellers‹, kurz vor der Stadtmauer gelegen. Dort kehrte er des Öfteren ein, um Ruhe und Anonymität zu suchen. Viel durchreisendes Volk, darunter Musikanten und Gaukler, die ihre Tanzbären in Käfigen im Keller unterbringen konnten – daher hatte der Gasthof seinen Namen. Niemand stellte Fragen, niemand mokierte sich über seine schiefe Nase, die Stimmung war meist prächtig. Auch lockere Weibsbilder trieben sich hier herum, die auch mit einem verunstalteten Menschen wie ihm ins Heu kletterten. In einem Heuschober neben dem ›Bärenkeller‹ hatte er auch seine Unschuld verloren, an eine Zigeunerin, die selber im Gesicht mit einer breiten Narbe gezeichnet war und ihn deswegen nicht verlacht hatte.

Auch diesmal hatte er wieder Lust auf ein amouröses Abenteuer. Die Gier nach Rache schürte seine Lust, seine Lenden juckten. Zeit dafür sollte er noch haben …

Zuerst trank er einige Humpen Bier und hörte sich diskret im ›Bärenkeller‹ um. Niemand erwähnte einen protzenden Brauherrn auf dem Weg nach Augsburg.

So wandte er sich nach einer Weile einem Mädchen mit langen dunkelbraunen Haaren zu, die, nicht mehr ganz jung und von der derberen Art, an seinem Tisch saß, ihm schräg gegenüber.

Große, einladende Brüste spannten sich unter ihrem einfachen Kleid. Am meisten aber gefiel ihm ihr ordinäres Lachen über die Zoten, die am Tisch erzählt wurden. Er startete mit allem Charme, den er aufbringen konnte, zur Offensive. Diese wurde tatsächlich schnell von Erfolg gekrönt. Kichernd ließ sie sich von ihm berühren, nachdem er bei einer günstigen Gelegenheit schnell den Platz gewechselt hatte. Bald wurden sie handelseinig, er nahm sie bei der Hand und zog sie unter unablässigem Kichern hinaus zu dem ihm bestens bekannten Heuschober.

Als sie nach zwei Stunden wiederkamen, hörte er mit einer Mischung aus Schrecken und Genugtuung eine ihm immer noch wohlbekannte Stimme. Die gehörte Daniel Fischer, da war er sich sicher! Die würde er niemals vergessen. Und da saß er auch, breit grinsend unter seinem immer noch gewaltigen, wenn auch mittlerweile in Ehren ergrauten Backenbart und bereits den anderen Gästen zutrinkend. Erst jetzt fiel ihm auf, dass er überhaupt keinen Plan hatte, wie er Fischer für das ihm vor langer Zeit angetane Unrecht bestrafen wollte. Alles, was er wusste war, die Arkebuse zu benützen wäre zu auffällig. Und was sollte er mit der umwerfend aussehenden Frau machen, die ihn ganz augenscheinlich begleitete und nach der sich alle Männer, jung wie alt, im ›Bärenkeller‹ die Köpfe verdrehten?

Er schickte das Mädchen fort und setzte sich unauffällig an einen Tisch, so weit weg von Fischer wie eben möglich. Plötzlich fiel es ihm ein: Gift! Das wäre die Lösung. Es war zu spät, um noch in die Stadt hineinzugelangen. Genau aus diesem Grund hatte der ›Bärenkeller‹ Gästezimmer. Fischer würde bestimmt nicht noch mit einer Zimmersuche anfangen, nachdem er sich hier bereits niedergelassen hatte.

Schnell verließ Markus die Gaststube und machte sich auf den Weg zu einer anderen, der am meisten verrufenen Spelunke ganz Augsburgs. Seinen Hut drückte er tief ins Gesicht. Diebe, Hehler und Kleinkriminelle, die sich alle auf die gleiche Art derart tarnten, bildeten das erlesene Publikum im ›Schwarzen Keiler‹. Markus hatte nicht vor, sich lange dort aufzuhalten, gegen Zahlung einiger Münzen wurde er schnell durchgereicht zu einem finster dreinblickenden Mann, dem er sein ›Problem‹ schilderte.

Dieser nickte kurz, öffnete einen kleinen Holzkasten, den er vor sich stehen hatte, nahm ein kleines Säckchen heraus und schüttete daraus einige Körner auf den Tisch.

»Das sind gemahlene Stücke von getrockneten Pilzen. Der ›Spitzgebuckelte Raukopf‹ ist fürchterlich giftig. Ich will nicht wissen, was du damit vorhast, aber du musst einen Menschen schon sehr hassen, um ihn damit zu vergiften.«

»Wie stelle ich das an?«

»Wenn du kannst, drücke die Körner unauffällig ins Brot hinein oder rühre sie in den Wein. Es dauert eine Weile, bis die Wirkung einsetzt, aber der Tod ist langsam und qualvoll.«

Markus ließ sich die Körner einpacken, ohne sie selbst zu berühren, zahlte den geforderten Preis und verließ den ›Schwarzen Keiler‹ so unauffällig, wie er gekommen war.

Daniel Fischer war tatsächlich noch in der Gaststube, seine Begleiterin war anscheinend schon schlafen gegangen.

»Einen letzten Krug Wein noch, Herr Wirt«, rief Fischer durch den immer noch gut gefüllten Schankraum. Aufgrund des Besuchs von Maximilian drängte viel Volk nach Augsburg. Alle wollten den König sehen.

Markus nutzte die Gelegenheit, als das Tablett mit den Krügen, die anscheinend für Fischers Tisch bestimmt waren, einen Augenblick lang unbeachtet herumstand.

Um sicherzugehen, verteilte er den Inhalt seines Beutels auf alle vier Krüge. Pech für Daniels Mitzecher.

Die vier Männer tranken sich zu, und nachdem die Krüge geleert waren, verabschiedeten sich alle und gingen die Stiegen hinauf in ihre Kammern.

»Wir sehen uns übermorgen bei der königlichen Wappenverleihung!«, rief einer von ihnen noch übermütig Fischer hinterher.

Mitten in der Nacht erwachte Daniel Fischer, weil er starken Harndrang verspürte. Er wankte hinaus Richtung Abort und traf dort auf zwei seiner späten Trinkgesellen. Alle drei stellten sich hin und schlugen ihr Wasser ab. Plötzlich überkam Fischer die Übelkeit wie ein Schlag. Er musste sich erbrechen.

»He! He! Nun mach mal langsam, so viel Wein hast du auch nicht getrunken«, spottete einer der beiden anderen, bevor auch ihm das Erbrochene aus Mund und Nase schoss. Bis der Dritte dran war, wälzte Fischer sich schon auf dem Boden und schiss sich die Hosen voll.

Die Vergifteten krümmten sich vor Schmerzen im Gras, in der finsteren Nacht war keine Menschenseele zu sehen oder zu hören. Keiner hatte sich noch so weit unter Kontrolle, um zum ›Bärenkeller‹ zurückkehren und Hilfe holen zu können. Dem Gefühl des Verdurstens folgten starke Schmerzen im Lendenbereich, Schüttelfrost und unendliche Übelkeit.

Als der Bärenwirt die drei Toten am Morgen fand, kam auch ihm als hart gesottenen Gastwirt die Galle hoch, so unerfreulich war der Anblick. Er erkannte sogleich, dass dies kein Zufall gewesen sein konnte, ließ den Büttel kommen, und alles wurde zu den Akten genommen.

Der vierte Mann hatte nicht im ›Bärenkeller‹ übernachtet. Seinen Leichnam fand man kurz vor der Stadtmauer.

Sonja schrie Zeter und Mordio und heulte sich die Augen aus. Am nächsten Tag beschloss sie trotzig, trotz Daniels Tod von König Maximilian das Wappen einzufordern – was ihr im Laufe des nächsten Jahres tatsächlich gelang – und das Brauhaus zukünftig allein weiterzuführen.

Als die Kunde von den vier Todesfällen die Runde machte, konnte Markus zuerst ein Gefühl des Triumphs nicht unterdrücken. Dieses wurde noch größer, als König Maximilian, dem in Augsburg davon berichtet worden war, die Reichsacht über den unbekannten, feigen Mörder verhängte, und es hielt dann noch etwa drei Wochen lang an, in denen er tagsüber wieder normal, jenseits jeden Verdachts, seiner Arbeit im Brauhaus nachging, während die Nächte der Lederpeitsche gehörten.

Nach drei Wochen bildete sich ein erstes nässendes Geschwür auf seinem Penis, und er wusste gleich – viele mitgehörte Gespräche der Reisenden im ›Geprellten Kaufmann‹ hatten es zum Thema: Er hatte sich die ›Franzosenkrankheit‹ eingefangen. Wobei die Seuche durchaus nicht immer gleich hieß, wozu gab es schließlich schätzenswerte Nachbarn: Was einem Deutschen die ›Franzosenpocken‹ waren, nannte ein Franzose ›spanisches Geschwür‹, ein Pole hingegen die ›deutsche Krankheit‹.

Den Bader konsultierte er zu spät, da hatte er bereits in seiner Unachtsamkeit die stinkende, hoch ansteckende Flüssigkeit des Geschwürs an seinen Fingern und im Gesicht verteilt. Auch dort wuchsen nun hässliche, hornartige Geschwüre.

Der über die unappetitlichen Geschwulste seines Brauers erschrockene Rehlinger fragte, ob Markus weiterhin in der Brauerei arbeiten könne, also bekam dieser wieder einmal Angst um Lohn und Brot.

Der Bader hingegen wollte wissen, ob er Geld für eine

Quecksilberkur hätte. Als Markus verneinte, erläuterte er in dramatischen Bildern die Folgen der Krankheit:

»Dein ganzer Körper kann mit diesen schrecklich anzuschauenden Geschwüren bedeckt werden. Deine Nase und deine Ohren können auch befallen werden. Dicke, raue, stinkende Pusteln werden dein Leben zur Hölle machen, auf dass du dir den Tod wünschst. Den du auch am Ende bekommst, nachdem deine Knochen und dein Gehirn von innen her zerfressen sind.«

Markus zahlte alles, was der Bader verlangte. Er konnte nicht wissen, dass der Bader in seiner Geschäftstüchtigkeit etwas übertrieben und die Folgen der Krankheit schlimmer ausgemalt hatte, als diese waren. Manchmal verschwanden die Geschwüre von selbst wieder, und die Krankheit war jahrelang nicht mehr feststellbar. Die Quecksilberkur über mehrere Wochen schlug zwar an, führte aber zu einem Gehörschaden am linken Ohr. Dennoch konnte Markus weiterhin in der Brauerei arbeiten. Er nahm sich vor, bei nächster Gelegenheit die Arkebuse zu verkaufen, um die Kur zu bezahlen.

Zu der schiefen Nase musste er in Zukunft noch den Makel weiterer Narben im Gesicht in Kauf nehmen.

»Die Bauernhure, der werde ich's heimzahlen!«, waren noch seine freundlichsten Gedanken über das Mädchen, das ihm die Syphilis verpasst hatte. Noch verärgerter wäre er gewesen, wenn er geahnt hätte, dass die Seuche eine postume Rache von Daniel Fischer war. Das Mädchen hatte sich erst vor zwei Tagen angesteckt, und zwar bei einem von Maximilians Landknechten, die es auch nach Augsburg zog. Dieser war nach der von Fischer bierbefeuerten Schlacht von Guinegate als Gefolgsmann bei Maximilian geblieben und reiste seither mit ihm durchs Reich.

Die Münchner Brauer

Nachdem er die Alte Veste bei anhaltendem Schmuddelwetter verlassen hatte, machte sich Georg auf die Suche nach den Brauhäusern.

Er hielt es für unmöglich, alle 17 Brauhäuser zu besuchen, so wollte er sich einige aussuchen, teils nach Zufall, teils nach dem, was er über die verschiedenen Biere auf der Straße so aufschnappte.

Es war um die zehnte Stunde am Morgen, und er war auf den belebten Straßen in Richtung Neuhauser Gasse unterwegs, da ertönte ein lautes, stakkatoartiges Trommeln. Das musste die Stadttrommel sein, die der Hofmeister erwähnt hatte. Was sollte daran gefährlich sein? Das Tempo der Trommel steigerte sich, und zu spät bemerkte er, dass sich die Straßen rasch lehrten, so als gingen die Menschen in Deckung vor einer unbekannten, unsichtbaren Gefahr. Bevor Georg reagieren konnte, war es zu spät. Das Trommeln hörte schlagartig auf, in die nun eingetretene Stille öffneten sich mit einem Male alle Fenster, und Dutzende von Nachtgeschirren ergossen sich auf die Straße. Kot und Unrat flogen nur so durch die Luft und prasselten auf den laut fluchenden Georg hernieder, der mehrmals ausspuckte und dann besudelt und verdreckt die Flucht ergriff.

Schnell lief er zum Humpl-Bräu in der Neuhauser Gasse. Das Brauhaus lag verkehrsgünstig an der Hauptverkehrsachse vom Isartor nach Westen über den Marktplatz zum Neuhauser Tor (das heutige Karlstor am Stachus). Hans Humpl war, wie sich gleich zu Beginn herausstellte, frisch gebackener Besitzer des Brauhauses und begrüßte ihn lachend mit den Worten: »Ihr seid zum ersten Mal in München, so wie ihr ausschaut?«

Er half dem immer noch schimpfenden Bierkieser, sich zu säubern, und stand ihm anschließend Rede und Antwort.

»Ich braue die erste Saison hier, das Brauhaus besteht allerdings schon seit 100 Jahren«, war dann auch seine Begrüßung.

Georg war nun, dem Ratschlag von Albrechts Hofmeister folgend, nicht mehr bestrebt, sich als Bierkieser auszugeben. Er hatte anderes im Sinn.

»Ich bin Hofbräu von Kaiser Friedrich in Wiener Neustadt«, lautete seine neue Eröffnung. »Und der Kaiser schickt mich, um das bayerische Bier und euer Braurecht zu studieren.«

Das kam gut an bei Humpl. Bereitwillig erzählte dieser sowohl aus der Geschichte des Bräus als auch von seiner eigenen Brautätigkeit.

»Begründer unseres Hauses war ein Hans Welser, der als Prew aus Regensburg gekommen war*. Danach wechselte der Besitz allerdings häufiger, als es dem Brauhaus guttat. Ich bin nun bereits der sechste Brauherr hier im Bräu!«

Georg war beeindruckt. Humpl hatte sich warm geredet, wechselte Thema und Tonart und schimpfte nun auf die Behörden.

»Fünf Schillinge und zehn Pfennige knöpfen die Gauner mir an Steuern fürs Bier ab in dieser Saison! Da kann man die Lust am Bierbrauen verlieren.«

Dann zeigte er Georg seine Rezepturen, und voller Stolz erwähnte er die Münchner Braugesetze, an die er sich immer hielt.

»Das habe ich bei meinem Lehrherrn, dem Brauer Lamprecht Ungelter gelernt. Wenn du richtig was lernen willst, geh zu ihm!«

---

* siehe ›Der Bierzauberer‹.

Sagen wollte es Georg nicht, doch das wäre genau der Grund, NICHT zu ihm zu gehen – die schlechteren Brauer waren für ihn die interessanteren. Er fragte Humpl noch über andere Brauer aus, ohne ihn jedoch dadurch aufzufordern, seine Konkurrenz schlechtzumachen.

»Die sind alle gute Handwerker und Brauer. Der Pöschel vom Bräuhaus im Tal Petri ist der größte und wichtigste Brauer der ganzen Stadt! Er gibt immer damit an, dass er die meisten Steuern bezahlt, der Blödmann! Der Galler, der Adelstorffer, der Wölfl, bei allen kann man etwas lernen. Und auch beim Schützbräu, beim Unterpollingerbräu oder beim Gilgenrainerbräu geht alles mit rechten Dingen zu.«

»Wo gibt es denn, deiner Meinung nach, das beste Bier Münchens? Außer diesem hier natürlich«, und er hielt einen Krug Humplbier in die Höhe. Ohne auf das Lob über sein eigenes Bier einzugehen, kam sofort die Antwort:

»Beim Ungelter und in Seidel Vaterstetters Bräustadel, keine Frage!«

Auf dem Weg zu Seidel Vaterstetters Bräustadel wurde Georg um ein Haar von einem der schweren Salzfuhrwerke gerammt, die, aus Tirol kommend, über die Isarbrücke in die Stadt rumpelten. Fafnir konnte gerade noch ausweichen, während sich Georg eine deftige Verwünschung des Salzkutschers einhandelte.

Im Bräustadel war außer einem Brauerburschen niemand zu sehen. Dieser verweigerte sehr herablassend jede Auskunft und empfahl ihm, zu anderer Zeit wiederzukommen.

»Ein gutes Bier magst du noch trinken in der Gaststube, das ist sicher besser als der saure Wein, den ihr in Österreich ja immer saufen sollt.«

Georg war müde und hatte keine Lust auf einen Streit, zumal das Bier wirklich hervorragend war.

Mittlerweile zollte er dem nasskalten Wetter Tribut, war erkältet, matt und müde. Fafnir fand den Weg zurück zur Alten Veste fast allein, Georg legte sich früh in seine kleine Gästekammer und schlief wie ein Toter.

Am nächsten Morgen strahlte die Morgensonne von einem tiefblauen bayerischen Himmel. In bester Laune machte sich Georg auf den Weg.

»Zwölf Stunden Schlaf können Wunder wirken«, freute er sich über die gute Idee, am Vorabend früh zu Bett gegangen zu sein.

Fafnir hatte er heute in der Alten Veste gelassen. Das Brauhaus von Lamprecht Ungelter, das einzige, das er noch aufsuchen wollte, lag in guter Gehweite.

Auch dort wurde er aufs Herzlichste begrüßt, Georg dachte bei sich, dass Humpl nicht nur das Brauen, sondern auch gute Manieren bei Ungelter gelernt hatte.

Die beiden Brauer frühstückten zwei große Krüge eines erstklassigen dunklen Bieres zusammen, mit Brot, etwas Wurst und Käse. So ein einfaches, schmackhaftes Frühstück hatte Georg lange vermisst.

Er erzählte wie bei Humpl von seinem ›neuen‹ Auftrag, der Braumeister Ungelter nickte zustimmend.

»Jaja, das kann nichts schaden, sich einmal anderweitig umzuschauen. Allerdings ist das mit dem guten Bier, das du in München studieren sollst, auch so eine Sache. Manchmal wird das Bier einfach schlecht gebraut, weil die guten Brauer fehlen. Hatten wir mal eine Pestwelle, bei der einige gute Brauer gestorben sind, geraten dann Stümper an den Maischescheit, die vorher Schneider, Taschner, Schleifer oder Schuster waren. Dann ist es nicht ungefährlich, Bier zu trinken. Am besten ist es immer, wenn unsere hohen Brauherren, die Bankiers oder Großhändler Sendlingers, Krugs, Freymanners oder wie sie noch heißen, die wirklichen Brauer das Bier machen lassen und ihnen nicht ins Handwerk pfuschen.«

Ungelter schaute tief und sinnierend in seinen Krug und sagte, mit einem Anflug von Weltschmerz in der Stimme:

»Denn wirklich gute Brauer sind so rar wie eine Perle in einer Muschel. Seit mich der Humpl vor drei Jahren verlassen hat, bin ich auf der Suche. Ich habe sogar in andere gute Bierstädte Ansuchen geschickt und bin dann in Köln fündig geworden. Nur, dieser Brauer, tüchtig mit sehr gutem Leumund, ist auf dem Weg zu mir in Augsburg von einem Wegelagerer erschossen worden.«

Georg fühlte mit Ungelter.

Im Gedenken an den toten Tilo tranken sie noch zwei Krüge. Dann wollte Georg sich verabschieden, als der Münchener Brauer noch hinzufügte:

»Vielleicht brauen wir Münchner und ihr Österreicher ja bald nach den gleichen Gesetzen. Wenn ich das glauben soll, was man so hört, wird eure Erzherzogin, die Tochter unseres Kaisers, sich vielleicht in Kürze schon mit unserem Herzog Albrecht vermählen.«

Georgs Herz setzte für einen Moment aus. Obwohl er sich selbst schimpfte, weil er sie in Gedanken zuletzt etwas vernachlässigt hatte, das durfte wirklich nicht wahr sein!

Er versuchte, sich seine Betroffenheit nicht anmerken zu lassen, und verabschiedete sich schnell und wortkarg.

Auf dem Rückweg zur Wittelsbacher Residenz machte er noch kurz halt im neuen bürgerlichen Tanzhaus, aber die dortigen Vergnügungen erfreuten ihn nicht, zumal Bier nicht zum Angebot gehörte.

Sein Herz trug Trauer.

In der Alten Veste traf er den Hofmeister, mit dem er,

sich für die Gastfreundschaft bedankend, noch fünf Krüge leerte, um anschließend wieder früh schlafen zu gehen. Am nächsten Morgen wollte er zeitig los.

Das Antoniusfeuer

FAFNIR BAHNTE SICH SEINEN WEG auf den matschigen, schlammigen Pfaden; der Sonnentag in München war ein einmaliges Ereignis geblieben. Georg strich ihm mit der Hand über die Mähne und flüsterte ein paar lobende Worte ins Ohr. Das robuste Pferd schien auch im tiefsten Wald die Orientierung nicht zu verlieren. Bayern war zu dieser Zeit von dichten Wäldern überzogen. Die Menschen lebten überwiegend in kleinen Dörfern. Größere Städte gab es kaum, was auch für den Rest der Heiligen Römischen Reiches galt. Die einzelnen Siedlungen und Meiler lagen isoliert, falls sie sich nicht zufällig an einer gängigen Strecke befanden. Seit dem zehnten Jahrhundert hatte der Roggenanbau, besonders durch die Einführung der Dreifelderwirtschaft, zugenommen, und so war Roggen mittlerweile das für die Ernährung dominierende Getreide, häufig in Form von Grütze, geworden. Unterwegs bekam Georg immer wieder Kostproben dieses ewig gleichen, faden, bäuerlichen Essens: Grützensuppe mit Lauch, Butter und Milch. Manchmal schwamm ein Stück Käse darin.

Nördlich von München traf er, den ganzen Weg mit Kunigundes angeblich geplanter Hochzeit hadernd, zum ersten Mal auf das Antoniusfeuer. Die ihm vom Hofmeister empfohlene Strecke nach Augsburg führte von München über Dachau und Schwabhausen weiter nach Friedberg.

»Da reitet Ihr weitgehend über Wittelsbacher Gut und

seid sicher unterwegs«, hatte von Eisenhofen Georg vorgeschlagen. Als er nachmittags durch das Dorf Schwabhausen kam, bemerkte er, wie einige Gestalten um den kleinen Brunnen in der Dorfmitte tanzten. Neugierig geworden, hielt er an und wollte näher kommen. Eine dicke, resolut dreinblickende Bauersfrau hielt ihn zurück, indem sie mit den Händen abwehrende Gesten machte.

»Bleibt, wo Ihr seid, oder wollt Ihr auch vom Antoniusfeuer befallen werden?«

Erst jetzt bemerkte er, dass dieser ›Tanz‹ aus Zucken und krampfartigen Bewegungen bestand, während sich die ›Tänzer‹ wie verrückt überall kratzten und heulende Laute ausstießen.

»Was ist das?« Georg hatte noch niemals etwas Derartiges gesehen.

»Das Antoniusfeuer – wir nennen es auch ›Ignis sacer‹, heiliges Feuer oder auch ›Kribbelkrankheit‹ – ist eine Seuche, die alle paar Jahre über uns kommt. Wir glauben, es kommt vom Getreide. Es fängt von innen an zu jucken, sodass man gar nicht mehr aufhören kann, sich zu kratzen. Dann bekommt man Ohrensausen, rasende Kopfschmerzen, Durchfall und schließlich irre Wahnvorstellungen, die die Menschen wie hier auf den Straßen tanzen lassen. Zum Glück ist sie nicht so schlimm wie die Pest, nur wenige Menschen sterben, aber viele verlieren einige Gliedmaßen, die schwarz werden und einfach abfallen. Nach ein paar Wochen ist der Spuk meist wieder vorbei, aber schrecklich ist der Wahnsinn, der bleiben kann.«

»Was kann man gegen diese Krankheit tun?«

»Zum heiligen Antonius beten. Die schweren Fälle pilgern nach Nördlingen oder Memmingen zu den Klöstern der Antoniter. Die haben es sich zur Aufgabe gemacht, den vom Antoniusfeuer Befallenen zu helfen.«

Georg hatte das Gefühl, von dieser erfahrenen Bauersfrau noch mehr erfahren zu können, und fragte nach der Herkunft der Krankheit:

»Kommt denn das Antoniusfeuer von allem Getreide?«

»Ganz besonders kommt es vom Roggen.«

»Bist du sicher?«

»Ziemlich sicher. Der Roggen ist die Ursache dieses Übels, aber nur in bestimmten Jahren.«

»In welchen Jahren denn?«

»Die Jahre mit schlechter, feuchter Ernte sind besonders schlimm. Dann steckt das Antoniusfeuer überall, sogar in unseren Strohlagern, auf denen wir schlafen. Es gibt kein Entkommen.«

Georg überdachte, was er soeben gehört hatte, und schaute den ›Tänzern‹ noch eine Weile bei ihrem beängstigenden, gruselig anmutenden Schauspiel zu. Es hatte nichts mit normalen, musikalischen Tänzen zu tun, wie sich die Gruppe zuckend und bis aufs Blut kratzend im Kreis bewegte.

Verstört und erschrocken durch die Veitstänze, die die geplagten Kranken ihm darboten, beschloss er sofort, Roggen als Nahrung in nächster Zeit zu meiden. Schließlich hatte er genug gesehen, bedankte sich bei der Bäuerin und ritt weiter, um sich ein Nachtlager zu suchen.

Das schlechte Wetter hielt auch Ende April an, sodass er nur langsam vorankam. Erst am Nachmittag des übernächsten Tages erreichte er Augsburg.

Augsburg

In Augsburg hatten sich die Brauhäuser in den letzten Jahren vermehrt wie die Karnickel, allerdings nicht so stark wie die Nachfrage nach gutem Bier. Da schoben die

Zünfte einen großen Riegel vor. Immerhin machten 30 Brauhäuser, große wie kleine, mittlerweile gute Geschäfte mit Einheimischen und den vielen Durchreisenden und Händlern.

Georg wollte mit der Arbeit beginnen, gleich nachdem er ein Quartier gefunden und sich flüchtig in der Stadt umgesehen hatte. Kaiser Friedrich hatte zwar eine Residenz in Augsburg, die aber während seiner Abwesenheit nicht besetzt war, so suchte er, in einem der besseren Gasthöfe unterzukommen.

»Warum nicht gleich in einem Brauhaus Quartier nehmen?«

Dieser Gedanke erschien ihm sinnvoll in einer Stadt wie Augsburg, wo es so reichlich Gasthäuser gab, dass sie sich bereits spezialisierten – teure Unterkunft für Kaufleute und hohe Geistliche, einfache für Marktleute, Handwerker oder niedere Geistliche, ganz billige für fahrendes Volk, Diebe oder Huren. Ja, es gab sogar ein eigenes Quartier für Juden auf der Durchreise.

»Ein Brauer sollte in einem Brauhaus absteigen«, so seine logische Folgerung.

Gesagt, getan ...

Platzhirsch unter Augsburgs Brauhäusern war immer noch das Brauhaus ›Zu den drey Glass‹, das Georg auch gleich als erstes ansteuerte.

Bereits kurz nach dem Eintritt, nachdem er sich hingesetzt und eine kräftige Mahlzeit mit Bier bestellt hatte, wurde ihm auch schon die Geschichte von dem Giftanschlag im ›Bärenkeller‹ erzählt. Die Morde lagen erst vier Tage zurück, die Gerüchteküche brodelte und war kurz vor dem Überkochen.

»Sechs Tote, davon zwei ranghohe Adlige!«, ereiferte sich ein früher Zecher.

»Acht Tote, und der Mundschenk von König Maximilian war unter ihnen«, versuchte der Nächste, seinen Vorredner zu übertrumpfen.

Georg lauschte den Übertreibungen, beendete seine Mahlzeit und fragte nach dem Brauherrn.

Das war immer noch der inzwischen steinalte Ulrich Alpertshofer.

Alpertshofer setzte sich zu ihm, nachdem Georg seinen wahren Auftrag, nicht die Münchner Version, erklärt hatte. Immerhin war Augsburg Freie Reichsstadt und somit direkt dem Kaiser untertan, sodass er keine Angst vor Repressalien haben musste.

Georg konnte nicht an sich halten und fragte nach dem Hintergrund der Vergiftungen, von denen er gehört hatte.

»Na, da hat der Pöbel mal was zu tratschen«, sagte der groß gewachsene Alpertshofer, dessen Kopf eine schöne, graue Lockenpracht zierte und der sich beim Sprechen immer eine Brille vor die Nase hielt, was Georg zuerst für Koketterie hielt. Später erkannte er, dass Alpertshofer fast blind war.

»Immerhin ist es das schlimmste Verbrechen, mit vier Leichen«, korrigierte er für Georg die Übertreibungen der anderen, »das unsere Stadt seit Langem heimgesucht hat. Auch wenn es nicht in der Stadt, sondern gleich vor den Toren begangen wurde, so zählen es unsere Augsburger doch als ›ihr‹ Verbrechen. Sonst würde das Geschwätz nur halb so viel Spaß machen. Höchst bedauerlich, dass ein renommierter Brauherr unter den Toten ist. Das tut mir persönlich besonders leid.«

Georg war verwundert darüber, dass bereits das zweite Mal in dieser Woche sein Gegenüber von einem toten Brauer redete, und beide wurden bei Augsburg getötet.

»Gibt es denn schon Hinweise auf den Täter?«

»Nein«, Alpertshofer seufzte, »und sie werden ihn auch niemals dingfest machen. Unsere Büttel sind unfähig, und der Schurke ist sicher schon über alle Berge.«

Er holte tief Luft, nahm einen Schluck Bier und kam zum eigentlichen Thema von Georgs Besuch:

»Endlich einmal eine gute Idee unseres Kaisers. Auch wenn er nicht der Erste damit ist, zumindest nicht in Augsburg.«

Wieder einmal war Georg überrascht. Hatte auch hier jemand schon früher und weiter gedacht als Kaiser Friedrich?

Der Augsburger Brauherr fuhr fort:

»Wir haben das älteste Braurecht im ganzen Reich!«

Sichtlich stolz erhob er daraufhin seinen Krug, ein prächtiges Gebilde aus Ton und Zinn mit zahlreichen Verzierungen, Bemalungen und Initialen.

»Unser städtischer Rat hatte bereits im Jahr 1143 ein Gesetz erlassen, nach dem Bier nur aus Wasser, Malz, Hopfen gebraut werden darf. Und unser geliebter Kaiser Friedrich Barbarossa setzte 13 Jahre später für das Ausschenken von schlechtem Bier eine Strafe von fünf Gulden fest. Diese Gesetze werden auch weitgehend befolgt, jedoch großzügig ausgelegt. Jeder braut, wie er will, solange alle im Rahmen des Erlaubten bleiben. Zum Beispiel braut der ›Geprellte Kaufmann‹ gerne mit verschiedenen Kräutern und Getreidemischungen, er macht unter anderem ein Birkenbier, welches sich nach strenger Auslegung nicht mit unseren Gesetzen vertragen würde. Aber nachdem davon niemand krank wird, ganz im Gegenteil, die Leute saufen es geradezu als Haarwuchsmittel, lassen wir vom Rat, dessen Mitglied ich bin, ihn gewähren.«

Georg setzte auch noch einmal den Krug an, bedankte sich für die Auskunft und beschloss, nicht weiter auf die

Suche nach 30 Brauhäusern zu gehen, was sollte er dem Rat der Stadt ins Handwerk pfuschen.

Aber dieses Birkenbier hatte ihn neugierig gemacht …

Ein seltsames Unwohlsein beschlich ihn, als er im ›Geprellten Kaufmann‹ Platz nahm. Er war unfähig, es zu beschreiben, aber Georg war sicher, seinem Bauchgefühl vertrauen zu können. Irgendetwas stimmte hier nicht, nur was?

Zuerst sah er den Brauer, der wieselflink zwischen den Braukesseln und der Gaststube hin- und herlief. Ein ungutes Gefühl beschlich ihn, irgendwie kam dieser Brauer ihm bekannt vor. Nachdem er jedoch noch niemals zuvor in Augsburg gewesen war, musste es eine Sinnestäuschung sein. So hässlich, schiefnasig und pockennarbig, wie der daherkam, nein, da könnte Georg sich bestimmt daran erinnern, da war er sich sicher. Er hatte zwar ein schlechtes Gedächtnis für Namen, aber Gesichter konnte er sich hervorragend merken.

Das Birkenbier schmeckte annehmbar, keine Meisterleistung der Braukunst, aber weitaus besser als der Durchschnitt. Süß und halbwegs süffig lief es die Kehle hinab.

Obwohl Georg sicher war, hier weiter nichts Beanstandenswertes zu finden – wenn der Rat das Birkenbier zuließ, so sollte er das auch tun –, konnte er, seinem Instinkt vertrauend, es sich nicht verkneifen, den Brauer Markus ein wenig auszufragen. Dieser allerdings antwortete ziemlich einsilbig.

»Bist du schon lange hier als Brauer?«

»Ja.«

»Und vorher?«

»Bei Freiburg.«

»Wieso bist du da weggegangen?«

»Brauherr gestorben.«

Georg fühlte eine gewisse Unehrlichkeit hinter diesen knappen Antworten. Markus' offensichtliche Unwilligkeit zu antworten lösten in Georg den Reiz zur Provokation aus.

Wie konnte er den Augsburger Brauer aus der Reserve locken? Da hatte er plötzlich eine Idee.

»Hast du eigentlich keine Angst, hier zu arbeiten? Augsburg ist ein ziemlich gefährliches Pflaster für Brauer, oder?«, kam die nächste Frage nicht mehr ganz so arglos daher.

»Wie meinst du das?«

Zum ersten Mal zeigte Markus eine Reaktion.

»Ich habe in München gehört, dass dort einem Brauherrn sein neuer Brauerbursche in Augsburg erschossen wurde. Und gestern habe ich von einem anderen Brauherrn gehört, der hier in Augsburg vergiftet wurde.«

Georg hatte nicht die geringste Ahnung, wie nah er dem Mörder bereits war, als er seine nächsten Frage stellte:

»Hat einer der Augsburger Brauer etwa Angst vor auswärtiger Konkurrenz?«

Eigentlich nur als kleine Stichelei gedacht, war Markus' Reaktion darauf überraschend heftig.

Fast spie er die Antwort aus:

»Trink aus und geh! Du bist hier nicht mehr erwünscht. Wir mögen keine Gäste, die schlecht über uns Augsburger Brauer reden.«

Der verwirrte Georg zahlte und ging, am nächsten Morgen verließ er Augsburg. Das rettete ihm wahrscheinlich das Leben.

Auf seiner Weiterreise grübelte er weiter. Diesmal nicht voller Traurigkeit über Kunigunde, sondern über Markus. Was von dem, was er gesagt hatte, war es gewesen, das diese Reaktion des entstellen Brauers im ›Geprellten Kaufmann‹ ausgelöst hatte? Was hatte es mit diesem Menschen auf sich? Was für ein Geheimnis trug er mit sich herum? Und wo könnte Georg ihn vielleicht doch schon einmal gesehen haben?

Frühe Rückkehr

Von Augsburg reiste Georg nach Ingolstadt. Ohne sonderliche Gefühlsregung ritt er nach drei Tagen in die ehemalige Haupt- und Residenzstadt ein, die ihre politische Bedeutung nach Ende des Herzogtums Bayern-Ingolstadt im Jahre 1447 mittlerweile gegen den Status der ersten Universitätsstadt Bayerns eingetauscht hatte. Hätte er geahnt, dass sich hier in 30 Jahren der Kreis seines Brauerlebens schließen würde, hätte er Ingolstadt unter Umständen etwas mehr Beachtung geschenkt.

So aber hörte er sich um, erfuhr von der Bedeutung des Salz- und Weinhandels sowie dem steigenden Bierkonsum. Mehr als 15.000 Hektoliter brauten die Ingolstädter Brauer bereits, jedoch nach Landshuter Braugesetzen, da Georg der Reiche auch über die 4.500 Einwohner der Donaustadt herrschte.

Die Biersaison neigte sich eher, als es den Brauern und ihren Kunden lieb war, dem Ende zu: Es wurde wärmer und die Biere damit rascher sauer.

Also gab er nach zwei Tagen Aufenthalt in Ingolstadt Fafnir die Sporen und ritt Richtung Linz. Unter wohlweißlicher Umgehung Regensburgs, wie ihm der Wittelsbacher Hofmeister empfohlen hatte, sollte er den Rückweg in zehn bis zwölf Tagen schaffen.

Die anderen Bierstädte Bayerns mussten halt bis zur nächsten Saison warten …

Die Hochzeitsintrige

INZWISCHEN WAR KUNIGUNDES BRÄUTIGAM IN SPE, Herzog Albrecht, seinem Schwiegervater in spe, dem Kaiser, nicht ganz überraschend, aber mit unfairen Mitteln in den Rücken gefallen. Bereits einige Monate zuvor hatte er geheime Verhandlungen mit der Stadt Regensburg aufgenommen, um sie dem Kaiser abspenstig zu machen. Am 6. Juli wurde ein Vertrag unterzeichnet, der die kaiserliche Reichsstadt ganz offiziell in Albrechts Besitz brachte. Die Regensburger Bürger hatten unter hohen Steuern gestöhnt und die kaiserliche Anordnung missbilligt, den Juden ihre bürgerlichen Rechte zurückzugeben.

Also hatte Albrecht kurzerhand versprochen, Regensburg schnell wieder ›judenfrei‹ zu machen, und die Regensburger Bürger hießen ihn in einem Akt der Auflehnung gegen den Kaiser willkommen.

Dieser, ganz entgegen seinem sonstigen Naturell, tobte vor Zorn.

»Lieber will ich ganz Österreich hergeben als mein geliebtes Regensburg!«

Sofort ließ er alle Verhandlungen abbrechen und zog seine bereits erteilte Einwilligung zur Hochzeit wieder zurück.

Der Abbruch der Hochzeitsvorbereitungen hatte dem Bayernherzog einen dicken Strich durch die Rechnung gemacht. Er war sich trotz der Besetzung Regensburgs keiner Schuld bewusst.

»Der alte Mann auf dem Kaiserthron hat etwas überreagiert«, war sein üblicher Kommentar. »Sturer alter Habsburger-Dickkopf. Muss an allem festhalten, auch wenn die Bürger längst einen anderen Regenten wollen.«

Dennoch, leugnen konnte er die diplomatischen Probleme nicht, die durch seinen Einmarsch in eine kaiserliche Reichsstadt entstanden waren. Und so suchte er mit all seinen Beratern fieberhaft nach einer Lösung des Problems, sei sie rechtmäßiger oder illegaler Natur.

Sein wertvollster Mitstreiter in dieser Sache war sein alter Freund und Großschuldner Siegmund von Tirol. Und so ersannen die beiden eine Intrige von geradezu epischen Ausmaßen.

Siegmund hatte handfeste politische und finanzielle Interessen an einer Verbindung seiner Nichte mit dem Haus Wittelsbach. Mindestens ebenso handfest, wie umgekehrt Albrechts Interessen an einer Hochzeit mit dem Haus Habsburg waren.

So versuchte der Herzog von Tirol mit aller Überzeugungskraft, die ihm zur Verfügung stand, Friedrich zu beschwichtigen und vom allseitigen Nutzen dieser Hochzeit zu überzeugen.

Für den Kaiser hieße das: Hilfe im Kampf gegen Corvinus, viel Geld, dazu die Klärung der reichen Abensberger Mitgift, Rückgabe der verpfändeten Gebiete. Jedoch es half alles nichts.

Friedrich blieb stur und dachte nicht im Traum daran, Herzog Albrecht den Regensburger Verrat zu vergeben. Weiterhin schrieb er fleißig an Kunigunde, und lobte sie für ihre Unterstützung seiner Weigerung, in die Hochzeit einzuwilligen.

Da er es zu schätzen wusste, dass Kunigunde damit eigentlich gegen ihre eigenen Sehnsüchte gehandelt hatte, empfahl er ihr alle weiteren Verzögerungen bei der Hochzeit einfach auf ihn zu schieben.

Siegmund schrieb dem Kaiser sogar den offiziellen Brief der ›Heiratsabrede‹ vor, in dem er sich selbst als Bevollmächtigten des Kaisers titulierte und der Kaiser nur noch zu unterzeichnen brauchte. Auch hier verweigerte dieser seine Unterschrift, und das, obwohl die Mitgift mittlerweile auf eine stattliche Höhe angewachsen war. Siegmund hatte eine Verschreibung von 40.000 rheinischen Gulden versprochen, sogar Maximilian würde 20.000 Gulden beisteuern, wenn seine Schwester endlich unter die Haube käme. Und Albrecht sagte insgesamt 130.000 Gulden zu! Je 60.000 Gulden als Heiratsgut und als ›Widerlage‹, dem männlichen Gegenstück zur Mitgift, die von der Braut mit in die Ehe eingebracht wurde. Dazu eine Morgengabe von 10.000 Gulden. Kunigunde wäre durch diese Hochzeit mit einem Schlag eine der reichsten Frauen der Welt geworden!

Und als Mitgift des Brautvaters wurde in erster Linie etwas erwartet, was diesem sowieso nicht gehörte und er deshalb sorglos hätte verschenken können: Das Abensberger Erbe.

Wie verbittert und stur musste der Kaiser sein, unter diesen Umständen seine Einwilligung zur Hochzeit immer noch zu verweigern?

Die Einwilligung, die sein Sohn, der König, ohnehin längst schon erteilt hatte.

Das Horoskop

Der kurze Sommer in Linz verging für Georg schnell und weitgehend ereignislos. Er bemühte sich, so viel wie möglich von der geplanten, dann wieder abgesagten und nun hinter dem Rücken des Kaisers weiterbetriebenen Hochzeit zu erfahren.

Doch jedes Detail, das er erfuhr, ob wahr oder erfunden, entfachte seine Trauer aufs Neue.

Er schrieb Kunigunde drei kurze Briefe nach Innsbruck, die jedoch unbeantwortet blieben.

Schließlich schnürte er, sobald kühleres und somit Bierbrauwetter in Sicht war, sein Bündel und ritt wieder los. Sein erstes Ziel für den Herbst 1486 war Nürnberg. Rothenburg ließ er aus, weil die Gegend durch viele Raubritter sehr unsicher geworden war.

Die Stadt an der Pegnitz erlebte zu dieser Zeit einen beispiellosen Aufschwung und florierte wie sonst bestenfalls noch Augsburg. War die Fuggerstadt das Handelszentrum Süddeutschlands, so war Nürnberg seine Ideenschmiede. Nicht nur die vorzüglichen Hakenbüchsen von Bertrams Opfern Eberwin und Bredelin waren von den mittlerweile europaweit berühmten Nürnberger Handwerkern gefertigt worden. Die ersten Taschenuhren, der erste Globus, Meisterwerke eines Veit Stoß oder Albrecht Dürer, all das kam aus Nürnberg oder sollte dort in den nächsten Jahren das Licht der Welt erblicken.

»Nürnberger Tand geht durch alle Land«, war ein geflügeltes Wort, ebenso wie Nürnbergs zweiter Name: ›des Reiches Schatzkästlein‹.

Regiert wurde die Stadt von 28 Patrizierfamilien, die den Rat der Stadt unter sich aufteilten und sich als freie Reichsstadt lediglich dem Kaiser Untertan fühlen mussten.

Die Handwerker und Zünfte durften nur bedingt Anteil nehmen, so zum Beispiel, als im Jahre 1468 der Hohe Rat die Errichtung eines kommunalen ›Herrenpreuhauses‹ beschlossen hatte.

Dorthin verschlug es Georg denn auch gleich, und er erhielt bei seiner Bestellung ein süßes und, wie er in sein Buch eintrug, ›anmutig zu trinkendes‹ Weizenbier, das ihm dennoch ein wenig zu fett, trüb und braun war.

Gutes Bier war auch in Nürnberg ein hohes Gut, wie

ihm Arndt Mayrhofer, der Brauherr aus dem Herrenpreuhaus, mit ausführlichen Erläuterungen zu diesem Thema bestätigte.

Mayrhofer, ein grundsolider, ehrlich aussehender Mann mit pechschwarzen Haaren, der in den Vierzigern war, wenngleich älter aussehend, hatte sich Georgs wahre Mission anhören dürfen, nicht die geschönte Münchner Variante.

»In Nürnberg wurde bereits 1290 nur noch Gerste zum Brauen verordnet.«

Erstaunt schaute Georg auf sein Weizenbier. Mayrhofer bemerkte das und wiegelte gleich ab:

»Das war nur für ein paar Jahre, um das wertvolle Getreide fürs Brot zu sichern. Wenn die Ernten gut sind, brauen wir auch mit Weizen.«

»Welche Biere und Brauhäuser kannst du mir denn empfehlen?«

»Zum Untersuchen oder zum Genießen?« Mayrhofer hatte den feinen Unterschied messerscharf erkannt.

»Zur Untersuchung.«

Mayrhofer wollte die Gelegenheit nutzen und einen Hieb gegen ein paar Konkurrenten führen:

»Wir brauen hier eigentlich außer Konkurrenz, weil die ganze Stadt unser Dienstherr ist. Persönlich mag ich die Biere nicht, die aus der Umgebung nach Nürnberg eingeführt werden, wie das Erlanger Felsenkellerbier oder das Schwabacher Bier – so dick, stark und braun es ist, so schnell geht es mit dem Urin wieder hinaus.«

Nachdem Georg Mayrhofer verlassen hatte, wollte er zur Abwechslung einmal einen Besuch absolvieren, der nichts mit Bier zu tun hatte. Mehrmals hatte er am Kaiserhof den Namen ›Regiomontanus‹ gehört. Dieser Johannes Müller aus Königsberg (›Regio Mons‹) bei Nürnberg war ein bedeutender Mathematiker und Astronom gewesen, der in Nürnberg 1471 die erste Sternwarte des christlichen Europas eingerichtet hatte. Er war in dem Jahr gestorben, als Georg an den kaiserlichen Hof gerufen worden war. Der Kaiser hatte ihn aber oft erwähnt, weil Regiomontanus für ihn Horoskope erstellt hatte, das erste zur Hochzeit über seine Braut, Eleonore von Portugal, später über Maximilian und Kunigunde.

»Das war der kundigste Mensch im Reich, wenn es um die Sterne ging«, hatte Friedrich seinen Tod betrauert. »Der Einzige, der sich mit ihm messen kann, sitzt jetzt in Nürnberg in der Sternwarte und weigert sich, mir ein Horoskop zu erstellen.«

Diesen Bernhard Walther, mittlerweile ein bekannter Astronom, Humanist und Kaufmann, wollte Georg besuchen.

Der Besuch sollte freundlich beginnen, jedoch betrüblich enden.

Walther begrüßte den Abgesandten des früheren Dienstherrn seines großen Vorbilds Johannes Müller ausgesucht höflich.

Er zeigte Georg die Sternwarte und gab ein paar Erklärungen über seine Arbeit ab, die Georg allerdings überhaupt nicht verstand.

Man trank Wein, der Georg sauer aufstieß, und erzählte sich Anekdoten über die kaiserliche Familie, die Walther nur aus Erzählungen kannte.

Georg hatte gehofft, von einem berühmten Astronomen ein Horoskop erstellt zu bekommen, und, nach einem weiteren Glas Wein, äußerte er seine Bitte.

Bernhard Walthers Gesicht versteinerte sich.

»Ich erstelle keine Horoskope mehr.«

Georg konnte nicht wissen, dass Walther nur einige Wochen vorher für einen seiner besten Freunde ein tödliches

Horoskop erstellt hatte, welches exakt eingetroffen war, und er sich nun vor weiteren Hiobsbotschaften fürchtete.

»Warum habt ihr aufgehört?«

»Ich beobachte lieber die Sterne und die Himmelsbewegungen«, kam es etwas schroff zurück.

Dennoch ließ er sich schließlich erweichen und fragte Georg nach seinen Geburtsdaten, die dieser natürlich nur unvollständig und ungefähr wissen konnte.

Er führte ein paar Berechnungen durch, nahm Georgs Hand und erbleichte.

»Ich hoffe, Ihr habt Euch im Datum gründlich geirrt«, sagte er. »Sonst sei Gott Euch gnädig.«

Georg spürte, dass Walther irgendetwas Schreckliches für seine Zukunft gesehen haben musste.

Sein Herz verkrampfte sich.

»Was habt Ihr gesehen?«

»Das solltet Ihr nicht wissen. Wenn es eintrifft, ist es schlimm genug, falls nicht, macht Ihr Euch nur unnötig Sorgen. Ihr solltet jetzt besser gehen.«

Kurz und knapp fiel denn auch Georgs Abschied aus, von Walther wie auch von der Stadt Nürnberg.

Die Erpressung

Während Georg auf Fafnir Bamberg entgegenritt, wurden seine Grübeleien intensiver. Jetzt beschäftigten ihn schon drei Themen, nicht ahnend, wie sie alle miteinander zusammenhingen: Kunigunde, sein – so fürchtete er – grausames Horoskop und der seltsame Brauer von Augsburg …

Bamberg, auf sieben Hügeln gelegen, am Eintritt der Regnitz ins Maintal, wurde von seinen knapp 4.000 Einwohnern ›fränkisches Rom‹ genannt. Wie ein siegreicher römischer Feldherr fühlte sich Georg nicht gerade, als er sich der Stadt näherte, von Weitem bereits den prächtigen Dom erblickend. Die regierenden Fürstbischöfe hatten einen schlechten Ruf, die Bamberger ächzten unter den Abgaben und der Last diverser Frondienste. Schon einige Jahrzehnte später sollte sich diese Unzufriedenheit in einem bewaffneten, aber erfolglosen Bürgeraufstand ausdrücken.

Georg hatte bereits Erkundigungen eingeholt. Es gab ein großes Benediktinerkloster mit einer uralten Brauerei auf dem Michelsberg, die war uninteressant für ihn. Obwohl dies eine der wenigen Klosterbrauereien war, die ihr Bier auch an Bürger verkaufte. Grundlage dafür war ein alter Spruch, angeblich vom heiligen Benedikt persönlich, der so ausgelegt wurde, dass das Kloster einem jeden ein Quantum Bier verabreichen dürfe, der gläubig und fromm sei.

Nun, die Bamberger waren, was das betraf, sehr fromm und sehr gläubig.

Aber selbst wenn die Bierqualität seinen Ansprüchen nicht genügt hätte, die Klöster waren seiner Autorität enthoben.

So ging er zum bekanntesten Bamberger Brauhaus, welches ›Unter den Störchen‹ genannt wurde (dem heutigen Brauereigasthof ›Schlenkerla‹). Es lag unterhalb des Doms und stand im Schatten einer Dominikanerklause mit gotischem Gewölbe und einer neuen Fassade in der in Franken üblichen Fachwerk-Bauweise.

Hier in Bamberg griff er wieder auf die Münchner Variante seiner Geschichte zurück.

Der Brauherr war genauso seltsam wie die Atmosphäre im Schankraum. Etwas düster, rauchig – der große Kamin zog wohl schlecht und ungeheuer laut. Blutgeruch lag in der Luft, unerklärlich für Georg. Die bereits am helllichten Tag zahlreich anwesenden Zecher grölten, stritten und diskutierten mit ohrenbetäubendem Lärm. Der Besitzer stellte sich als Anselm Vogler vor. Und er hatte in der Tat etwas vogelartiges an sich. Lang, dürr, gekrümmt, mit einer imposanten Nase – die ganze Erscheinung erinnerte eher an eine Krähe als an einen Menschen –, war er aber durchaus freundlich zu dem Gesandten des Kaisers.

»Wir sind zwei Brüder und betreiben zusammen die Büttnerei und die Brauerei. Mein Bruder Veit leitet die Büttnerei, ich das Brauhaus.«

Auf Nachfrage erklärte Anselm: »Büttner ist das, was man anderswo einen Fassmacher oder Fassbinder nennt.« Georg erinnerte sich an Daniel Fischers Sommertätigkeit, in Straßburg hatte man das Handwerk ›Küfer‹ genannt.

Zuerst die übliche Schimpferei, auf die Obrigkeit, über die hohen Steuern und die bösen Nachbarn, »die streitlustigen Dominikaner, die uns Vogler-Brauern das Leben schwer machen«. Dann kamen sie zum Thema.

Georgs Mission wurde eher gleichgültig aufgenommen.

»Schau halt rein ins Brauhaus, wenn's dich freut.«

Das Bamberger Bier war dick, braun und stark. Und schmeckte nach geräuchertem Speck.

So etwas hatte er noch niemals getrunken.

Es war so stark, dass er nach drei Krügen seinen Auftrag um ein Haar vergessen hätte.

Er erkundigte sich bei Anselm ein wenig über Zutaten und Herstellung des Biers. Mittlerweile war ihm aufgefallen, dass weder in Bayern noch hier in Franken irgendwo mit heißen Steinen gebraut wurde. Dennoch roch es neben dem Blut auch nach Rauch.

»Wonach riecht es hier?«, wollte er von Anselm wissen, als ihm die Zunge schon schwer wurde.

»Wir haben eine eigene Mälzerei. Da stellen wir ein Malz her, das wir über einem offenen Feuer aus Buchenholz rösten.«

Das erklärte zumindest den Rauchgeschmack des Bieres.

»Und der Blutgeruch?«

»Wir streichen die Holzbalken der Decke regelmäßig mit Ochsenblut. Das erhält das Holz besser. Wenn du einen Tag hier drin gesessen hast, merkst du es nicht mehr.«

Er saß bereits gut und wusste im Moment nicht mehr weiter. Also blieb er, bis er weder Blut- noch Rauchgeruch wahrnahm, und gab sich erneut seinen Gedanken und Sorgen hin. Fürchterlich benebelt wankte er spät abends in sein Quartier und verließ nach nur einem Tag bereits wieder das ›fränkische Rom‹.

Neben Fafnir begleitete ihn an diesem Tag ein gigantischer Kater, den er jedoch nicht dem Bier, sondern dem Rauch in der Gaststube zuschrieb.

Kulmbach und Bayreuth ließ er aus. Die Hussiten hatten die beiden Städte 50 Jahre zuvor gebrandschatzt. Die Zerstörungen waren so gewaltig gewesen, dass sie sich noch immer nicht davon erholt hatten. Georg mutmaßte, dass dies ebenso für die Brauereien galt.

Er fand ein Schiff, das ihn und Fafnir aufnahm, und so folgten sie gemächlich den Schleifen des Mains flussabwärts, vorbei an Schweinfurt, Kitzingen und Ochsenfurt.

Endstation für beide war Würzburg.

Die Fürstbischöfe der Universitätsstadt, die sich auch ›Herzog in Franken‹ nennen durften, führten ihren Titel auf Kaiser Friedrich I. Barbarossa zurück. Die Stadt war etwa gleich groß wie Bamberg, schlummerte rund um den alten Kiliansdom in einem ähnlich ereignislosen Dasein dahin, und auch hier waren die Bürger nicht glücklich mit ihren Herrschern.

Lediglich einmal war Würzburg im ganzen Reich Gespräch gewesen.

Vor zehn Jahren hatte Hans Böhm, der ›Pauker von Niklashausen‹, die Region kurzzeitig ordentlich durcheinandergewirbelt. Böhm war einfacher Viehhirte und Musikant gewesen, wurde dann selbst ernannter Prediger und war der Initiator der ›Niklashäuser Wallfahrt‹ von 1476.

Im Frühjahr hatte der bis dahin unbedeutende Hirte zur Wallfahrt nach Niklashausen aufgerufen und dazu vollkommenen Sündenablass versprochen. Als wäre das noch nicht ausreichend, um ein Dorn im Auge der Obrigkeit zu sein, verkündete er den Menschen soziale Gleichheit und gemeinsames Eigentum für alle. Innerhalb kürzester Zeit hatten sich 70.000 Anhänger um ihn geschart.

Der Würzburger Fürstbischof Rudolf II. von Scherenberg fackelte dann auch nicht lange, ließ Böhm verhaften und auf den Scheiterhaufen binden. Um ihm das ganze Ausmaß seiner ungeheuren Ketzerei vor Augen zu führen, mussten zwei seiner Anhänger vor ihm knien und er zuerst deren Enthauptung mit ansehen, bevor er selbst ins Feuer geschickt wurde. Während er verbrannte, soll er mit heller Knabenstimme Marienlieder gesungen haben, bis Rauch und Hitze dem ein Ende bereitet hatten. Kurz darauf war ein Massenprotest der Landbevölkerung um Würzburg ausgebrochen, der ebenfalls brutal im Keim erstickt worden war.

Georg war also gewarnt, der Fürstbischof war ein rauer und tatkräftiger Geselle, der keinen Widerstand duldete.

Was er jedoch nicht wusste: Die ganze Stadt war durchsetzt mit Spitzeln des Fürstbischofs, der keinen zweiten Hans Böhm mehr erleben wollte. Jeder neue Besucher wurde gemeldet, ganz gleich, wie harmlos er erschien.

Georg war sicher, dass seine Legitimation als Legat des Kaisers ausreichen sollte, um eine angemessene Behandlung zu erhalten.

Die sah nur nicht so aus, wie er es sich vorgestellt hatte. Würzburg war, was Georg nicht bewusst war, keine Bierstadt, sondern hier regierte immer noch der Wein. Das merkte er zuallererst daran, dass das erste Haus am Platz ein Weinhaus war, der ›Stachel‹. Brauhäuser fand er auf Anhieb gar keine. Er fragte im ›Stachel‹ nach, erklärte auf Nachfrage, warum er eine Brauerei suchte, und war, noch ehe er sich zum Nachtlager begeben konnte, bereits verpfiffen und verhaftet worden.

Rudolf II. von Scherenberg war steinalt. Die einfachen Leute munkelten bereits, er wäre nicht von dieser Welt und sei unsterblich. Mit 65 Jahren zur Bischofwürde gelangt, in einem Alter, das bereits die Lebenserwartung der meisten Menschen überstieg, hatte er dieses Amt nun immer noch und zwar seit fast 20 Jahren inne. Stets rüstig, agil und voller Tatendrang, hatte sich der aus ritterlichem Geschlecht stammende Bischof als Alterswerk die Wiederherstellung öffentlicher Ordnung und Sittlichkeit auf die Fahnen geschrieben. Als neu angetretener Bischof des finanziell völlig zerrütteten und auch sittlich und moralisch aus den Fugen geratenen Fürstbistums Würzburg hatte er zuerst mit umsichtiger Politik sowie großem Talent in Finanz- und Verwaltungsfragen sein kleines Reich wieder auf Kurs gebracht. Dabei hatte anfangs Kaiser Friedrich mitgeholfen, den er zu diesem Zweck 1468 persönlich in Graz aufgesucht hatte. Förmlich gebettelt hatte er dort um die Verleihung des sogenannten ›Güldenen Zolls‹, eines Privilegs, welches allen Wein, der über die Straßen und Flüsse des Herzogtums Ostfranken befördert wurde, mit einer heftigen Maut belegte. Das Privileg wurde erteilt, der Kaiser machte jedoch zur Auflage, selbst kräftig mitzukassieren. Beim Eintreiben und der Sicherung des Zolls gegen neidische Nachbarn sowie weiteren Auseinandersetzungen mit denselben hielt sich der Habsburger hingegen heraus. Das erzürnte Bischof Rudolf dermaßen, obwohl diese Einnahmen ihm ansonsten halfen, die Bistumsfinanzen zu ordnen, dass er zwei Jahre später Friedrichs Ruf nach Beitritt zum Schwäbischen Bund einfach ignorieren sollte:

»Jahrelang hat er uns die Drecksarbeit machen lassen und nur kassiert, soll er halt jetzt sehen, wo er bleibt!«

In das Gesicht des langen, hageren Mannes war jedes seiner 85 Jahre eingekerbt. Ein verkniffener Mund mit nach unten hängenden Mundwinkeln, Augen, die in runzligen Höhlen lagen, unter denen ebenso faltige Wangen den Rest des Gesichts ausfüllten, dazu schüttere Haare auf der hohen Stirn – der berühmte Bildschnitzer Tilman Riemenschneider stellte ihn nach seinem Tod exakt so dar, wie er am Abend seines Lebens ausgesehen hatte.

Als ihm von Friedrichs Legat berichtet wurde, sah er eine gute Gelegenheit gekommen, es dem Kaiser subtil heimzuzahlen. Und hier musste sogar im ungünstigsten Fall ein saftiges Lösegeld herausspringen. Rudolf war nicht zimperlich, und vor einem König oder Kaiser hatte er sowieso keinerlei Respekt.

»So bekomme ich wenigstens einen Teil meines Zolls wieder zurück, den der Kaiser mir über die Jahre gestohlen hat.«

Er ließ Georg ohne langes Zögern in Ketten legen und in ein Verlies in einem der Türme der Stadtmauer werfen. Eine angstvolle Nacht verbrachte der in dem tür- und fensterlosen Keller des Turms, welcher nur von oben durch ein Loch in der Decke, dem sogenannten Angstloch, zugänglich war, durch das die Gefangenen hinabgelassen wurden. Als Gesellschaft hatte er nur Ratten und anderes Ungeziefer.

Am nächsten Morgen zog man ihn heraus, und er wurde dem Fürstbischof vorgeführt, der Georgs heftige Proteste geflissentlich ignorierte.

»Was ist eure Mission?«, kam von Scherenbergs scharfe Frage, als der erschöpfte, verdreckte und gefesselte Bierkieser vor ihm stand.

»Ich soll im Auftrag des Kaisers durch das Heilige Römische Reich reisen und nachsehen, ob das Bier gut gebraut wird.« Hier half am besten die Wahrheit, eine Notlüge wie in München käme sicher heraus und brächte ihn nur noch weiter in Verlegenheit.

»Ich nenne das Spionage und Spitzelei! Und Unterstützung des Saufteufels, den wir in Würzburg gerade bekämpfen.«

Seinen Höflingen und Beratern zunickend, die dies artig erwiderten, ging der Fürstbischof einmal um Georg herum. Er ließ seine Habseligkeiten ausbreiten, sah die Bestätigungsschreiben, überflog das Reisetagebuch und schickte ihn fort mit dem knappen Befehl:

»In den Turm! Später sehen wir weiter.«

Später, das hieß in diesem Fall: zwei Wochen später, war noch nichts geschehen. Der Fürstbischof hatte sich immerhin noch so weit besonnen, dass einem Legaten ein Vorzugsstatus eingeräumt wurde, auch als Häftling. So bekam Georg nicht nur ausreichend Verpflegung und frische Kleidung, er war auch auf die Festung Marienberg verlegt worden. Dort diente der Bergfried als Gefängnis für privilegierte politische Gefangene.

Als er ins Verlies hinabgelassen werden sollte, erzählten die beiden Wachen ihm voller Schadenfreude die Geschichte des Grafen Günther von Schwarzburg, die sich etwa 60 Jahre zuvor ereignet hatte und seitdem als Anekdote umging.

»Kam der Graf doch zum Bischof mit einer Bürgerdelegation und einem Sack voller Beschwerden.«

»Und da hat ihn der Bischof gleich in den Bergfried sperren wollen, den Fettwanst!«

Beide schütteten sich aus vor Lachen. Der Erste prustete los:

»Dann ist der im Angstloch steckengeblieben, so feist war er!«

»Stundenlang steckte er drin, bevor er umständlich befreit werden konnte«, beendete der Zweite die Geschichte, die Georg verständlicherweise nicht so lustig fand wie die Wachen.

Vier Wochen hätte der Fürstbischof Geduld, so hatte er angekündigt, wenn dann keiner seiner Boten, die er ausgesandt hatte, Antwort des Kaisers mitbrachte, würde Georg der Prozess gemacht werden.

»Und Ihr wisst hoffentlich, welche Strafe auf Spionage steht?«, hatte er süffisant angefügt.

Georg wusste es nicht genau, er fürchtete aber, dass Spionage genau wie heimtückischer Mord, Falschmünzerei, Inzest, Notzucht, schwerer Raub und Verrat als Schwerverbrechen geahndet würde. Vor dem Blutgericht. Mit der Todesstrafe als wahrscheinlichem Ausgang.

Das Lösegeld war mit 1.000 Gulden hoch, aber nicht zu hoch bemessen worden. Das sollte sich selbst so ein armer Schlucker wie Kaiser Friedrich leisten können.

Dessen Reaktion war wiederum völlig unerwartet. Niemand hatte damit gerechnet, dass der alte, menschenscheue Kaiser einem einfachen Ministerialen gegenüber Loyalität oder gar Einsatz zeigen würde. Der Normalfall wäre gewesen, dass die Fugger einen Wechsel über die geforderte Summe ausstellen würden, der vom Kaiser natürlich nie zurückbezahlt werden würde. Im Gegenzug bekämen die Fugger dafür irgendein neues Schürf- oder sonstiges Recht verliehen.

Völlig fassungslos stand also der Fürstbischof von Würzburg drei Wochen nach Georgs Festsetzung in seinem Audienzzimmer und brüllte seinen eigenen Boten an:

»Die Reichsacht? Ist der alte Trottel denn jetzt völlig übergeschnappt und muss mit Kanonen auf Spatzen schießen?«

Der Bote ging in Deckung. Er war es gewohnt, als Überbringer schlechter Nachrichten gemaßregelt zu werden, aber diese Situation schien brenzlig zu werden.

Der Fürstbischof las den Brief erneut laut vor:

»Mein Abgesandter, den Ihr schändlich und hinterhältig gefangen genommen habt, ist für mein Wohlbefinden so wertvoll wie mein Leibarzt und mir so wichtig wie mein Kanzler. Außerdem ist er ein treuer und pflichtbewusster Diener und seit Jahren mein kaiserlicher Hofbräu. Was Ihr getan habt, ist ein Majestätsverbrechen – crimen lesae maiestatis! Wird er nicht binnen vier Tagen freigelassen und mit allem ausgestattet, was ihm eine würdevolle Heimreise ermöglicht, wird Euch die Reichsacht treffen. Weiterhin werde ich meine Landsknechte entsenden und Eure Burg entsetzen.« Auch Friedrich hatte von den Erfolgen seines Sohnes profitiert und militärisch und taktisch dazugelernt.

Die Reichsacht war eine Ächtung, die nur vom König

oder Kaiser verhängt werden durfte und die sich auf das gesamte Gebiet des Heiligen Römischen Reiches Deutscher Nation erstreckte. Die so Geächteten verloren ihre Rechtsfähigkeit. Jeder konnte sie töten, ohne Bestrafung befürchten zu müssen. Ihr Vermögen verfiel, wer zuerst kam, konnte es an sich bringen. Die Lehensgüter gingen an den Herrscher, der die Acht ausgesprochen hatte, oder an den Lehnsherrn. Seit dem Mainzer Landfrieden von 1235 erstreckte sich die Acht automatisch auch auf Personen und Städte, die Geächteten Schutz und Hilfe boten.

Angedroht wurde sie freilich erheblich öfter als dann tatsächlich vollstreckt. Und obwohl er sich als Geächteter in guter Gesellschaft befunden hätte, erblasste der Fürstbischof. Seine Hände begannen zu zittern. Er hatte zwar über die Jahre seinen Frieden mit sämtlichen Nachbarn gemacht – allen voran mit seinem Bamberger Kollegen –, aber auf deren Loyalität konnte er deswegen beileibe nicht hoffen. Er wusste von Heinrich dem Löwen, der wegen seiner Weigerung, Kaiser Friedrich I. Barbarossa militärisch zu unterstützen, geächtet worden war. Auch Otto VIII. von Wittelsbach, Graf Friedrich von Isenberg, sogar König Heinrich VII. waren berühmte Geächtete gewesen. Götz von Berlichingen und ein kleines Mönchlein namens Martin Luther würden sich in absehbarer Zeit dazugesellen. Aber ihm, dem 85-jährigen Fürstbischof von Würzburg, Rudolf II. von Scherenberg, dem verdienten Retter des Fürstbistums und guten Steuerzahler für das Reich, wegen so einer Lappalie mit dem kaiserlichen Bannfluch zu drohen: Das war nun doch etwas zu hoch gegriffen!

Zwei Tage später war Georg wieder frei. Die Forderungen des Kaisers waren schnell und ausnahmslos erfüllt worden, bis auf die Tatsache, dass Georgs Haft Fafnir mehr geschadet hatte als ihm selbst. Fahl und abgemagert – sein

Fell hatte jeglichen Glanz verloren –, schleppte sich das treue Pferd von Ort zu Ort, nachdem sie Würzburg gruß- und wortlos verlassen hatten.

Bei Ansbach war die Reise vorläufig zu Ende, Fafnir konnte nicht mehr. Georg sah keine Möglichkeit, so lange zu rasten, bis sein Pferd wieder neue Kräfte getankt hätte. Also tauschte er ihn schweren Herzens ein gegen einen dunkelbraunen Noriker, den ihm der Händler mit salbungsvollen Worten angepriesen hatte. Er drückte zum Abschied Fafnirs Hals und streichelte seine Mähne, Tränen standen ihm in den Augen. Immerhin war dies sein erstes eigenes Pferd gewesen, und es hatte ihm treue Dienste geleistet.

Elf Tage, nachdem er Würzburg verlassen hatte, kam er Ende November 1486 in München an. Übernachten wollte er wieder in der Alten Veste.

Von Eisenhofen hieß ihn willkommen und bot ihm die Gastfreundschaft des Herzogs an.

»Ich bleibe nur für eine Nacht.«

Auch das neue Pferd, das dank Georgs Mangel an Fantasie wiederum auf den Namen Fafnir hörte, hätte eine längere Pause verdient gehabt, der Gaul zeigte bereits jetzt Anzeichen von Erschöpfung. Georg hatte schon auf der Höhe von Ingolstadt das Gefühl bekommen, vom Händler ›behumst‹ worden zu sein, und hoffte nur noch, der Klepper würde wenigstens bis Linz durchhalten.

Zu Kunigunde gab es keine Neuigkeiten, alles war laut von Eisenhofen in der Schwebe. Georg wusste nicht, ob das gute oder schlechte Nachrichten waren.

Beim dritten Bierkrug, den des Herzogs Hofmeister, über dessen Schnauzbart eine frische Narbe schimmerte, und des Kaisers Bierkieser gemeinsam leerten, erzählte der Hofmeister:

»Die Landshuter haben im Sinne deiner Mission jetzt noch eins auf die bestehenden Biergesetze draufgesetzt. Anfang dieses Monats hat der Stadtrat eine neue ›Ordnung des Bräuens‹ veröffentlicht.« Er griff nach einem Papier, das er sich zu diesem Zweck zurechtgelegt hatte, nahm einen Schluck Bier und las vor:

»Es sollen … keinerlei Wurzen, weder Zermetat noch anderes, das dem Menschen schädlich ist oder Krankheit und … bringen mag, darein getan werden …«*

Auf diese Nachricht hin kreuzten die beiden noch mehrmals die Krüge, bevor es zur Nachtruhe ging.

Sechs Tage später war Georg zurück in Linz.

Er wollte gleich zum Kaiser und sich untertänigst für die Freilassung bedanken, doch der war auf Reisen. So wartete er …

Innsbrucker Hochzeitsglocken

Anfang Dezember 1486 war es kalt in Innsbruck. Eingehüllt in dicke Decken, saß Kunigunde am Kamin und las in ihrem derzeitigen Lieblingsbuch, der ›Consolatio ad Marciam‹ von Seneca.

»Mein Liebling, ich habe eine Überraschung für dich!«

Mit diesen Worten, in die der herzogliche Galan alle Zärtlichkeit legte, zu der er fähig war, zog Albrecht Kunigunde aus ihrem Fauteuil zu sich heran. Die plötzliche Nähe irritierte Kunigunde genauso, wie sie von ihr betört wurde.

»Welche Überraschung denn, mein lieber Herzog?«

* Zermetat = Fichtenkerne oder Fichtenrinde als Hopfenersatz.

»Dein Vater hat doch sein Einverständnis zu unserer Hochzeit gegeben!«

Kunigunde runzelte die Stirn. Gute Nachrichten, zu schön, um wahr zu sein. Also war erst einmal Skepsis angebracht.

»Wann denn?«

»Gestern Abend kam die Depesche mit der Erklärung. Es war schon zu spät, um dich noch aufzuwecken.«

»Was hat ihn denn umgestimmt? Ich dachte nicht, dass das so einfach wäre.«

»Vielleicht hat er eingesehen, dass dein Glück ihm mehr am Herzen liegen sollte als die Politik.«

»Kann ich das Schreiben sehen?«

»Freilich!« Albrecht reichte Kunigunde einen großen Pergamentbogen. Sie las den Text, der genau das aussagte, was Albrecht ihr erzählt hatte. Und am Ende erkannte sie, neben dem Datum ›11. November 1486‹, ganz unzweifelhaft die Unterschrift ihres Vaters, das Monogramm AEIOU und das kaiserliche Siegel. Sie lächelte und errötete im gleichen Moment.

»Nun, das alte Jahr hört gut auf. Lass uns das neue auch gut anfangen und heiraten!«

»Ich habe schon alles in die Wege geleitet, meine Liebe.« Albrecht machte ihr im Wettbewerb um das strahlendste Lächeln die Siegerkrone streitig. »Wir können Anfang des Jahres bereits zur Zeremonie schreiten.«

Zu Neujahr 1487 wurde Kunigunde ärztlich untersucht. Die Feststellung der Jungfräulichkeit galt als unerlässlich, auch wenn sie für die Braut eher demütigender Natur war. Nicht, dass jemand Kunigunde unterstellte, bereits Liebschaften gehabt zu haben, aber in ihrem, für eine fürstliche Braut bereits fortgeschrittenen, Alter von beinah 22 Jahren könnte das Hymen zum Beispiel beim Reiten bereits in Mitleidenschaft gezogen worden sein.

Der Bräutigam wollte sich so vorab einige unangenehme Fragen ersparen.

Albrechts Leibwundarzt, Hans Suff von Göppingen, ein noch recht junger, verwegener Charakter, führte die Untersuchung durch und bestätigte zur Erleichterung beider Brautleute:

»Das Häutchen ist intakt! Die Braut ist fähig!«

Am 2. Januar 1487 wurden Kunigunde und Albrecht in der festlich geschmückten Innsbrucker Schlosskapelle von Bischof Wilhelm von Eichstätt unter dem Jubel von Siegmunds versammeltem Hof verheiratet.

In der darauffolgenden Nacht verlor Kunigunde ihre vorher offiziell bestätigte erzherzogliche Jungfräulichkeit, leider nicht in der romantischen Atmosphäre ihrer Jungmädchenträume, sondern coram publico. Herzog Albrecht hatte darauf bestanden, dass jeder am Hof den Ehevollzug bestätigen können sollte.

So lag sie unter einem großen Stapel fein ziselierter Decken, lediglich das nach der herrschenden Mode geschminkte Gesicht lugte hervor. Bangend, aber doch neugierig, wartete sie auf das, was da kommen würde. Sie war aufgeregt wie nie zuvor, ihr Herz klopfte bis zum Hals.

Der Saal füllte sich schnell. Siegmund hatte sein großes, prächtiges Spannbett als Ehebett zur Verfügung gestellt und dies eigens für den Erstvollzug ins große Kaminzimmer im Rumer Tor bringen lassen, einem Raum mit prächtigen Wandtapeten, großen Fenstern und einer Wendeltreppe. Dort war es am wärmsten, und es gab ausreichend Platz für die Zuschauer. Schließlich waren alle anwesend, als Letzte betraten die Herzöge Siegmund und Albrecht das Zimmer, beide mit triumphierendem Grinsen im Gesicht. Siegmund reihte sich vorne bei den Zusehern sein. Albrecht entkleidete sich bis auf sein Unterhemd und stieg zu Kunigunde ins Bett. Ohne Vorwarnung oder gar Austausch von Zärtlichkeiten begann er mit der Vorstellung. Er legte sich auf Kunigunde, die auch nur ein Hemd trug, und versuchte ungelenk, es ihr die Hüfte hinaufzustreifen.

Nachdem er dies auch bei sich unter großen Mühen geschafft hatte, begann er, in Kunigunde einzudringen. Die in Liebesdingen völlig unbedarfte Erzherzogin erschrak, als sie sein pulsierendes Glied in sich hineinfahren fühlte. Ein stechender Schmerz durchflutete ihren Unterleib, als ihr Gatte, der ihrer Ansicht nach erstaunlich unbeholfen agierte, danach mehrmals schnell hintereinander in sie hineinstieß. Dann grunzte er zufrieden und rollte von ihr herunter.

›Das soll es gewesen sein?‹, fragte sich Kunigunde, nicht ohne Enttäuschung und mit dem unbestimmten Gefühl, gedemütigt worden zu sein.

Albrechts Hofmeister ging zum Bett, zog das Laken herunter und zeigte den blutigen Fleck darauf dem Publikum. Wäre die Untersuchung tags zuvor negativ ausgefallen, hätte der Fleck von einer heimlich unter der Decke zerbrochenen, kleinen Phiole mit Schweineblut gestammt. So aber war alles echt. Der versammelte Hof applaudierte donnernd.

Kunigunde errötete, Albrecht feixte, er war fürs Erste am Ziel.

Erst Wochen später erfuhr Kunigunde die Motive hinter dem öffentlichen Ehevollzug, doch da war es bereits zu spät.

So begrüßte sie den Morgen des dritten Januar mit einem seligen Lächeln. Endlich war sie verheiratet, und dies sogar mit dem Segen ihres Vaters.

An Georg hatte sie schon seit Längerem nicht mehr gedacht.

Keine Woche war seit der hastigen Hochzeit vergangen, da packten sie ihre Siebensachen und zogen Richtung

München. Albrecht war begierig, seiner frisch Angetrauten sein Reich, seine Hauptstadt München und seine Residenz zu zeigen. In Begleitung von Herzog Georg und den beiden Bischöfen Sixtus Tannberger von Freising und Friedrich von Passau ritten sie am neunten Januar unter großem Beifall der Münchner Bevölkerung in der Stadt ein.

»Hoch lebe die neue Herzogin!«

Kunigunde hatte wieder einmal ein neues Zuhause: die Alte Veste in München.

Albrecht IV. der Weise
nach einem Gemälde von Barthel Beham (1520–1540)

Der Fall Wiener Neustadts

Mittlerweile war das Brauhaus in Wiener Neustadt abgerissen und in Linz teilweise wieder aufgebaut worden. Auf wesentlich engerem Raum, ohne seine Mitarbeiter, fühlte sich Georg nicht mehr so wohl in dem, was er mehr als zehn Jahre zuvor – euphorisch und damals noch unerfahren – als das ›schönste Brauhaus auf der ganzen Welt‹ tituliert hatte.

Dennoch, er war froh, wieder in der Nähe des Kaisers zu sein, den er trotz gelegentlich berichteter Anfälle von Senilität und Unberechenbarkeit, die er jedoch dem Alter zuschrieb, vorbehaltlos und loyal verehrte.

So wurde er eines Tages wieder zum Kaiser gerufen, wie manchmal früher in Wiener Neustadt. Friedrichs neuer Kammerherr, Hugo von Werdener kam ins Brauhaus und suchte den Hofbrauer. Er führte ihn in das kaiserliche Arbeitszimmer, das, so schien es Georg, einem Regenten völlig unangemessen klein und unscheinbar war. Friedrich wandte sich Georg zu, der mit Besorgnis feststellte, wie alt der Habsburger geworden war. Kein Wort verlor der Kaiser über die politische Lage, Georgs Mission oder gar über die Hochzeit seiner Tochter. Stattdessen sagte er:

»Du hast bestimmt schon gehört, dass ich mich mit Astrologie und Alchemie beschäftige.«

Georg verneinte.

»Hörst du nicht, was das Volk auf der Straße tratscht?« Friedrichs Stimme klang matt und erschöpft. »Ich versuchte mich mit der Herstellung von Arzneien und Gold. Schau mal hier«, er hielt Georg ein Gebräu vor die Nase. »Das ist einer meiner neuen Heiltränke, enthält Quecksilber und Arsenblende, na ja, und noch ein paar andere

Zusätze. Ich glaube, es könnte bei einer großen Anzahl von Gebrechen hilfreich sein.«

Georg hatte so seine Zweifel, äußerte diese aber aus Höflichkeit dem Kaiser gegenüber nicht.

»Nun meine Frage.« Erstaunt registrierte Georg die Wortwahl, der KAISER wollte von IHM eine Antwort!

»Kannst du diesen Trank – er schmeckt einfach scheußlich – so mit Bier vermischen, dass es heilsam und wohlschmeckend zugleich sein wird?«

Georg nahm die Probe entgegen und versprach, sein Bestes zu tun.

Am nächsten Morgen allerdings platzte Friedrich ins Brauhaus und blies das Ganze ab.

»Ich habe vergessen, dass wir damit gegen unsere eigenen Vorschriften verstoßen würden!«

Erst jetzt erkannte Georg, dass der Kaiser anscheinend sowohl den Fortgang seiner Mission als auch die Vorbereitung und dabei erarbeiteten Regeln mitverfolgt hatte.

»Quecksilber und Arsenblende haben im Bier nichts zu suchen!«

Froh darüber, der Sorge um diese Mixtur enthoben zu sein, bestätigte Georg dem Kaiser die Richtigkeit seiner Annahme und konnte sich wieder ›richtigem‹ Bier widmen.

Während Kunigunde und Albrecht in Innsbruck geheiratet hatten, lag Matthias Corvinus im gleichen Monat mit 20.000 Mann vor Wiener Neustadt. Er hatte beschlossen, dem verhassten Kaiser endgültig den militärischen Todesstoß zu versetzen. Die Bürger der Stadt und der Burg, unter Befehl des altgedienten Hauptmanns Hans Wulferstorfer, verteidigten sich tapfer und äußerst geschickt. Corvinus war der Tobsucht nahe.

»Wenn wir sie nicht besiegen können, gibt es nur eines: Aushungern!«

Das Drama, das sich bei einer derartigen Blockade meist abspielte, nahm auch hier seinen Lauf. Verzweifelt versuchten die Eingeschlossenen, dem Kaiser Nachrichten zukommen zu lassen, auf dass dieser ein Ersatzheer senden solle. Die meisten Depeschen wurden abgefangen, die anderen erreichten ihren Adressaten zu spät. Der Hunger nahm zu, die Menschen aßen alles, wessen sie habhaft werden konnten. Sieben lange Monate hielten sie durch. Dann, bevor die geschwächten Einwohner verhungerten und Seuchen ausbrechen konnten, öffneten die verzweifelten Bürger am 17. August 1487 ihre Tore, nachdem sie vorher eine Kapitulation unterschrieben hatten. Der ›ungarische Emporkömmling‹ hatte sein wichtigstes Ziel erreicht und hielt feierlich Einzug in Kaiser Friedrichs Burg.

Kramers Rache

Das schmähliche Scheitern des Inquisitors Henricus Institor hatte diesen nicht ruhen lassen. Er sann auf Rache, oder besser noch: Er wollte für den nächsten Hexenprozess perfekt vorbereitet sein, damit ihm eine erneute Blamage wie in Innsbruck in Zukunft erspart bleiben würde.

Sein Buch, das er Ende 1486 fertiggestellt und gleich veröffentlicht hatte, war denn auch im darauffolgenden Frühjahr in aller Munde.

Sein ›Hexenhammer‹ oder ›Malleus maleficarum‹ fand durch die mittlerweile fortgeschrittene Buchdruckerkunst bedauerlicherweise rasend schnell Verbreitung.

Der Dominikaner hatte in diesem Buch, das heute als eines der verheerendsten Druckwerke aller Zeiten angesehen wird, allgemein verbreitete Ansichten über Hexen und Zauberer gesammelt, diese Vorurteile säuberlich geordnet, sortiert und scheinbar logisch präsentiert, untermauert durch eine üble pseudo-wissenschaftliche Argumentation. Damit, dass er offensichtlich klare Regeln zur Verfolgung von Hexen schuf, unterstützte sein Buch die offizielle Verfolgung und machte die systematische Vernichtung der angeblichen Hexen erst möglich. Es gerieten sogar diejenigen in Verdacht, die nur an der Existenz von Hexen zweifelten.

Bis ins 17. Jahrhundert, das angebliche Zeitalter der Aufklärung, hinein erlebte das Machwerk 29 Auflagen und brachte bis dahin ungezählten Frauen und auch einigen Männern entsetzliche Schmerzen und einen grausamen Tod!

Böhmen und Sachsen

EUROPA DISKUTIERTE DEN ›HEXENHAMMER‹, Georg packte derweil seine Siebensachen und machte sich Anfang 1487 auf zu seiner nächsten Reise. Bis zum Mai wollte er Böhmen, Sachsen und Thüringen inspiziert haben. Von Thüringen und Sachsen erwartete er nicht zu viel, die meisten Landstriche dort waren ihm bei der Vorbereitung von Kanzler Rebwein, Hofmundschenk Cuno von Dernbach und Truchsess Humbert von Bruck, die alle schon weiter gereist waren als er, als Weingegenden beschrieben worden.

Aber Befehl war Befehl …

Auf einem neuen Pferd, besser als jenes, welches ihm der Pferdehändler in Ansbach aufgeschwatzt hatte, ritt er von Linz los. Tiefer Schnee erschwerte seinen Weg durch die Wälder nördlich der Donau.

Sein erstes Ziel war Budweis. Die noch junge Stadt, an der Haupthandelsstrecke von Linz nach Prag gelegen, war mit 4.000 Einwohnern bereits eine der größten in ganz Böhmen. Seit Jahren eine verlässliche, erzkatholische Stütze im Kampf gegen die Hussiten, lag sie uneinnehmbar inmitten mehrerer Mauerringe und Wälle. Silber, Fisch und Salz bildeten die Grundlage des Wohlstands, Bier sollte sich bald hinzugesellen, noch war es jedoch nicht so weit.

Georgs Besuch verlief ausgesprochen kurz. König Ottokar Přemysl II. hatte die Stadt zwar bereits bei ihrer Gründung 1265 mit dem erforderlichen Braurecht ausgestattet, eine Bannmeile für auswärtige Biere wurde später noch von Karl IV. hinzugefügt. Dennoch fand Georg bei seiner Ankunft kein einziges Brauhaus vor. Gebraut wurde ausschließlich in Bürgerhäusern, nach dem bewährten Prinzip des Reihebrauens, das sich für Inspektionen nicht eignete. So ritt er bald weiter.

Das aufgrund sozialer Unruhen, religiöser Spannungen und der Hussitenkriege kriselnde Prag umging er weiträumig, obwohl er damit eine der größten und prächtigsten Städte des Heiligen Römischen Reiches verpasste, in der zudem seit 400 Jahren Bier gebraut wurde.

Sogar der manchmal vom aktuellen Tagesgeschehen etwas entfernte Georg hatte vom berühmten Prager Fenstersturz gehört* und wollte nicht unbedingt dabei sein, wenn die Prager mal wieder Lust verspürten, ihre Ratsherren aus dem Fenster zu werfen, um sie dann aufzuspießen.

* Der erste von drei Prager Fensterstürzen geschah 1419 im Hussitenkrieg. Die beiden anderen 1618 und 1948.

Schnell machte er seinen Weg westlich um Prag herum, die ganze Region war unruhig. Auch kleinere Städte wie Pilsen, von denen Georg nicht wusste, ob man dort überhaupt so etwas wie Bier kannte, ließ er links liegen. Überrascht und erfreut hörte er dann in der Umgebung der Stadt Saaz, nordwestlich von Prag gelegen, dass die großen, hoch eingezäunten Gärten, die er dort sah, zum Anbau von Hopfen verwendet wurden. Er hatte sich schon gefragt, welche wunderbaren Pflanzen dort kultiviert wurden, weil sie so abgeschottet waren.

Abends saß er im Gasthaus am Tisch mit einem Bauern, der ihm lang und breit das geheimnisvolle Geschäft mit dem Hopfen erklärte, freilich ohne etwas wirklich Geheimnisvolles zu verraten.

»Es ist bei hoher Strafe verboten, einen Fechser* auszugraben und anderswo wieder einzupflanzen. Dieser Hopfen ist unser Geheimnis, wir beliefern sogar die Hanse damit!«

Die beiden diskutierten dann über die verschiedenen Biere, zu Georgs Erheiterung wusste sein Gegenüber viel über böhmisches Bier und allerlei drollige Biernamen zu nennen.

»Sind ja meine Kunden, die muss ich kennen«, erklärte er stolz. Einer würde sein Bier ›Kuhschwanz‹ nennen, ein anderer ›Menschenfett‹, »weil sein Brauwasser vor seinem Brunnen durch einen Friedhof läuft«. Es war ein sehr vergnüglicher Abend.

Der weitere Ritt verlief weniger schwierig. Den Schnee hatte Georg im zentralen Böhmen hinter sich gelassen, das linke Elbufer war gut zu passieren, ein Stück weit fuhr er sogar mit einem Kahn in Richtung Dresden.

---

* Bezeichnung der Bauern für die Hopfenpflanze.

Dresden war erst vor zwei Jahren, mit der Leipziger Teilung der wettinischen Länder, Residenzstadt geworden und stand insofern als Bierstadt nicht in vorderster Reihe.

Vier bis fünf Tagereisen entfernt wartete Halle auf ihn. Die ehemals südlichste Hansestadt, über 200 Jahre lang Mitglied dieses Bundes gewesen, war neun Jahre zuvor von Truppen des jungen, äußerst ehrgeizigen Erzbischofs Ernst von Magdeburg erobert worden. Die Stadt hatte dadurch alle Freiheiten eingebüßt, sichtbares Zeichen davon war die Großbaustelle der Moritzburg als zukünftige, imposante Residenz des Herrschers von Halle, demonstrativ als Zwingburg gegen die Stadt gerichtet.

Hier erlebte Georg zuerst eine Enttäuschung: Halle war eine Weinstadt, die Hänge an der Saale lieferten einen gut trinkbaren Wein. Dennoch wurde er fündig. Er fand ein Brauhaus, zumindest nannte es sich so. Dort wurde jedoch kein Bier gebraut, sondern nur ausgeschenkt. Das Bier war aber etwas Besonderes. Es kam aus dem eine Tagereise entfernt liegenden Löbejün. Und es war, ohne Übertreibung, eines der besten Biere, die Georg jemals getrunken hatte. Ungewöhnlich hell, klar und nach hinten ziemlich bitter lief es seine Kehle hinab. Er beschloss, dem Ort einen Besuch abzustatten. Der dortige Brauer, eine einfache, bäuerliche Erscheinung, hieß Josef und gab ohne Zögern Details seines Braurezeptes preis.

»Meinem Brauherrn ist es einerlei, unser Bier kann sowieso niemand nachbrauen, weil unser Wasser sehr eigen ist und diese Eigenheit unser Bier ausmacht.«

Anscheinend besaß das Löbejüner Wasser eine Eigenschaft, die es anderswo nicht hatte.

»In Halle haben die Leute lange Jahre nur den ›Wettinischen Keuterling‹ trinken können, zumindest die,

die keinen Wein mögen«, beim Wort ›Wein‹ spuckte er demonstrativ aus. »Wir haben den ›Wettinischen Keuterling‹ komplett vertrieben aus Halle«, ergänzte er voller Stolz. Mit etwas Häme fügte er an: »Obwohl, der ›Keuterling‹ passt zu den Weinschläuchen, weil er genauso säuerlich schmeckt. Und er treibt den Urin!«

Der Weg nach Leipzig war kurz. Bei tristem Wetter kam er dort an und mochte die Stadt vom ersten Moment an nicht. Nicht nur das Wetter war schlecht, auch das Bier sollte ihn enttäuschen. Die schlammigen Straßen und eine von außen ansehnliche, innen aber völlig verlauste und verdreckte Herberge taten ein Übriges, um ihm den Aufenthalt zu vergällen. Die Stadt fand er einfach schauerlich und dachte bei sich:

»Kaum angekommen, möchte man doch gleich wieder weiterreisen.«

Auf Nachfrage fand er das vollmundig ›Stadtbrauhaus‹ genannte Gemäuer, in dem ein kleines Männchen, das aufgrund von Gicht oder einer anderen Krankheit gebückt daherkam und etwa in seinem Alter war, ein Bier herstellte, das ebenso hochtrabend ›Leipziger Stadtbier‹ genannt wurde.

Er wollte erst eine eigene Erfahrung machen und sich nicht immer dem schlechten Leumund, der einem Bier bisweilen vorausging, von vornherein anschließen.

Auf der Bank neben ihm saßen vier junge Männer, offensichtlich Studenten, die fröhlich feierten, als gäbe es kein Morgen mehr.

»Wie vertreiben sich die Völker Europas die Zeit?«, fragte einer lauernd in die Runde.

»Der Spanier spielt, der Franzose betrügt, der Ungar frönt dem Müßiggang, der Russe schläft, der Pole zankt, der Grieche ist krank, und was macht der Deutsche?«

»Saufen! Saufen!«, kam es wie aus einem Munde.

Als Georg sein ›Stadtbier‹ bestellte, johlten die vier und skandierten zu Georgs völligem Unverständnis lautstark und wiederholt »Rastrum! Rastrum!«, was so viel bedeutete wie Hacke oder Rechen, mit dem die Bauern ihre Obstgärten bearbeiteten. Georg erinnerte sich, vor dem Eingang eine solche Hacke stehen gesehen zu haben, an deren Zinken ein Bierkrug hing. Er hatte gedacht, jemand hätte ihn da vergessen, vielleicht nach einem Bier zu viel. Auf Georgs fragenden Blick hin erklärte der Wortführer der kleinen Gruppe jedoch:

»Wir Studenten nennen das Leipziger Bier ›Rastrum‹. Es fährt dir wie eine Hacke in Kopf und Leib.«

Das Bier kam, ein trübes, schaumloses Gesöff. Georg roch daran und verzog angewidert das Gesicht. Er ahnte, dass der Deckel auf dem einfachen Zinnkrug einen weiteren Zweck hatte, als nur von der Decke herabfallende Insekten aus dem Bier fernzuhalten. Er klappte den Deckel zu, dann roch er die Brühe wenigstens nicht mehr.

»Über den süßen, modrigen Gestank musst du hinwegsehen«, rief der Student lachend unter dem zustimmenden Jubel seiner Kommilitonen.

»Nach dem fünften Krug riechst und schmeckst du nichts mehr.«

Das Bier schmeckte beinahe noch schlechter, als es aussah.

»Was in Gottes Namen ist da drin?«, fragte er die Studenten, die offensichtlich Stammkunden waren.

»Hafer, Roggen und halt irgendwelche Kräuter. Hopfen ist unserem Stadtbrauer zu teuer. Das ›Rastrum‹ wirkt aber sehr gut auf die Eingeweide und wird deswegen immer gerne getrunken.«

Das war eine schamlose Lüge, der einzige Grund, warum die Leipziger ihr Stadtbier tranken, war, dass es manchmal nichts anderes gab. Georg stellte den Krug weg, ohne ihn auszutrinken, und ging. Er wollte den Braumeister nicht mehr sprechen. Nichts hätte dieser sagen können, um Georgs Einschätzung des ›Rastrums‹ noch zu ändern. Vor allen Dingen wollte er nicht am nächsten Tag auf seinem Pferd sitzen, während es ihm den Bauch zerriss.

Auf dem Weg nach Köstritz, das eigentlich keine Stadt war, dessen Bier jedoch im Umland einen gewissen Ruf hatte, machte er einen kurzen Abstecher zur Altenburg, um Margaretha, der um ein Jahr jüngeren Schwester des Kaisers, seine Aufwartung zu machen und ihr die Grüße ihres Bruders auszurichten. Dies allerdings war verschwendete Zeit, der Hofmeister der Altenburg begrüßte ihn zwar freundlich und bot ihm die Gastfreundschaft des Hauses an. Margaretha von Österreich, die Witwe des Kurfürsten von Sachsen, war jedoch im Vorjahr verschieden. Da auch Ernst, eines ihrer zehn Kinder, der damals von Kunz von Kaufungen geraubt worden war, kurz darauf verstorben war, war die Stimmung auf der ehrwürdigen Altenburg entsprechend trüb. Das triste Wetter, neblig und grau, passte dazu. So blieb er nur eine Nacht und ritt dann weiter.

In Köstritz, das er wegen des schlechten Wetters erst in zwei statt einem Tag erreichte, erlebte er wieder ein völlig neues Bier. Schwarz wie die Nacht, kräftig nach Malz schmeckend, mit einem leicht kratzigen Röstaroma und einer fruchtigen Hopfennote, platzte der Braumeister der ›Köstritzer Erbschenke‹, der einzigen Brauerei im Ort, beinahe vor Stolz über seine gelungene Schöpfung. Er braute bereits nach der ›Statuta thaberna‹ aus Weißensee.

»Aber unser Malz ist einzigartig. Das haben wir uns selbst hier ausgedacht.«

Er zeigte ihm die kleine, blitzblanke Mälzerei mit einem gewaltigen Ofen mittendrin.

»Da stellen wir unser Röstmalz her, welches dem Bier die schwarze Farbe verleiht. Dazu haben wir sauberes, hervorragendes Wasser. In die ›Weiße Elster‹ wird nicht hineingeschissen. Alles zusammen ergibt so ein Prachtbier.«

Er hob seinen Krug und trank Georg zu.

»Früher haben wir unser Bier mit Wacholderbeeren, Honig und Salz gewürzt. Jetzt nehmen wir neben Gerstenmalz und Weizenmalz nur mehr den Hopfen.«

Georg trank ebenfalls zu, vermerkte Köstritz positiv in seinem Buch, dann machte er sich auf nach Nordhausen.

Auf diesem mehrtägigen Ritt geschah es zum ersten Mal, dass er völlig die Orientierung verlor und überhaupt nicht mehr wusste, in welche Richtung er weiterreiten sollte. Er bemerkte zwar, dass sich viele Hopfengärten in der Umgebung befanden, dieses Wissen half ihm bei der Suche nach dem richtigen Weg jedoch nicht weiter. So schloss er sich bei der nächsten Gelegenheit einer bewaffneten Reisegesellschaft an, die auf dem Weg von Leipzig nach Göttingen an Nordhausen vorbeikommen würde. Er hielt sich während dieser Tage meist abseits von den anderen Mitreisenden und sprach nicht viel. Ein ungeheuer dicker, unsympathischer Kaufmann aus Braunschweig namens Joachim führte das große Wort und fuhr jedem über den Mund, der ihm Paroli bieten wollte. So war Georg froh, als er nach vier Tagen wieder aus dem Tross ausscheren konnte, sobald Nordhausen in Sicht kam.

Während er sich dem Stadttor näherte, erinnerte er sich an die Geschichte der alten Rivalität zwischen Nordhausen und dem benachbarten Weißensee, die der Kaiser erzählt und sein Kanzler bei späteren Gelegenheiten vertieft hatte. Die kleine Stadt, die dennoch freie Reichsstadt und Mitglied der Hanse war, hatte immer noch eine eigene Bierbannmeile und neben einem bürgerlichen Brauhaus auch zwei Klöster, die Bier für die Bevölkerung brauten. Der Brauherr Julius Lesser hielt sich erst gar nicht mit langen Vorreden auf und schimpfte los. Zu Georgs Abwechslung mal nicht auf die Behörden oder die Konkurrenz des Weins, sondern auf die Nordhäuser Kornbrenner, die mittlerweile dabei waren, mit ihrem Schnaps dem Bier den Rang abzulaufen.

»Wenn die mir weiterhin alles Korn vor der Nase wegkaufen, muss ich die Bierbrauerei sein lassen.«

Auch er kannte die Geschichte vom Brauherrn Dietrich und den Weißenseern und merkte an: »Gut, dass dem sein Brauhaus schon lange zugesperrt ist, seine Nachfolger waren um keinen Deut besser als er.«

Sein eigenes Bier braute auch er bereits nach dem Weißenseer Biergesetz, »nicht weil ich es müsste, sondern weil die Biere einfach besser geraten und die Leute es einem förmlich aus der Hand reißen«.

Nachdem er nun bereits zweimal im Guten mit dem Biergesetz Friedrichs des Friedfertigen in Berührung gekommen war, beschloss er – die Zeit drängte und der Winter verabschiedete sich mit Regen und Tauwetter –, den Ort des Ursprungs dieses Gesetzes auszulassen.

»Wenn es im Umland bereits zum Guten eingesetzt wird, haben die Biertrinker in Weißensee selbst sicher nichts zu befürchten«, so seine Annahme, als er sein Pferd, das er wie die beiden zuvor wieder Fafnir getauft hatte, in südliche Richtung in Trab setzte.

Der akademische Bierpfuscher

Einen Ort auf dieser Reise hatte er zum Abschluss noch vor sich: die Universitäts- und Messestadt Erfurt. Als eine der größten Städte des Reiches, wohlhabend und sauber, war sie ihm beschrieben worden. Den Großteil ihres Wohlstands verdankte sie allerdings ihrer in Armut verbliebenen Umgebung, in der die Waidpflanze angebaut wurde, aus deren Blättern man einen begehrten blauen Farbstoff gewann.

Der Ritt von Leipzig nach Erfurt führte durch ärmliche, bäuerliche Gegenden, in denen es nur Getreidemus und Fladenbrot zu essen gab, sodass Georg froh war, nach fünf anstrengenden Tagen wieder in einer bessergestellten Umgebung zu sein.

Auch dem Erfurter Bier eilte sein Ruf voraus. Es sei gut und bekömmlich, jedoch ziemlich dünn und zudem mit trübem Wasser hergestellt. Das Wasser der Gera war zum Bierbrauen gänzlich ungeeignet, da der Fluss als Kloake für die 15.000 Erfurter benutzt wurde. Durch die Schneeschmelze färbte sich das Wasser in jedem Frühjahr zum Ende der Brausaison zusätzlich noch braun. Trotzdem, die Erfurter liebten ihr Bier, das sie ›Schlunz‹ nannten; das letzte, stärkere Bier gegen Saisonende hieß dementsprechend ›Brauner Schlunz‹.

Er stellte bald nach seiner Ankunft fest, dass die Stadt voll war mit Brauhäusern, allerdings sehr kleinen, nur noch übertroffen von der Zahl der Bierschenken, über 500 an der Zahl. Er besuchte einige, das Bier war überall ähnlich: bräunlich-trüb, mild gehopft und durchaus schmackhaft. Besonders aber hatten es ihm die Bratwürste angetan, die zum Schlunz serviert wurden. Das war für ihn eine Delikatesse ersten Ranges. Am Hof in Wiener Neustadt war das

Essen meist gut gewesen, und auch sein Förderer Reichlin von Meldegg hatte Georg unterwegs kulinarisch weitergebildet. So fiel es ihm leicht, bei dieser Wurst neben Salz und Pfeffer Kümmel, Majoran und Knoblauch herauszuschmecken.

Der gerne zitierte Saufteufel hatte hier in Erfurt schon so manches Opfer gefunden, daher war vom Rat der Beruf des ›Bierausrufers‹ erfunden worden. Zuerst dachte Georg, auch die Erfurter wären der kaiserlichen Idee voraus gewesen, im Laufe der nächsten Tage stellte er jedoch fest, dass die Bierausrufer andere Aufgaben hatten, als ihm selber vom Kaiser aufgetragen worden waren. Zum einen waren sie, als Angestellte des städtischen Rates, für die Erstellung der Brau-Reihenfolge zuständig; diese Einteilung wurde im sogenannten Valpurgisbuch niedergeschrieben. Der Rat wollte verhindern, dass alle Brauhäuser gleichzeitig Bier herstellten, da dies in früheren Zeiten eine kollektive Trunkenheit und entsprechend Aufruhr in der Stadt verursacht hatte. Zum anderen mussten sie, nachdem die Brautage festgelegt waren, die Bürger rechtzeitig darauf hinweisen, vorher nicht mehr in die Gera zu scheißen und auch ihre Nachttöpfe nicht mehr dort hineinzuleeren.

Brauen durfte in Erfurt jeder, der ein Einkommen von mindestens 500 Gulden vorweisen konnte, auf das er Steuern zahlte, sowie ein Grundstück mit Braurecht hatte. Ein Grundstück mit Braurecht nannte man hier ›Biereigenhof‹. Zur Kenntlichmachung der jeweils aktiven Biereigenhöfe hatten sich die Erfurter etwas Besonderes einfallen lassen: Jeder Hof hatte neben dem Eingang ein Loch in der Fassade, und die, die fertiges Bier anzubieten hatten, steckten ein Strohbündel dort hinein. Unterstützt von den lautstarken Bierausrufern konnte so jeder erfahren, wo es frisches Bier zu trinken gab.

Während er zu Fuß durch die Stadt streifte und bei seiner Wanderung die Brauhäuser mit ausgestelltem Besen zählte – es waren viel zu viele, um alle zu besuchen, geschweige denn zu überprüfen –, beschloss Georg, nur stichprobenartig vorzugehen.

»Wenn die Erfurter nur einen Namen für all ihr Bier haben«, so seine Folgerung, »dann werden sie sich auch alle ähnlich sein. Und alle ähnlich gebraut sein.«

Er kam an ein Brauhaus, neben dem ein handgemaltes Schild hing mit der vollmundigen Ankündigung:

»Akademischer Biereigenhof von Hochwürden Professor Horatius Eobanus Amplonius Weber, Magister der Sieben Freien Künste, der Scholastik und des Bierbrauens.«

Der ausgesteckte Besen wirkte einfach unwiderstehlich.

Georg trat ein.

Eine kleine, propere Gaststube, spärlich möbliert, mit gerade einmal drei frühen Zechern auf den Bänken, ein Wanddurchbruch – doppelt so groß wie eine Tür –, durch den Georg die Silhouette eines Bottichs erblickte. Schemenhaft nur deswegen, weil eine Unmenge Dampf und Rauch aus dem Nebenraum hervorquoll. Plötzlich ein kurzer Aufschrei, ein unterdrückter Fluch, dann tauchte ein Mann auf, mit einem zerbrochenen Maischescheit in der Hand.

Georg konnte ein Lachen kaum unterdrücken. Der Kerl war die Karikatur eines Braumeisters. Mit wirr abstehenden Haaren, einer Brille, die so beschlagen war, dass er unmöglich etwas sehen konnte, war der Professor von kleiner Gestalt, mit einem runden Kugelbäuchlein. Georg wartete, bis sich der scholatisch gebildete Brauer gesammelt hatte, wobei dieser noch über einen auf dem Boden liegenden Bierkrug stolperte. Dann ging er auf ihn zu und stellte sich vor.

Der Professor reagierte mit einem heftigen Kopfnicken,

und eine erstaunlich sonore, so gar nicht zu der komischen Figur passende Stimme sagte:

»Ich bin Professor Horatius Weber, Magister Artium und Braumeister dieses Akademischen Brauhauses. Den Rest erspart Euch. Auch meine übrigen Vornamen. Die sind nur dazu da, um die Narren an der Universität zu beeindrucken.«

Der Mann war Georg mit einem Male grundsympathisch. Er änderte sofort seine vorher zurechtgelegte Taktik und erzählte die Wahrheit über seine Mission.

Das Kopfnicken wurde heftiger.

»Sehr erfreut, hocherfreut gewissermaßen, das zu hören. Dass sich unsere Obrigkeit Sorgen um das Bier macht, ist äußerst, um nicht zu sagen, sehr, sehr erfreulich!«

Die umständliche Ausdrucksweise war gewöhnungsbedürftig, aber Georg ging davon aus, dass nun mal an gelehrten Stätten so geredet wurde.

Nach der gegenseitigen Vorstellung kamen zuerst einmal zwei große Krüge eines trüben, dunkelbraunen, mild gehopften Biers auf den Tisch, das Georg erstaunlich gut mundete.

Es folgte der übliche Austausch von Neuigkeiten zwischen einem Ansässigen und einem Reisenden.

»Wie kommt es, dass Ihr, so ein gelehrter Mann, ein Professor, ein eigenes Bier braut?«, stellte Georg beim zweiten Krug die Frage, die ihm seit seinem Eintritt auf der Zunge lag.

Weber schmunzelte und wischte sich den Schaum vom Mund.

»Das gibt es nur in Erfurt, soweit ich weiß. Die hiesige Universität ist zwar weithin berühmt, weil sie so alt und angesehen ist und Vorbild war für die jüngeren Gründungen in Rostock, Trier, Mainz oder Basel. Es gibt nur ein Problem: Als Professor in Erfurt stehst du immer kurz vor dem Hungertod. Die Gehälter sind so schlecht, dass vor 40 Jahren alle Professoren auf einmal die Universität verlassen wollten. Um das zu verhindern, hat der Rektor mit dem Rat der Stadt ausgehandelt, dass alle ordentlichen Professoren in Erfurt ab sofort das Braurecht erhalten, ob sie ein Haus dazu besitzen oder nicht. 500 Gulden verdient von uns sowieso niemand. Kurz und gut: Wir brauen, um zu überleben!«

Der verblüffte Georg hakte nach:

»Kommt denn dabei die Lehre nicht zu kurz?«

»Nein, nein, dazu haben wir den ganzen Sommer Zeit, und im Winter, während des Brauens, denke ich mir neue Aufgaben und Traktate für meine Studenten aus. Man sollte nicht glauben, welche grandiosen Gedanken einem offenen Geist kommen können, während die Hand den Maischescheit führt oder das Feuer schürt.«

Weber lachte laut, während er fortfuhr:

»Das gilt für die meisten von uns, aber leider nicht für alle. Einer meiner Kollegen, sein Name sei verschwiegen, wurde erst letzten Monat von unserem Rektor abgemahnt, er solle künftig nüchtern zur Vorlesung erscheinen, sonst sperre man ihm das Gehalt.«

Georg stimmte in Webers Lachen ein.

»Allerdings hatte der Rektor das Geld, welches wir mit dem Bier verdienen, unterschätzt. Mein lieber Kollege braut jetzt nur noch Bier. Da er das in Erfurt nicht darf, wenn er kein Professor mehr ist, treibt er nun in Leipzig sein Unwesen.«

Georg dachte mit Schaudern an das Leipziger ›Rastrum‹ und war froh, nicht mehr dort zu sein.

Das Gespräch drehte sich dann stundenlang um Details des Brauprozesses, die Zutaten und, Georg fand dies neu und überraschend, einen wissenschaftlichen Ansatz zum Bierbrauen.

»Eines Tages, ich weiß es sicher«, schwelgte der Professor in Visionen, »wird Bierbrauen kein Handwerk mehr sein, sondern eine Wissenschaft. Alle Geheimnisse werden erforscht sein, die jetzt noch Mysterien sind für uns Brauer!«

Darauf musste erneut ein frischer Krug her.

Georg hatte sich, nachdem er keinerlei Kritik an der Rezeptur finden konnte, gedanklich bereits für den Tag von seiner Mission verabschiedet. Jetzt genoss er einfach nur noch die Gesellschaft dieses originellen Vogels, spielte dessen Spiel mit und begann ebenfalls zu schwadronieren.

»Und ebenso eines Tages wird es Gesetze geben, in denen die exakte Herstellung des Biers geregelt ist, nicht nur die sechs Gebote meiner Mission.« Diese deklamierte er dann lautstark. Doch war dies nur einer seiner Beiträge zu den Zukunftsprognosen, die an diesem Abend noch gestellt wurden und von denen keiner der beiden wusste, wie ernst sie der andere nahm.

Die beiden, mittlerweile sichtlich angeheiterten Brauer nickten und tranken sich mit Vehemenz weiter zu, bis beide ermattet zurücksanken. Während die drei anderen Gäste das Schauspiel zuerst amüsiert verfolgt hatten, irgendwann aber aufgebrochen waren, waren der Bierkieser und der professorale Braumeister schlafend auf den Bänken zurückgeblieben. Der Professor hatte seinen Sud vergessen, das Feuer erlosch und die Maische erkaltete.

Stunden später wachte Georg verkatert auf, die hölzerne Bank war hart, sein Rücken schmerzte, Weber schlief noch. Es dämmerte bereits, als er den Akademischen Biereigenhof von Hochwürden Professor Horatius Eobanus Amplonius Weber, Magister der Sieben Freien Künste, der Scholastik und des Bierbrauens, verließ.

Georg ritt Richtung Heimat, in diesem Falle Linz, wo er dem Kaiser Bericht erstatten wollte. Acht bis zehn Tagesritte bis Regensburg, dann wollte er per Schiff auf der Donau weiterreisen bis Linz.

Nach zwei Tagen begannen die Bauchschmerzen, die ihn seit seiner Abreise plagten, heftiger zu werden, immer öfter musste er schnell vom Pferd springen. Er bekam Koliken, und ein unglaublich hartnäckiger Durchfall plagte ihn. In überfallartigen Schüben fuhren ihm die Schmerzen in den Leib, sodass er mehrmals um ein Haar in vollem Trab von Fafnir gefallen wäre. Jedesmal, wenn er sich am Straßenrand entleerte, wurde es schmerzhafter. Sein Stuhl war flüssig und rot und stank wie nie zuvor. Mittlerweile ahnte er, dass er ernsthaft erkrankt war. Und er befand sich in einer ihm völlig unbekannten Gegend, mit niemandem weit und breit, den er um Hilfe bitten konnte. So gut es ging, hielt er sich auf Fafnir fest, der instinktiv ahnte, wo er entlangmarschieren musste, sein Reiter war nicht mehr in der Lage, ihn zu lenken. Schließlich, in der Nähe der Stadt Hof, fiel Georg vom Pferd. Völlig erschöpft, ausgetrocknet und von Krämpfen geplagt, lag er am Straßenrand. Ein vorbeikommender Bauer lud ihn auf seinen Karren, band Fafnir hinten dran und brachte ihn zu seiner ärmlichen Hütte.

Adam und Grethe, seine Frau – beide noch jung, jedoch bereits viel älter und ausgezehrt aussehend –, päppelten ihn wieder hoch. Ihre vier Kinder, die dreckig, zerlumpt und, trotz der noch kühlen Jahreszeit, barfuß und halbnackt im Hof umherliefen, begafften ihn wie ein fremdartiges Wesen. Glück im Unglück, dass er an zwei arme, aber ehrliche und gottesfürchtige Bauern geraten war.

»Es hätte Euch auch anders treffen können«, belehrte ihn Adam. »Seitdem die Hussiten die Stadt Hof zerstört haben, ist noch nicht wieder Ruhe eingekehrt. Die Straßen sind unsicher, und wenn Ihr eine volle Geldkatze dabeihabt, wärt Ihr nicht lange dort liegen geblieben. Zumindest nicht lebend mit Geldkatze.« Grethe flößte ihm Gemüsebrühe und Gerstenmus ein, die Krämpfe ließen nach, innerhalb einer Woche kam er wieder zu Kräften. Es war ihm peinlich, dass er sich in seiner Schwäche mehrmals in der einzigen Kammer, in der sie alle sieben schliefen, ins Stroh entleert hatte, weil er zu schwach war und seinen Schließmuskel nicht unter Kontrolle gehabt hatte. Beide winkten vorerst ab, als er dies mit Geld abgleichen wollte.

»Jeder wird irgendwann einmal von der Ruhr erwischt.«

Nun hatte seine Krankheit auch einen Namen.

»Habt Ihr unsauberes Wasser getrunken? In den Städten sind die Flüsse so vollgeschissen von den vielen Menschen, die dort leben, dass die Rede geht, man sollte nur noch Wein trinken. Oder noch besser: Bier, denn das ist wenigstens gekocht worden.«

Georg zwang sich ein Lächeln ab, war er doch mittlerweile sicher, dass er sich die Ruhr bei dem Bier von Professor Weber eingefangen hatte. Sicherlich hatte der vergessen, sein fäkalienverseuchtes Brauwasser ordentlich zu kochen. Das würde ihn einen tadelnden Eintrag in Georgs Buch kosten.

Er blieb noch zwei Tage länger, um wirklich genügend Kraft für die weitere Reise zu haben. Während dieser Zeit redete er mit Grethe über Gott und die Welt, Adam war meist draußen bei der Arbeit. So erfuhr er, dass er nicht mehr in Thüringen, sondern im hohenzollerschen Markgraftum Brandenburg-Kulmbach weilte.

Als er von seinem Beruf erzählte, meinte Grethe, dann solle er doch einmal nach Hof reiten, wenn er Zeit habe.

»Da findet jedes Frühjahr der ›Schlappentag‹ statt. Da wird sogar ein eigenes Starkbier ausgeschenkt, das ›Schlappenbier‹.«

Auf Georgs fragenden Blick ergänzte sie:

»Ich war einmal dort, als junges Mädchen. Nachdem die Hussiten die Stadt vor 50 Jahren zerstört hatten, wurde eine Schützengilde gegründet, um sich in Zukunft besser verteidigen zu können. Alle Gildenmitglieder versammeln sich, trinken Bier und schießen um die Wette. Die ganze Stadt ist auf den Beinen. Und der beste Schütze braucht das ganze folgende Jahr hindurch keine Steuern mehr zu zahlen.«

Schließlich standen die Zeichen auf Aufbruch. Georgs aufrichtiger Dank wurde begleitet von einigen Münzen, die er Grethe diskret in die Hand drückte – sie war geschäftstüchtiger als ihr Mann, der einen Dankeslohn abgelehnt hatte. Ein gutes Gefühl, wieder bei Kräften zu sein und auf seinem Pferd zu sitzen.

Unter erneuter Umgehung von Regensburg gelangte er an die Donau, fand bald ein Schiff, und nach einigen Tagereisen auf Europas größtem Fluss – er genoss die Reise zur Rekonvaleszenz so, dass er vergaß, die Tage zu zählen – war er zurück in Linz.

Sein geplanter Tadel über den Erfurter Brauer sollte sich als überflüssig erweisen. Georg war nicht das einzige Opfer der Ruhr gewesen, und so war der Rat bald schon dahintergekommen, dass die Quelle der epidemieartigen Krankheit, die sich rasend schnell in Erfurt ausgebreitet hatte, in Webers Akademischem Biereigenhof zu suchen war. Sofort wurde das Brauhaus geschlossen, allen dort befindlichen Bierfässern und Bottichen der Boden ausgeschlagen und der Professor mit einem Brauverbot belegt. Weiterhin wurde er mit Teer bestrichen, in Federn gewälzt und musste in dieser Pose zwei Tage lang den Spott aller Erfurter, auch seiner Studenten, über sich ergehen lassen. Wäre einer seiner Kunden an der Ruhr gestorben, hätte es viel übler für ihn ausgehen können. So konnte er nach Abbüßen dieser Ehrenstrafe wenigstens wieder seiner Universitätsarbeit nachgehen. Das Bierbrauen blieb ihm indes auf Lebenszeit verwehrt.

Der Betrug

Im Verlauf des Frühjahrs war Kunigunde hinter den Betrug gekommen. Ein langer Brief ihres Vaters war ihr heimlich zugestellt worden, bevor die Hofbediensteten des Herzogs wie üblich – Albrecht war misstrauisch – alle Depeschen zur Kontrolle an ihn persönlich weiterleiteten. Kunigunde erblasste beim Lesen, lief wutentbrannt zu ihrem Gatten und stellte diesen zur Rede.

»Wer hat die Erklärung geschrieben, mit der mein Vater angeblich sein Einverständnis zu unserer Hochzeit gegeben hat?«

Albrecht versuchte, diese peinliche Situation vor seinen Höflingen dadurch zu retten, dass er diese erst einmal hinauskomplimentierte.

»Wir müssen wichtige Dinge unter vier Augen besprechen«, herrschte er gleich darauf die Anwesenden an, als ihm der Aufbruch gar zu zögerlich erfolgte. Er wusste genau, dass sich ab sofort die Ohren aller an der Tür platt drücken würden, um ja keine Einzelheit des folgenden Streits zu versäumen.

Die Tür schloss sich hinter dem Letzten, nun wandte er sich seiner frisch Angetrauten zu.

»Der Brief ist selbstverständlich vom Kaiser persönlich verfertigt und unterschrieben worden.«

»Warum behauptet er dann, sein Einverständnis nicht gegeben zu haben?«

Kunigunde schäumte vor Wut. Obwohl sie die Hochzeit gewollt hatte und Albrecht wirklich liebte, hätte sie ohne die Zustimmung ihres Vaters niemals geheiratet. Dieser Affront wäre einer Kriegserklärung der Wittelsbacher gegen die Habsburger gleichgekommen.

Genauso wie nun dieser Betrug …

Schließlich gab Albrecht klein bei und versuchte nur noch, sich dadurch herauszureden, dass er den Betrug herabspielte. Der Brief sei im Auftrag des Kaisers schon vor längerer Zeit so angefertigt worden. Und nachdem Friedrich aus ›nichtigen Gründen uns unser Glück verweigern wollte‹, da habe man ›halt einen Kunstmaler mit des Kaisers Unterschrift, Monogramm und Siegel beauftragt‹. »Er wird schon noch zur Vernunft kommen, der alte Mann«, sagte er beschwichtigend.

»Sag nicht ›alter Mann‹ und rede nicht schlecht über meinen Vater.«

Noch war Kunigunde nicht bereit zur Vergebung.

»Wusste mein Onkel Siegmund von diesen hinterlistigen Ränken? Nein, nein, nein, ich ahne es, sicher war er sogar einer ihrer Schmiede!« Kunigunde erkannte mit einem Mal, wie die Hochzeit den Interessen ihres Gatten und denen ihres Onkels gedient hatte. Albrecht ersparte sich die Antwort. Er sah an Kunigundes Miene, dass sie diese bereits kannte.

»Bis auf Weiteres werde ich aus unserem gemeinsamen Schlafgemach ausziehen und eine Kemenate im Frauenflügel beziehen.«

Albrecht stemmte empört die Hände in die fülligen Hüften.

»Aber was soll das Volk denken? Unsere Höflinge werden diese Blamage sofort hinausposaunen auf die Straße. Das Volk wird mich verlachen.«

»Das hättet ihr beiden Gauner euch zeitiger überlegen sollen«, war Kunigundes gefasste, aber unerbittliche und abschließende Antwort. Sie winkte huldvoll, als wolle sie eine lästige Audienz beenden, und schwebte davon.

Die nächsten Stunden verbrachte sie damit, ihre Hofdamen anzuweisen, welcher ihrer Schätze und Truhen in ihrem neuen Schlafgemach wohin geräumt werden sollte.

In der folgenden Nacht schlief sie bereits allein.

Zwei Wochen später kam ein weiterer Brief Kaiser Friedrichs nach München. Der hatte mittlerweile anscheinend Gefallen an der Drohung gefunden, mit der er Georgs Freilassung in Würzburg erreicht hatte, und Albrecht die sofortige Reichsacht angedroht, sollte sich herausstellen, dass dieser in den Betrug um die Heirat mit Kunigunde verwickelt war.

Das war sogar Kunigunde zu viel der Strafe. Ihrer Meinung nach war es ausreichend, dass der Bayernherzog allein schlafen musste und somit auch den heiß ersehnten Nachwuchs nicht zeugen konnte.

So schickte sie ihren Gatten zu ihrem Bruder. Maximilian vermittelte, bettelte den Kaiser an, nachsichtig zu sein, obwohl auch er den Betrug wüst beschimpfte. Er hob seine eigene Mitgift für Kunigunde hervor – bei gleichzeitiger wiederholter Betonung der Tatsache, selbst nichts von der Hochzeitsintrige gewusst zu haben. Kurz, er versuchte alles in seiner Macht Stehende zu tun, um die drohende Ächtung abzuwenden.

Am Ende siegte die Vernunft. Der deutsche Kaiser ließ sich vom deutschen König überzeugen, dass die Reichsacht gegen seinen Schwiegersohn endlose Streitigkeiten und Kriege zur Folge hätte, bei denen alle Parteien nur verlieren konnten.

So vergab er Albrecht zwar nicht, bedrohte ihn jedoch fortan nicht mehr mit der Acht.

Kunigunde hingegen weinte sich wochenlang jede Nacht in den Schlaf. Noch jahrelang sollte die gefälschte Hochzeitserlaubnis das eheliche Verhältnis belasten.

Wiedersehen

Ende Juni ritt Georg in München ein; diese Reise war für ihn selbst überraschend gekommen. Der Kaiser hatte in Linz keine Verwendung für ihn gehabt, da er erkrankt war und kein Bier trinken durfte.

»Mein üblicher Bote, Siegmund Prüschenk, ist anderweitig unterwegs.« Mit den Worten »Bring ein paar vertrauliche Depeschen für mich zu meiner Tochter nach München« änderte Friedrich nicht nur kurzerhand Georgs Beruf, sondern stellte ihn auch bezüglich Kunigundes neuem Leben vor vollendete Tatsachen.

Die Trauer kam wieder hoch und hielt Georgs Gedanken fest im Griff, dennoch brachte er die Strecke nach München routiniert hinter sich, wie ein erfahrener Reisender, der genau wusste, wie viel er sich und seinem Tier zumuten konnte. Nur das Reisewetter war ungewohnt. Ritt er normalerweise im Frühjahr und Herbst die langen Strecken, so begleitete ihn nun sengende Sonne nach München. Staubbedeckt und verdreckt erreichte er die Alte Veste.

Sein alter Bekannter Jörg von Eisenhofen begrüßte ihn wie einen lange vermissten Freund.

»Meine Prophezeiung von deinem früheren Besuch ist eingetroffen. Die Erzherzogin Kunigunde ist jetzt Herzogin von Bayern-München.«

Georg tat überrascht, obwohl der Kaiser ihn schon aufgeklärt hatte. Er setzte eine fröhliche Miene auf, obwohl ihm anders zumute war, und stemmte den ersten Krug Bier mit dem Hofmeister.

»Kann ich die Herzogin sehen?«

Er musste ja noch heimlich die Depeschen übergeben. Dann fiel ihm ein, dass der Bayer nicht wissen konnte, wie das Verhältnis zwischen Kunigunde und ihm war, also schob er nach:

»Ich habe ja lange Jahre in Wiener Neustadt gelebt. Sie war des Öfteren in meinem Brauhaus. Vielleicht freut sie sich über Besuch aus der alten Heimat.«

Von Eisenhofen überlegte kurz.

»Du benötigst dennoch einen Vorwand. Wie wäre es damit, dass du ihr Bericht erstattest über die Mission, die ihr Vater dir erteilt hat?«

Georg hielt das für eine großartige Idee, und der Hofmeister vereinbarte eine Audienz in intimem Rahmen für den kaiserlichen Bierkieser. Als kleine Überraschung für Kunigunde verriet er ihr vorab nicht, um wen es sich dabei handelte.

Als Kunigunde Georg am nächsten Tag wiedersah, erkannte sie ihn zuerst kaum. Die lange Anreise und die erste Nacht in München hatten seine Trauer nicht gelindert, ganz im Gegenteil. Sein einstmals federnder Schritt war immer mehr einem schleppenden Gang gewichen, der die ganze Enttäuschung darüber widerspiegelte, dass seine beste Freundin geheiratet hatte.

Trotzdem hellte sich seine Miene auf, als Kunigunde ihn erkannte.

»Georg, mein lieber alter Freund!« In Kunigundes Gesicht ging die Sonne auf. Ungeachtet des Zeremoniells sprang sie auf und nahm Georg in die Arme. Nicht mütterlich, sondern wie einen Geliebten oder besten Freund – beides hätte sie in den letzten Wochen gut gebrauchen können.

»Was führt dich her nach München? Und was hast du gemacht, seit ich in Innsbruck war?«

Georg berichtete in kurzen Worten von seiner Mission, erzählte von den verschiedenen Orten, den Brauereien, die er besucht hatte, und den dort herrschenden Praktiken. Nebenbei übergab er diskret die Briefe ihres Vaters.

»Mein Gatte, der Herzog, wird deinen Ausführungen gerne lauschen. Er hat großes Interesse daran, dass in seinem Herzogtum gutes Bier ausgeschenkt wird, da er es als bedeutsam für die Gesundheit seines Volkes hält.«

Tatsächlich gelang es ihr, bereits am nächsten Tag eine Besprechung Georgs mit Herzog Albrecht zu arrangieren. Der befand sich häufig auf Reisen. Nicht nur innerhalb seines Herzogtums, sondern auch in Tirol, Frankfurt oder Augsburg war er als Gesprächspartner begehrt. Hätte Georg gewusst, wie das Verhältnis des Kaisers zu seinem Schwiegersohn zurzeit war, er hätte unter Umständen auf das Treffen verzichtet, wenn es ihm möglich gewesen wäre. So aber lief diese Besprechung in ungewohnt betulicher Atmosphäre ab. Albrecht, der sich sonst nie ohne sein höfisches Gewand zeigte, trug lediglich ein ledernes Wams über einem Leinenhemd, dazu einfache Lederstiefel. Jörg von Eisenhofen hatte ihm vorab von den verschiedenen Besuchen Georgs in der Alten Veste erzählt, so lauschte der Bayernherzog den Ausführungen und Erfahrungen des kaiserlichen Bierkiesers andächtig, fragte hier und dort ein Detail nach und ließ sowohl sein Interesse am Bier als auch seine Kenntnisse darüber durchblicken.

»Hast du denn wirklich Biere gefunden, die eine Gefahr sind oder die aus anderen Gründen verboten gehören?«

Georg erwähnte den Gräwzzing, das Augsburger Birkenbier sowie die Brauhäuser in Halle, Erfurt und Leipzig. Albrecht grinste, als er feststellte, dass Georg seine schlimmsten Erfahrungen allesamt nicht in seinem Herzogtum gemacht hatte.

»Und was ist mit meinen Münchner Brauern?«

Diesen zollte Georg Lob, mit der Einschränkung des Gräwzzings sowie der Prognose: »Wenn nicht nach der nächsten Epidemie mal wieder keine guten Brauer mehr da sind.«

Der Herzog erzählte Georg dann von dem seit Jahren mit allen Mitteln ausgetragenen Streit zwischen den Münchner Bäckern und den Brauern.

»Und alles nur wegen der Hefe. Seit Jahrzehnten beschweren sich die Brauer, dass die Bäcker sie nicht gescheit bezahlen und lieber Brot anstatt Geld hergeben. Und die Bäcker beschweren sich über die Qualität der Hefe, weil sie den Hopfen nicht mögen. Jede Zunft beharrt so auf ihren Privilegien, und das Hefeprivileg liegt nun einmal bei den Brauern, nicht bei den Bäckern. Ich werde den Zwist bald mit einer Verordnung schlichten müssen.«

Die Besprechung dauerte länger als erwartet, der Hofmeister hatte zwischendurch immer wieder frische Krüge Bier nachgeschoben. Schließlich erhob sich der Herzog und entließ Georg, der sich danach noch zwei Tage in München aufhielt und dadurch noch zweimal heimlich mit Kunigunde plaudern konnte. Bei diesen Gelegenheiten konnte sie wiederum ihrem Ärger über die arrangierte Hochzeit endlich einmal Luft machen. Anlässlich dieser Treffen blühte ihre alte Freundschaft wieder auf, Kunigunde war so unbefangen wie eh und je und behandelte Georg, wie es einem alten Freund zustand; ja, sogar herzlicher als in früheren Tagen. Auch der genoss Kunigundes Gesellschaft, war er doch durch seine Berufung ständig auf flüchtige Bekanntschaften angewiesen, Freunde hatte er sich während der kurzen Aufenthalte niemals machen können. So ließen sie die alten Zeiten aus Wiener Neustadt in München Revue passieren, lasen zusammen in den Büchern ihrer Jugend – das ›Decamerone‹ gehörte immer noch zu Kunigundes Lieblingsbüchern – und lästerten über alte Bekannte, auch wenn von denen einige schon verstorben waren. Zum Abschied gab es innige Umarmungen und Küsse auf die Wangen, sodass der 29-jährige Georg errötete wie ein Jüngling. Kunigunde kannte den Hof und ihren Gatten mittlerweile gut genug, um zu verhindern, dass sie dabei beobachtet wurden, was ein Kunststück war bei Albrechts Überwachungsneurose. Sie versprachen sich einander ein baldiges Wiedersehen. Dann ritt Georg zurück nach Linz und verbrachte einen kurzen Sommer damit, dort von seinen Reisen zu berichten, ansonsten aber blieb er weitgehend untätig.

Nur einige Monate später hatte Albrecht schon auf das Gespräch mit Georg reagiert und bewiesen, warum er vom Volk mit dem Ehrennamen ›der Weise‹ bedacht worden war.

Am St. Andreastag, dem 30. November 1487, erließ er ein neues Biergesetz für das gesamte Herzogtum Bayern-München, welches als das ›Münchner Reinheitsgebot‹ in die Geschichte einging. Danach durfte Bier »aus nichts anderem denn aus Hopfen, Gerste und Wasser gesotten werden«.

Georg befand sich zu dieser Zeit bereits wieder auf großer Reise. Er hatte sich ein wahrhaft kühnes Reiseprogramm auferlegt, weswegen er auch schon im Spätsommer aufgebrochen war. Es wurde eine Reise, die sein Leben verändern sollte …

Politische Machtspiele

Anfang 1488 wurde offensichtlich, dass Kunigunde ihrem Gatten den üblen Betrug vergeben hatte; zumindest mussten sie wieder im gleichen Bett geschlafen haben: Sie war schwanger. So groß die Freude am Münchner Hof über den zu erwartenden Nachwuchs war, so groß war die Kluft zwischen Kaiser Friedrich und Herzog Albrecht geworden und, da sich Kunigunde öffentlich auf die Seite ihres Gatten geschlagen hatte, auch zwischen Vater und Tochter.

Die Wittelsbacher Herzöge waren dem Kaiser mittlerweile zu expansionsfreudig geworden, besonders in Tirol und Schwaben. Gerade der sonst politisch so weise und besonnen agierende Gatte Kunigundes hatte inzwischen jegliche Zurückhaltung aufgegeben, was seinen politischen Einfluss auf Siegmund und Kunigunde anging. Als wollte er seinen Schwiegervater noch mehr provozieren, hatte er im Jahr nach der Hochzeit mehrere Abkommen und Verträge mit Siegmund unterzeichnet, den ersten bereits knapp vier Wochen nach dem erfolgreichen Betrug an Kunigunde. Beide hatten tagelang in der Innsbrucker Burg gesessen und trotz äußerst unterschiedlicher Verhandlungspositionen – hier Schuldner, da Gläubiger – gefeilscht wie venezianische Kaufleute, geflucht wie die Kutscher, sich trotz ihrer Freundschaft gegenseitig angebrüllt, um am Ende einen ausgetüftelten Erbschaftsvertrag auf Gegenseitigkeit zu unterzeichnen. Dieser besagte, dass derjenige der beiden Schlitzohren, der als Erster ohne eheliche männliche Nachkommen sterben würde, dem anderen 1.000.000 Gulden auf dessen Land verschreiben würde. Obwohl beide der Meinung waren, den anderen übers Ohr gehauen zu haben, war es offensichtlich, wer davon eher profitieren würde: Es stand ein frisch getrauter Bayernherzog mit einer jungen Braut gegen einen bereits in zweiter Ehe kinderlosen Tiroler Herzog.

Diesen eindeutigen Bruch Siegmunds mit den traditionellen Habsburger Hausgesetzen lastete der Kaiser jedoch erstaunlicherweise nicht seinem ehemaligen Mündel an, sondern dem verhandlungsgeschickten Bayern, und so brachte dies den Kaiser endgültig in Rage gegen seinen ohnehin unerwünschten Schwiegersohn.

Im Fall von Siegmunds Tod wäre Tirol also kurzerhand an Bayern-München übergegangen, da 1.000.000 Gulden niemals aufzubringen gewesen wären. Doch damit war Siegmund in seiner Geldnot noch nicht am Ende: Im Mai hatte er den bayerischen Herzögen die habsburgischen Vorlande für sechs Jahre zur Verwaltung überlassen, zwei Monate später gar für die lächerliche Summe von 50.000 Gulden verkauft. Und alles nur, um einen unsinnigen Krieg gegen Venedig zu finanzieren, zu dem ihm sowohl Albrecht als auch die von ihm finanzierten Tiroler Räte geraten hatten. Um die Sache abzusichern – Albrecht hatte nicht nur Angst vor dem Zorn des Kaisers, sondern auch ein schlechtes Gewissen –, musste Siegmund in einem Zusatzvertrag zusätzlich noch 84.000 Gulden, quasi als Pfand und zusätzliche Mitgift für Kunigunde, zusichern. Vor Zahlung dieser Summe wären die Vorlande nicht zurückzuerwerben. Der gewiefte Albrecht hatte also

Siegmund und dem Kaiser nur die Wahl zwischen Pest und Cholera gelassen: entweder, ihm und seiner Ehefrau 34.000 Gulden mehr zurückzuzahlen, als sie selbst für die Vorlande bezahlt hatten, oder ganz darauf zu verzichten. Es verstand sich von selbst, dass Kunigunde von diesen Vorgängen nicht die Spur einer Ahnung hatte.

Friedrichs Geduld war damit endgültig am Ende, und er leitete drastische Maßnahmen gegen die Entfremdung habsburgischer Besitztümer ein. Eine Gesandtschaft wurde nach Innsbruck geschickt und sollte Siegmund auffordern, alle Verschreibungen zugunsten der Wittelsbacher zurückzuziehen.

»Die Habsburgischen Erblande sind unveräußerlich!«

Dieses Zitat Kaiser Friedrichs wurde in jenen Tagen oft in den Mund genommen.

Die Tiroler Landstände, die ebenso besorgt waren, schlugen sich schnell und eindeutig auf die Seite ihres Kaisers. Auf einer Versammlung im August konnten sie die Ausführung der zuletzt geschlossenen Verträge verhindern und die probayerischen Räte aus dem Amt jagen. Die neue Regierung unter Dr. Konrad Stürtzel war Kaiser und König treu ergeben.

Anfang 1488 erschien der Kaiser persönlich in Innsbruck, ächtete die Albrecht hörigen Tiroler Räte und zwang Siegmund, der sich nun praktisch im unfreiwilligen Ruhestand befand, die unselige Millionenverschreibung an Albrecht feierlich zu widerrufen. Weitere Widerrufe folgten mit Schiedssprüchen der Bischöfe von Augsburg und Eichstätt.

Nachdem der Status Tirols geklärt war, blieb noch Schwaben. Auch dort fühlten sich die Reichsstände durch die

Wittelsbacher bedroht. Friedrich gelang es im Februar 1488, sie im schwäbischen Bund zu vereinen und somit ein Gegengewicht zu den Bayernherzögen zu bilden. Eine direkte Konfrontation des Kaisers mit seinem Schwiegersohn war einstweilen gebannt, obwohl Albrecht in den folgenden Monaten immer wieder den Schulterschluss mit den Feinden der Habsburger suchte: den Eidgenossen, Frankreich und ganz besonders Matthias Corvinus, zu dem Albrechts Bundesgenosse Georg der Reiche von Landshut ein ausnehmend gutes Verhältnis hatte. Ein echtes Bündnis scheiterte einerseits an den hohen Forderungen der Bayern, anderseits hatten sie vielleicht doch zu viel Respekt vor dem Habsburgerkaiser, um den offenen Bruch wirklich zu vollziehen.

Der musste zum Jahresbeginn in die Niederlande reisen, um seinem Sohn beizustehen. König Maximilian war in Brügge tatsächlich gefangen genommen worden, und zwar von seinen eigenen, unzufriedenen Untertanen. Fünf Monate lang, von Januar bis Mai, schmorte er dort im Gefängnis. Diese Gefangennahme war eine gigantische Schmach, ein Majestätsverbrechen ohne Vorbild, und erregte in ganz Europa Aufsehen. Mehrere Räte des Habsburgers, die in Mitgefangenschaft geraten waren, wurden peinlich verhört und hingerichtet.

Während der schmählichen Haft im Haus Kronenburg hatte es verschiedene Befreiungsversuche gegeben, weil offensichtlich war, dass ein erfolgreicher Befreier als Held in die Geschichte eingehen würde.

Einer hätte durch Maximilians Hofnarren stattfinden sollen. Kunz von der Rosen war Hofnarr und Berater, aber eher bekannt geworden durch Streiche und waghalsige Eskapaden. Er bot an, sich als Priester verkleidet in die Zelle bringen zu lassen. Dort könne er mit dem König die Kleider tauschen und ihm so zur Flucht verhelfen. Der König lehnte das Angebot jedoch als unehrenhaft ab.

Auch der Tiroler Florian Waldauf versuchte, sich Ruhm durch die Befreiung Maximilians zu erwerben. Der junge Mann, der lange Jahre in den Diensten Siegmunds gestanden hatte, war nach dessen Entmachtung in die Dienste Maximilians getreten. Sein ungestümer Befreiungsversuch missglückte, er kam jedoch mit heiler Haut davon und wurde zum Dank mit dem Adelstitel ›von Waldenstein‹ beschenkt. Zwei Jahre später wurde er wegen seiner Treue vom König sogar in den Ritterstand erhoben.

Maximilian selbst hatte für seine Befreiung mehrere Eide auf Brügge geleistet, um sich freizukaufen. Während der Verhandlungen über den Freikauf konnte dann Friedrichs Armee, zu deren Unterstützung Albrecht und dessen Vetter, Georg der Reiche von Bayern-Landshut, erstaunlicherweise Truppen geschickt und Herzog Albrechts Brüder Christoph und Wolfgang sogar am Feldzug teilgenommen hatten, den König letztlich doch befreien. Alle geleisteten Eide erklärte Friedrich für ungültig, und er wies seinen Sohn bei dieser Gelegenheit einmal mehr in seine Schranken.

»Der ganze Freikauf ist schändlich und meines Sohnes nicht würdig.«

Als Folge dieses Feldzuges nach Brügge erkrankte Friedrich, die Folge war ein offenes Bein; eine Krankheit, die ihn bis zu seinem Tod nicht mehr losließ.

Bei allen bischöflichen Schiedssprüchen, die gegen Ende 1488 im Streit zwischen den Familien der Wittelsbacher und der Habsburger gefällt wurden, hatten die Habsburger Recht zugesprochen bekommen, außer, kurioserweise, im Fall der strittigen, gefälschten Heiratsabrede Kunigundes. Dies war für Kaiser Friedrich insofern problematisch, weil Kunigunde auch ein Jahr nach der Heirat immer noch nicht den üblichen Erbverzicht geleistet hatte. Dies lag sehr im Interesse ihres Gatten, da dieser so jederzeit Ansprüche an das Haus Habsburg anmelden konnte.

Albrecht versuchte in der Folgezeit durch Gespräche und Verhandlungen mit dem Kaiser, das Klima zwischen ihnen wieder zu verbessern; sogar Georgs alter Bekannter Jörg von Eisenhofen wurde als Unterhändler eingeschaltet.

Regensburg war für Albrecht allerdings nicht verhandelbar, während der Kaiser es als obersten Verhandlungspunkt ansetzte. Stattdessen bot der Bayernherzog dreist den Schmuck seiner seit über 20 Jahren toten Schwiegermutter Eleonora von Portugal, Kunigundes Erbschmuck, ohne deren Wissen als Verhandlungsmasse an. Unbekümmert und ohne zu fragen, ob seine Frau den Schmuck ihrer früh verstorbenen Mutter vielleicht gerne als Andenken behalten hätte, wollte Albrecht ihn gegen Regensburg eintauschen, am besten noch mit der Herrschaft von Abensberg obendrauf.

Das erneute Scheitern der Gespräche war für alle vorhersehbar gewesen, nur für den verbohrten und in Regensburg vernarrten Albrecht nicht.

Aber wie um Friedrichs letzte politische Triumphe komplett zu machen, folgten in den nächsten vier Jahren noch weitere Niederlagen für Albrecht.

Als Folge der gescheiterten Verhandlungen verhängte der Kaiser 1489 noch die Reichsacht über Albrechts geliebtes Regensburg.

Dann kündigte Georg der Reiche Kunigundes Gatten die Zusammenarbeit auf, so stand dieser schließlich allein gegen den Kaiser, den immer größer werdenden Schwäbischen Bund und die Tiroler Stände.

Ein Konflikt mit dem ›Löwlerbund‹, einem Zusammenschluss niederbayerischer Adliger, machte seine Malaise beinahe perfekt.

Noch ein Mord?

Im Spätsommer 1487 war Georg seine vierte Reise angegangen, die ihn in den Südwesten und den Westen des Heiligen Römischen Reiches führen sollte.

Lindau, Ulm, Straßburg, Kaiserslautern, Trier, Bitburg, Köln, Dortmund, Soest, Hamm, Münster, Osnabrück, Mainz und die Krönungsstadt Frankfurt standen auf der Reiseroute.

Römerstraßen, deren einstiger steinerner Untergrund nicht mehr erkennbar war, wechselten ab mit Feldwegen und kleinen Saumpfaden, dennoch kam er gut voran. Immer wieder gab es Wolkenbrüche, und er war froh, wenn er kotbespritzt und durchnässt am Ende des Tages ein Quartier fand. Zügig erreichte er den Bodensee.

Er machte Station in der Freien Reichsstadt Lindau und fand ein Brauhaus, in dem das Bier zwar nicht besonders gut, aber auch nicht zu beanstanden war. Mehr freute er sich über die abwechslungsreiche Kost, da es ihm auf den langen Reisen immer mehr an gutem Essen als an gutem Bier mangelte. Im Gasthaus aß er Kastanienbrot mit Galrey, einer Fischsülze aus Karpfen und Hecht sowie Gewürzen, Zucker, Mandeln, Safran und Eiern. Das schmeckte köstlich, das mittelmäßige Bier war sogleich verziehen.

Am nächsten Tag reiste er weiter nach Ulm. Die Stadt, die sich selbst ›Haupt und Zierde Schwabens‹ nannte, war indes keine Zierde der Braukunst. Sobald er in dem Gasthaus, in dem er übernachtete, auf Nachfrage der neugierigen Wirtin erklärt hatte, er wäre ein Bierbrauer, ging das Gezeter los.

»Mörderbande, verfluchte«, schalt sie den gesamten Berufsstand.

»Ohne Ordnung wird hier gesotten, das Bier wird nicht richtig vergoren, und die Leute, die ja meine Kunden sind, werden alle krank!«

Sie bestätigte auch, dass der ›kleine Rat‹ der Stadt bereits zwei Jahre zuvor neue Verordnungen erlassen hatte, die jedoch, so schien es Georg, noch nicht griffen.

Auch hier war das Essen besser als das Bier. Er erfreute sich an Schmalzspätzle mit Petersilie, Saucen aus dem Saft unreifer Trauben und Essig, abgerundet mit Brotkrumen und zerstoßenen Nüssen.

Freiburg, obwohl eigentlich eine alte Habsburgerstadt, ließ er aus. Als zu unruhig war ihm der Breisgau beschrieben worden, marodierende Schweizer und aufrührerische Bauern machten die Gegend unsicher.

So ritt er voller Vorfreude seiner alten Heimat Straßburg entgegen. Viele Jahre war er fort gewesen, mit Dankbarkeit erinnerte er sich an Daniel Fischer und dessen Ausbildung, die ihm den Sprung an den Hof des Kaisers ermöglicht hatte. Er freute sich ebenfalls darauf, Sonja wiederzusehen. Zudem würde Daniel ihm sicher helfen können, seinen Auftrag mit den Zünften zu besprechen. In Straßburg waren die Zünfte schon früh in den Rat geholt worden, im Gegensatz zu anderen Städten, und hatten somit großen Einfluss auf die städtische Gesetzgebung. Ihre Zustimmung vorausgesetzt, sollte Georg leichtes Spiel haben.

Als er in die Brüderstraße einritt und gleich das vertraute Bild von Fischers Brauhaus erblickte, machte sein Herz vor Freude einen Sprung. Er kletterte vom Pferd, übergab es, zusammen mit einer Münze und dem Befehl, es dem braven Tier an nichts mangeln zu lassen, an einen der Burschen, die zu diesem Zweck vor den Brauhäusern und Schankstuben herumlungerten.

Neugierig betrat er die Schankstube, die noch genauso voll und lärmerfüllt war, wie er es von früher in Erinnerung hatte. Rauch- und bierdunstgeschwängert, schwirrten eine Vielzahl verschiedener Sprachen und Dialekte durcheinander. Bald hatte er Sonja hinter dem Tresen erblickt. Ihr früher pechschwarzes Haar war grau geworden, die Glut in ihren Augen jedoch war noch nicht verloschen. Auch ihre Figur, besonders die vollen Brüste, erregten immer noch Aufsehen. Auch bei Georg, der zu den Zeiten, da er Brauer bei Daniel Fischer gewesen war, zu jung oder zu beschäftigt gewesen war, um Derartiges zur Kenntnis zu nehmen, geschweige denn zu schätzen. Jetzt allerdings fragte er sich, ob diese Frau früher auch schon so umwerfend ausgesehen hatte.

Sonja blickte auf, sah ihn an – und fuhr fort, die Krüge zu befüllen. Sie hatte ihn nicht erkannt. Ein zweiter Blick, ein dritter, dann stieß sie einen Freudenschrei aus, ließ fallen, was sie in der Hand hielt, und drängte sich durch zu Georg, küsste und umarmte ihn wie einen lange verschollenen Liebhaber. Die Begrüßung erregte selbstverständlich Aufsehen, was Sonja scheinbar egal war, die Leute begannen zu tuscheln, sie drückte ihn wieder und wieder. »Was führt dich nach Straßburg? Wie geht es dir? Wie lange bleibst du bei uns?«

Sie schoss die Fragen schneller ab, als Georg antworten konnte.

Schließlich zog sie ihn zu einem der weniger besetzten Tische und forderte ihn mit sanftem Druck auf die Schultern auf, sich dort niederzulassen.

»Ich hole uns etwas zu essen und zu trinken. Du musst ja halb verhungert sein. Und dann erzählst du. Vom Kaiser. Vom König. Und wen du noch kennengelernt hast!«

Das Bier schmeckte köstlich wie eh und je, dazu gab es eine deftige Brotzeit. Der Tresen war schon an eine andere Frau übergeben worden.

»Wo ist Daniel?« Jetzt kam Georg auch endlich zu Wort.

Sofort schossen Sonja die Tränen in die Augen.

»Du weißt es nicht? Du weißt es tatsächlich nicht?«

Georg schüttelt den Kopf, Sonja erzählte die ganze Geschichte, angefangen vom Bier für die Schlacht von Guinegate über die Ehre eines eigenen Wappens bis zum entsetzlichen Tod Daniels durch das Gift.

»Den feigen Mörder haben sie nie geschnappt. Er läuft wahrscheinlich immer noch frei in Augsburg herum.«

»Augsburg?« Fast schrie er die Frage hinaus.

»Ja, Augsburg. Dort sollte Daniel von König Maximilian vor eineinhalb Jahren das Wappen in Empfang nehmen.«

Georg fröstelte. Das wurde langsam unheimlich.

Schon wieder Augsburg! Bereits der dritte ermordete Brauer. Oder nein, halt, er hatte doch von Fischers Tod gehört! Er selbst war genau um diese Zeit in Augsburg gewesen, kurz nach dem Zwischenfall mit den vier Giftopfern. Nur hatte er natürlich nicht wissen können, dass eines der Opfer sein alter Lehrherr gewesen war. Also ›nur‹ zwei ermordete Brauer.

Aber mysteriös war es trotzdem.

Was geschah da in Augsburg?

Und wer hatte dort etwas gegen Bierbrauer?

Sonja erzählte weiter, nachdem die Tränen getrocknet waren. Von ihrer Übernahme des Brauhauses, von den Widerständen, die die Zunft ihr entgegensetzte, bis sie ein altes Gesetz ausfindig machte, das es ihr erlaubte, die Brauerei mit Schankstube in Erbpacht weiterzuführen.

Selber brauen durfte sie nicht, doch das wollte sie ohnehin nicht. Sie achtete nur darauf, wie vorher Daniel Fischer, die besten Rohstoffe zu kaufen, und war mittlerweile so beschlagen darin, dass niemand mehr an der Börse versuchte, sie mit der Qualität von Hopfen und Malz übers Ohr zu hauen. Die Küche war ihre Domäne und jetzt eindeutig osteuropäisch geprägt, allerdings mit elsässischen Zutaten, was, den zahlreichen Gästen nach zu urteilen, eine beliebte Mischung war. Sie hatte sich nicht wieder vermählt und lebte allein. Eindeutig signalisierte sie Georg, dass sie bereit wäre, ihr Bett mit ihm zu teilen. Der lehnte in geradezu ritterlicher Manier ab, obwohl er das Angebot der etwa zehn Jahre älteren Frau durchaus verführerisch fand. Sonja aber war für ihn in früheren Zeiten eine Mutterfigur gewesen, da ließ seine Lust sogleich nach.

Ein schönes Gästezimmer gab es trotzdem für ihn.

»Bleib bitte, so lange du magst.« Sonja war nach der höflichen Zurückweisung nicht verstimmt. »Ich freue mich so, dich als alten Freund wiederzusehen. Das möchte ich gerne auskosten.«

Er blieb eine ganze Woche, ohne dazwischen auch nur ein einziges Mal an seine Mission zu denken. Was er wissen musste, konnte Sonja ihm erzählen. Während er im Gegenzug Abend für Abend, Nacht für Nacht vom kaiserlichen Hof erzählte, von Friedrich, Maximilian, Kunigunde und den Wittelsbachern. Auch von seinen Reisen durchs Heilige Römische Reich, während Sonja an seinen Lippen hing und all das aufzusaugen schien, was da wie aus einer fernen Welt in ihr Leben eintrat.

Nach einer Woche besann er sich wieder auf seinen Auftrag und sattelte seinen Noriker.

Erneut gab es einen tränenreichen Abschied, als Georg rheinabwärts ritt.

Am Rhein entlang gab es nur Wein, Bier spielte für die Ernährung des Volkes hier noch keine Rolle. Auch größere Städte wie Speyer oder Worms waren für seine Mission uninteressant. So schlug er sich bald linksrheinisch in den nebelverhangenen, wilden, düsteren Pfälzer Wald, an Landau vorbei in Richtung Kaiserslautern. Wie durch ein Wunder blieb er von Überfällen verschont. Normalerweise ritt niemand allein durch diese Gegend, es sei denn, er war lebensmüde oder bettelarm.

In Kaiserslautern wurde Georg schnell fündig. Ein Vorfahre von Poraic, dem Braumeister in Kaiserslautern, war vor langen Jahren auf dem Rückweg von einem Kreuzzug in seine Heimat Cornwall durch die Pfalz gekommen und dort geblieben. Geerbt hatte Poraic nur, neben einer Vorliebe für alte gälische Namen, einen im Vergleich zu den Einheimischen leicht veränderten Zungenschlag. Er nannte sein Produkt auch nicht Bier, sondern ›Gerstenwein‹.

»Ich braue nach einem alten, gälischen Rezept«, erzählte er, während er mit Holzpantinen, die Georg an die in schmutzigen Städten üblichen ›Tritte‹ erinnerten, durch sein Brauhaus klapperte.

»Bei meinen keltischen Vorfahren hieß dieses Getränk ›Korma‹. Sieben verschiedene Malzsorten enthält es.«

Georg mochte das dunkle, bernsteinfarbene Bier, den vollmundigen, runden Geschmack mit seinem leicht süßen, karamellhaltigen Nachtrunk.

Dennoch vermerkte er in seinem Buch das beinahe völlige Fehlen von Hopfen oder anderen Bierkräutern.

Poraic war ein fröhlicher Geselle mit einem absonderlichen, schrägen Humor. Sie verbrachten einen durchzechten Abend, bevor Georg sich zur Weiterreise aufmachte. »Ich frage mich, wie du allein vom Rhein bis hierher gelangt bist. Du musst ein ganzes Bündel Schutzheilige haben. Strapaziere diese nicht über Gebühr«, meine Poraic. Und auf dessen Empfehlung hin schloss er sich einer Reisegruppe an, um in der Pfalz und auf dem Hunsrück vor Räubern und Wölfen geschützt zu sein.

Das Bierkind

Nachdem sie die Pfalz und den Hunsrück ohne Zwischenfall passiert hatten, erreichten Georg und seine Reisegruppe die Anhöhe, von der aus man ins Moseltal und auf Trier hinabschauen konnte. Dunkel erinnerte sich Georg an einen ähnlichen Eindruck aus seiner Kindheit – nach langen Jahren fiel ihm wieder einmal der Bader Michel ein, sein zweites Elternhaus nach den Beginen, als er zum ersten Mal den Rhein erblickt hatte. Der Ausblick hier war ähnlich schön, es fehlten aber das gute Wetter und ein schöner Sonnenuntergang.

Der Abstieg war leicht, es gab immer noch eine alte Römerstraße, die in Ordnung gehalten wurde. Eine Unterkunft war schnell gefunden in der ältesten Stadt nördlich der Alpen. Trier war ein beliebter Handelsplatz, Kreuzungspunkt wichtiger Reisewege und Residenz eines der mächtigsten Kurfürsten: Die alte römische Kaiserstadt bot für jeden Geschmack und jeden Geldbeutel passende Quartiere.

Hier spürte Georg die Nähe zu Frankreich zuerst und ganz besonders am Essen. Die Trierer aßen gern und reichlich, soweit Ernte und gelegentliche Abwesenheit von Krieg dies erlaubten. Die Eierpfannkuchen mit Majoran, Kerbel, Thymian und Estragon, gefüllt mit Fasan, Speck und Eiern, dazu eine Preiselbeersauce, waren einfach köstlich. Lange hatte er nicht mehr so gut zu Abend gegessen.

Er erwachte frisch und ausgeruht, bereit für eine der berühmtesten Städte des Heiligen Römischen Reiches. Viel war hier noch von der alten, längst vergangenen Pracht zu spüren, wenn auch einige Bauwerke bereits sichtlich dem Verfall preisgegeben waren. Die gepflasterten, sauberen Straßen um den Marktplatz waren von lebhaftem Treiben erfüllt. Der Lärm spielte sich größtenteils in Sprachen oder Dialekten ab, die Georg unverständlich waren.

Trier war jedoch, aus römischer Tradition und von Lage und Klima her, immer eine Weinstadt gewesen, und so fand er im Laufe des Tages nur ein einziges, trotz bereits fortgeschrittener Stunde, kümmerlich besetztes Brauhaus, welches Bier für die Bürger herstellte. Die beiden anderen Brauhäuser Triers gehörten zum Kloster St. Maximin und zum Hof des kurfürstlichen Bischofs.

Sogar das Bier, das der Braumeister dort herstellte, hatte seine Wurzeln in Frankreich, so lernte Georg eine neue Bierfamilie kennen. Dazu musste er sich und seinen Auftrag nicht einmal großartig vorstellen.

»Ich braue meine Biere nach der Art der Biere aus Cambrai, meiner Heimat.« Der Braumeister Jörg Kaspar war stolz auf seine Wurzeln im nordwestlichen Teil des Reiches, auch wenn es erst seit einigen Jahren Habsburgerland war.

»Seit fünf Jahren bin ich hier ansässig. Dies hier ist meine Spezialität.«

Damit stellte er Georg einen Krug stark schäumenden Bieres auf den Tisch.

Der roch sogleich eine fruchtige Blume, die er so noch nie erfahren hatte: Dem gleichfalls fruchtigen Antrunk, etwas pfirsichähnlich, folgte eine irritierend süßliche Note.

»Die Trierer mögen mein Bier nicht besonders. Sie haben es lieber bitterer.«

Nun wusste Georg auch, woran es dem Bier mangelte.

»Womit würzt du dein Bier denn? Ich schmecke keinen Hopfen heraus. Und Kräuter eigentlich auch nicht.«

»Wozu muss man ein Bier noch würzen, wenn es so fruchtig schmeckt wie meines? Ich gebe bestenfalls ein wenig Obstsaft hinzu, wenn ich welchen habe.«

Georg war anderer Meinung und stellte sich damit auf die Seite der meisten Trierer Biertrinker.

»Du willst ein Bier mit Hopfen? Dann musst du weiterziehen nach Bitburg oder gleich nach Köln.«

Er garnierte diesen Satz noch mit einigen spöttischen Bemerkungen über die Hopfenbiertrinker.

Auf dem Platz vor dem Trierer Dom spielte sich ein Spektakel ab. Dicht gedrängt standen die Menschen um eine kleine Bühne herum. Die war so niedrig, dass nur die vorderen Reihen wirklich sehen konnten, was dort geschah. Der Rest erfuhr es in bildhaften Worten, vom Vorder- zum Hintermann erzählt.

»Was geschieht dort?«

»Sie zeigen einen Jungen her.«

»Und, das ist alles?«

»Nein, der Junge heißt Cajanus und ist erst drei Jahre alt, aber zweieinhalb Steine schwer.«

Georg überschlug kurz.

»Das sind über 50 Pfund! Ist er krank?«

»Er ist so dick, weil seine Eltern ihn nur mit Bier gestillt haben, die Mutter hatte keine Milch. Und jetzt ist er so fett, dass sie ihn auf den Jahrmärkten herzeigen können.«

Georg hörte interessiert zu, vermerkte, dass das Gewicht des Jungen bei der nächsten Reihe schon auf 60 Pfund angewachsen war, und beschloss, das Bierkind selbst in Augenschein zu nehmen. Ohne Rücksicht auf Püffe und Stöße von seinen Nebenleuten fuhr er seine Ellenbogen aus und drängte nach vorne.

Als er vorne angelangt war, sah er einen ungeheuer groß gewachsenen Mann und eine nicht minder imposante Frau, offensichtlich die Eltern des bedauernswerten Kindes, die soeben ihre fragwürdige Präsentation beendeten.

Der Mann bellte einen Befehl in einer unbekannten Sprache – wenn Georg richtig gehört hatte, kam die Familie aus Finnland und zog mit ihrem monströsen Kind quer durch Europa. Der ungeheuer fette Junge watschelte unbeholfen zum Bühnenrand, seine Füße scherten aufgrund seiner Fettleibigkeit auseinander, und er verneigte sich.

»Und das alles nur mit süßem Bier!« Die Stimme des Vaters schwoll erneut an. »Da seht ihr, was das für ein vorzüglicher Nährstoff ist!«

Donnernder Beifall, auch Georg klatschte, Münzen prasselten auf das Kind nieder, welches, Georg war sich sicher, um einiges älter war als drei Jahre.

Die Mutter erhob einen Bierkrug und trank der Meute symbolisch zu.

»Auf die süßen Biere nach Art der Cambrai! Besucht das vorzügliche Brauhaus des Brauherrn Jörg Kaspar!«

Nun verstand Georg den höheren Zweck dieser Inszenierung und verließ den Domplatz mit einem schalen Geschmack auf der Zunge.

Das nur eine Tagereise entfernte Bitburg lag als nächste Etappe vor ihm.

Erneute Mordenthüllungen

In Bitburg hatte sich das Biergeschäft nach dem Tode Dieters vom Markte dramatisch verändert, und zwar nicht zum Besseren. Niemand hatte sich gefunden, der die Brauerei des Ermordeten übernehmen wollte, also war sie geschlossen und zerlegt worden.

Die Brauereigerätschaften waren dann wieder etwas primitiver zusammengebaut worden, damit die Brauerei transportabel war. Und so war mangels Kapazität der alte, eigentlich schon abgeschafft geglaubte Brauch des ›Reihebrauens‹ wieder eingeführt worden. Wer zu Hause Platz hatte und brauen wollte – ob er es konnte, war zweitrangig –, durfte seinen Wunsch anmelden und bekam die Brauerei nach Hause gefahren. Danach kam der Nächste an die Reihe.

Als einzige echte Brauerfamilie der Stadt waren die Flügels/La Pennas übrig geblieben, die das noch von Niklas von Hahnfurt* gegründete Brauhaus ›Zum feisten Römer‹ und den Ausschank ›Zum gescheuerten Arschleder‹ betrieben. Auch im ›Arschleder‹ wurde mittlerweile Bier gebraut, wenn auch nur in sehr überschaubaren Mengen. Dennoch konnten beide Brauhäuser die Nachfrage nicht befriedigen. Das Bier, das von den Reihebrauern hergestellt wurde, war ungenießbar oder, wie die Bitburger sagten, »nur gut, um Pferde damit zu tränken oder um es an die Trierer zu verkaufen«.

Tatsächlich wurden damit nur die Märkte, die Bauern und die Armen beliefert, wer es sich innerhalb der Stadtmauern leisten konnte, der trank ›Römerbier‹.

Anfang 1490 war Caspar Flügel Brauherr, ein etwa 25-jähriger, großer, blonder Hüne. Er begrüßte Georg freundlich im Brauhaus in der Petersgasse, sie nahmen Platz und tranken sich mit einem ›Römerbier‹ zu.

»Gütiger Gott«, seufzte Flügel, nachdem Georg seine Mission erläutert hatte. »Reicht es denn noch nicht, dass die Luxemburger bereits im Auftrag des Kaisers ein

---

* siehe ›Der Bierzauberer‹.

Ungeld von 20 Prozent auf Bier, Wein, Brot und Mehl eintreiben?«

»Ich bin nicht hier, um Geld einzutreiben.«

Wieder einmal musste Georg zuerst Missverständnisse aus dem Weg räumen, erklärte er seinen Auftrag nicht genau genug?

Dann musste er lächeln, als ein altes, gekrümmt gehendes Männchen ohne ein einziges Haar auf dem Kopf aus der Küche kam und auf Caspar losging.

»Du sollst arbeiten, fauler Nichtsnutz! Wozu habe ich dir meine Brauerei vererbt? Damit du den ganzen Tag auf der faulen Haut liegen kannst? Los, schleich dich ins Brauhaus!«

Caspar machte eine beschwichtigende Geste mit den Händen, nuschelte »mein Vater glaubt immer noch, dass er die Brauerei leitet« und erklärte dem Vater mit knappen Worten die Aufgabe seines Gastes. Das Männchen rief noch: »Der Kaiser soll uns in Ruhe lassen, die Luxemburger sind uns Dorn im Fleisch genug!« Dann trollte es sich.

Flügel holte aus und beschrieb Georg seinerseits die ›Reinen Brauer‹*, denen er angehörte und nach deren Ethos er braute.

»Bei mir kannst du dich umschauen, ich habe nichts zu verbergen.«

Dann beschrieb er das Reihebrauen, hielt nicht mit seiner Meinung hinter den Berg, dass die Qualität des Bieres unter aller Sau sei, und wünschte sich schließlich sogar etwas Konkurrenz.

»Ein zweiter Brauer in der Stadt könnte nichts schaden. Seit unser früherer Konkurrent Dieter vom Markte umgebracht worden ist …«

---

* siehe ›Der Bierzauberer‹.

In Georgs Kopf begannen Alarmglocken zu läuten.

»Umgebracht, sagst du? Wann denn und wo?«

»Hier in Bitburg, ist schon lange her«, erwiderte Flügel, worauf sich Georg wieder etwas entspannte. »Vor etwa 20 Jahren, die Umstände des Todes waren jedoch so seltsam, dass bis heute darüber geredet wird.«

»Dann erzähl doch mal!«

»Man sagt, er habe einen Burschen eingestellt, ganz jung noch und hässlich war der wie die Nacht, mit einer besonders auffälligen, schiefen Nase. Der war der Letzte, der ihn wohl lebend gesehen hat. Die Büttel haben ihn gesucht zum Verhör damals, aber man hat ihn niemals gefunden, seine Spur verlor sich kurz hinter dem Rhein.«

Die Glocken klangen wieder und wurden mit jeder Sekunde lauter.

Zu jener Zeit, vor 20 Jahren, da hatte Georg in Fischers Brauhaus mit seiner Arbeit angefangen.

Ein Verdacht, den er unbestimmt schon seit Längerem mit sich herumgetragen hatte, keimte auf. Sollte etwa Markus, der unfreundliche Brauer aus Augsburg, hier seine Finger im Spiel gehabt haben? Die Beschreibung passte. Was aber hatte er in Bitburg verloren?

Dennoch, Markus war für ihn eindeutig der Hauptverdächtige. Und immer noch hatte er das dunkle Gefühl, diesem unheimlichen Menschen früher schon einmal begegnet zu sein.

Er fragte weiter.

»War noch etwas Besonderes an dem Toten?«

»Ja, in seinem Mund steckten Rübenschnitzel.«

Auch dieser Mord war sehr mysteriös. Er fragte sich nur, was der Bitburger Brauherr seinem Mörder wohl angetan hatte, dass dieser so gehandelt hatte.

Sie leerten noch einige Krüge, das ›Römerbier‹ schmeckte Georg hervorragend. Er hatte gelernt, seine Zunge auch nach einigen Krügen noch im Zaum zu halten, so erzählte er nichts von seinem mittlerweile beinahe sicheren Verdacht.

Er schloss sich Flügels Empfehlung an, dass er mit einer Untersuchung der Reihebrauer nur seine Zeit verschwendete – »Da braut ja nie jemand zweimal das Gleiche, da helfen auch keine Regeln!«, sagte Flügel. Und so machte sich Georg nach nur zwei Tagen Aufenthalt wieder auf die Reise.

Für den unsicheren Weg durch die wilde Eifel nach Köln schloss er sich wiederum einer bewaffneten Reisegruppe an. Der von Kaufleuten viel genutzte alte Römerweg von Trier nach Köln war ein Paradies für Strauchdiebe und Wegelagerer, und durch die unsicheren Machtverhältnisse fühlte sich niemand zuständig, damit aufzuräumen.

Kölsch und Keutebier

ALS GEORG NACH VIER TAGEREISEN in Köln Einzug hielt, unerkannt und unbekannt, feierten die Kölner gerade ihren Karneval. Die Straßen waren voller Menschen, Georg kämpfte sich durch die Menge und suchte sich erst einmal ein Quartier. Dann ging er hinaus und feierte mit.

Durch die Hohe Straße zog gerade eine Parade, angeführt von Hauptmann Karneval und eskortiert von Leutnant Speckdieb, Leutnant Riesenhunger und Leutnant Bratspießschlecker. Die Kölner liebten diese Figuren, wenn sie, bewaffnet mit Ochsenzungen und Würsten, der Fastenzeit als erbitterte Gegner entgegentraten.

Die Gaststuben der Brauereien waren voll, seit 1456

durften keine Tavernen mehr, sondern nur noch die konzessionierten Brauhäuser Bier ausschenken. Es wurde gefressen, gesoffen und gehurt, als gäbe es kein Morgen mehr. Georg aß munter mit, hielt aber eher Maß als andere; schließlich war er nicht zum Vergnügen hier.

Bier, Wein, Fisch mit Kümmel und Dill, Brot und Kübel mit Bratfett standen auf den Tischen, dazu Obst und Käse. Einige Zecher tunkten ihr Brot in eine braune Flüssigkeit, die Georg noch nie gesehen hatte. Es nannte sich Nussöl und schmeckte wunderbar.

Neben dem Bier, welches Georg bekannt vorkam, wurde ihm auch ein Krug mit einem sogenannten ›Keutebier‹ vorgesetzt. Es war sehr hell, beinahe gelblich, schmeckte bitter nach Hopfen, aber auch ein wenig süßlich, nach Weizenbrot. Dieses Bier wollte er auf jeden Fall hinterfragen.

Wie anderswo gab es in Köln Prediger auf der Straße, die natürlich gerade um diese Jahreszeit am heftigsten gegen die diversen Sauf-, Fress- und Hurenteufel wetterten. Einen von ihnen rannte er beinahe um, als er nach dem Essen wieder auf die Straße lief, um die Paraden weiterzuverfolgen.

»Auch du bist dem Teufel verfallen«, schalt ihn dieser. »Dem Kölner Teufel aber, das ist ein Weinschlauch und ein Bierfass und muss Sauf heißen.«

Georg wollte weiter, aber der Prediger hielt ihn am Gewand fest.

»Der Teufel ist so durstig, dass sein Durst niemals, auch nicht durch noch so großes Saufen, gelöscht werden kann. Gebt auf und tut Buße!«

Georg schüttelte ihn ab und musste beim Davoneilen noch einige Flüche über sich ergehen lassen.

Am nächsten Tag versuchte Georg trotz Karneval mit seinem Auftrag fortzufahren. Er zog Erkundigungen über die

Kölner Brauhäuser ein und wurde schnell fündig. Auch Köln hatte, wie alle großen Städte, bereits eine Brauerzunft. Diese war eine der ältesten und nannte sich ›Petrus-von-Mailand-Bruderschaft‹.

Als Zeichen ihrer wachsenden Bedeutung hatte die Bruderschaft soeben ihr erstes eigenes Zunfthaus erworben und just vor vier Wochen bezogen. Also ging Georg zu diesem Zunfthaus, dem ›Haus Mirweiler‹ in der Schildergasse, und stellte sich vor.

Der Zunftmeister war Adam Engels, ein Bär von einem Mann. Groß, dick, behaart, mit der fleischigen Nase und den rot geäderten Wangen eines regelmäßigen Zechers, begrüßte er Georg freundlich, aber zurückhaltend.

»Bist du ein Brauer auf Durchreise? Dann sei herzlich willkommen!«

Georg verneinte und erklärte in knappen Sätzen seine Mission.

Engels' Gesicht verfinsterte sich.

»Wer will sich eigentlich noch alles in unser Biergeschäft einmischen? Wir haben lange Jahre gekämpft, um den Erzbischof und die Fürsten loszuwerden. Wir haben sogar seit 35 Jahren von der Stadt das Grutmonopol gepachtet, das uns in jedem Jahr 1.200 Mark kostet. Sogar das Gruthaus am Marienplatz mit allen Gerätschaften haben wir gepachtet. Und alles nur, um alle anderen aus unserem Bier herauszuhalten. Es gibt auch kein Brauamt-Siegel mehr. Und jetzt will der Kaiser uns einen Bierkieser vor die Nase setzen. Lächerlich!«

Georg wartete einige Momente, bis Engels sich beruhigt hatte, dann ergriff er das Wort.

»Ich bin nicht hierhergekommen, um euch das Leben schwerer zu machen. Ich soll lediglich schwarze Schafe finden und aus der Herde entfernen. Das Kölner Bier hat einen guten Ruf. So erzählt mir doch einfach einmal, was die Zunft oder die Stadt zum Erhalt des guten Biers unternehmen. Vielleicht genügt das bereits, und ich kann wieder abreisen.«

Adam Engels ging hinaus und kam kurz darauf mit einem schweren Buch wieder. Er schlug es auf und begann vorzulesen.

»In diesem Buch vermerken wir alle Verordnungen und Erlässe, die mit unserem Bier zu tun haben. Und davon gibt es bereits einige.«

Er blätterte weiter.

»Unser Brauereid von 1412 erlaubt bei Hopfenbier und Rotbier nur Gerstenmalz als Getreide, für Keutebier hingegen wurde eine Mischung aus Gerste, Weizen und Hafer festgelegt.«

Damit war Georgs Feststellung zum Keutebier vom Vorabend bestätigt.

»Auch damit kann man natürlich noch Dollbier oder anderes schändliches Zeug brauen, also verlangte der Rat nach verschiedenen Brauer-Eiden dann 1438 von allen Kölner Brauern, stets gutes, kaltes Bier zu verzapfen. 1444 kam zusätzlich der Eid hinzu, dass die Brauer und Schankwirte nur gutes, frisches Bier ausschenken dürfen. Nachdem die Tavernenwirte das eingekaufte Bier vor dem Ausschenken immer häufiger gepanscht oder verwässert und zudem nie die richtigen Steuern bezahlt haben, wurde 1456 ein Gesetz erlassen, dass nur die Brauhäuser auch Bier verkaufen dürfen. Seitdem ist alles im Lot und das Bier wird so gut verkauft, wie es gebraut wird.«

Er schaute Georg erwartungsvoll an, der zeigte jedoch keine Reaktion, darum fuhr er fort:

»Und seit zehn Jahren haben wir vier eigene Bierkieser, die vom Rat ernannt werden und spätestens alle 14 Tage sämtliche Brauer überprüfen. Im Übrigen brauen wir hier in Köln schon seit fast 100 Jahren mit Hopfen!«

Georg nickte beeindruckt. So präzise wurde noch bei keiner Zunft, die er bisher besucht hatte, die Bierqualität geregelt.

»Das hört sich gut an«, meinte er denn auch. »Aber erzählt mir vom Keutebier.«

»Nun, das ist eine Erfindung aus Holland und noch nicht so lange bei uns. Es ist ein Hopfenbier, aber halt mit anderem Getreide; Weizen, Hafer oder Spelz* dürfen auch hinein. Manche Leute sind ganz verrückt danach. Besonders die, die unser neues Hopfenbier nicht mögen, denn das Keutebier schmeckt eher nach einem Grutbier. Es ist leicht zu unterscheiden von den anderen Bieren, weil es heller ist und gelb, das kommt vom Weizen. Die anderen Biere sind rötlich, egal ob Dickbier oder Dünnbier. Aber, das musst du wissen, auch die Keutebierbrauer haben einen Eid abgelegt und unterliegen der Aufsicht der städtischen Bierkieser. Der Rat hat das Keutebierbrauen schon mehrmals verboten, aber nur, weil der Weizen zum Brotbacken benötigt wird; zuletzt war das vor drei Jahren der Fall. Vor ein paar Jahren mussten wir sogar fremdes Keutebier in die Stadt lassen, weil wir nicht genug eigenes hatten und die Leute uns sonst vor Wut die Braukessel zerschlagen hätten.«

»Gibt es denn in Köln jemand, der eurer Zunft keine Ehre macht?«

Georg rechnete mittlerweile damit, dass die Visite in Köln bald erledigt wäre, und daher fragte er direkt, um sich eine weitere Suche zu ersparen.

Engels schüttelte den Kopf und verwies auf den großen Rest des Heiligen Römischen Reiches.

»Da gibt es noch viele Brauhäuser, die geschlossen gehören.«

---

* Dinkel.

Schließlich machte er noch die sinistere Bemerkung:

»Fahrt rheinaufwärts, da kommt ihr in eine andere alte Römerstadt. Da könnt ihr euer blaues Wunder erleben.«

Selbst auf weiteres Drängen Georgs ließ er sich keine weiteren Details entlocken.

Georg hakte Köln ab, blieb aber noch ein paar Tage, weil ihm die Stadt so gut gefiel.

Dann brach er Richtung Osten auf, Dortmund entgegen.

Diese Stadt war wie ganz Westfalen durchgängig Keutebierland. Das leichte, weizengelbfarbene Bier aus drei verschiedenen Getreidesorten war das Bier der Bauern, aber auch der Landsknechte, Bürger, Kaufleute oder Mönche und einfach überall zu finden. Egal ob im wohlhabenden Dortmund, mit etwa 7.000 Einwohnern zweitgrößte Stadt der Region, wo Georg zum Bier Schweinebraten mit Salbeitorte aß, oder in der ärmeren Ackerbürgerstadt Soest, wo er eine Blutwurst-Spezialität aus frischem Schweineblut, Mehl, Speck, Salz, Pfeffer und Rosinen, die Möppkenbrot genannt und mit Rübenkraut serviert wurde, zum Bier serviert bekam – der Keut schmeckte hier wie dort gleich.

Auch das Dorf Hamm, Münster – die größte Stadt Westfalens – oder das zum Hochstift gehörende Osnabrück hielten sich an bewährte Rezepte.

Da zudem der Einfluss der Hanse, von Köln ausgehend, hier unübersehbar war, fand Georg nichts, was er hätte beanstanden können.

Die Hopfengabe war zwar niedrig, aber doch vorhanden. So konnte der Keut nicht reisen, denn dafür war er nicht haltbar genug.

Georg reiste also einige Wochen lang durch Westfalen, um schließlich an den Rhein zurückzukehren und flussaufwärts gegen Mainz zu reiten.

Die alte Römer- und Bischofsresidenz Mainz war, obwohl von hier Gutenbergs weltbewegende Erfindung des Buchdrucks ausgegangen war, auf sicherem Weg in die Bedeutungslosigkeit. Die große Zeit der Stadt lag zwar noch nicht weit zurück, doch die Mainzer Stiftsfehde hatte 1462 das Ende der Mainzer Stadtfreiheit bedeutet. Die Mainzer hatten dem vom Papst zum Mainzer Erzbischof ernannten Adolf II. von Nassau die Bürgerprivilegien aushändigen müssen, seitdem war die Stadt nur noch eine politisch bedeutungslose erzbischöflich-kurfürstliche Residenzstadt mit einem vom Erzbischof eingesetzten Verwalter, dem ›Vicedom‹. Dies stärkte die Zünfte, machte Mainz jedoch weitgehend unregierbar.

Zur Zeit von Georgs Besuch war Berthold von Henneberg Erzbischof von Mainz, der nur sechs Jahre später Kanzler von König Maximilian werden sollte.

War dies die Stadt, die Engels in Köln so kryptisch erwähnt hatte?

Georg ritt ein durch das ›Eisentor‹, einen prächtigen, gemauerten Turm in der Stadtmauer. Wie meist suchte er, gleich nachdem er ein Quartier gefunden hatte, eine Schenke und hörte sich um, was die Leute so redeten und tranken. In Mainz war Wein ganz offensichtlich wichtiger als Bier. Überall in den Gaststuben saßen Leute herum und tranken aus ihren Römern.

Dennoch gab es einige Brauhäuser. Das größte schien der ›Schöfferhof‹ zu sein, dann gab es den ›Schwarzen Bären‹, das ›Brauhaus zur Sonne‹ und schließlich noch den ›Rothen Kopf‹. Georg schmunzelte, als der diesen Namen hörte, sein Informant jedoch, ein bereits leicht angetrunkener, bäuerlicher Winzer, hob warnend den Finger.

»Sei gewarnt vor dem ›Rothen Kopf‹, da geht was nicht mit rechten Dingen zu!«

Wieder dachte er an Engels.

Er begann seine Inspektionen mit dem Schöfferhof, auch ›Zum Korb‹ genannt. Peter Schöffer war ein kurzer, gedrungener Mann mit schütterem Haar, der schon auf die 50 Jahre zuging. Sein freundliches, ehrlich aussehendes Gesicht veranlasste Georg, gleich zur Sache zu kommen, und er erklärte seinen Auftrag.

Schöffer grinste.

»Na, solange das nicht mit neuen, zusätzlichen Steuern verbunden ist, habe ich nichts dagegen, dich in meine Töpfe schauen zu lassen.«

Georg wiegelte ab.

»Nein, nein, damit hat mein Auftrag nicht zu tun.«

Während er die Brauerei besichtigte, erzählte Schöffer aus der Geschichte des Schöfferbräus.

»Dies hier war das Stammhaus der Patrizierfamilie zum Korb, ich habe alles vor 13 Jahren gekauft und aus diesem Haus, zusammen mit dem Humbrechthof nebenan, den Schöfferhof draus gemacht. Da darfst du ruhig hineinschauen«, fuhr er fort, während er mit seiner rechten Hand unbestimmt in Richtung einer verschlossenen Tür wedelte.

»Wie gesagt, ich habe nichts zu verbergen. Wir verwenden gutes Malz, gutes Wasser aus dem Rhein und als Würzkräuter fast ausschließlich Hopfen, manchmal etwas Estragon und Basilikum.«

Nachdem der Besuch beim Schöfferbräu ohne Beanstandung und mit der Versicherung gegenseitiger Hochachtung beendet worden war, fragte Georg sich durch zum nächsten Brauhaus. Er fand die Franziskanerkirche, in der Johannes Gutenberg seit 1468 begraben lag, und kam von dort ins Sonnengässchen zum Brauhaus ›Zur Sonne‹. Dort erging es ihm ähnlich wie beim Schöfferhofer, was er auch ohne weitere Bemerkungen so in sein Buch eintrug.

Am nächsten Morgen suchte und fand er zuerst die Augustinerstraße. Er hatte von einem Hopfengarten gehört, den er sich ansehen wollte. Der war aber viel kleiner als die Gärten, die er in Bayern gesehen hatte, und so machte er sich auf zum Bärenbräu.

In einer Seitengasse linkerhand der Augustinerstraße fand er die Holzstraße mit dem Holzturm, der ein Teil der Stadtmauer aus dem 13. Jahrhundert war und in dem 300 Jahre später der berüchtigte Räuberhauptmann Johannes Bückler, genannt ›Schinderhannes‹, bis zu seiner Hinrichtung gefangen gehalten werden sollte. Dort, in der Holzstraße, fand er den ›Schwarzen Bären‹.

Der Besuch im Bärenbäu war kurz, gab es doch aufgrund mehrerer sauer gewordener Sude kein Bier zu verkosten.

Die Erleuchtung

ALSO MACHTE GEORG sich gleich auf zum letzten noch fehlenden Brauhaus. Der erste Eindruck des ›Rothen Kopfes‹ sprach allen Warnungen Hohn. Eine kleine, propere Gaststube, von der aus man in das ebenso sauber anmutende Brauhaus hinübersehen konnte. Ein fröhlicher, einäugiger Wirt, der sich als Paul Roth vorstellte. Daher also das Wortspiel mit dem ›Rothen Kopf‹.

Georg fühlte sich wohl, nahm Platz und bestellte Bier sowie eine kräftige Mahlzeit. Die Spezialität des Hauses war ein Brot aus dicken Bohnen. Dazu wurden Blutwurst mit Ingwer, Nelken und viel Zwiebeln serviert.

»Ein normales Bier, oder wünscht der Herr etwas Besonderes?« Georg hatte keine Lust auf Starkbier, welches sich für gewöhnlich hinter der Phrase ›etwas Besonderes‹ verbarg.

»Ein normales helles Bier«, bestellte er, dem er bald ein zweites und ein drittes hinterherschickte.

Währenddessen beobachtete er in einer Ecke zwei junge, offensichtlich gut gestellte Männer, zwischen denen eine junge Frau saß. Alle drei sprachen dem Bier reichlich zu und lachten viel. Irgendwann kam Paul Roth vorbei, es wurde getuschelt und der Tisch mit frischem Bier bestückt. Die drei tranken schnell aus, erhoben sich und verließen die Gaststube. Doch gingen sie nicht durch den regulären Ausgang. Auch der Abort befand sich woanders. Wohin waren die drei also verschwunden? Was ging hier vor? Als die zwei Männer und die Frau nach über einer Stunde noch nicht zurück waren, wagte Georg, den Wirt zu fragen. Der lachte nur.

»Die genießen das Besondere, das ihnen nur mein Antoniusbier bieten kann.«

Georgs Neugierde war geweckt, das war doch genau ein Fall für seine Mission! Er war sicher, das war es, was Adam Engels gemeint hatte!

»Dann möchte auch ich dieses Antoniusbier kosten.«

Roth setzte sich ohne zu fragen neben Georg an den Tisch und flüsterte ihm verschwörerisch ins Ohr:

»Nach dem Genuss meines Antoniusbiers werdet Ihr nie mehr derselbe sein wie vorher. Es verändert Euren Geist und wird Euch entweder ins Paradies oder in die Hölle schicken. Seid Ihr sicher, dass Ihr dazu bereit seid?«

Georg war sich alles andere als sicher, sagte aber mit fester Stimme:

»Gebt schon her, den Krug.«

Sobald dieser auf dem Tisch stand, setzte er ihn an und trank. Er hörte noch, wie Roth sagte:

»Ihr solltet jetzt mit mir kommen«, wobei er auf die Tür zeigte, durch die vorher die anderen Gäste gegangen waren.

Finsternis umfing ihn. Wenn Roth nicht mit einer Kerze geleuchtet hätte, wäre er gleich am Eingang gestolpert. Der Wirt deutete auf ein Lager aus Stroh: »Legt Euch da hin, viel Zeit bleibt Euch nicht mehr«, sagte er und ging hinaus.

Langsam gewöhnten sich Georgs Augen an die Dunkelheit. Er ließ sich auf dem dreckigen, abgelegenen Stroh nieder, da hörte er das Kichern einer Frau, gefolgt von derben männlichen Lachern. Und im gleichen Augenblick, als Georg realisierte, dass der Raum ausschließlich aus Strohlagern bestand, auf denen Gäste ihren Rausch ausschlafen oder sich anderen ausschweifenden Vergnügungen hingeben konnten, explodierte etwas in seinem Kopf. Trotz der Dunkelheit musste er seine Augen schließen, so stark drangen die grellbunten Farben in sein Gehirn ein. Alles schien sich zuerst rasend schnell zu drehen, dann wurde die Fahrt langsamer. Er glaubte, seine Bewegungen nicht mehr unter Kontrolle zu haben, seine Beine versagten ihren Dienst, er ließ sich einfach ins Stroh fallen. Die Vorstellungskraft zauberte weit über alles Maß gesteigerte Visionen auf seine Netzhaut, und laute Musik und Trommeln hämmerten in seinen Gehörgängen. Immer wieder flackerte er mit den Augenlidern, um den Rausch der Farben, Formen und Geräusche, der aus der Mitte seines Kopfes drang, abzuwehren. Vergeblich hielt er sich die Ohren zu. Das gellende Gelächter der drei anderen im Raum erschien ihm höhnisch, als wollten sie die ganze Welt verlachen. Er sah Menschen, die sein Leben begleitet hatten, jedoch verzerrt, entweder grotesk wie seinen ›Rivalen‹ Albrecht von Bayern oder, wie Kunigunde, in allerhöchster Lieblichkeit. Er durchlebte Angst und Verzückung, jeweils im gleichen Bruchteil einer Sekunde. Mit großer Geschwindigkeit raste sein Geist durch die Vergangenheit. Verschiedene Brauer, die er auf seinen Reisen getroffen hatte – den Kölner Zunftmeister Adam Engels, den Bitburger Brauer Caspar Flügel, den Trierer Jörg Kaspar, den hochwürdigen Erfurter Professor Horatius Eobanus Amplonius Weber, Magister der Sieben Freien Künste, der Scholastik und des Bierbrauens – alle erblickte er; den bösartigen Rudolf von Scherenberg, den Bamberger Anselm Vogler und den Astronomen Walther, den alten Alpertshofer aus Augsburg, die Münchener Brauer um Lamprecht Ungelter. Und weiter reiste er zurück. Daniel Fischer und Sonja, Reichling von Meldegg, sein erster Förderer, Kaiser Friedrich, Maximilian, seine Brauerburschen Winand, Otto und Rembold, sogar die entstellte Fratze seines Todfeindes – weil des Kaisers Todfeind – Matthias Corvinus, dem er niemals persönlich begegnet war, tauchten vor seinem geistigen Auge auf. Und neben Michel, dem Bader und der Begine Gerlinde, mit der sein Leben begonnen hatte, sah er auf einmal auch den rätselhaften Augsburger Brauer, mit der schiefen Nase und den narbigen Geschwüren, welche die Syphilis hinterlassen hatte. Plötzlich veränderte sich das entstellte Gesicht, Schicht um Schicht schälte sich herunter, es wurde jünger, die Narben verschwanden, und Markus verwandelte sich in ein hilfloses, geprügeltes Häuflein Elend namens Bertram, das sie vor langer, langer Zeit kurz vor Straßburg aufgelesen hatten.

Georg erschrak, war das nur eine Vision oder die Wirklichkeit? Die Heftigkeit des Rauschs dauerte noch eine Weile an – Georg hatte jedes Zeitgefühl verloren –, wurde dann deutlich schwächer, irgendwann schlief er ein.

Roth weckte ihn im Morgengrauen und lachte ihm ins Gesicht.

»Na, mein Antoniusbier hat Euch aber niedergestreckt! Wart Ihr im Fegefeuer oder im Paradies?«

Georg war sich nicht sicher, grummelte etwas Unverständliches und ging zurück in die Gaststube.

Da saß, immer noch oder schon wieder, ein Mann, einer seiner drei Leidensgenossen, der, seiner Laune nach zu urteilen, im Paradies gewesen war. Die beiden anderen waren fort.

»Herrlich war das wieder einmal, lieber Roth, höllisch und grausam, ganz nach meinem Geschmack«, rief der sympathische, durch und durch unauffällig aussehende Mann, stand auf, ging auf den immer noch leicht verdatterten Georg zu und schüttelte ihm die Hand.

»Na, war das ein Erlebnis?«, fragte er ihn mit niederländischem Einschlag in der Zunge – diesen Dialekt hatte Georg seit seiner Straßburger Zeit nicht mehr gehört. Der Fremde stellte sich als Hieronymus vor. »Meine Familie nennt sich van Aken.«

Er fuhr fort:

»Ich komme nur des Antoniusbiers wegen nach Mainz. Ich habe vor ein paar Jahren hier Station gemacht, als ich mich auf dem Heimweg von einer Reise nach Oberitalien befand. Seither kehre ich regelmäßig nach Mainz zurück. Es ist zwar weit von 's-Hertogenbosch den Rhein hinauf, dennoch lohnt der acht Tagereisen weite Weg. Diese Visionen sind einzigartig.«

Er bestellte sich ein Bier, »aber ein normales Helles«.

Roth rief zurück: »Kommt sogleich!«

Georg schloss sich an, seine Zunge klebte trocken am Gaumen, und er fühlte sich wie erschlagen. Das Bier half, ein weiteres umso mehr, und die nächsten drei Stunden verbrachten sie miteinander, über Gott und die Welt plaudernd und natürlich über Bier.

Hieronymus war ein Kunstmaler, seine Familie war von Aachen nach ›Den Bosch‹, wie er seine Heimatstadt kurz nannte, übergesiedelt.

»Meine ganze Sippschaft besteht aus Künstlern. Mein Großvater, mein Vater und seine vier Brüder, mein eigener Bruder, wir alle bestreiten mit Bildern unseren Lebensunterhalt.«

Georg hatte den Namen der Stadt schon gehört, konnte sie jedoch nicht einordnen.

»Unsere Stadt gehört zu den südlichen Niederlanden und damit zu Brabant.«

Georg erinnerte sich, dass Brabant nicht auf seinen Reisen vorgesehen war, warum, war ihm entfallen. Er hatte schon viele Berufe kennengelernt, mit einem Kunstmaler hatte er jedoch noch niemals Erfahrungen austauschen können. So erzählte er von seinem Leben als Brauer und nahm Hieronymus' anerkennenden Blick wahr, als er vom Kaiserhof erzählte und von seinen zahlreichen Reisen. Den eigentlichen Zweck seiner Mission verschwieg er.

Dann fuhr der Niederländer fort:

»Den Bosch ist weder Universitätsstadt, noch haben wir einen Bischofssitz, geschweige denn einen Fürstenhof. Um Aufträge zu ergattern, ist man daher in anderen Städten besser dran. Es gibt jedoch viele reiche Kaufleute, die Sandstein aus Lüttich und Wein aus Köln in die Stadt bringen, ja sogar mit der Hanse machen sie ihre Geschäfte. Da fällt immer mal wieder ein guter Auftrag ab. Und: Diese Herren zahlen besser und pünktlicher!«

Die beiden tranken sich zu

»Ich male häufig Bilder von dem, was mir das Antoniusbier offenbart hat.«

Georg konnte sich das beim besten Willen nicht vorstellen und fragte nach.

»Das Antoniusbier zeigt dir das, was du sehen willst, verzerrt und entstellt, aber auf eine Weise auch schärfer und klarer. Ich verurteile gewisse Praktiken, wie Völlerei, Habsucht und Neid, die von der Kirche auch Todsünden genannt werden – ich bin dabei beileibe kein Mann der Kirche.« Er hob fast entschuldigend die Hände. »Der beste Weg, diese anzuprangern, ist es, ein Bild davon zu malen. Damit kann man die Menschen wirklich in Furcht versetzen. Denn nichts bringt dich schneller auf den rechten Weg als eine fürchterliche Vorstellung davon, wie es dir am Jüngsten Tag ergehen wird, im Fegefeuer oder in der Hölle!«

Das war ein Thema, mit dem Georg sich selten beschäftigt hatte, er konnte sich nun, nach seiner eigenen Erfahrung mit dem Antoniusbier, gut in den Maler hineinversetzen.

Der verabschiedete sich irgendwann und wünschte Georg eine gute Reise.

»Wenn es dich einmal nach Den Bosch verschlagen sollte, frag nach der Malerfamilie van Aken. Du bist mir immer willkommen.«

Er grüßte und strebte dem Ausgang der Gaststube zu.

»Auf Wiedersehen, Meister van Aken«, rief Georg ihm hinterher.

Hieronymus drehte sich um, grinste und sagte:

»Meine Familie nennt sich zwar so. Ich habe jedoch den Brauch unserer Vorfahren weitergeführt, mich nach meiner Heimatstadt benannt und nenne mich Bosch. Hieronymus Bosch!«

So sprach er und verließ den ›Rothen Kopf‹.

Roths Rezeptur

»Was in aller Welt war das?«

Gleich nach Meister Boschs Abschied hatte Roth dessen Platz eingenommen. Die Gaststube war noch beinah leer, Roth hatte Zeit zum Reden. Er fummelte an seiner Augenklappe herum und sah Georg mit seinem anderen Auge vielsagend an, als er schelmisch lächelnd antwortete:

»Das möchte jeder wissen, der es einmal erlebt hat.«

»Ich möchte es nicht wissen, um es nachzubrauen, sondern um es dir vielleicht zu verbieten!«

Roths Grinsen wich einer versteinerten Grimasse.

»Wie willst du mir das verbieten?« Jetzt kam noch Häme hinzu.

»Ich sagte ›vielleicht‹. Ich möchte zuerst die Rezeptur sehen.«

»Mit welchem Recht?«

»Dem des Kaisers!«

Roth lachte, seine wenigen Gäste lachten mit, bis sie die Humorlosigkeit in Georgs Gesicht sahen. Sie ahnten, dass er es ernst meinte. Georg zeigte einen seiner Briefe mit kaiserlichem Siegel vor, die er immer dabeihatte.

Roth las.

»Wessen Recht geht vor: unser Stadtrecht oder das des Kaisers?«

Unsicherheit hatte sich in die Stimme des Wirts geschlichen.

»Sei sicher, wenn es hart auf hart kommt, sind sich die Regierenden einig. Und zwar gegen dich. Also, sag mir das Rezept!«

Roth gab auf und erzählte:

»Vor einigen Jahren grassierte in der Umgebung von Mainz das Antoniusfeuer. Ich habe lange mit dem Roggen experimentiert, von dem die Seuche angeblich kommt. Ich habe ihn mitgekocht, aber Kochen tötet das Antoniusfeuer. Also habe ich ein Säcklein mit Roggen in mein Bier gehängt und so lange an der Dosis herumgefeilt, bis mein Bier dem, der es trinkt, die Visionen der Krankheit geben konnte, aber ohne die unangenehmen Umstände. Das heißt, solange du es bei einem Krug belässt. Mehr würde ich dir auch nicht ausschenken. Ob die Visionen dich in den Himmel oder die Hölle bringen, hängt allein von dir ab, dafür kann mein Bier nichts.«*

»Wie viele Kunden hast du für dieses Bier?«

»Weniger, als ich gerne hätte.«

Georg hatte sich bereits ein Urteil gebildet, und zum ersten, einzigen Male überschritt er seine Kompetenzen eines neutralen Berichterstatters und ordnete sofort ein Verbot an.

»Ich halte dein Antoniusbier für gefährlich, sehr gefährlich sogar. Vor allem, wenn es in die falschen Hände, oder besser, die falsche Kehle gerät. Daher verbiete ich dir, es neuen Kunden zu verkaufen. An Menschen, die um die

---

* Das Antoniusbier, das Georg genossen hatte, enthielt Mutterkorn-Schimmelpilzkulturen aus nicht trocken gelagertem Roggen. Bei Verzehr dieser Schimmelpilze konnte ein Rausch mit LSD-ähnlichen Symptomen entstehen. Seit dem 15. Jahrhundert vom Antoniter-Orden behandelt, wurde das ›Antoniusfeuer‹ erst im 17. Jahrhundert eindeutig auf einen Schimmelpilz zurückgeführt. Vor allem die ländlichen Unterschichten waren betroffen von den Halluzinationen, die durch Mutterkorn im Essen, in der Scheune und selbst im Stroh, auf dem sie schliefen, hervorgerufen wurden. In Albträumen wurden unterbewusste Ängste aktiviert, und die Menschen sahen sich real bedroht von all den Wesen, vor denen sie sich traditionell fürchteten, wie Hexen, Werwölfe und Teufel. Nicht wenige Historiker sind sich sicher, dass viele massenhysterische Phänomene des Mittelalters, die in Hexenverfolgungen und Judenpogromen mündeten, auf das Antoniusfeuer zurückzuführen sind. Aus dem Mutterkornpilz gewann man 1938 erstmals die psychedelische Droge Lysergsäurediäthylamid (LSD).

Wirkung wissen, darfst du es ausschenken, solange du es überwachst.«

Roth sah ein wenig erleichtert aus, noch mehr jedoch würde sich Bosch darüber freuen.

»Sollte ich jemals hören, dass du das Antoniusbier in größeren Mengen unters Volk bringst, wird der Kaiser die Zünfte ansprechen, dann kannst du deine ganze Brauerei verlieren.«

»Das erscheint mir gerecht. Das Antoniusbier gibt es sowieso nicht in jedem Jahr.«

Roth hatte gleich erkannt, dass Georg nicht auf Konfrontation aus war und ihm einen fairen Ausweg gelassen hatte.

Georg verließ die Brauerei mit einem knappen Gruß. Während des gesamten Weges nach Frankfurt grübelte er nach über das, was ihm das Antoniusbier offenbart hatte. War es eine Illusion gewesen oder die Wahrheit? War Bertram wirklich ein Mörder?

Die Handels- und Messestadt Frankfurt, Zentrum der Tuchhändler und seit der ›Goldenen Bulle‹ der Ort, wo der Deutsche König gewählt wurde, war mit 10.000 Einwohnern eine Großstadt. Obwohl das Herz Hessens selbst sich friedlich gab – man musste für einen reibungslosen Ablauf der Königswahl sorgen, sodass bei Wahlen die Anzahl von Waffen und Besuchern innerhalb der Stadtmauern drastisch beschränkt wurde –, war es doch umgeben von Raubritterburgen und Nestern von Wegelagerern, die von Zeit zu Zeit immer wieder gewaltsam gesäubert werden mussten. Daher verbot sich um Frankfurt das Reisen ohne Begleitung von selbst.

Der Trubel war ungeheuer. Es war Ende April und gerade Messezeit, die Brausaison ging dem Ende zu, die Reisezeit der Händler und Kaufleute hatte soeben begonnen.

Überall roch es nach Gewürzen und anderen Spezereien, die den Weg an den Main gefunden hatten. Gehandelt wurde mit allem, für das sich ein Abnehmer fand: nicht nur mit Pfeffer, Zimt, Muskat, Nelken und Ingwer, auch mit Reis, Datteln, Feigen und Rosinen.

Georg war müde, die lange Reise steckte ihm in den Knochen, und er wollte nach Hause.

Also nahm er ein Zimmer in einem der völlig überfüllten Gasthöfe und verkostete nur zwei Tage lang die verschiedenen Biere, die dort angeboten wurden. Bis auf eines waren alle trinkbar, und das ungenießbare war seiner Meinung nach erst beim Ausschank verdorben und nicht vom Brauer verhunzt worden.

Die Frankfurter tranken jedoch viel mehr Met als Bier. Das Gemisch aus Honig und Wein wurde in Holzbechern serviert und mit Salbei sowie neuerdings auch mit Hopfen versetzt.

So brachte er seine letzten Notizen zu Papier, ohne einen der Brauer direkt kennenzulernen, und machte sich auf den langen, mühsamen Heimweg nach Linz.

Der Kaiser wird alt

In der Zwischenzeit hatten sich die Verhältnisse innerhalb der kaiserlichen Familie weitgehend normalisiert. Maximilian kehrte nach seiner Freilassung dem Westen des Reiches den Rücken und in seine Heimat Österreich zurück – so schön es in Burgund und Flandern war, er war dort nie richtig heimisch geworden. Als Bestandteil des Heiligen Römischen Reiches wurde die Region jedoch mittlerweile nicht mehr infrage gestellt. Also konnte er sich anderen Zielen widmen. Es war nur noch eine Frage der Zeit, bis Siegmund abdanken würde, dann könnte er endlich die Hofburg in Innsbruck zur Habsburgerresidenz ausbauen.

Auch das Verhältnis zu seinem Vater hatte sich durch die Befreiung von Brügge wieder gebessert. Friedrich übertrug Maximilian zum ersten Mal anspruchsvollere Aufgaben, wie Feldzüge gegen die Ungarn und gegen Frankreich.

Der alte Kaiser hatte aus dem vormaligen Provisorium des Linzer Wohnsitzes einen endgültigen Alterssitz gemacht. Die Residenz war zwar kleiner als die in Wiener Neustadt oder Graz, aber Friedrich brauchte nicht mehr viel zum Leben. Ursprünglich eines der unter der Regierung der Babenberger entstandenen, von allen Steuern befreiten ›Freihäuser‹ in der Linzer Altstadt, war das ›Kremsmünsterhaus‹ (heute das Restaurant ›Herberstein‹) nicht einmal mehr eine Burg.

Arterienverkalkung und Altersschwäche machten ihm schwer zu schaffen, trotz meist lichter Geistesverfassung gab es ausgesprochen düstere Momente.

Er widmete sich allerlei Dingen, teilweise von abstruser Natur. Neben Astrologie und Alchemie, deren Zeuge auch Georg schon geworden war, beschäftigte er sich mit Chiromantie und Physiognomik und legte überdies eine Sammlung wertvoller Steine an. Durch die Straßen liefen Gerüchte, er würde aus Mäusekot die Zukunft lesen.

Zur Außenwelt verlor er zeitweise völlig den Kontakt. Lediglich Boten, Berater und seine Ärzte waren seine Verbindungen nach draußen.

So hätte er sich sehr gefreut, wenn er mitbekommen hätte, wie der Bamberger Fürstbischof Heinrich III. in diesem Jahr seine Idee zur Bierkontrolle in die Tat umsetzte. Ein neues Gesetz für die Bamberger Brauer schrieb vor, ›nichts mehr denn Hopfen, Malz und Wasser zu nehmen‹.

Im hohen Norden

Eine fünfte und letzte Reise stand für Georg noch an. Die längste von allen, weswegen Georg wieder lange vor Beginn der Brausaison unterwegs war, um rechtzeitig in Sachsen-Anhalt zu sein.

Das von Bischof Adolf zu Anhalt-Zerbst regierte, idyllische Städtchen Zerbst war von Hopfengärten umgeben. Rund um zwei kleine Plätze, den Holzmarkt und den Marktplatz mit seiner Rolandstatue, drängten sich die Häuser der knapp 1.000 Einwohner, von denen über 200 als Reihebrauer registriert waren.

Bereits 1375 hatten sich die Brauer zu einer Innung zusammengeschlossen und dabei festgelegt, dass alle den gleichen berühmten Biertyp herstellen mussten, der als ›Zerbster Bitterbier‹ in die Geschichte eingehen sollte.

Die Einheimischen nannten ihr Bier hingegen kurz und prägnant einfach ›Würze‹.

Unterwegs hatte es für Georg ausschließlich die einfache Kost der Landbevölkerung gegeben: Erbsen und Pferdebohnen, daneben Kraut, Sellerie, Kohl, Kürbisse und Rüben. Wie freute er sich auf etwas Deftiges! Und er wurde nicht enttäuscht. Die Bitterbierstuben dufteten verführerisch. Nicht nur nach Bier, sondern nach Zwiebeln und reichlich fetter Brägenwurst. Dazu ein goldgelbes Bier, das bitter und zugleich auch mild seine Kehle hinunterlief.

Es gab derzeit ein Brauhaus, in dem alle der Reihe nach zum Brauen durften: die Ratsbrauerei auf der Schleibank.

Bei der Suche nach einem Quartier musste er lachen über den Einfallsreichtum der Gäste. Die Spitznamen aller drei Gasthäuser, die auch Übernachtungen anboten, klangen nicht unbedingt vertrauenerweckend. ›Zur Goldenen Kugel‹ wurde ›Mutter Grausam‹ genannt, die Gastwirtschaft Krüger war im Volksmund der ›Kackarsch Krüger‹, und ›Zu den drei Kronen‹ hatte den wenig schmeichelhaften Beinamen ›Beim Dummen‹.

Er traf sich mit dem Vorsteher der Brauerinnung Aemilius Bruer. Der hörte sich interessiert an, was Georg zu sagen hatte, und berichtete stolz über die Zerbster Brauer.

»Seht Ihr, mein Name zeugt schon von der Brauervergangenheit meiner Familie! Viele bei uns haben solche Namen. Im Rat sitzen noch ein Braxator und ein Bruwir. Alle Männer bei uns in der Stadt sind Brauer, mit Ausnahme der Müller, Branntweinbrenner, Barbiere und Seiler.«

»Gibt es denn eine Brauordnung in Zerbst?« Georg fragte routiniert ab, wie er es in anderen Städten schon oft gemacht hatte.

»Bei Gründung unserer Innung haben wir selbst eine Ordnung festgelegt. Wir dürfen nur zwei Biersorten brauen: Kaufbier oder Schiffbier für den Export, Dünnbier für die einfachen Leute.«

»Was ist es denn, was euer Zerbster Bier so besonders macht?« Manchmal kam einem Brauer ja aus Stolz ein falsches Wort, oder besser, eine falsche Zutat über die Lippen.

»Wir räuchern unser Malz nur mit Erlenholz und haben unseren eigenen Hopfen. Und unser Wasser, das ist einzigartig! Es ist kalt und hart und riecht ein wenig nach Salpeter.«

Sie gingen zum Brunnen, der sich im Hof befand. Georg trank einen Schluck von dem Wasser, das so kristallklar im Brunnen stand, wie er es noch niemals gesehen hatte.

»Das macht unser Bier aus. Es ist gut gegen Skorbut

und Steine und gegen Magenbeschwerden. Die Hansekaufleute nehmen es mit zu den entferntesten Ländern. Monatelang kann man es lagern.«

Am nächsten Morgen besuchte Georg vor seiner Abreise noch den Gottesdienst in der Nikolaikirche. Völlig überrascht registrierte er, dass beinah alle Männer einen Krug Bier oder mehr dabeihatten, sogar der Pfaffe oben auf der Kanzel trank ungeniert sein Bitterbier. Der nicht überfromme, aber doch gläubige Georg verließ entsetzt die Kirche, bevor der Segen erteilt war. Von Zerbst ritt er nach Brandenburg weiter, Richtung Berlin.

Das Wetter schlug um und wurde regelrecht scheußlich. Kalte Winde peitschten einen dünnen Nieselregen über den Hohen Fläming, durch den sein Weg nach Berlin-Cölln führte. Kurfürst Johann Cicero von Brandenburg aus dem Hause der Hohenzollern hatte die Stadt erst gut ein Jahr zuvor zu seiner Residenzstadt erhoben. Bei seiner letzten Rast vor Berlin, in einem kleinen Marktflecken namens Potsdam, erfuhr Georg Neuigkeiten aus Berlin und konnte sogar ein Bier von dort verkosten.

»Trinkt es mit Andacht, so bald gibt es keines mehr!«

Der Schenkenwirt stellte das schäumende Gebräu so vorsichtig auf den Tisch, als handelte es sich um kostbaren Wein aus der Ägäis.

Georg kostete und stellte eine säuerlich-fruchtige Note fest, die das Bier aber sehr erfrischend munden ließ. Der Wirt bemerkte Georgs Reaktion und fragte:

»Seid ihr zum ersten Mal hier in der Gegend? Dann kennt ihr das berühmte Berliner Bier noch nicht?«

Georg nickte, der Wirt fuhr fort.

»Der Erfolg seiner Brauer ist unserem Kurfürsten zu Kopf gestiegen. Er möchte eine zusätzliche Biersteuer für das Berliner Bier erheben! Nicht, dass es nicht auch so schon teuer genug käme.«

Empört stemmte er beide Arme auf den Tisch.

»Und zur Eintreibung hat er sich etwas ganz und gar Neues einfallen lassen: Diese neue Biersteuer soll nicht von den Brauern gezahlt werden, sondern von uns Schankwirten und den Biertrinkern! Unerhört so etwas! Und deshalb werden alle Schankwirte bis auf Weiteres kein weißes Berliner Bier mehr kaufen.«

»Wieso heißt es eigentlich ›weißes Bier‹?«, fragte Georg dazwischen.

Der Wirt griff unter die Theke, nahm ein Gefäß aus Glas hervor und goss ein wenig Bier aus Georgs großem Steinkrug hinein. Trotz der grünen Verfärbung des Glases, die von Verunreinigungen durch Eisenoxid herrührte, konnte Georg deutlich erkennen, dass sein Getränk weißlich-trüb schimmerte.

»Die Berliner Brauer haben eine besondere Hefe, die ihrem Bier diese Farbe und den säuerlichen Geschmack verleiht.«

»Wem verkaufen die Brauer denn jetzt ihr Bier, wenn ihr es nicht mehr kauft?«

»Die Brauer haben sich uns angeschlossen. Wir protestieren gemeinsam gegen diese unredliche Steuer. Es wird im Moment kein Bier gebraut in Berlin!«

Damit war Georgs nächstes Reiseziel gestrichen.

Am darauffolgenden Morgen machte er sich wieder auf die Reise und ritt zwar durch Cölln, hielt sich aber dort nicht länger auf. Nördlich lag die Bierstadt Bernau.

Die Kleinstadt Bernau hatte trotz ihrer wenigen Hundert Einwohner volle Stadtrechte. Das lag daran, dass sie bereits als Stadt gegründet worden war, und zwar, der Sage nach, wegen des Bieres. Markgraf Albrecht der Bär soll während eines Jagdausfluges in einer Waldschenke einige Krüge eines dort selbst gebrauten Braunbieres getrunken haben. Aus Begeisterung über die Qualität dieses Trunks hätte er 1140 die Gründung einer Stadt verordnet.

Diese war geschäftig und reich geworden, der Wohlstand gründete auf Bier und Tuch. Und beides vertrug sich bestens miteinander: Die Keller sämtlicher Tuchmacher waren zum Bierbrauen eingerichtet.

Der Reichtum wurde durch ungewöhnlich viele Kirchen und eine acht Meter hohe Stadtmauer mit unzähligen Türmen, die hier Lughäuser hießen, dokumentiert, vor der sich zahlreiche Hopfengärten ins Umland erstreckten.

Ein Großbrand vier Jahre zuvor hatte leider einen Großteil der Stadt zerstört, der Aufbau machte jedoch bereits gute Fortschritte.

Als Georg durch Bernau ritt, bemerkte er gleich die angelegten und offenen kleinen Fensterläden ähnelnden Klappen neben den Türen, mit denen die hiesigen Brauer anzeigten, wo soeben Bier ausgeschenkt wurde – so wie es die Erfurter Brauer mit dem Besen gemacht hatten.

Er hielt vor einer ausgestellten Klappe, fand aber weder einen Namen noch ein Schild, mit dem das Haus oder eine Schenke gekennzeichnet wurde. Dennoch ging er hinein. Die dämmrige, halb volle Stube war erfüllt mit dem Geruch von Bier und Schweiß.

Es war erstaunlich ruhig, keine Musik, kein Gebrüll. Andächtig hielt jeder der anwesenden Männer seinen Krug in der Hand und nahm ab und an einen tiefen Zug daraus.

Hinter dem Tresen stand in würdiger Haltung ein Mann, der darauf wartete, dass Georg Platz nahm. Georg bestellte ein Bier und bat den Wirt, sich zu ihm zu setzen. Der tat wie geheißen und brachte sich auch selbst einen Krug mit. Dieses Bier war völlig anders als das Berliner

Weißbier. Braun, süß und wenig bitter lief es Georg über den Gaumen.

Auf das Bernauer Bier im Allgemeinen und auf bestehende Gesetze dazu im Besonderen angesprochen, antwortete der Wirt mit mäßigem Eifer:

»Das einzige Gesetz, das es gibt, ist, dass das Bier nur dort ausgeschenkt werden darf, wo es auch gebraut wird. Es wurde in früheren Zeiten immer beim Transport verwässert, und wir Brauer waren schuld daran.«

»Aber exportiert ihr das Bernauer Bier nicht?«

»Unser Bier wird überall getrunken, nicht nur in der Mark Brandenburg. Und das sogar zollfrei, das hat uns Kurfürst Friedrich I. vor langer Zeit garantiert. Bis nach Skandinavien und nach Süddeutschland wird geliefert. Es darf aber nur mit unseren eigenen Wagen und unseren eigenen Pferden versandt werden. Warum wollt Ihr das wissen?«

Georg erklärte seinen Auftrag, der Brauer, der sich immer noch nicht vorgestellt hatte, lachte.

»Damit haben wir keine Sorge hier. Unser Bier ist gesund und sauber.«

Wie zur Bestätigung zapfte er noch eine Runde Krüge für alle, dann ließ er eine Messingglocke erschallen und rief laut:

»Ich hoffe, euch alle gleich wieder zu sehen. Für heute ist Feierabend.«

Dann verließ er die Schankstube und ließ seine Gäste allein mit einem Jungen zurück, der ihm in der Schank aushalf.

Alle Männer schütteten nun, als wäre es ein einstudiertes Ritual, ein wenig Bier auf die Bänke und setzten sich mit ihren Hosenboden wieder darauf. Dann wurde zügig ausgetrunken, und plötzlich, wie auf ein Kommando, erhoben sich alle von ihren Bänken.

Georg staunte nicht schlecht, als, wie von Zauberhand bewegt, alle Bänke in die Luft gingen, weil sie an den Hintern der Zecher kleben geblieben waren.

Die Männer johlten, zum ersten Mal lag so etwas wie Wirtshausstimmung in der Luft.

Georg saß allein da, die anderen Männer sahen ihn an, bis endlich einer erklärte:

»Das ist die berühmte ›Bernauer Bierprobe‹. Das machen wir immer, bevor wir zum Gottesdienst gehen.«

Seine nächste Station war Gardelegen, drei Tagesritte entfernt. Gewitter und Stürme waren seine ständigen Begleiter. Unterwegs hörte er schon vom allseits beliebten ›Garley‹*, wie das Bier aus Gardelegen genannt wurde. Auch das köstliche Bier, braun, süß und mild gehopft – ähnlich dem Bernauer –, konnte er einen Tag vor der Stadt bereits kosten.

Gardelegen war das Zentrum des Hopfenanbaus in Norddeutschland und hatte seit 1314 das Braurecht. Seit ebenso langer Zeit führte die Stadt Hopfendolden im Stadtwappen. Der Zutritt zur Hanse hatte diesen Status zementiert, Gardeleger Hopfen wurde ins gesamte Hansegebiet exportiert.

Trotz dieser Erfolg versprechenden Aussichten führte Georgs Weg an Gardelegen vorbei. Auch als Hansestadt war der Ort immer noch im Einflussbereich des Kurfürsten. Und der hatte sich nun einmal in den Kopf gesetzt, die neue Biersteuer mit aller Macht durchzusetzen. Und neben den Berlinern waren auch die Brauer in Gardelegen in Streik getreten. Hätte Georg nicht rechtzeitig die beunruhigenden Nachrichten erfahren, hätte er dabei sein können, wie auf dem Marktplatz von Gardelegen drei bür-

* ›Garley‹ gilt heute als die älteste Biermarke sowie als ältester durchgehend genutzter Markenname der Welt. Anm. d. A.

gerliche Bierbrauer als Folge des Biersteuerstreits enthauptet wurden. So änderte er komplett die Richtung und ritt nach Norden. Jetzt wollte er die großen Hansestädte besuchen.

Nach weiteren sechs Tagen erreichte er, durchnässt, durchfroren und todmüde, die Hansemetropole Stralsund. Nun war er am nördlichsten Punkt aller seiner bisherigen Reisen angelangt. Er merkte gleich nach seiner Ankunft, dass seine Mission hier fehl am Platz war. Die Biere waren brillant und wurden nicht ohne Grund ins ganze Hansegebiet exportiert. So nutzte er die Tage zur Erholung, wanderte durch die Stadt, genoss das emsige Treiben der Kaufleute und Fischer und ergötzte sich an den Meisterwerken der Backsteingotik, die dieser Reichtum in der Blütezeit einer Stadt hervorbringen konnte: die prachtvollen Kirchen, das beeindruckende Rathaus und das Wulflamhaus, benannt nach einem früheren Bürgermeister der Stadt, in dem er ein nach seinen Maßstäben luxuriöses Brauhaus vorfand.

In Rostock, Wismar und Lübeck erging es ihm ähnlich. So trieb er sein Pferd Tag für Tag die Ostseeküste entlang, ließ sogar Bierstädte wie Güstrow mit seinem weithin gerühmten, als Medizin auch gerne heiß getrunkenen ›Kniesenack‹ links liegen, um schließlich in Ratzeburg wieder zu einem längeren Aufenthalt zu kommen.

Im dortigen Brauhaus hatte er das Gefühl, mit dem Bier stimme etwas nicht. Er konnte nicht feststellen, was ihm nicht behagte, und erstaunlicherweise bekam er Lust auf einen zweiten und sogar einen dritten Krug. Er ging ins Brauhaus, um den Braumeister zu suchen, und fand ihn, wie er gerade schimpfend vor einem Bottich stand. Einer der Braujungen stand drin und putzte nach Leibeskräften.

»Auf ein Wort«, rief Georg.

Der Brauer schaute missbilligend, kam jedoch herüber und fragte, was Georg wollte.

Der wich geschickt aus, indem er vorgab, am Bierrezept interessiert zu sein.

»Wisst Ihr, ich komme aus dem Süden des Reiches, und mein Herr hat mich ins Hansegebiet geschickt, um von den Brauern hier zu lernen.«

Der Ratzeburger Brauer entspannte sich, stellte sich als Hennig vor und bat Georg zu einem Tisch.

»Ich habe nach dem ersten Krug sofort Lust auf einen zweiten bekommen, dann gleich auf einen dritten. Wie macht ihr das? Mit diesem Rezept könnte ich bei uns in Linz steinreich werden.«

Hennig überlegte.

»Soweit ich weiß, wird kein Bier von der Hanse nach Linz geliefert. Ich muss mich vergewissern, damit ich keine Schwierigkeiten mit unseren Kaufleuten bekomme, sollte ich dir etwas über mein Rezept mitteilen.«

Er beugte sich hinüber zu Georg.

»Ganz im Vertrauen und unter Zunftbrüdern: Mein Bier ist ein ganz normales Braunbier. Ich gebe nur Bärlauch und Salz hinzu, sobald das Bier fertig ist. Das treibt den Durst kräftig an. Noch niemals ist mir Bier übrig geblieben.«

Georg wandte sich zum Gehen, da hielt Hennig ihn am Arm fest.

»Ich habe noch eine Spezialität, die ich in England gelernt habe.«

Dann zeigte er ihm ein Bier, das sich ›Brakott‹ nannte. Es schmeckte zwar eigenartig, aber nicht unbedingt schlecht.

»Ich braue den nur für unser Brauhaus. Nichts davon wird exportiert.«

»Was ist denn das Geheimnis dahinter?«

»Nimm etwa 50 Liter Bier aus zweifach geröstetem Malz. Lass es zwei bis drei Tage ruhen, bis es regelrecht schal wird. Du nimmst einen Topf und kochst ein Viertel Pfund Malz mit einem Achtel Honig auf, immer wieder abschäumen, bis es klar ist. Dazu eine Prise Pfeffer, eine Prise gemahlene Nelken. Dann kochst du noch einmal und lässt dann abkühlen.

Den Satz tust du in ein Säcklein und hängst es in den Bottich. Nach weiteren drei Tagen kannst du es mit Whisky abschmecken. Jetzt ist es trinkbar.«

Georg hatte noch niemals von Whisky gehört. Jetzt war ihm auch klar, warum der Brauer das Rezept so leichtfertig herausgerückt hatte.

»Was ist Whisky?«

»Ein Schnaps, der aus Malz gemacht wird. Das beherrscht aber niemand so gut wie die Schotten und die Iren. Ich lasse mir immer von unseren Kaufleuten etwas mitbringen.«

Georg erinnerte sich an Nordhausen, wo er zum ersten Mal etwas über Schnaps gehört hatte.

Das hatte aber nichts mit Bier zu tun gehabt.

Er vermerkte es in seinem Buch und ritt weiter nach Hamburg.

Die Reise von Ratzeburg nach Hamburg war kurz.

Unterwegs hatte er im Geist zusammengefasst, was er über das Hamburger Bier bereits erfahren hatte:

Die Hamburger Brauer sotten das Bier in sogenannten Mastkuffen und konservierten es gleich anschließend in Holzfässern. Das Holz wurde ausgelaugt, und viele Menschen schworen auf Hamburger Bier als Mittel gegen Fieber, eine verstopfte Milz oder Hand- und Fußzipperlein. Überdies galt es als nährend und blutreinigend und wurde nicht nur zur Herstellung von Biersuppe, Bierbrot und Bierbrei verwendet, sondern darüber hinaus auch als Waschmittel, weil es eine saubere, reine Haut verschaffte.

Gänzlich kühn war jedoch die Behauptung von Olaus Magnus, einem schwedischen Erzbischof, das Hamburger Bier mache sogar ›unfruchtbare Weiber wieder fruchtbar‹.

In Hamburg angekommen, suchte und fand Georg zuerst ein einfaches, halbwegs sauberes Quartier in der Nähe des Hafens. Am nächsten Morgen fragte er sich durch zu einem Zunftmeister der Brauern oder etwas Ähnlichem – über 500 Brauereien zu besuchen, in denen zurzeit Hamburger Bier hergestellt wurde, überstieg seine Möglichkeiten bei Weitem. So wurde er letzten Endes ins Einbeck'sche Haus verwiesen, ein großes steinernes Gebäude, das als Rathaus diente. Den Namen hatte es davon, dass es das einzige konzessionierte Umschlagslager für das beliebte Einbecker Bier war. Das war bereits als Zugeständnis dahin zu werten, dass das Hamburger Bier nicht mehr die erste Geige in der Hanse spielte, obwohl es immer noch fleißig exportiert wurde. Wichtigster Exportmarkt war Amsterdam. Von dort aus wurden die Bierfässer weiter rheinaufwärts nach Westfalen und den Rheinlanden verschickt sowie nach Flandern und Brabant. Der Ostseeraum war uninteressant, weil hier alle Städte eigenes Bier herstellten und auch exportierten. 1416 hatte es in Danzig sogar einen Aufstand gegen die Einfuhr des Hamburger Bieres gegeben, da die einheimischen Brauer die unerwünschte Konkurrenz loswerden wollten.

Er kam gerade zur rechten Zeit. Peter Klüver, der Braurälteste – eine Zunft oder Gilde gab es trotz der großen Anzahl von Brauhäusern erstaunlicherweise nicht –, hatte die wöchentliche Bierprobe angesetzt. 20 von 500 Brauern wurden dazu jedes Mal willkürlich ausgewählt und mussten sich der Probe stellen. Georg zeigte sein kaiserliches Schreiben vor, das zwar belächelt wurde, dennoch gewährte man ihm Zugang zu dieser Zeremonie, bei der er jedoch einsam und isoliert in der Ecke stand.

Wie bei jeder Zeremonie, so galt es auch hier zuerst, einige Formalitäten einzuhalten. Die routinierte Rede des baumlangen Mannes, der seine Haare zu einem langen Zopf gebunden hatte, enthielt erst einmal reichlich Lob und Preis auf das gute Hamburger Bier und seine edlen Brauer.

Dann kam er zum Ablauf der Bierprobe. Die getesteten Biere wurden in zehn Güteklassen eingeteilt und das Ergebnis öffentlich ausgehängt. Die Besten standen oben auf der Liste. Die Biere der Schlechtesten am Ende der Liste wurden ›gewrackt‹. Wenn die Biere richtig schlecht waren, wurde der Fassboden ausgeschlagen.

Bevor es zur Sache ging, zitierte Klüver noch einen beliebten Hansespruch, den er wie ein Gebet vortrug:

»Lübeck ein Kaufhaus,
Lüneburg ein Salzhaus
Danzig ein Kornhaus
Köln ein Weinhaus
Hamburg ein Bierhaus!«

Die Anwesenden applaudierten. Dann wurden alle Biere untersucht, verkostet und bewertet. 14 passierten die Prüfung ohne Einwand, bei fünfen gab es Abstriche, was die Frische anging, und vor einem Brauer baute Klüver sich wutentbrannt auf.

Eingeschüchtert stand der junge Mann, angetan in seinem besten Festgewand, neben seinem Fass. Beinahe schien es, als wollte er sich dahinter verstecken.

»Was ist das für eine Plörre?«, donnerte Klüvers Bass durch den Saal.

Der Brauer war Tideman Castorp, der Sohn von Gerhard Castorp, einem der wohlhabendsten und einflussreichsten Hamburger Kaufleute.

»Ein Bier nach englischer Art«, kam die verschämte Antwort.

»So, nach englischer Art!« Jedes Wort Klüvers war triefender Spott. »Seit wann lassen wir uns von den Engländern belehren, was das Bierbrauen angeht?«

»Mein Vater hat mich dorthin geschickt zum Lernen. Zwei Jahre war ich in London.« Langsam kehrte das Selbstbewusstsein zurück und mit ihm die Stimme.

Klüver schaute sich um, ob Gerhard Castorp vielleicht anwesend wäre, dann müsste er seine Ausdrucksweise mäßigen. Er erblickte ihn aber nicht, nickte und fuhr fort:

»Und haben dein allmächtiger Vater und die allwissenden Engländer dir vielleicht auch beigebracht, welche Rohstoffe zu einem Bier gehören?« Klüver grinste in die Runde.

»Hopfen, Wasser und Malz.«

»Du bist ein wackerer Brauer, der weiß, was sich gehört«, schlug Klüver versöhnlichere Töne an, um dann, in dem Moment, als Tideman sich sichtlich entspannte, ihn brüllend anzufahren:

»Und wenn du es doch weißt, warum machst du es dann nicht und würzt dein Gebräu mit allem anderen, nur nicht mit Hopfen.«

Tideman standen die Tränen in den Augen. Es war dies seine erste Bierprobe, seit er als Geselle das Brauhaus seines Vaters übernommen hatte.

»Ich ... ich wollte euch etwas Besonderes bieten zu meinem Einstand hier«, stammelte er erschüttert. »Da habe ich ein Rezept genommen, mit dem mein Lehrherr in London sehr erfolgreich war. Man nimmt Hopfen und Malz ...«

»Und?« Klüver hatte seine Stimme bereits gedrosselt, zu offensichtlich war allen, dass der Junge es gut gemeint hatte.

»Nachher versetzt man es mit Enzian, Salbei, Lavendel und Koriander.«

»Enzian!« Klüver schlug die Hände über dem Kopf zusammen.

»Leiden wir an Appetitmangel oder an Fieber? Nein! Was also soll das?«

Tideman blieb die Antwort schuldig.

»Du sollst Bier brauen, keine Arznei!«

Klüvers Kommando war kurz und schmerzlos:

»Wracken!«

Tideman wollte protestierten, Klüver hielt ihn am Arm zurück und zischte ihm leise zu, sodass die anderen nicht mithören konnten:

»Lass dir das einfach eine Lehre sein, beim nächsten Mal sieht alles schon ganz anders aus. Jeder Neuling zahlt hier Lehrgeld. Da hilft dir auch dein reicher Herr Vater nicht.«

Castorps Fass wurde hinausgerollt und in der Gosse zerschlagen. Dann setzte sich ein Trupp Männer unter Klüvers Führung in Bewegung, um Gleiches auch dem Rest der Fässer in Castorps Brauhaus angedeihen zu lassen.

Dazu riefen sie laut: »Liebe Leut', betet zehn Vaterunser! Hier lebt ein arger Bierverhunzer!«

Diese Konsequenz des ›Bierwrackens‹ war so beeindruckend, dass Georg keine Notwendigkeit für einen längeren Aufenthalt sah und nach zwei Tagen bereits weiterritt.

Gefährliche Schaffermahlzeit

Von Hamburg aus reiste Georg Richtung Bremen, bereits seit 200 Jahren ein Brauhandelsplatz großen Stils, der älteste und größte der Hanse. Galt Hamburg als ›Brauhaus der Hanse‹, so war Bremen die ›Bierschenke der Hanse‹, wo das meiste Bier verkauft wurde. Obwohl die englischen Kaufleute, die ›Merchant Adventurers‹, äußerst aggressiv in hansische Handelsgebiete vordrangen, wurden von März bis Oktober wöchentlich von hier aus die großen, flüssigen Frachten nach Flandern, England, Holland und die Länder Skandinaviens abgeschickt. Die Biermakler waren die wichtigsten Arbeitgeber der Stadt und nicht nur reich, sondern auch mächtig.

Georg kannte das Bremer Bier nur aus Erzählungen. Das rötliche, kräftige Bier war im Umland allgemein beliebt, hatte jedoch, nachdem die Bremer Brauer angefangen hatten, dem Bier Hafer hinzuzusetzen, als Exportartikel hinter dem Einbecker und dem Hamburger Bier mittlerweile das Nachsehen.

Der Mann, der sich ihm im Hansekontor als Frans Wilke vorstellte und für die Kontrolle des gesamten Hansebiers zuständig war, das in Bremen verladen wurde, war ein Hüne von einem Mann: riesengroß, breit, dick, mit dem leicht schwankenden Gang eines erfahrenen Seemanns, Pranken groß wie Teller, im Gesicht eine große, rote Knollennase. Im ersten Moment regelrecht eingeschüchtert, fasste sich Georg bald.

Mittlerweile war er erfahren genug, um die Macht seines Amtes richtig einschätzen zu können. Nachdem er seine Legitimation gezeigt und sein Ansinnen erklärt hatte, lachte Wilke jedoch erst einmal lauthals los.

»Da wirst du dir aber keine Freunde machen in Bremen!

Auf der anderen Seite, die Bremer Brauer sollten nichts von dir zu befürchten haben, wenn du dein Amt korrekt erfüllst. Auch die Hamburger Brauer nicht, für die wir das meiste Bier auch von Bremen aus versenden. Meine größte Sorge ist, dass sie deinen Auftrag nicht anerkennen werden. Hier gilt zwar Kaisers Wort mehr als das der meisten anderen, aber es ist dennoch Hansegebiet.«

Georg wollte schon mit den üblichen Erwiderungen parieren, auf die er gegen diese oft gehörte Abwertung seines Auftrags immer wieder zurückgriff, da dröhnte Wilke noch einmal:

»Wir werden das schon hinkriegen. Vertraust du mir, vertrau ich dir. Bleib in meiner Nähe, dann wird dir nichts geschehen.«

Jedes Frühjahr wurde das Aufbrechen des Eises auf der Weser mit einem Fest begangen. Alle Beteiligten, Kapitäne, Händler, Reeder und Brauer feierten mit einem großen Freundschaftsmahl den Beginn der neuen Saison, bevor es wieder auf große Reise ging.

»Das wird sicher eine gute Gelegenheit, alle wichtigen Brauer und Bierhändler Bremens auf einmal kennenzulernen.«

Nach zwei Wochen Wartezeit, in denen die Weser sich für den Schiffsverkehr öffnete und Georg die Stadt erkundete, war der große Tag gekommen. Wilke schaffte es tatsächlich, für Georg zu dieser ›Schaffer-Mahlzeit‹ genannten Veranstaltung eine Einladung zu erhalten, die ansonsten nur den Bremer Brauern und Händlern vorbehalten war.

»Warte, bis die Reden und der Antrunk vorbei sind, dann kannst du dich ein wenig unters Volk mischen.«

Georg folgte Wilkes Rat und trank erst einmal mit dem eigens für diesen Anlass gebrauten ›Schaffer-Bier‹ auf das

Wohl der Seefahrt, der Hanse und ihrer Mitglieder. Das ›Schaffer-Bier‹ war im Gegensatz zu dem, was Georg vorab gehört hatte, dunkel, fast schwarz, ungewöhnlich süß und so dick, dass es beinahe schon zähflüssig war. Sein Gegenüber, ein junger Mann von höchstens 20 Jahren, bemerkte Georgs erstaunte Miene und erklärte ungefragt:

»Das ›Schaffer-Bier‹ ist gezuckert und eingekocht. Denn je dicker das Bier, desto besser eignet es sich für die Reise. Auch für unsere Matrosen, dann fallen ihnen die Zähne nicht aus, und sie werden nicht so schnell krank.«

Ein paar kurze Reden, dann wurde es fröhlich. Viele Trinksprüche, Wilke deklamierte laut unter Gelächter: »Was ist das Schlimmste, was uns auf See passieren kann? Nur Wasser, Wasser, aber nichts zu trinken!« So wenig Georg von der Seefahrt verstand, so sehr erkannte er hier die Bedeutung des Biers als überlebenswichtiges Nahrungsmittel auf See.

Karl, so hatte sich der junge Mann mittlerweile vorgestellt, erläuterte immer wieder, wenn mal ein besonders derber oder aufgrund des norddeutschen Dialektes nicht zu entschlüsselnder Spruch völliges Unverständnis auf Georgs Gesicht zauberte.

»Bier ist wichtig, weil die Fässer mit Bier drinnen nicht so leicht verfaulen wie die mit Wasser. Wenn wir also länger unterwegs sind, haben wir am Ende meist kein Wasser mehr, sondern nur noch Bier zu trinken. Die Spanier, Portugiesen und Franzosen mögen den Wein bevorzugen, aber die Hanse trinkt Bier!«

Dabei erfuhr Georg, dass sogar auf den Schiffen selbst Bier gebraut wurde, und zwar nach einer ähnlichen Methode, die er in Straßburg bei Daniel Fischer gelernt hatte. Manche Schiffe führten Biersteine mit sich, die Ceilolithen genannt wurden, und mit denen wurde das faulige Wasser in nicht ganz so grauenhaft schmeckendes Dünnbier verwandelt. Von diesem Bier erhielt jeder Matrose vier bis fünf Liter am Tag, in guten Zeiten.

Einmal mit Karl ins Gespräch gekommen, stellte dieser ihm noch weitere Teilnehmer der Schaffer-Mahlzeit vor. Einige Krüge waren bereits geleert, es wurde für Georg immer schwieriger, sich die vielen Namen zu merken, die da auf ihn einprasselten. Seine Zunge löste sich, und er erzählte von seiner kaiserlichen Mission. Ein schwerer Fehler! Er glaubte, einige Gesichter sich versteinern zu sehen, andere machten gute Miene zu bösem Spiel.

»Hier, versuch mal dieses Bier, das nennt sich ›Boddelbier‹ und ist eine bremische Spezialität.« Jemand drückte ihm einen Krug in die Hand, ein zweiter mit einem sogenannten ›Skrutbier‹ folgte, und das Unglück nahm seinen Lauf. Auch die norddeutschen Brauer brauten noch längst nicht alle mit oder nur mit Hopfen, sondern mit Zutaten, die sehr unangenehme Nebenwirkungen haben konnten.

Spätestens hier hatten seine Gastgeber aufgehört, die Krüge aneinanderzustoßen. Das feste Anstoßen war immer schon ein Zeichen des Vertrauens gewesen, da das Bier von einem Krug in den anderen überschwappte und ein Attentäter sich zwangsläufig selbst mitvergiftet hätte.

Das alles nahm Georg nicht mehr wahr, während er halb besinnungslos auf der Bank hing und verzweifelt nach Wilke Ausschau hielt. Er bekam überhaupt nur noch einen kleinen Teil mit von dem Unheil, das sich über ihm zusammenbraute.

»Hier habe ich noch eine Leckerei für unseren Bierkieser. Da wird er noch lange dran denken.«

Ein weiterer Krug mit Bier wurde ihm eingeflößt.

»Ein ›Skrutbier‹ mit meiner Spezial-Kräutermischung. Hebe ich mir normalerweise in dieser Dosis für meine Feinde und meine Schwiegermutter auf.«

Wiederum großes Gelächter am Tisch.

Georg hätte seinem Gegenüber den Krug am liebsten ins Gesicht geschleudert, wenn er dazu noch in der Lage gewesen wäre.

»Absinth, Isop, Beifuß und Kardobenediktenkraut, Bitterklee und Fieberklee, Melisse, Hirschzunge, Ochsenzunge, Wacholderbeeren, Johanniskraut sowie als Krönung ein Zusatz von Taumelloch.«

Taumelloch, das war das letzte Wort, das Georg in dieser Nacht hörte. Wenn Wilke ihn nicht bald darauf vermisst hätte, wäre es sein sicherer Tod gewesen.

Seine falschen Freunde hatten ihn nicht mal über Bord werfen müssen, wie sie es eigentlich vorgehabt hatten. Er stolperte so ziellos umher, dass er schnell gegen die Reling und, das Gleichgewicht verlierend, ins Wasser gestürzt war.

Das Eintauchen im immer noch eiskalten Wasser weckte seine Lebensgeister wieder. Zum Glück für ihn wurde die Schaffer-Mahlzeit angedockt im Hafen und nicht auf hoher See gefeiert. Das Wasser war nicht tief, er stand nur bis zum Hals darin und schrie aus Leibeskräften um Hilfe.

Wilke half ihm sogleich hinaus, sonst wäre er zwar nicht ertrunken, wohl aber erfroren.

Drei Tage verbrachte er bei diesem daheim, bis er sich wieder gesund fühlte. Wilke schämte und entschuldigte sich.

»Unsere Brauer und Bierhändler sind keine schlechten Menschen. Sie hatten halt Angst, du würdest ihnen das Geschäft vermiesen.«

Georg nahm einen Krug eines guten bremischen Hopfenbiers.

»Und unser Bier ist, wie du selbst soeben feststellst, von guter Qualität. Was die Jungs dir bei der Schaffer-Mahlzeit eingeflößt haben, trinkt kaum noch jemand. Die machen sich nur einen Spaß daraus, weil jedes Jahr irgendein unbedarfter Trottel neu dabei ist.«

Das sah Georg anders und machte auch kein Hehl daraus.

»Dennoch werde ich einen Bericht verfassen, in dem ich vor der Schaffer-Mahlzeit warnen werde. Und vor ›Skrutbier‹ und ›Boddelbier‹ sowieso. Ich werde veranlassen, dass diese Biere verboten werden.«

»Dann musst du das tun. Aber mach die Hanse und die Bremer Brauer nicht schlecht. Wir Seefahrer sind ein raues Volk, da gehören solche derben Scherze dazu.«

Von Bremen wollte er nur noch fort. Aus Eile, aber auch aus Unwissenheit ließ er auf seiner Weiterreise in Richtung Süden drei Orte in der Braunschweiger Region aus, die später Braugeschichte schreiben sollten. Zurzeit hatten ihre Spezialitäten jedoch noch keinen überregionalen Ruf erlangt: Braunschweig mit seiner legendären ›Mumme‹, die immerhin schon in moderaten Mengen bis nach Holland und England exportiert wurde; Königslutter, dessen rötlich-blondes ›Duckstein‹ bis heute viele Freunde hat, sowie Goslar, dessen Spezialität, die ›Gose‹, in Leipzig das ›Rastrum‹ verdrängen sollte – sehr zur Freude der Leipziger Biertrinker.

Auch einigen anderen größeren Städten der Region wie Magdeburg, Halberstadt und Quedlinburg hätte er noch einen Besuch abstatten können. Da diese jedoch alle dem Hansebund angehörten, waren die Spielregeln des Bierbrauens überall gleich, das hatte er mittlerweile gelernt. Entweder das Bier war gut, oder gutes Bier wurde importiert aus anderen Hansestädten. Schlechtes Bier hatte bei dem harten Konkurrenzkampf innerhalb der Hanse keine Chance.

Daher hätte er seine Reise an dieser Stelle eigentlich abbrechen und nach Hause reiten können, wenn nicht noch die berühmteste aller Bierstädte Norddeutschlands vor ihm gelegen hätte: Einbeck!

Korruption

In Einbeck erlebte Georg eine neue Dimension des Brauens. Einbecker Bier war beliebt und begehrt, nicht nur in der Stadt und im weiteren Umland, sondern im gesamten Hansegebiet und darüber hinaus. Von Bayern bis hinauf nach Norwegen gingen die Wege, über die das starke, kräftig gehopfte und dadurch länger haltbare Bier exportiert wurde. Und so hatte die Stadt, die sich als erste auf den Bierexport spezialisiert hatte, auch als eine der ersten ein wirklich professionelles Umfeld zum Bierbauen geschaffen. Die kupfernen Braukessel waren die größten, die Georg jemals gesehen hatte. All das, auch die speziell zum Abläutern der Würze angefertigten Schiertücher, wurden ihm vorgeführt, nachdem er einen Braumeister der Einbecker Braukommune ausfindig gemacht und sich vorgestellt hatte. Auf dem Weg dorthin hatte er schon in der Tiedexer Straße die hohen Toreinfahrten bestaunt, die auch die größten Brauereiwagen passieren konnten.

Der Braumeister hieß Godfried, war ein kleines, lispelndes Männchen mit grauen, bereits arg gelichteten Haaren und einem ebenso mausgrauen Schnauzbart. Zudem war er, wie Georg später erfuhr, ein fürchterlicher Saufkopf. Man sagte ihm nach, er habe selbst gesagt, dass, wenn er wüsste, dass es im Fegefeuer Bier gäbe, er gerne auf das Paradies verzichten könnte. Aber vor dem Fegefeuer griff er gerne im irdischen Dasein zu und war meist selbst sein bester Kunde. Auf jeden Fall aber schien er Georgs Geschichte keinen Glauben zu schenken.

»Du wärst nicht der Erste, der versuchte, unser Braugeheimnis zu stehlen! Wir haben schon einige Kerle mit Schimpf und Schande davongejagt.«

Um diesem Misstrauen zu begegnen, ließ Georg sich erst einmal nieder und trank mit Godfried zwei Krüge eines wahrhaftig göttlichen Bieres.

Das war es, was der Kaiser gemeint hatte! So gut sollten alle Biere im Reich munden!

Er hielt mit seiner Meinung nicht hinter dem Berg und zauberte damit ein Lächeln auf das Gesicht des Einbecker Brauers, der offensichtlich schon vor Georgs Eintreffen die ersten Krüge gestemmt hatte.

»Ein fester Schaum, aber nicht zu viel. Eine rötlichbraune Farbe, aber nicht zu dunkel. Gut mit Hopfen versehen, aber nicht zu bitter.«

So erging sich Godfried über die Eigenschaften seines Gebräus.

Plötzlich stockte er und wurde ernst. Er schaute sich um, als ob jemand zuhören könnte.

»Und dieses Rezept willst du ergründen?«

Georg nickte.

»Dann lass uns an dieser Stelle abbrechen und das tun, was als ›Einbecker Gastfreundschaft‹ bekannt ist: Wir gehen ins Dirnenhaus! Damit wir von unseren aufgestauten Säften nicht siech werden.«

Das Angebot war nicht ungewöhnlich. Die meisten Städter, besonders die in Städten mit viel Durchreiseverkehr, konnten mittlerweile zwischen verschiedenen Etablissements wählen. Auch Georg hatte hier und dort eines besucht, wenn ihm auf einer Reise der Drang seiner Säfte zu stark geworden war. Hinterher plagten ihn meist große Schuldgefühle Kunigunde gegenüber, obwohl er sich selbst einzureden versucht hatte, dass diese unangebracht waren. Vielerorts waren diese Einrichtungen von der Kirche sanktioniert, da Bordelle häufig auf Grund und Boden der Kirche errichtet wurden und der Bischof mitkassierte. In diesen Fällen galt ein Besuch im Dirnenhaus nicht als Sünde.

Godfried ging vor und führte Georg durch das in der mittäglichen Wintersonne daliegende Einbeck. Vor ihrem Ziel trafen sie auf eine Gruppe Kaufleute, die, auch schon nicht mehr ganz nüchtern, Godfried johlend begrüßten.

»Na, alter Bierschinder, auch mal wieder Dampf ablassen?«

»Bei der Alten, die der daheim hat, da wäre ich jeden Tag hier«, wusste einer aus der Gruppe sogar anscheinend über die persönlichen Verhältnisse des Braumeisters Bescheid.

Der jedoch grinste nur angesichts dessen, was andere Männer als Ehrenbeleidigung aufgefasst hätten, und nickte nachsichtig.

»Ja, meine gute Eva Maria ist schon ein furchtbarer Drachen. Wenigstens hält sie mich im Brauhaus fest, da gefällt es mir erheblich besser als zu Hause!«

Dann lachte er prustend los, die anderen grinsten.

Die Mädchen waren ausnahmslos hübsch, wenn auch nicht mehr ganz jung. Von schlank bis üppig wurden alle Wünsche erfüllt. Allerdings lernte Georg hier, dass die ›Einbecker Gastfreundschaft‹ vorsah, dass zwar der Gastgeber einlud, der Gast jedoch zahlte, und zwar für beide.

Nachdem Georg sich wieder von dem Mädchen seiner Wahl gelöst hatte, die ihn für eine ganze Weile mit einem schier unerschöpflichen Wortschatz an Obszönitäten in die erstaunlichsten Stellungen getrieben hatte und am Ende völlig verschwitzt und klebrig an ihm hängen geblieben war, nahm er noch im Badezuber Platz und ließ sich genussvoll von Kopf bis Fuß abwaschen. Auch hierbei wurde er noch mit verspielten Zärtlichkeiten bedacht. Schließlich ließ er sich in der Gaststube des Bordells nieder und wartete auf den Einbecker Brauer. Erst nach längerem Warten kam dieser die Stiegen hinuntergepoltert und bestellte sich einen Krug Bier.

»So, nun zum Geschäft.«

Die Mädchen und seine eigene Lust hatte er bereits aus seinen Gedanken gestrichen, die nun wieder von Gier beherrscht wurden.

»Weißt du, nach welchem System wir brauen?«

Georg schüttelte den Kopf.

»Wir, also die Kommune, bestellen reihum die Braumeister, die für einen oder mehrere Kaufleute das Bier brauen. Ich zum Beispiel«, dabei klopfte er sich mehrmals mit der flachen Hand auf die Brust, »braue für die Tuchhersteller und Tuchhändler. Einen Monat lang können wir die Sudpfannen benutzen, dann ist die nächste Zunft an der Reihe. Und wir brauen drei Sorten Bier: das berühmte, starke Exportbier, einen zweiten Aufguss als Bürgerbier und einen dritten als Bier für die Armen.«

»Brauen denn alle Zünfte nach dem gleichen Rezept?«, fragte Georg dazwischen.

»Im Prinzip, ja. Es gibt nur leichte Abwandlungen beim Hopfenwürzen. Wer ein Rezept kennt, der kennt sie alle!«

Nach dieser erschöpfenden Auskunft lehnte er sich zurück und nahm einen tiefen Zug aus seinem Krug.

Georg spürte, dass dieser Mann etwas von ihm wollte. Der kam dann auch, wenngleich etwas umständlich, zur Sache:

»Sind deine Auftraggeber reich?«

Georg konnte nicht glauben, dass Godfried immer noch

dachte, er käme in anderem als im Auftrag des Kaisers, der bekanntermaßen alles andere als reich war.

»Ich habe schon des Öfteren Geld angeboten bekommen, wenn ich die Rezeptur verrate. Bislang hatte noch niemand Erfolg bei mir.«

Er beugte sich verschwörerisch zu Georg hinüber.

»Meine Frau macht mir mittlerweile das Leben zur Hölle. Sie ist gierig, prunksüchtig und verschwenderisch. Mit nur 200 Gulden wäre mir sehr geholfen. Du müsstest mir nur versprechen, dieses Bier niemals in der Nähe von Einbeck nachzubrauen.«

Georg traute seinen Ohren nicht! Ein korrupter Braumeister, das war wirklich neu für ihn.

»Lass mich darüber schlafen«, suchte er die einfachste aller Ausflüchte.

Am nächsten Morgen rüstete er übereilt zum Aufbruch und ließ Godfried ausrichten, er müsse weiter. Dann gab er seinem Pferd die Sporen.

Der Einbecker, wütend darüber, dass er mit seinem Angebot an den Falschen geraten war, stürmte los zur Stadtwache.

»In welche Richtung ist der Mann geritten, der sich als Bote des Kaisers ausgab?«

»Zum Storchenturm hinaus, über den Krähengraben.«

»Er hat unser Braurezept gestohlen!«

Sofort machten sich vier berittene Stadtsoldaten in leichten Kettenhemden unter ihren grünen, wehenden Umhängen an die Verfolgung. Zum Glück hatte Georg nicht gesagt, wohin ihn sein Weg noch führen sollte.

Nach vier großen Weggabelungen waren die Chancen so gering, den flüchtigen Dieb zu fangen, dass die Reiter am Ende des Tages erschöpft aufgaben und zurück nach Einbeck ritten.

Georg aber gab Fersengeld, er hatte eine derartige

Beschuldigung befürchtet und eilte in nicht ganz elf Tagen durch bis Linz.

Unterwegs, während des langen, ermüdenden Ritts, bei dem er zehn bis zwölf Stunden täglich im Sattel saß, wurde er sich wieder einmal seiner Einsamkeit bewusst. Jeder Mensch, den er kannte, gehörte zu irgendjemandem. Sei es eine Familie, ein Orden, eine Ritterschaft oder eine Bruderschaft. Zünfte und Gilden sorgten in den Städten für ihre Mitglieder, besonders für die Schwachen und Notleidenden.

Nur er, ein Waisenkind, kaiserlicher Hofbräu ohne Zunftzugehörigkeit und ohne Familie, gehörte keiner Gemeinschaft an. Der Hof in Wiener Neustadt war in Auflösung begriffen, Kunigunde verheiratet und sein Brotherr, der Kaiser, der für ihn Heil, Gerechtigkeit und Weisheit verkörperte, war alt und krank.

Wie sollte es weitergehen?

Corvinus' Tod

In fünf gewaltigen Reisen hatte Georg nun die meisten wichtigen Bierstädte und einige weniger wichtige erkundet. Er hatte mit Sicherheit mehr Brauereien gesehen als jeder andere Mensch im Reich vor ihm und dabei Biere verschiedenster Art getrunken. Manche hatten nur zaghaft, beinahe schüchtern, bei seinen Geschmacksnerven angeklopft; andere waren ihm wie ein Holzhammer in Kopf, Nerven und Eingeweide gefahren. Der Kosmos der Biere, die er erforscht und erfahren hatte, war ungeheuer groß. Zwischen den schlechtesten und den besten, den hellsten und dunkelsten, den lieblichsten und den rauesten Bieren lagen Welten, so wusste er jetzt.

Nun galt es, sich dieses Wissen zunutze zu machen.

Er beschloss, all seine Erfahrungen in einem Buch niederzuschreiben. Selbstverständlich wollte er seinen Auftraggeber dazu um Rat und Erlaubnis fragen. Bevor er mit dieser Arbeit beginnen konnte, wurde er jedoch, wie Kaiser Friedrich und alle anderen, von den Ereignissen überrollt.

Während er sich in Linz aufhielt, Vorbereitungen für sein geplantes Buch traf und hoffte, dass der betagte und körperlich wie geistig immer mehr abbauende Kaiser ihm die angefragte Audienz möglichst bald gewähren würde, brach in der kleinen kaiserlichen Residenz großer Jubel aus.

»Corvinus ist tot! Der König der Ungarn, Nemesis der Habsburger und Erzfeind des Reiches lebt nicht mehr!«

Wie ein Lauffeuer ging die Nachricht durch die Stadt, von dort durchs ganze Reich: Im April 1490 hatte der ›ungarische Emporkömmling‹ im Alter von knapp 47 Jahren das Zeitliche gesegnet. Und das Beste für das Haus Habsburg daran war: Er starb ohne rechtmäßigen Erben.

Das triste Leben am Hof war mit einem Schlag beendet. Georg bekam den kaiserlichen Auftrag, ein Jubelbier zu brauen.

»Stark, aber hell und kräftig will ich es im Krug haben«, trug ihm der Kaiser persönlich auf. »Dein Bräu soll die Freude ausstrahlen, die wir alle empfinden! Dieses Bier soll Ausdruck unserer neu gewonnenen Lebensfreude und unser aller Sorgenbrecher sein!«

Obwohl auch hier, wie fast überall sonst im Reich, gegen Ende April die Brausaison offiziell schon beendet war, gelang dieser letzte Sud des Frühjahrs aufs Vortrefflichste.

Das Festbier wurde kredenzt zu einem Festessen, als

dessen Krönung mehrere gebratene Störche serviert wurden, und sogar der Kaiser zeigte sich nach Langem wieder an der Tafel und aß und trank beinahe wie in früheren Zeiten.

Trotz aller Feindschaft ließ es sich Friedrich jedoch nicht nehmen, seinen verblichenen Erzfeind zu würdigen. Im Verabschieden von Feinden besaß er mittlerweile große Erfahrung.

»Auch wenn wir uns bekriegt haben, er uns zwischendurch besiegt glaubte und beinahe drei Jahre lang mein geliebtes Wiener Neustadt besetzt hielt: Corvinus war ein ritterlicher Kämpfer, er respektierte die Rechte unserer Bürger und erhielt ihre Privilegien. Den Toten soll man nichts Schlechtes nachsagen. Lasst uns trinken, auf dass wir ihn bald vergessen haben werden!«

Innerhalb kürzester Zeit sagten sich alle besetzten Gebiete in Österreich und der Steiermark von der Herrschaft der Ungarn los und wurden wieder habsburgisch.

Da ebenfalls im Frühjahr Herzog Siegmund von Tirol endgültig, und zwar zu Gunsten Maximilians, abgedankt hatte, um sein restliches Leben nur noch intensiven sinnlichen Vergnügungen und Ausschweifungen zu widmen, war die Wiedervereinigung der Habsburgerlande perfekt.

Mitte August erschien der frischgebackene Herzog und Regent von Tirol auf Wunsch seines Vaters mit einem Heer vor den Mauern von Wiener Neustadt. Enthusiastisch begrüßten ihn dessen Bürger, sie öffneten die Tore und erneuerten mit Begeisterung ihren Treueid auf Kaiser Friedrich.

Beinah am Ende seines Lebens angelangt, schien Friedrich am Ziel all seiner Wünsche und Träume. Er hatte die meisten seiner früheren Feinde überlebt; hatte sich mit seinem Sohn Maximilian weitgehend ausgesöhnt; seine Tochter Kunigunde war gut, wenn auch ohne seine Zustimmung, verheiratet; alle Erblande waren in der Hand seiner Familie; Burgund und andere Krisenherde des Reiches waren befriedet.

Nun hätte er in Frieden sterben können.

Das Schicksal aber gab noch keine Ruhe …

Siegmund der Durstige

»Warum soll ich jetzt auf einmal Bier trinken?«

Siegmund schlug mit der Faust auf den massiven Tisch im Arbeitszimmer seiner Innsbrucker Residenz, während er im Kreis um den Tisch herumlief wie ein gehetztes Tier.

»Weil ich es dir sage!«

Jakob Fugger, der an diesem Tisch saß, blickte ihn mit seinen kleinen Knopfaugen an, ohne jedes Zeichen von Respekt oder gar Furcht.

»Ich betrachte es als Entgegenkommen, dir noch Bier zuzugestehen. Nach Deiner Entmachtung kannst du mir für meine Kredite keine Gegenleistung mehr bieten. Also sei froh, wenn ich dir den Geldhahn nicht völlig zudrehe.«

»Aber was soll mein Volk von mir denken?«

»Es ist nicht mehr dein Volk, diese Tiroler, sondern das von Maximilian. Und je eher du dich an diesen Gedanken gewöhnst, desto besser. Dann wird dir auch dein baldiger Auszug aus dieser Residenz nicht so schwerfallen. Ich habe dir gegenüber wiederholt bekräftigt, ich werde dich nicht fallen lassen, schon um unserer alten Freundschaft willen. Alles, was ich verlange, ist etwas Mäßigung.

Du wirst dich auf deine schöne kleine Burg Freundsberg in Schwaz zurückziehen, aufhören, auf sündteuren Festen sündteuren Muskateller aus Meran oder den noch teureren Wein aus Zypern zu saufen, und wirst stattdessen gutes, einfaches Bier trinken, gebraut von deinem neuen Hofbräu, den ich dir beschaffen werde. Ein Hofbräu steht dir übrigens gut zu Gesicht, das wird deinem Volk gefallen.«

Siegmund bemerkte den leichten Hohn in der Stimme des reichen Augsburgers.

»Wage es ja nicht, mich jetzt zu demütigen, du diebischer Kaufmann«, zischte er. »Ich weiß zu viel von dir und deinen Geschäften.«

»Du weißt genau, dass Merkur bei den Römern der Gott der Diebe UND Kaufleute war. Das wird schon seinen Grund gehabt haben.«

Der schmallippige Kaufmann war viel zu skrupellos, um sich einschüchtern zu lassen.

»Ich bin im Übrigen alles, was zwischen dir und dem Schuldturm steht, der ja durchaus auch für den Adel geöffnet ist. Also tu, was ich dir sage, bezähme deinen Durst, und wir bleiben Freunde.«

Auf nach Innsbruck

Maximilian hatte, in Vorahnung seiner baldigen Ernennung zum Regenten von Tirol, bereits ein Jahr zuvor mit den Planungen für eine Erweiterung der Innsbrucker Burg begonnen. Größer sollte sie sein als alle anderen Residenzen, prächtiger und teurer sowieso. Die Bauarbeiten wurden nun, nachdem durch Siegmunds Abdankung Tatsachen geschaffen worden waren, mit enormem

Aufwand betrieben, der leider nur eine kurze Phase habsburgischen Glanzes in der Tiroler Hauptstadt in Szene setzen sollte.

Nördlich der bestehenden Gebäude würde die ›Hintere Burg‹ errichtet werden, in der die Kemenaten des Hofstaats eingerichtet würden. Die Wohnung des Regenten und der Festsaal würden vom ersten ins zweite Obergeschoß verlegt. Und im Norden, nahe der damaligen Zugbrücke, war eine repräsentative Eingangshalle geplant. Der ehrgeizige Hofbaumeister Nikolaus Thüring der Ältere hatte Planung und Bauausführung in seiner Hand.

Auf dem Rückweg von Wiener Neustadt nach Innsbruck machte König Maximilian Station in Linz. Dort bat er überraschend Georg zur Audienz.

Zuerst ließ er Georg zwei Stunden warten, dann wurde der hineingerufen, um Zeuge eines Gespräches zwischen Kaiser und König zu werden, das entschieden freundlicher verlief als frühere Unterredungen, die Georg in Erinnerung hatte.

Maximilian erzählte seinem Vater von seinen Plänen mit der Innsbrucker Burg.

»Innsbruck liegt zentral im Reich, auf halbem Wege nach Italien und Deutschland, weit genug weg von den Ungarn und den Franzosen. Einen besseren Ort als Regierungssitz kann ich mir nicht vorstellen. Außerdem sind die Jagdreviere für Gams und Hirsch dort einzigartig.«

»Und wer soll das bezahlen?« Kaiser Friedrich kannte die chronische Geldnot seines Sohnes fast besser als seine eigene.

»Jakob Fugger, wer sonst.«

»Hüte dich vor den Fuggern!« Friedrich hob mahnend den Zeigefinger. »Auch wenn ich selbst schon oft genug, zu oft, ihre Dienste in Anspruch nehmen musste, ist eines sicher: Den Profit macht am Ende nur der Augsburger.«

Maximilian druckste ein wenig herum, als er zum nächsten Thema kommen wollte.

»Siegmund hat sich vom Fugger und von den Wittelsbachern einen eigenen Hofbräu samt neuem Brauhaus aufschwatzen lassen. Ab der nächsten Saison will er in seinem neuen Domizil, der Burg Freundsberg, ein eigenes Bier brauen lassen. Und ich bin mir jetzt schon sicher, das nächste Mal, wenn ich dort bin, wird er mir prahlerisch sein eigenes Hofbier kredenzen.«

Er bedachte Georg mit einem schrägen Blick.

»Ist Euer Brauhaus hier in Linz eigentlich noch aktiv?«

Sowohl der Kaiser als auch Georg hätten eigentlich mit ›Jein‹ antworten sollen, was so viel bedeutet hätte wie: arbeitsbereit: ja, aktiv: zurzeit nein.

Sogleich verstand Friedrich, was sein Sohn von ihm erwartete, Georgs Groschen fiel langsamer.

»Wollt Ihr mir Euren Hofbräu für meine neue Innsbrucker Residenz ausborgen, damit er mir dort einen eigenen Braumeister ausbilden kann?«

Kaiser Friedrich nickte nachsichtig.

»Wenn ich ihn brauche, musst du ihn herschicken, sofort! Das ist meine Bedingung. Ich trinke fast überhaupt nichts mehr, esse meist nur noch Melonen, Weintrauben und Birnen, da wäre es eine Sünde, so einen guten Hofbräu ohne Arbeit und Lohn zu lassen.«

Georgs Herz tat einen Sprung. Der Kaiser wollte ihn entlassen und ihn in die Dienste seines Sohnes übergeben! Er wusste nicht, ob das gut oder schlecht war. Seine Loyalität gehörte nach wie vor dem alten Kaiser. Und obwohl dieser bisweilen senil wirkte, so hatte er doch noch alle Fäden des Handelns fest im Griff.

Ihm fielen jetzt auch wieder die Morde ein, deren Ausführung er Markus, den Augsburger Brauer, verdächtigte. Kaiser Friedrich würde sich um solche Dinge nicht kümmern, das war sicher. Also fragte er höflich, da er schon einmal vor beiden Regenten stand, ob er von seinem Verdacht berichten dürfte. Beide nickten, Georg erzählte von dem, was er in München, Straßburg, Bitburg und Augsburg gehört hatte, von den drei toten Brauern und von seinem Verdacht gegen den Rehlinger-Brauer. Die Mainzer Episode vom Antoniusbier verschwieg er. Die Regenten waren erstaunt und hocherfreut über die Folgerungen Georgs.

Der Tod Daniel Fischers war sogar bis zu Maximilians Ohren gedrungen, war doch dadurch die Wappenverleihung ausgefallen.

»Und du bist sicher, dass dieser Brauer in Augsburg der feige Mörder ist, den ich selbst nach der Untat von Augsburg unter die Reichsacht gestellt habe?« Maximilian zeigte Anzeichen echter Empörung.

»Ich bin mir sicher.« Georgs Stimme klang fest wie nie.

»Dann lass uns den Schurken schnappen und verurteilen.«

Friedrich signalisierte Zustimmung, da fuhr der König fort:

»Allerdings möchte ich mich erst noch neu verheiraten.«

Des Kaisers massives Kinn fiel ins Bodenlose, Georg versuchte gar nicht erst, seine Überraschung zu verbergen.

»Nun, als König, Regent von Tirol und zukünftiger Kaiser – Gott gebe Euch noch viele Jahre, lieber Vater – denke ich, dass es Zeit ist, mich noch einmal zu verehelichen. Acht Jahre ist es nun her, dass meine geliebte Maria an den Folgen ihres Sturzes vom Pferd gestorben ist. Die schwierigen Zeiten lassen mir jedoch keine Möglichkeit, irgendeine der mir ständig angepriesenen Bräute persönlich in Augenschein zu nehmen.«

»Lasst sie doch zu Euch kommen«, empfahl der Kaiser.

»Viel besser«, konterte Maximilian. »Meine Berater haben hierfür eine elegante Lösung gefunden. Ich heirate einfach ›per procurationem‹.«

Friedrichs ratloser Blick ließ ihn ergänzen: »Das bedeutet ›ohne persönliche Anwesenheit‹. Die Herzogin Anna, Erbin der Bretagne, stünde dafür zur Verfügung.«

»Die ist aber noch recht jung, wenn ich richtig informiert bin?«

Auch der Kaiser kannte natürlich die dynastischen Verhältnisse und alle potenziellen Erben, Nachfolger und Bräute der europäischen Höfe.

So schaute er alles andere als glücklich drein nach dieser Mitteilung, hatte jedoch schon lange erkannt, dass sein Sohn seine Zustimmung in diesen Dingen nicht mehr einholte, sondern ihn vor vollendete Tatsachen stellte.

»Elf Jahre alt, also alt genug für eine Hochzeit mit mir«, war denn auch die passende Antwort.

Der Kaiser erkannte sofort Maximilians Vorteil hinter dieser Hochzeit: Dadurch würde der französische König Karl VIII. politisch in die Zange genommen, obwohl dieser seit Jahren mit Maximilians Tochter Margarethe verlobt war, die bei der Verlobung ganze drei Jahre alt gewesen war.

»Meine Berater sind schon unterwegs«, fuhr Maximilian fort. »Mein Gefolgsmann Graf Polheim wird an meiner statt das Ehebett berühren und die Papiere unterzeichnen, dann gilt die Verbindung als geschlossen. Ich erwarte meine Delegation bald zurück in Innsbruck, danach werde ich die Jagd auf unseren Brauermörder eröffnen. Der läuft uns nicht weg, nicht aus Augsburg!«

Damit war Georg entlassen. Der war froh, seinen Verdacht endlich jemand Drittem mitgeteilt zu haben. Was Innsbruck bringen sollte, würde die Zukunft zeigen.

Also packte der Hofbräu seine Siebensachen und zog einmal mehr um. Maximilian hatte ihn bereits in Innsbruck avisiert, damit er bei der Planung und beim Bau des neuen Brauhauses mithelfen konnte.

Der Franzosenkönig spielte das Spiel des Habsburgers jedoch nicht mit. Er reiste kurzerhand in die Bretagne, löste die noch nicht vollzogene Ehe auf und heiratete Anna selbst. Um Maximilian nicht nur als Bräutigam, sondern auch als Vater zu demütigen, schickte er seine bisherige Verlobte Margarethe fort und erklärte den Ehevertrag mit ihr für nichtig, obwohl diese bis dahin einen Großteil ihrer Kindheit am französischen Hof verbracht hatte. Diese Blamage sorgte für Gelächter an allen Höfen Europas. Obwohl Maximilian durchaus beliebt war, mehr auf jeden Fall als sein Vater, gönnten ihm viele diesen Reinfall.

Die Abwerbung

In der Fuggerstadt barst Rehlingers Brauhaus im Frühjahr 1491 wieder einmal aus allen Fugen, es wurde gesoffen, gesungen und ausnahmsweise auch getanzt. Der Rat hatte die Sitten etwas gelockert, so durften die allseits beliebten Geschlechtertänze nun auch ohne wochenlange vorherige Ankündigung und Genehmigung stattfinden, und zwar auch in einfachen Bierschenken und Gasthäusern. Das hatte dazu geführt, dass die sittsamen Tänze lockerer geworden waren, sehr zum Gaudium des Publikums.

Neben Klatsch und Zoten wurden Neuigkeiten aus aller Welt ausgetauscht, wie zum Beispiel, dass in diesem Winter der Bodensee zum ersten Mal seit über 100 Jahren durchgehend zugefroren war.

»Ich bin von St. Gallen nach Friedrichshafen mit dem Schlitten gefahren. In kürzester Zeit! Mit dem Schlitten, verstehst du!«, brüllte ein junger, wohlhabend aussehender Kaufmann einem anderen ins Ohr, um bei dem Getöse überhaupt verstanden zu werden.

Ein paar andere versuchten, einen ihrer Freunde, der etwas schüchtern war, zu einem Besuch in einem der zahlreichen Bordelle zu überreden, was schließlich gelang. Die Gruppe zahlte ihre Zeche und verließ johlend das Brauhaus.

Markus stand beim Tresen und schaute der ganzen Tollerei mit einem spöttischen Lächeln zu. Er verachtete die Gäste, die sich hier so billig vergnügten.

Auf der anderen Seite beneidete er sie eben darum.

Diese profanen Vergnügen waren ihm verwehrt. Er hatte es versucht. Sein Temperament vertrug sich jedoch nicht mit Saufgelagen, und sein melancholisches Gemüt machte es ihm unmöglich, Freunde zu finden. Außerdem hatte er ja noch die Geheimnisse mit einigen Toten, die er mit seinem Gewissen herumtrug. So blieben ihm zum Vergnügen nur die Dirnen, die er dafür umso regelmäßiger aufsuchte.

Während er so, über sein eigenes Elend sinnierend, dastand, sprach ihn plötzlich eine Stimme von der Seite an.

»Du bist schon lange als Bierbrauer bei Rehlinger, nicht wahr?«

Markus schaute auf, neben ihm stand Jakob Fugger, einer der reichsten Männer der Stadt.

»Seit beinah 20 Jahren«, antwortete er beiläufig.

Fugger war verschrien als geizig, humorlos und trocken; ganz und gar nicht die Art von Gesellschaft, mit der er sich heute Abend abgeben wollte.

»Du braust gutes Bier hier. Die Leute sind zufrieden, der Rehlinger, so scheint's, auch.«

Markus brummte zustimmend. Fugger ließ nicht locker.

»Möchtest du dich beruflich verändern?«

Markus horchte auf. Daran hatte er nie gedacht, Augsburg gefiel ihm, und anderswo war es sicher auch nicht besser als hier.

»Was habt Ihr denn anzubieten?«

»Wie wäre es mit einem Posten als Hofbräu in Tirol? Bei Herzog Siegmund dem Münzreichen.«

Das klang doch gut!

»Was wird mein Brauherr, der Rehlinger, dazu sagen?«

»Lass mich das klären. Mit Geld kann man alles regeln.«

Dann erzählte er von Siegmunds neuem Domizil, der Burg Freundsberg in Tirol, und dass Siegmund auf seine alten Tage Geschmack am Bier gefunden hätte.

»Und da hat er mich gebeten, ihm einen Hofbräu zu beschaffen, der sein Handwerk wirklich versteht. Ab der nächsten Saison, also in etwa einem halben Jahr, sollst du dich auf den Weg machen.«

Fugger nickte abschließend.

»Sobald ich die Geldfrage mit dem Rehlinger geregelt habe.«

Er nickte erneut und verschwand.

Die Verhaftung

Während auf Markus seine neue Herausforderung als Tiroler Hofbräu wartete, war Georg schon in Innsbruck angekommen. Allerdings wurde nichts daraus, gleich mit der Einrichtung des neuen Brauhauses zu beginnen. Bald nach seiner Ankunft stand nämlich ein Leutnant Maximilians namens Berthold Mitterer vor ihm und ersuchte ihn, ihn zu begleiten.

»Wir sollen nach Augsburg reisen und dort einen Brauer verhaften und hierher überführen. Du wurdest als derjenige benannt, der ihn ausmachen und wiedererkennen kann. Also sollst du mit uns kommen.«

Georg hatte keine Wahl, als wieder seine Siebensachen zu packen und sich auf den dreitägigen Ritt zu machen. Der jedoch wurde recht kurzweilig, Mitterer war so stolz auf seine Beförderung zum Landprofosen, die ihm den Titel des Hellebardenführers eingebracht hatte, dass er die ihm zugeteilten drei einfachen Stockknechte und Georg unterwegs mit Geschichten unterhielt, wie er in Zukunft die Verbrecher ausforschen und vor Gericht stellen würde.

»Die werden nichts mehr zu lachen haben, die Gauner und Rumtreiber. Alle werde ich sie schnappen und ihnen den Prozess machen!«

In Augsburg angekommen, mussten sie zuerst beim Rat um Erlaubnis ansuchen. Eine Verhaftung ohne dessen Zustimmung wäre einer Entführung gleichgekommen und hätte diplomatische Verwicklungen zur Folge gehabt. Die Erlaubnis wurde prompt erteilt, nur der Ratsherr Rehlinger zögerte, ging es doch um seinen eigenen Brauer. Auf der anderen Seite hatte er seine Abfindung vom Fugger bereits erhalten, so willigte er schließlich ein. Und als Mitterer ihm zusicherte, dass die Überstellung nach Innsbruck nur der Wahrheitsfindung diente und, sollte Markus sich als unschuldig erweisen, er sofort wieder freigelassen würde, stimmte auch er schließlich zu.

Die Brausaison war vorbei, seine letzte in Augsburg, und Markus hielt sich nur im Brauhaus auf, um einige Reparaturen durchzuführen, da er noch bis Ende Juli bei Rehlinger in Lohn und Brot stand. Als die fünf Männer das Brauhaus betraten, war seine erste Reaktion, sie in die Schankstube zurückzuschicken, wo sie Wein trinken konnten wie alle anderen Gäste auch. Er erschrak, als der höchstdekorierte der vier Soldaten auf ihn zuging und fragte:

»Bist du der Rehlinger-Brauer namens Markus?«

Markus nickte. Dann trat Georg hinter den Stockknechten hervor, und Berthold, der Hellebardenführer, vollzog die Befragung exakt so, wie er es mit Georg vorher abgesprochen hatte.

»Hast du vor langen Jahren in Straßburg beim Brauherrn Daniel Fischer gearbeitet und wurdest dort hinausgeprügelt?«

Markus wurde rot vor Zorn und schrie: »Nein! Nein! Niemals!«

»Und hast du vor fünf Jahren diesen Brauherrn, zusammen mit drei anderen Reisenden, hier in Augsburg heimtückisch vergiftet? Ein Verbrechen, für das unser König die Reichsacht verhängt hat!«

Markus schüttelte den Kopf und schwieg.

»Und hast du vor sieben Jahren einen durchreisenden Brauer namens Tilo, zusammen mit einem Priester«, bei Nennung des Geistlichen hob Mitterer theatralisch die Hände, »brutal gemeuchelt?«

Immer noch keine Antwort.

»Und hast du, vor noch längerer Zeit, vor über 20 Jahren, den Bitburger Brauherrn Dieter de Foro hinterrücks erdolcht?«

Markus spuckte aus vor dem Leutnant, der ihm dafür einen Schlag ins Gesicht versetzte. Bevor Markus auf ihn losgehen konnte, waren die Stockknechte zur Stelle und hielten ihn fest.

»Und als unser kaiserlicher Hofbräu und Bierkieser Georg«, höflich deutete Mitterer auf Georg, »dir auf die Schliche kam, da hast du ihm die Türe gewiesen.«

Mitterers Stimme nahm an Schärfe zu.

»Leugnest du diese Taten?«

»Ja, ich leugne alles. Alles erfunden und erlogen, was dieser Dreckskerl von einem Bierkieser erzählt, Kaiser hin, Kaiser her!«

Georg schluckte die Beleidigung, dafür packten die Soldaten den verstockten Augsburger Brauer und führten ihn hinaus.

Sie hatten wohlweislich bereits auf der Hinreise ein sechstes Pferd mit sich geführt.

Der Rückweg nach Innsbruck würde länger dauern, ein gefesselter Häftling konnte nicht so schnell reiten wie die Soldaten. Und für eine verriegelte Kutsche schien Markus nicht gefährlich genug, vom finanziellen Aufwand ganz zu schweigen.

Die Flucht

NIEMAND KONNTE SPÄTER genau erklären, wie es geschah, aber Markus gelang es, zu fliehen. Seine Teilnahmslosigkeit, während sie bei herrlichstem Sommerwetter durch das Allgäu ritten, hatte seine Bewacher spätestens am Ammersee sorglos gemacht. In Garmisch-Partenkirchen veranstalteten die Landprofosen ein regelrechtes Saufgelage, an dem sich Georg nur anfangs beteiligte. Zu groß war sein Misstrauen gegen ihren Gefangenen, so beschloss wenigstens er, wachsam zu bleiben. Nur leider teilte der Bewachungstrupp sein Misstrauen nicht, im späteren Verlauf des Abends hatten sie ihrem gefesselten Mitreisenden sogar einen Krug Bier eingeflößt. Zwei weitere folgten.

Am nächsten Tag, irgendwo in einem namenlosen Tal, das sie passierten, nach einem der zahllosen Stopps, wo alle Mann die Hosen runterließen und die umliegenden Gebüsche vollschissen, war Markus dann verschwunden. Er war einfach wie vom Erdboden verschluckt. Auf sein Drängen hin, »mein Bauch grollt, da drängt das Bier von letzter Nacht nach Entladung«, waren ihm die Fesseln gelöst worden, damit er sich zur Entleerung anständig hinhocken konnte. Der Hellebardenführer Berthold Mitterer war fassungslos.

»Das hat man davon, wenn man einem Gefangenen das Leben erleichtert.«

Seine eigene, glorreiche Karriere als Landprofoser wähnte er bereits am Ende, bevor sie richtig begonnen hatte. Auch seine drei Begleiter hatten mehr zu befürchten als Hohn und Spott. Derart eklatantes Versagen zog immer disziplinarische Maßnahmen nach sich, im günstigsten Falle erhielten sie keinen Sold.

Also machten sie sich wutentbrannt auf die Suche nach dem Flüchtigen, während Georg, den als Einzigen keine Schuld an der Flucht traf, allein zurück nach Innsbruck ritt.

Versöhnungen

Georg grämte sich wenig über die Flucht des Augsburgers. Von allen Seiten wurde versichert, es sei nur eine Frage von Wochen, wenn nicht von Tagen, bis der Flüchtige gefasst sei. Die Reichsacht wurde erneuert und in der gesamten Umgebung verkündet, so konnte der vogelfreie Markus auf keinerlei Unterstützung rechnen. Jedermann durfte ihn verhaften oder sogar totschlagen.

Also widmete Georg sich wieder dem Bierbrauen, zumal es galt, das Brauhaus neu einzurichten. Jedoch nicht nur er begann eine neue Arbeitsstelle. In München wurde der Brauer Lamprecht Ungelter, den Georg auf seiner ersten Reise kennengelernt hatte, zu Herzog Albrechts Hofbräu befördert. Der lag immer noch mit Kaiser Friedrich über Kreuz, hauptsächlich wegen des ständigen Zankapfels Regensburg. Dabei platzte Friedrich auf seine alten Tage noch einmal der Kragen. Am 1. Oktober 1491 verhängte er die Reichsacht sowohl über die (noch) ›Freie Reichsstadt‹ als auch über seinen Schwiegersohn.

Georg eröffnete die Brausaison, wobei er nur für den kleinen Stamm der Hofbediensteten braute, die die Resultate seiner Braukunst allerdings sehr genossen. Maximilian hatte noch keinen Brauer gefunden, den Georg ausbilden konnte, und er selbst war wieder einmal unterwegs, diesmal in Ungarn, wo er mit seinem Heer eine Schlappe einstecken und am 7. November im Vertrag von Pressburg die Herrschaft von König Ladislaus II. in Ungarn anerkennen musste. Damit war Ungarn für die Habsburger wieder in weite Ferne gerückt.

Der Winter brachte jedoch auch wieder beruhigende

Nachrichten. Maximilian, der große Mediator, brachte nicht nur das Verhältnis zwischen Kunigunde und Albrecht wieder ins Lot – die Geburt zweier Töchter waren kein Ausdruck von Liebe gewesen, sondern nur der Erfüllung ehelicher Pflichten; er versuchte sich auch an der Aussöhnung von Schwester und Schwager mit dem greisen Familienoberhaupt. Und langsam hatte er Erfolg.

Kunigunde setzte sich aktiv dafür ein, ihrem Vater einen friedlichen Lebensabend zu verschaffen. Im Sommer 1492, gleich nach der Geburt der dritten Tochter, fuhr sie mit ihrem Gatten und den drei kleinen Prinzessinnen per Schiff nach Linz. Vater und Tochter hatten einander mehrere Jahre nicht gesehen. Der alte Mann blühte sichtlich auf und verbrachte einige der letzten frohen Tage seines Lebens mit seinen Enkelkindern, während Albrecht sich sichtlich zurücknahm, um dem Kaiser keinen Grund für einen erneuten Streit zu liefern.

Ende des Jahres kam Albrecht dann erneut nach Linz, diesmal allein. Grund dafür war die totale politische Kapitulation Albrechts. Die Verhängung der Reichsacht, die der Kaiser im Januar 1492 erneuert hatte, hatte ihn in eine ausweglose Situation gebracht, zumal er auch militärisch zunehmend angeschlagen war. Nur Maximilian konnte da noch vermitteln. Dessen Urteil mündete im Mai 1492 im Frieden von Augsburg. Albrecht musste Regensburg und Tirol zurückgeben und durfte nur Abensberg behalten, konnte dafür jedoch wieder auf die Freundschaft des Kaisers hoffen. Dieser enttäuschte ihn nicht. Somit waren bis Ende des Jahres alle Parteien miteinander ausgesöhnt.

Als Zeichen der Zufriedenheit mit den Verhältnissen stiftete Kunigunde gemeinsam mit ihrem Gatten einen Flügelaltar für die Münchner Frauenkirche, ein Meisterwerk, geschaffen von dem Künstler Jan Pollak.

Das Hofbräubier in Innsbruck erfreute sich allgemeiner Beliebtheit, Georg fand Anerkennung und fühlte sich wohl in der Tiroler Hauptstadt.

Der flüchtige Markus wurde nicht gefasst und geriet langsam in Vergessenheit.

Abendstimmung

TROTZ DER ZUSTIMMUNG, die sein Bier in Innsbruck fand, dachte Georg immer wieder voller Wehmut an die Zeit in Wiener Neustadt zurück. Ein Gefühl nagte an ihm, dass er, mit nunmehr 34 Jahren, über den Zenit seines Lebens hinaus war. Er hatte immer noch keine Familie, keine Nachkommen, keine Erben – und das, obwohl er mittlerweile zu einem bescheidenen Wohlstand gelangt war. Dann ergab sich die Gelegenheit, noch einmal nach Linz zu fahren, da ihn der alte Kaiser angefordert hatte, und so beschloss er, diesen um Rat zu fragen. Auch sein geplantes Buch wollte er dem Kaiser vorstellen. Er glaubte fest an die ungebrochene Weisheit des Habsburgers, dem er nun bereits seit 16 Jahren treu ergeben war. Als Georg den Kaiser wieder traf, war er jedoch entsetzt über den Verfall des beinahe 77-jährigen Monarchen. Dessen Zustand war so besorgniserregend, dass er beide Anliegen gleich wieder fallen ließ.

»Schau, was sie mir zu essen geben: Das ist mir eine Krankenspeise. Püriertes Huhn, das mitsamt Knochen weich gekocht und im Mörser zerstoßen wurde.«

Georg schaute auf den Teller voller Brei, den Friedrich nur mit sichtlichem Widerwillen aß.

»Da lobe ich mir wieder einmal dein Bier!«

Trotz allen Siechtums verbrachte der Kaiser an guten Tagen noch immer viel Zeit im Linzer Bürgerhaus und diskutierte und philosophierte mit Menschen vom Schlag eines Bernhard Perger, Johann Fuchsmagen oder Johann Reuchlin, die alle hocherfreut registrierten, dass der Hofbräu in Linz wieder seiner Arbeit nachging.

Und während in Salzburg im ›Haus bey der Stiegen‹ die Brausaison und damit die Geschichte der heutigen Stieglbrauerei begann und in Schwaben, besser gesagt, im Stuttgarter Stadtrecht, per Erlass die berühmte ›Kehrwoche‹ eingeführt wurde, braute Georg ein letztes Mal für den Kaiser.

So glaubte er zumindest …

Donnerstein und Donnerschlag

Anfang 1493 erschien Maximilian überraschend in Innsbruck, und er hatte eine Sensation im Gepäck: Zum Ende des Vorjahres hatte sich der zukünftige Kaiser in Straßburg und im Elsass aufgehalten, um mit seinem ehemaligen potenziellen Schwiegersohn, dem französischen König Karl VIII., zum Thema Burgund einmal ordentlich Tacheles zu reden. Als gegen Mittag des 7. November ein Steinmeteor* mit einem gewaltigen Knall in ein Weizen-

* Heute ist nur noch knapp die Hälfte des ›Donnersteins von Ensisheim‹ übrig geblieben. Die Reste des Meteors kann man im Ensisheimer ›Palais de la Régence‹ bewundern. Nur von fünf der abgeschlagenen Stücke weiß man heute, wo sie sich befinden. Der größte Teil liegt im Naturhistorischen Museum in Paris. Johann Wolfgang von Goethe war angeblich auch im Besitz eines dieser Meteorbrocken.

feld zwischen Ensisheim und Battenheim gestürzt war, hatte sich Maximilian zufällig in Ensisheim befunden und war als einer der ersten Augenzeugen vor Ort gewesen. Über einen Meter tief war der frische Meteoritenkrater, der Stein wurde von mehreren Männern ausgegraben und sollte dann in einer feierlichen Prozession in die Stadt gebracht werden. Maximilian, der in kosmischen Ereignissen einen Hinweis auf die Vorsehung erkannte, hatte den Einschlag als gutes Zeichen für sein Gespräch mit Karl VIII. gewertet.

Schnell ließ er einige Brocken abschlagen, die er nach Innsbruck schickte.

Die Aufregung war groß, als die Steine in Innsbruck zur Schau gestellt wurden. Maximilian war bereits wieder abgereist, der nächsten Mission entgegen. Georg drängte sich mit den anderen Hofbediensteten um den Tisch, auf dem die Gesteinsbrocken ausgestellt waren. Bewunderndes Raunen, »Ahhhs« und »Ohhhs« waren überall aus der Menge zu vernehmen. Plötzlich hielt Georg inne und war wie vom Donnerschlag getroffen: Wer da soeben durch die Tür trat, festlich angetan und schöner, als er sie jemals zuvor gesehen hatte, war niemand anderes als seine alte Freundin Kunigunde! Sie hatte sich sofort auf den Weg gemacht, nachdem sie die Kunde von den Meteoritensteinen vernommen hatte, mit leichtem Gepäck und kleinem Hofstaat. Die drei kleinen Prinzessinnen hatte sie in München bei ihren Ammen gelassen, Albrecht war sowieso wieder Gott weiß wo im Herzogtum unterwegs und schlug sich mit irgendwelchen Streithanseln herum.

Ach, wie sie diese ständigen Scharmützel hasste! Sie war sicher, eines Tages würde ihr Gatte in einem dieser überflüssigen Gefechte den Tod finden.

Langsam und würdevoll schritt Kunigunde auf den

Tisch zu, sich ihrer Herkunft und ihrer Stellung voll bewusst. Ehrfürchtig wichen die Hofbediensteten zur Seite, damit die Bayernherzogin ungehindert den Meteoriten betrachten konnte.

Auch der Blick zur anderen Seite des Tisches war jetzt frei. Und genau so, wie Georg erstarrt war, blieb auch Kunigunde wie vom Donner gerührt stehen und starrte Georg fassungslos an.

Den wähnte sie eigentlich in Linz und hatte schon länger nicht mehr an ihn gedacht.

Ihr letztes Zusammentreffen, damals in München, lag bereits mehr als fünf Jahre zurück. Von Georgs Versetzung nach Innsbruck hatte ihr niemand berichtet, weder ihr Vater noch ihr Bruder hatten auch nur einen Gedanken daran verschwendet, dass ihr der kaiserliche Hofbräu etwas bedeuten könnte.

Nun aber überspielte sie gekonnt ihre Überraschung und begutachtete Maximilians Fundstücke. Anschließend stolzierte sie hinaus, eilte in ihre Gemächer und ließ sofort nach Georg schicken.

Touché d'Amour

Georg war nicht sicher, ob Kunigundes erschrockenes Erstaunen wirklich ihm gegolten hatte. Es waren viele Menschen anwesend gewesen, einige davon waren auch mit Kunigunde bekannt. Er freute sich, dass es ihr anscheinend gut ging. Auch er hatte in den letzten Jahren eher spärliche Informationen über sie erhalten. Nur von der Geburt der Kinder hatte er gehört.

Tief in Gedanken versunken, ob sie sich überhaupt noch an ihn erinnern könnte, war er gemächlichen Schrittes auf dem Weg zurück in sein Brauhaus, als ihn ein Page einholte, der so schnell ging, dass es beinahe unschicklich war.

»Die Bayernherzogin verlangt, dich zu sehen!«, kam es gepresst hervor. War es die Atemlosigkeit durch das schnelle Gehen oder die Ehrfurcht, die der Junge mit einem Mal dem Hofbräu, der sonst ein einfacher Mann zu sein schien, entgegenbrachte: Der Junge schnappte nach Luft und ergänzte mühevoll: »Und zwar möglichst sofort!«

Um den frischen Eindruck, den Georg bei dem Pagen hinterlassen hatte und den dieser mit großer Sicherheit im höfischen Klatsch weiterkolportieren würde, nicht zu zerstören, gab Georg sich würdevoll und ließ sich, dezent und gemessenen Schrittes, zu Kunigundes Gemach geleiten. Sobald sich die Tür jedoch hinter ihm geschlossen hatte, war es genug der Würde.

»Georg, mein alter, lieber Freund!« Mit einem Jauchzen sprang Kunigunde von dem Bett auf, auf dem sie sich gerade ausgeruht hatte, und fiel ihm um den Hals.

Er drückte sie an sich, und ein nicht gekanntes Glücksgefühl durchströmte seinen Körper. Plötzlich bemerkte er, dass an Kunigundes Wangen die Tränen hinunterliefen. Waren es Tränen der Freude, der Erleichterung oder des Unglücks über ihr Schicksal? Georg wusste es nicht. Sachte küsste er Kunigunde die Tränen fort und spürte den salzigen Geschmack auf der Zunge. Die beinahe 28-Jährige schaute auf zu dem sieben Jahre älteren Mann und lächelte: »Ich habe niemals bemerkt, was für ein stattlicher Mann du geworden bist. Halt mich noch ein wenig fest, mein Gatte ist so viel unterwegs, da erfahre ich wenig Zärtlichkeit.«

Georg drückte sie vorsichtig an sich, fühlte dabei ihre

weichen Rundungen, die durch die dreifache Mutterschaft etwas fülliger geworden waren, und genoss jeden Moment. Er versenkte sein Gesicht in ihr Haar und nahm ihren Duft wahr, der ihn an die Zeit erinnerte, als sie gemeinsam in Wiener Neustadt Bücher gelesen und sich gegenseitig die Welt erklärt hatten. Damals hatte er ihr die ersten, ungelenken Liebesschwüre geleistet, die von ihr belächelt worden waren. Hier und jetzt stellte er fest, dass sich seine Gefühle für die Kaiserstochter nicht geändert hatten.

Er wollte die Situation nicht ausnutzen, dennoch: War es Zufall, dass kein Page, keine Zofe und keine Hofmeisterin anwesend waren? Kein Gatte, keine Kinder in der Nähe? Hatte Kunigunde das am Ende so geplant? Georg verscheuchte diese Gedanken und trug sie entschlossen zum Bett. Dort entkleidete er die Herzogin, die trotz ihrer scheinbaren Willenlosigkeit genau wusste, was sie tat. Sie half ihm aus seinem Wams und verriegelte noch schnell die Tür. Er schlüpfte unter den Berg aus Decken, unter dem Kunigunde auf ihn wartete. Und dort ging dann ein Wunsch für Georg in Erfüllung, der so alt war wie seine Männlichkeit …

Das stärkste Bier aller Zeiten

SCHON BALD nach Georgs beglückender Zusammenkunft mit Kunigunde musste diese wieder abreisen. Durch die neue Nähe – München war von Innsbruck aus in zwei guten Tagesritten zu erreichen, eine Kutsche brauchte doppelt so lange – beschlossen die beiden, sich fortan öfter zu sehen. Der Abschied fiel deshalb nicht allzu tränenreich aus, es sollte nur für eine kurze Weile sein. Tatsächlich aber war dies das letzte Wiedersehen der beiden Jugendfreunde gewesen …

Kurz nach Kunigundes Aufbruch musste Georg überraschenderweise doch noch einmal dem Ruf des Kaisers folgen, oder besser, dem seines Kanzlers Bernhard Perger, der auch Superintendent der Wiener Universität war, aber derzeit in Linz weilte. Während Maximilian gerade im Vertrag von Senlis vom französischen König die Herrschaft über Burgund zurückerhielt, jedoch ohne die von Frankreich frisch eroberten Regionen Picardie und Bourgogne, klopfte der Tod laut und vernehmlich an Friedrichs Tür.

»Los, Bursche, du musst das stärkste Bier aller Zeiten brauen!«

Heinrich von Köln, der neue Leibarzt des Kaisers in Linz, unterstrich dabei mit einer abwertenden Geste, dass er so seine Zweifel an den Fähigkeiten Georgs hatte.

Ohne seine langen Haare, die er zu einem Zopf geflochten hatte, sowie seinen dicken Wanst wäre er eine unauffällige Erscheinung gewesen. So aber schaute Georg ihn leicht entgeistert an, während der Leibarzt mit seinen Händen wedelte.

»Bist du dazu in der Lage?«

Die Saison ging dem Ende zu, bald war es zu warm zum Brauen; dennoch erwiderte Georg ohne zu zögern:

»Das stärkste Bier der Welt und aller Zeiten werde ich Euch brauen, wenn Ihr es wünscht. Könnt Ihr mir sagen, wozu es benötigt wird, dann kann ich vielleicht mit Geschmack, Farbe oder dem Gewürz noch passend zum Erfolg beitragen?«

»Dem Kaiser geht es schlecht.«

Der berühmte Arzt blickte besorgt.

»Unser Kaiser muss nun die Rechnung dafür zahlen, dass er sein ganzes Leben lang alle Türen immer mit seinen Füßen oder Knien aufgestoßen hat. Sein linkes Bein ist seit Längerem entzündet und fault nun ab. Ich fürchte, wir werden es nicht mehr retten können.«

Georg hatte schon beim letzten Mal, als er den Kaiser gesehen hatte, bemerkt, dass dieser sein krankes Bein unter einem goldenen Tuch verdeckt hielt.

»Der Altersbrand ist nicht mehr aufzuhalten«, fuhr der Arzt fort. »Der Fuß ist schon schwarz und taub, beinah bis zum Knie.«

Dann kam er zur Sache:

»Hast du schon einmal einer Amputation beigewohnt? Scheußliche Sache, sage ich dir. Ich werde mich niemals daran gewöhnen, egal wie viele ich durchführe.«

Georg schüttelte entsetzt den Kopf. Das wollte er sich erst gar nicht vorstellen.

»Das Bier brauche ich, falls wir in den nächsten Wochen beschließen sollten, das Bein abzusägen.«

»Nun, ein gutes Bier braucht seine Zeit, dann sollte ich besser gleich anfangen.«

Mit den kleineren Gerätschaften, die Kaiser Friedrich in Linz hatte aufbauen lassen – hier braute Georg beinah exklusiv für den Kaiser, so überschaubar war der Hofstaat im Linzer ›Exil‹ geworden –, konnte Georg an die 100 Liter auf einmal herstellen. Dazu benötigte er auch keine Helfer mehr.

Er nahm diesmal nicht nur mehr Malz, sondern auch eine besonders große Menge stark gedarrten, dunklen Röstmalzes. Auch eine üppigere Hopfengabe sollte dieses spezielle ›Kaiserbier‹ zieren.

»Der arme Teufel«, ging es ihm beim Brauen häufig durch den Kopf. »Ist in Ehren ergraut und so alt geworden, und jetzt wollen sie ihn bei lebendigem Leib in Stücke schneiden.«

Die Bierwürze kochte er stundenlang, bis sie beinahe so zähflüssig wie Sirup war; dabei warf er immer wieder neue glühende Biersteine hinein.

»Wenn ihm schon alle irdischen Güter und seine Kaiserkrone nicht mehr weiterhelfen, so soll er wenigstens ein Bier trinken, mit dem er die Prozedur überstehen kann.«

Den Hopfen gab er mit Bedacht.

»Die Bitterkeit beruhigt ihn hoffentlich zusätzlich.«

Er dachte an Einbeck und wünschte sich, das Bier würde ähnlich gut geraten, nur noch stärker. Abschließend noch zehn Vaterunser, damit das Bier nicht sauer vergor, und dann hieß es warten.

Nach zwei Wochen schaute der Leibarzt vorbei, nickte Georg zu und meinte vielsagend:

»Es wird ernst.«

Georg hatte sich seit Tagen vor diesem Moment gefürchtet.

»Ist das Bier bereit?«

»Beinahe, Herr, die Gärung ist schon vorüber, es klärt sich noch ein paar Tage.«

»Lass mich kosten!«

Georg nahm Krug und Schöpfkelle und ging hinunter in den Keller an den Bottich. Er reichte Heinrich den Krug. Dieser trank und verzog angewidert das Gesicht.

»Was für ein Höllentrunk, das ist genau richtig! Man sagt ja eigentlich: ›Trink Wasser und stirb, trinke Bier und bleibe gesund!‹ Aber dieses Zeug hier werden wir dem Kaiser wohl mit Gewalt einflößen müssen. Das säuft niemand freiwillig.«

»Wollt Ihr mich eigentlich bei der Operation dabeihaben?«

Georg durchlief es heiß und kalt bei dem Gedanken, zuschauen zu müssen, wie dem Kaiser ein Bein …

Nein, das war zu schrecklich!

Dennoch, er kam nicht darum herum …

Heinrich von Köln wurde von den wichtigsten medizinischen Kapazitäten seiner Zeit bei der geplanten Operation unterstützt. König Maximilian hatte nach der Meldung, dass sein Vater immer schwächer würde, seinen persönlichen Leibarzt, den bereits 80-jährigen Portugiesen Matheo Lupi, nach Linz beordert. Der gebrechliche alte Mann war sogleich aufgebrochen und Ende Mai, todmüde von der Reise, in Linz eingetroffen.

Friedrichs Schwiegersohn, Herzog Albrecht IV., hatte als weiteres Zeichen seiner Versöhnung seinen Leibwundarzt Hans Suff von Göppingen, der bereits Kunigundes Jungfräulichkeit attestiert hatte und der mittlerweile als brillanter Medikus galt, ebenfalls nach Linz gesandt.

Und so marschierte am 8. Juni 1493 ein Trupp von acht Männern, angeführt von dem steinalten Portugiesen und ängstlich verfolgt von Georg, in das kaiserliche Krankenzimmer. Der gesamte, wenn auch kleine, Hof war anwesend. Friedrich war vorbereitet und gefasst, er wusste, ohne die Operation hätte er nicht mehr lange zu leben. Seine größte Sorge war: »Ich möchte nicht mit dem schändlichen Beinamen ›der Hinkende‹ in die Geschichte eingehen.«

Zuerst kam Georgs Auftritt.

Ein großer Krug Bier wurde dem Kaiser gereicht, der in seinem speziell für ihn angefertigten Krankenstuhl die

Prozedur erwartete. Friedrich nahm einen großen Schluck, verzog ein wenig das Gesicht, trank aber tapfer weiter. Für die weiteren Krüge war ausgemacht, dass jeder der anwesenden Ärzte dem Kaiser zutrinken sollte, damit dieser schneller schmerztaub wurde.

Als Erster sprach Georg sein Muntermacher-Sprüchlein und trank seinen Krug, genau wie der Kaiser, in einem Zug bis zur Neige. Die anderen sieben Männer folgten seinem Beispiel, auch sie konnten eine kleine alkoholische Aufmunterung vor der zu erwartenden Prozedur gut vertragen. Die Qualität der Trinksprüche reichte von markig bis zotig. Nach dem siebenten Krug hielt Friedrich sich nicht mehr aufrecht und fiel nach hinten. Die letzten beiden Krüge wurden ihm bereits im Stadium der Ohnmacht verabreicht.

Dann begann die Operation. Drei Ärzte, auch diese alle berühmte Wundärzte, Pflundorffer von Landshut, Meister Erhart von Graz und Meister Friedrich von Olmütz, hielten den Oberkörper des Kaisers fest. Ein weiterer, Arzt, Hilarius von Passau, umklammerte das kranke linke Bein, und Georg hatte die Ehre, das rechte Bein zu fixieren. Lupi und Heinrich von Köln führten Regie.

Friedrich war sanft entschlummert, bewusstlos lag er in seinem Sessel. Als Hans Suff die ersten Schnitte setzte, um Hautlappen freizulegen, die er später zum Zunähen brauchte, zuckte der Patient kurz auf und bellte einen Schmerzenslaut hinaus, dann fiel der Kopf wieder nach hinten.

Bis die Säge in sein Wadenbein hineinfuhr! Ein markerschütternder Schrei entrang sich seiner Kehle, gefolgt von einem Wimmern und Keuchen sowie einem zuckenden Aufbäumen des Oberkörpers. Dann herrschte wieder Ruhe. Die übermenschlichen Schmerzen, vereint mit

Georgs Spezialbräu, hatten den Kaiser endgültig in Morpheus' Reich geschickt.

Wieder und wieder glitt die Säge knirschend durch Gewebe und Knochen. Blut spritzte, der Göppinger Arzt keuchte bei der anstrengenden Arbeit, obgleich er sie sehr gekonnt ausführte.

Schließlich war die Säge durch, Suff schnitt die letzten Muskeln, Haut- und Fleischfetzen mit einem scharfen Messer ab, vernähte die überstehenden Hautlappen über dem Knochenstumpf, reinigte die Wunde mit einem Tuch und verband alles ordentlich.

Er wischte sich mit der blutigen Hand den Schweiß von der Stirn, sodass eine rote Spur sein Gesicht zierte, und atmete kräftig durch.

»So, jetzt hilft nur noch beten.«

Als Friedrich Stunden später erwachte, konnte er sich an nichts mehr erinnern. Er nahm seinen abgesägten Fuß in die Hand und bemerkte lakonisch:

»Nun hat man dem Kaiser und dem Reich zugleich einen Fuß abgesägt!«

Die starken Schmerzen betäubte er sogleich wieder mit zwei Krügen seines ›Amputationsbiers‹, wie er selbst es später nennen sollte.

Das Verhalten des Kaisers sowie die Mär von der beinahe schmerzfreien Amputation machten schnell die Runde und wurden zur Volkslegende. Die Leute auf der Straße raunten sich mysteriöse Einzelheiten über die Wunderdinge zu, die Georgs Bier bewirkt hätte.

Die Amputation war ein Erfolg, nach sechs Wochen war die Wunde schon beinah verheilt. Selbstverständlich waren alle Ärzte laut eigener Aussage maßgeblich an dieser medizinischen Sensation beteiligt gewesen.

Das größte Lob für Georg, neben dem des Kaisers, kam

Wochen später vom Leibarzt Heinrich von Köln. Alle frühere, eventuell vorhandene Abschätzigkeit im Auftreten Georgs gegenüber war verschwunden.

»Ich bin dabei, ein Lehrbuch zu schreiben über die Medizin«, eröffnete Heinrich mit ungewohnter Jovialität in der Stimme. »Darf ich bitte dein Bierrezept darin aufnehmen, damit auch andere Ärzte lernen, wie man schmerzfreie Amputationen oder auch andere Operationen durchführt?«

Die Erlaubnis dazu gab Georg gerne.

Beinamputation an Kaiser Friedrich III. 1493
Wien, Albertina Nr. 22.475

Dennoch konnte auch die gelungene Amputation nicht darüber hinweg täuschen, dass der alte Kaiser vom Tod gezeichnet war.

Einmal noch reiste Georg nach Linz, es war Ende Juli. Dort gab er auf ausdrücklichen Wunsch des alten Mannes endlich doch die interessantesten Erlebnisse seiner Reisen wieder, während der bettlägerige, aber über die Reiseanekdoten sichtlich amüsierte Kaiser eine Melone nach der anderen verzehrte.

Sie sprachen auch über die Gerüchte, die durch die Stadt liefen. Dass ein Seefahrer aus Genua über Westen nach Osten gelangt war und dort eine neue Welt entdeckt hatte.

»Da bricht eine neue Zeit an, die nicht mehr die meine ist.« Die Stimme des Kaisers klang brüchig, während er weiter Melonen löffelte.

Dann bemerkte er Georgs Erstaunen.

»Kennst du das Sprichwort, lieber Georg: Engel essen einmal am Tag, Menschen zweimal, alles darüber hinaus ist tierisch!«

Er seufzte.

»Nun, da ich mich den Engeln nähere, genügen mir Melonen, Weintrauben und ab und zu noch dein Bier.«

Mit einer dramatischen Geste winkte er Georg zu sich ans Bett und sagte:

»Wir werden uns erst im Himmel wiedersehen, so der allmächtige Gott ein Einsehen mit uns hat. Und ich möchte dann, dass du auch im Himmel ein gutes Bier brauen wirst.«

Tränen schossen in Georgs Augen. Obwohl er sonst nicht sentimental war, drückte er einen letzten Kuss auf die welke Hand des Habsburgers und ritt zurück nach Innsbruck.

Der letzte römisch-deutsche Kaiser, der vom Papst in Rom gekrönt worden war, starb in den Mittagsstunden des 19. August 1493 im Kremsmünsterhaus in Linz, nach 53 Jahren als König und 41 als Kaiser. Als offizielle Todesursache wurde heftiger Durchfall nach intensivem Melonenverzehr angegeben.

Hätte Kaiser Friedrich noch drei Monate ausgehalten, er hätte sich noch über die Geburt seines zweiten Enkelsohnes freuen können. Nach Philipp dem Schönen, dem Maria von Burgund schon vor 15 Jahren das Leben geschenkt hatte, brachte nun Kunigunde einen gesunden kleinen Wilhelm zur Welt, dessen Ankunft im ganzen Land mit Freudenfeuern und Kanonendonner gefeiert wurde. Verwundert nahmen alle bei der Geburt Anwesenden die Sommersprossen und die leicht rotbraunen Haare zur Kenntnis, die so gar nicht zu den sonst dominierenden Merkmalen der Habsburger passten. Wegen Wilhelms Geburt wurde sogar die Staatstrauer, die Albrecht aufgrund von Friedrichs Tod in Bayern angesetzt hatte, unterbrochen. Und aufgrund der Bedeutung dieser Geburt wurde der Neugeborene gleich mit drei hochrangigen Paten versehen: Graf Jörg von Helfenstein, Graf Ulrich von Montfort sowie Georgs Freund, dem Hofmeister Jörg von Eisenhofen.

Ebenso hätte Friedrich die Entwicklung goutiert, die die Gesetzgebung für Bier in Bayern in diesem Jahr genommen hatte.

Herzog Albrecht ließ zum ersten Male Bierpolizisten in München patrouillieren, um die Arbeit der Brauer zu überwachen.

Und Georg der Reiche, ein wichtiger Bundesgenosse Kaiser Maximilians, erließ für sein Herzogtum Landshut die Vorschrift: »Die Bierbrauer und andere sollten nichts zum Bier gebrauchen denn allein Malz, Hopfen und Wasser, noch dieselben Brauer, auch die Bierschenken und andere nichts anderes in das Bier tun – bei Vermeidung von Strafe an Leib und Gut.«

Der tote Kaiser wurde in sitzender Position aufgebahrt, einbalsamiert und per Schiff nach Wien gebracht. Herz, Eingeweide sowie das amputierte Bein wurden in der Stadtkirche in Linz beigesetzt. Bis alle zum Leichenschmaus Geladenen eingetroffen waren – wobei Maximilian als einer der Letzten eintraf –, vergingen dreieinhalb Monate. In der Zwischenzeit verbrachte man die Zeit damit, Messen für Friedrichs Seelenheil zu lesen: 8.422 an der Zahl! Der trauernde Sohn krönte zur Trauerfeier den in Wien lehrenden Humanisten Johannes Cuspinian zum Poetus laureatus. Und dieser besang vor allen Trauernden bei einer ergreifenden Feier am 7. Dezember die ›schöne Leich‹. Der nun frisch ernannte neue Kaiser hielt die Trauerrede, die auch zur Abrechnung mit seinem Vater und Vorgänger geriet:

»Mein Vater wollte die Welt im Sitzen regieren. Ich hingegen reise lieber.«

Friedrich III. wurde im Wiener Stephansdom begraben. Kunigunde war nach der Geburt noch zu schwach, um die Reise nach Wien auf sich zu nehmen, und schickte stattdessen ihren Gatten. Der trug beim Trauerzug zur Überraschung aller Anwesenden ein bodenlanges, schwarzes Büßergewand mit langzipfeliger Haube. Damit war er wohl auch über den Tod hinaus endgültig versöhnt mit seinem Schwiegervater.

Sobald sein Sohn ihn unter der Erde wusste, begann Maximilian mit der Sicherstellung der Besitztümer seines Vaters. Viele Gerüchte über ominöse Testamente und einen sagenhaften Schatz hatten in den letzten Jahren die Runde gemacht. Allein, niemand konnte sagen, wo sich dieser Schatz befinden sollte.

Da half nur noch eines: Alle Residenzen, Burgen und Schlösser der Habsburger wurden durchsucht, und tatsächlich fand man ganze Gebäudeabschnitte von Schloss Strechau in der Steiermark, der Residenz Wiener Neustadt sowie einer Kirche in Nürnberg teilweise vermauert vor.

Ein Schatz fand sich darin jedoch nicht.

Georgs Ende

ANFANG 1494 erkrankte auch Georg an Syphilis. In einem der zahlreichen Bordelle in Innsbruck oder Linz musste er sich die neue Volksseuche eingefangen haben.

Am Hof in Innsbruck war keiner der sonst dort tätigen Ärzte verfügbar, da der neue Kaiser Maximilian, der sich ›der Erste‹ nannte, nach der missglückten Verbindung mit Anna der Bretagne es noch einmal mit dem Heiraten versuchen wollte. Peter Bonoma, der mittlerweile auch in die Jahre gekommene langjährige Berater Kaiser Friedrichs, hatte hierbei geschickt die Fäden gezogen und Kupplerarbeit betrieben. Maximilian benötigte Geld, je mehr und je schneller, desto besser. Also kam als Gattin des Kaisers nur eine reiche Erbin infrage. Die fand sich in Mailand: Die 20-jährige Prinzessin, Tochter von Galeazzo Maria Sforza, des Herzogs von Mailand, war nicht nur reich, sondern auch schön. Aber leider, wie Maximilian später beklagte, »von nur mittelmäßigem Verstande« sowie geschwätzig, naiv und schlampig. Sie konnte dem Vergleich mit Maria von Burgund daher in keiner Weise standhalten, was dem Kaiser jedoch ziemlich egal war. Er erschien zur Hochzeit in Mailand sowieso nicht, da er mit seiner Geliebten und seinem Hofstaat in Wien weilte, während sein Stellvertreter die Festlichkeiten in Mailand genießen konnte. Die waren von dem Künstler und Universalgenie Leonardo da Vinci, einem guten Freund des steinreichen Onkels der Braut, geplant worden und entsprechend spektakulär. Unter anderem erhielt der Mailänder Dom durch eine Drapierung aus Samt und Seide ein völlig neues Antlitz. Die Mailänder waren begeistert.

Unmittelbar im Anschluss an die Feier reiste die Braut Richtung Tirol, begleitet von Leonardo, der die Reise in seinem Spiegelschrift-Tagebuch für die Nachwelt festhielt.

Und Georg war unterwegs nach München.

Die Hauptstadt Bayerns galt als eine der Hochburgen der Syphilis, und wo es viel Krankheit gab, da waren meist auch gute Ärzte. So setzte Georg seine Hoffnungen darauf, in der Münchner Residenz von einem ansässigen Medikus, vielleicht sogar von Hans Suff von Göppingen persönlich, den er bei der Beinamputation kennengelernt hatte, behandelt zu werden.

Und er hoffte selbstverständlich auch auf ein Wiedersehen mit Kunigunde. Sie hatte ihm vor Kurzem einen Brief geschrieben, in dem sie voller Freude von der Geburt ihres ersten Sohnes berichtet hatte. Das Schreiben enthielt darüber hinaus Andeutungen, dass sie noch weitere Überraschungen parat hätte, sollte Georg demnächst wieder einmal nach München kommen. So ritt er, trotz seiner Krankheit frohen Mutes, am Achensee vorbei in Richtung Tegernsee. Das Wetter war schön, einer der ersten sonnigen Frühlingstage, wenn es auch in den Alpentälern noch kalt war. Die Gegend galt als sicher, auf Wittelsbacher Territorium geschahen weniger Raubüberfälle als anderswo.

Die Schlinge bemerkte er viel zu spät.

Als sie über seinen Kopf fiel und sich rasend schnell um seinen Hals zusammenzog, war es um Georg bereits geschehen. Das dünne, aber feste Seil riss ihn sofort vom Pferd.

Rasend vor Schmerz, der beim Zuziehen seiner Kehle entstanden war, völlig überrumpelt von dem überraschenden Angriff, lag er auf dem feuchten Waldboden.

Frisch gesprossene Farne und Pilze verwehrten ihm die Sicht zur Seite. Nur nach oben war der Blick frei. Und dort stand nun, ein hämisches, triumphierendes Grinsen im entstellten Gesicht, die blassblauen Augen funkelnd, der Mann, den Georg und Michel zweieinhalb Jahrzehnte zuvor wie einen geprügelten Hund am Wegesrand aufgelesen und verarztet hatten.

Er musste ihn beschattet und verfolgt haben, schoss es sofort durch Georgs Kopf. Und er war leichtsinnig gewesen, so in die Falle zu tappen.

Das Alter und das Fortschreiten der Krankheit waren dem ohnehin verunstalteten Antlitz des gesuchten Mörders nicht gerade förderlich gewesen.

Aber trotz des entsetzlichen Anblicks, den er bot, war der Vorteil ganz eindeutig auf seiner Seite. Georg wollte aufspringen, hielt sich jedoch gleich weinend und winselnd den Hals, da Bertram die Schlinge wieder fest angezogen hatte.

Das spitze, scharf geschliffene Messer in der Hand des mehrfachen Mörders verschlechterte Georgs Situation zusätzlich. Sein eigenes Messer, genau wie seine Armbrust, hingen beide am Sattel seines Pferdes, von dem er so gewaltsam heruntergerissen worden war.

»Kenne ich dich nicht von irgendwoher?«

Höhnisch spuckte der ehemalige Rehlinger-Brauer die Frage aus.

Georg schwieg. Er versuchte, Kraft zu sammeln gegen einen weiteren Angriff, der zweifellos kommen würde.

»Ist das wirklich der kleine Bub, der mit seinem Bader-Vater damals in Straßburg eingefahren ist und mich meiner Arbeit beraubt hat?«

Trotz der misslichen Situation wunderte sich Georg über die Kapriolen, die zu schlagen ein menschliches Gedächtnis anscheinend im Stande war: Sie hatten Bertram aufgelesen, NACHDEM er seine Arbeit verloren hatte.

Immer noch schwieg er.

»Und ist das der unverschämte Brauer, der als ›kaiserlicher Bierkieser‹ uns Brauer bevormunden und uns Augsburger Brauer ganz allgemein unter Mordverdacht stellen wollte?«

Der Druck des Seils ließ nicht nach, Georgs Atemnot nahm zu.

Trotzdem, oder vielleicht aufgrund des Mangels an Luft, erinnerte sich Georg in diesem Moment an das Delirium des Antoniusbiers, wie sich, Schicht für Schicht, Markus' Gesicht zugunsten des von Bertram aufgelöst hatte. Nur verschaffte es ihm in diesem Augenblick keine Genugtuung, damals die richtige Vision gehabt zu haben.

Bertram verschärfte den höhnischen Ton, zog das Seil noch fester an und setzte eine Sohle seiner mit dicken Nägeln beschlagenen kniehohen Lederstiefel auf Georgs Brust. In einer Hand hielt er nun das Seil, in der anderen ein Messer.

»Und ist das schließlich nicht auch der miese, kleine

Denunziant, der denkt, er kann sich einen Vorteil verschaffen, wenn er andere bei ihren Herren anschwärzt?«

Georgs Gesicht lief rot an, erste Sterne funkelten vor seinen Augen. Atemlos zappelte er wie ein Fisch auf dem Trockenen.

Bertram hob leicht seinen Fuß von Georgs Brust an.

Georg atmete durch.

Da trat Bertram mit voller Kraft in Georgs Brustkorb.

Der bäumte sich auf, für einen richtigen Schmerzensschrei fehlte ihm die Luft, daher kam nur ein Ächzen. Der Tritt wiederholte sich, der nächste ging an den Kopf. Bertram steigerte sich in eine Raserei, wie er sie zuletzt vor langer Zeit bei dem Schäfer in Nattenheim erlebt hatte.

Georg war nach dem fünften Tritt bewusstlos geworden. Als der rasende, wahnsinnige, wie im Rausch tobende Berserker mit beiden Füßen zugleich auf seinen Kopf gesprungen war, starb er. Bertram hatte erst aufgehört, als buchstäblich kein Knochen mehr heil war im Körper seines hilflosen Opfers, das er als bluttriefendes Bündel liegen ließ.

Somit war ein fürchterliches Ende, wie es Bernhard Walther 1486 in Nürnberg in seinem Horoskop gesehen hatte, leider eingetroffen.

Mörderjagd

Georgs Pferd wurde mitsamt den vollen Packtaschen, den Waffen und sonstigem Reisegepäck im nächsten Dorf eingefangen. Nachdem man seine grausigen Überreste gefunden und dem Pferd zugeordnet hatte, kam man zu der Feststellung, dass es offensichtlich kein Raubüberfall gewesen war.

Unverzüglich wurden Meldungen nach München und Innsbruck geschickt. Sofort wurde auch die Jagd auf den Mörder eingeleitet. Ober besser gesagt, die Suche nach dem seit Längerem flüchtigen Bertram intensiviert. Sowohl Maximilian als auch Kunigunde glaubten nicht an einen Zufall. Kunigunde veranlasste zuerst alles Notwendige – hier war sie ganz die Tochter ihres Vaters, bevor sie den Tränen und ihrer Trauer über den Verlust Georgs freien Lauf ließ.

Bayerische und Tiroler Truppen durchkämmten die Wälder, in denen sich der feige Mörder verbergen könnte. Der versteckte sich tatsächlich dort und hörte die Suchtrupps immer wieder nahen und sich wieder entfernen. Schon begann er aufzuatmen, da wurden die Tiroler in der zweiten Woche ihrer Suche schließlich fündig.

Nicht zuletzt half der Zufall hier kräftig mit.

Zusammengekauert hockte Bertram im Gebüsch am Rande einer Lichtung in der Nähe des Achenbachs. Er hatte Stimmen und Hufgeklapper gehört und war sofort in Deckung gegangen.

Der Trupp von acht Soldaten aus Innsbruck stieg ab, um kurz zu verschnaufen.

Einer von ihnen ging zum Rand der Lichtung, um den Druck in Blase und Gedärmen, der durch das ›süffige, mörderisch gute Braunbier‹ vom Vorabend entstanden war, abzulassen. Während er die Hosen hinunterließ, entdeckte er den Flüchtigen und gab Alarm.

Bertram ergab sich sofort widerstandslos in die erdrückende Übermacht.

Der Hauptmann der Truppe machte aufgrund von Bertrams früherer Flucht – die Geschichte war zum Spott der damaligen Wächter weithin kolportiert worden – keinerlei Zugeständnisse, und so schleppte man den lange gesuchten Verbrecher, der dennoch während der gesamten Überführung lautstark seine Unschuld beteuerte, mit Hand- und Fußfesseln nach Innsbruck, wo sich die Insassen des ungemütlichen Kerkers über einen wahrhaft prominenten Zugang freuen konnten.

Unterwegs amüsierten sich die triumphierenden Tiroler darüber, dass es fünf Krüge des letzten Bieres aus dem letzten Sud waren, den Georg in seinem Leben gebraut hatte, die seinem Mörder schließlich den Garaus gemacht hatten.

Das Gericht

FAST EIN JAHR LANG dauerte Bertrams Kerkerhaft in Innsbruck. Nicht, dass irgendwelche Zweifel an seiner Schuld bestanden hätten. Keineswegs!

Das Ganze war lediglich ein Problem der Bürokratie sowie der Zuständigkeit.

Bertrams erste Straftaten, das Erdolchen des Schäferhunds und das Verprügeln des Schäfers, hatten im Bitburger Land stattgefunden. Ebenso sein erster Mord an Dieter de Foro.

Bitburger Land war Luxemburger-Burgunder-, und somit Habsburger-Land, was Regierung und Justiz anging.

Bei Tilos und des Priesters Hinrichtung wäre ein Augsburger Gericht zuständig gewesen, oder aber auch eines aus Köln. Die Herkunft des Priesters war unbekannt.

Die Vergiftung Daniel Fischers und der drei anderen Zecher war gerade außerhalb der Stadtmauern geschehen, sodass neben Augsburg und Straßburg auch das Hochstift Augsburg, in deren Besitz sich das Umland Augsburg befand, die Auslieferung des Mörders forderten.

Und schließlich, als Georgs Mörder, sollte ihn die volle Wucht der königlichen, und neu erworbenen kaiserlichen Gerechtigkeit Maximilians treffen, auf dessen Tiroler Gebiet er gefasst worden war und dessen Damoklesschwert der Reichsacht seit 1486 über ihm gehangen hatte.

Also meldeten insgesamt sechs Gerichte ihre Ansprüche auf eine Gerichtsverhandlung und eine hoffentlich publikumswirksame Hinrichtung an.

Wären die Morde an Eberwin und Bredelin ebenfalls Bertram anzulasten gewesen, hätten sich Nassau, Kurtrier, an das Limburg verpfändet war, sowie Nürnberg auch noch eingereiht.

Eine gültige Reichsgerichts- oder -exekutionsordnung lag noch in weiter Ferne, und so machten sich, während ganz Europa diskutierte, wie es möglich war, dass der Papst in Rom mit dem Vertrag von Tordesillas die Welt einfach in zwei Teile geteilt hatte, Abgesandte aller Interessengruppen auf den langen, mühsamen Weg nach Innsbruck, um den frischgebackenen Kaiser von ihrem Anliegen zu überzeugen.

Es obsiegten die Luxemburger, dessen Abgesandter die besten Argumente hatte.

»Der Mord an dem Bitburger Stadtadligen Dieter de Foro war der erste in einer Reihe beispielloser Verbrechen im ganzen Heiligen Römischen Reich. Besonders schändlich, dass dabei auch ein Adliger, ein angesehener bürgerlicher Brauherr, drei Kaufleute, die als Gäste in Augsburg weilten, sowie ein Priester getötet wurden.«

Maximilians Stimme bebte, als er fortfuhr.

»Ein letztes Opfer dieses feigen Mörders aber war meines Vaters und mein eigener Hofbräu, seit langen Jahren uns treu ergeben!«

Jeder rechnete nun damit, dass der Kaiser den Prozess an sich ziehen würde. Und wäre Maximilian nicht so von dem im gleichen Jahr stattfindenden Reichstag in Worms in Anspruch genommen gewesen, hätte er dies auch sicher gemacht.

»Die erste schwere Verfehlung jedoch geschah vor langer Zeit in Bitburg«, überraschte der Kaiser seine Zuhörer.

»Die Ermordung eines Adligen kann nicht verjähren, weder Jahr noch Tag können diese Schuld jemals tilgen. Deswegen spreche ich dem Rat von Bitburg und der Luxemburgischen Gerichtsbarkeit, die der meinen unterliegt, das Recht zu, Gericht zu halten über diesen Brauer namens Bertram oder Markus, unter Berücksichtigung aller anderen Taten, die er bei der peinlichen Befragung noch gestehen wird.«

Bertrams Ende

Die Überführung von Innsbruck nach Bitburg dauerte, der Entfernung und dem jahreszeitlichen Wetter entsprechend, lange. Nach 30 Tagen traf der erschöpfte Trupp von Maximilians Soldaten ein und erfreute sich erst einmal ausgiebig am ›Römerbier‹ und den willigen Bitburger Dirnen. Der Kaiser hatte keine Kosten gescheut und den Gefangenen in einer verriegelten Kutsche, gefesselt und sogar in der Kutsche bewacht, an den Ort des Prozesses und seiner wahrscheinlichen Exekution bringen lassen.

Für Jakob Fugger waren die Summen, die solch ein Transport kostete, lediglich Kleingeld.

»Auch wenn es der Brauer ist, den ich selber als Hofbräu für Siegmund rekrutiert hatte«, schimpfte der Augsburger dem Kaiser gegenüber. »Wenn er wirklich für diese Untaten verantwortlich ist, werde ich gerne noch ein Scherflein drauflegen. Vielleicht verwandeln sich meine Münzen ja in brennende Kohlen in der Hölle, in der dieser Gottlose dereinst schmoren wird.«

In Bitburg angekommen, wurde Bertram gleich in den Kölner Turm geworfen, den Turm, der Mördern vorbehalten war. Obwohl es bislang weder ein Geständnis gab noch Zeugen zu den Morden gehört worden waren, von einem Urteil oder einer Gerichtsverhandlung ganz zu schweigen.

Die Verhandlung begann am 11. August 1495 unter Vorsitz des jungen, noch keine 30 Jahre alten Bürgermeisters Richard Laudolfe, der auch Stadtrichter war und somit als Vorsitzender des Schöffengerichts fungierte. Er war ein kleiner, beleibter, aber äußerst stimmgewaltiger Mann mit einer imposanten dunkelbraunen Löwenmähne auf dem Kopf. Eine laute Stimme brauchte er auch, um gegen die Menschenmassen anzubrüllen, die Anteil an Bertrams Schicksal nahmen. Ausnahmsweise, aufgrund des sensationellen Anlasses und des ungeheuren Andrangs, waren die gerichtlichen Instrumente zur peinlichen Befragung nämlich auf dem Marktplatz Bitburgs aufgebaut worden.

Bewundernd, mit einem Anflug von Schauer und Gänsehaut, erblickten die zahlreichen Zuschauer einen Tisch mit allerlei Scheren, Zangen, Nägeln und Fackeln. Auch eine Mundbirne lag bereit, verschiedene Dehn- und Streckapparate sowie Behälter, in die, je nach Verfahren, Wasser, Salzwasser, heißes Öl oder Essig eingefüllt werden konnten. Mehr zur Einschüchterung und Demonstration der Macht dienten zwei Geräte, die der Volksmund ›spanische Stiefel‹ und ›schlimme Liesel‹ nannte. Allein der Anblick und die Vorstellung, in diese fürchterlichen Apparate eingespannt zu werden, hatte schon so manche Zunge gelöst. Eine peinliche Befragung, sprich Folterung des Angeklagten, war zwar im Zivilrecht seltener als im Kirchenrecht, kam aber viel häufiger vor als allgemein angenommen. Vor allen Dingen, wenn Zeugen der Tat oder gar ein Geständnis fehlten.

Der stumme und verstockte Bertram wurde zuerst mit Daumenschrauben traktiert, dann auf die Streckbank gespannt. Dort flößte man ihm Salzwasser ein, später Essig. Während er vor Durst schrie, band man ihm nasse Lederriemen um die Stirn, die sich beim Trocknen zusammenzogen und dabei grausame Qualen verursachten.

Dann kam der zweite Grad der ›Befragung‹.

Hier spielten Feuer und Hitze eine wichtige Rolle. Kleine, brennende Gänsefedern, die man zuvor in einen Topf mit zerlassenem Schwefel getaucht hatte, malträtierten seinen Oberkörper, während brennende Kienspäne unter seine Finger- und Zehennägel geklemmt wurden.

Beim zweiten Grad schon hätte Bertram alles gestanden, sogar Geschlechtsverkehr mit dem Teufel, wenn er dazu befragt worden wäre. Aber auch ohne Beteiligung des Teufels stand am Ende ein stattlicher Saldo, den er in seiner Qual herausgeschrien hatte.

Neben den bereits bekannten Morden, deren er angeklagt war, erschienen nun auch die beiden Kaufleute Eberwin und Bredelin sowie mehrere Dirnen in Augsburg und Umgebung auf seinem Geständnis.

Die ganze Geschichte aller Missetaten musste heraus, so verlangte es die Verhörpraxis, nichts durfte ausgelassen werden, sonst ging die Folter von vorne los. So waren die einzigen Details, die am Ende fehlten, wie und wo er es nach seiner ersten Flucht so lange im Wald ausgehalten hatte und wie er sich auf die Spur Georgs gesetzt hatte. Danach war er jedoch einfach nicht befragt worden.

Der Schuldspruch der Schöffen war ebenso eindeutig wie das Geständnis.

Durch die Schwere der Taten und die Niedertracht, die ihnen innewohnte, wurden mehrere Strafen miteinander verbunden, die die Hinrichtung zu einer Demonstration machten, die an Grausamkeit und Deutlichkeit kaum zu überbieten sein sollte.

Als Termin setzte das Gericht den letzten Tag im August fest, nicht ohne Grund.

»Da am ersten September die Brausaison beginnt, wollten wir mit dieser Hinrichtung ein Zeichen setzen für alle Brauer, dass sie wieder sicher leben und Bier brauen können.«

An diesem sonnigen Spätsommertag platzte der Marktplatz von Bitburg aus allen Nähten. Sogar aus Prüm und Trier waren die Menschen angereist, um die prominenteste und, so hofften viele, grausamste Hinrichtung der letzten Jahre zu erleben.

Sie wurden nicht enttäuscht.

Als Zeichen seiner Ehrlosigkeit wurde Bertram zuallererst zur Richtstätte geschleift, dazu unterwegs noch mit glühenden Zangen gezwickt, die der Folterknecht in dem nebenherfahrenden Kohlenbecken immer wieder aufs Neue erhitzte.

Als ›Hauptstrafe‹ für den Mord war das Urteil des Räderns ergangen. Es war die schimpflichste, ehrloseste und, als hübscher Nebeneffekt für die Zuschauer, auch langatmigste und spektakulärste Vollstreckungsart.

Der Scharfrichter band den wimmernden, bereits gemarterten Bertram mit ausgestreckten Armen und Beinen an

Pflöcken am Boden fest. Glieder und Oberkörper wurden mit Hölzern unterlegt. Dann nahm er sein Wagenrad und zerstieß ihm nacheinander die Knochen der Arme, der Beine sowie das Rückgrat. 15 Stöße hatte das Gericht angeordnet, für jeden Mord, den Bertram gestanden hatte, einen.

Dann flocht er den Bewusstlosen, aber immer noch lebenden Delinquenten auf das neunspeichige Rad, wobei ein Glied über, dann eines unter die Speichen kam. Am Rad wurde er schließlich aufgehängt, wobei Bertram wieder erwachte und seine Todesqual ein letztes Mal herausbrüllte und sich und Gott verfluchte.

Nachdem der Tod schließlich gnädig eingetreten war, wurde der Leichnam im Schlussakt an vier Pferde gebunden und in Stücke gerissen.

Die sterblichen Überreste wurden zur Freude der Krähen vor dem Trierer Tor aufgehängt. Die Teile Bertrams, die nach der Hinrichtung am Richtplatz liegen blieben, wurden mit Genuss von den Hunden verspeist.

EPILOG: GEORGS VERMÄCHTNIS

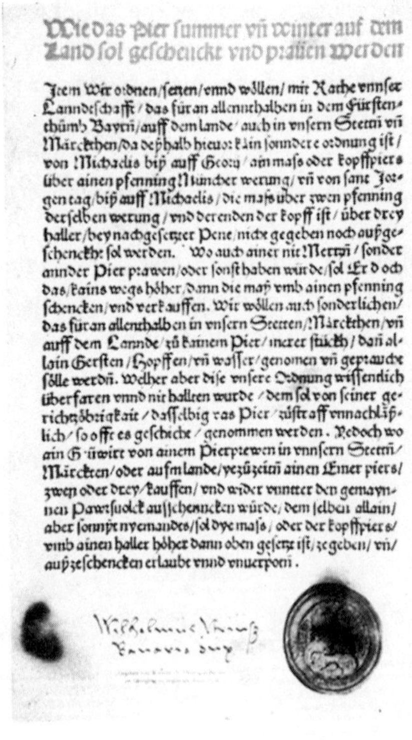

Wie das Pier summer vñ winter auf dem Land sol geschenckt vnd praüen werden

Item Wir ordnen/setzen/vnnd wöllen/ mit Rathe vnnser Lanndtschafft/ das füran allenthalben in dem Fürstenthumb Bayrn/ auff dem lande/ auch in vnsern Stettñ vñ Märckthen/ da deßhalb hieuor kain sonndere ordnung ist/ von Michaelis biß auff Georij/ ain maß oder kopff piers über ainen pfenning Müncher werung/ vñ von sant Jorgen tag/ biß auff Michaelis/ die maß über zwen pfenning derselben werung/ vnd derenden der kopff ist/ über drey haller/ bey nachgesetzter Pene/ nicht gegeben noch außgeschenckht sol werden. Wo auch ainer nit Mertzñ/ sonder annder Pier prawen/ oder sonst haben würde/ sol Er doch das/ kains wegs höher/ dann die maß vmb ainen pfenning schencken/ vnd verkauffen. Wir wöllen auch sonderlichen/ das füran allenthalben in vnsern Stetten/ Märckthen/ vñ auff dem Lannde/ zů kainem Pier/ merer stuckh/ dañ allain Gersten/ Hopffen/ vñ wasser/ genomen vñ gepraucht sölle werdñ. Welher aber dise vnsere Ordnung wissentlich überfaren vnnd nit hallten wurde/ dem sol von seiner gerichtzöbrigkait/ dasselbig vas Pier/ zůstraff vnnachläßlich/ so offt es geschicht/ genommen werden. Yedoch wo ain Gèüwirt von ainem Pierprewen in vnnsern Stettñ/ Märckten/ oder aufm lande/ yezůzeitñ ainen Emer piers/ zwen oder drey/ kauffen/ vnd wider vnnter den gemaynnen Pawrsuolck ausschenncken würde/ dem selben allain/ aber sonnst nyemandes/ sol dye maß/ oder der kopffpiers/ vmb ainen haller höher dann oben gesetzt ist/ zegeben/ vñ/ außzeschencken erlaubt vnnd vnuerpoten.

Kunigunde und Wilhelm

Es dauerte lange, bis Kunigundes Tränen getrocknet waren. Zuerst dachte sie, niemals über den Verlust ihres besten Freundes hinwegkommen zu können. Nacht für Nacht, zumindest in den Nächten, in denen ihr viel reisender Gemahl nicht das Bett mit ihr teilte, beweinte sie Georgs Tod.

Sie ließ seine sterblichen Überreste nach Wiener Neustadt überführen und dort, ohne persönlich anwesend zu sein, auf dem Friedhof neben der Kirche feierlich beisetzen.

Nach ein paar Monaten, beschloss sie endlich, ihre Trauer zu beenden. Sie wollte Georgs Andenken ehren, das war allemal besser, als einer unabänderlichen Tatsache hinterherzuweinen. In ihrem Herzen hielt sie alles fest, was sie an Georg erinnerte: Seine Unbefangenheit, die anfangs ihre Freundschaft überhaupt erst ermöglicht hatte, sowie seine Lust, Neues zu erkunden und dazuzulernen – beides Eigenschaften, die sie als junge Menschen geteilt hatten. Weiter seine hingebungsvolle Loyalität ihrem Vater und der gesamten Familie gegenüber. Sein eigenwilliger Sinn für Humor, der selten genug zutage getreten, aber wenn, dann häufig nur für sie erkennbar gewesen war. Und nicht zuletzt seine Kenntnisse als Bierbrauer, die ihm selbst einen weithin bekannten Ruf, ihrem Vater Linderung seines Magenleidens, ihrem Bruder Hilfe in der Schlacht und ihrem Gatten neue Erkenntnisse über die Biere im Heiligen Römischen Reich beschert hatten.

Eines Tages, wenn Gott es zuließ, würde sie Georg auch vor der ganzen Welt würdigen können. Solange Albrecht lebte, ließ sie den blässlichen Wilhelm mit den rötlichen Haaren und den grünen Augen in dem Glauben, der leibliche Sohn des Bayernherzogs zu sein. Gelegentlich erwähnte sie ihrem Sohn gegenüber aber ihren alten Freund aus Wiener-Neustadt-Zeiten, meist im Zusammenhang mit ihrem verstorbenen Vater.

Ein Jahr nach Georgs Tod erinnerte sie sich an ein Versprechen, das ihr Vater seinem Hofbräu über zehn Jahre zuvor gegeben und niemals eingelöst hatte. Sie beauftragte einen Porträtmaler in Wiener Neustadt, der Georg zu Lebzeiten mehrmals gesehen hatte und sich an ihn erinnern konnte, damit, ein Bild anzufertigen. Und zwar auf der Bodenplatte des Reliquienschreins ihres Vaters, der immer noch in der Kirche stand, die ja mittlerweile Georgskirche hieß.

Währenddessen bewährte sich ihr Bruder als Kaiser. Mit Reformen, zu denen sein Vater sich nicht durchgerungen hatte, bekämpfte er das Fehdeunwesen und das Raubrittertum. Im August 1495 verkündete er in Worms den ›Ewigen Landfrieden‹ und erzielte mit der Einführung des ›Gemeinen Pfennigs‹ als erste Reichssteuer, die direkt in die kaiserliche Kasse floss, einen Erfolg, um den sein Vater ihn sicher beneidet hätte.

Nicht einmal ein Jahr darauf starb Siegmund der Münzreiche, der die Komödie seines Lebens sogar im Todeskampf kunstvoll inszenierte. Als Sterbeszene, so wurde Kunigunde berichtet, verlangte der 68-Jährige nach einem Becken voller Silbertaler.

»Das Volk hat mich ›den Münzreichen‹ genannt, so lasst mich noch einmal diese wunderbaren Taler fühlen, bevor ich diese Welt verlasse.«

Sein Wunsch wurde ihm erfüllt, allerdings wurde ihm verschwiegen, dass das Geld ausgeliehen war und gleich nach Siegmunds Tod zurückgegeben werden musste.

Tirol war pleite.

Kaiser Maximilian befand sich meist unterwegs und in der Schlacht, in Burgund, Lothringen und Brabant, die er gegen die Ansprüche König Ludwigs XI. von Frankreich verteidigen musste. Mit dabei war ein junger, neuer Gefolgsmann, der später zweifelhaften Ruhm erwerben sollte: Götz von Berlichingen.

Aus seiner missratenen Ehe mit der Mailänderin machte Maximilian mittlerweile kein Hehl mehr und wechselte seine ›Schlafweiber‹ wie andere Menschen ihre Hemden. So war es nicht verwunderlich, dass auch er im Jahr 1497 an der Syphilis erkrankte. Sogar hier half ihm seine gute Beziehung zu Jakob Fugger. Der ließ als einer der Ersten Pflanzen und Heilmittel aus der neu entdeckten Welt im Westen nach Europa verschiffen, darunter auch Guajakholz, dem bald wundersame Heilkräfte gegen die teuflische Krankheit zugeschrieben wurden. Sowohl Kaiser Maximilian als auch sein Kanzler Matthäus Kardinal Lang ließen sich in Augsburg mit diesem Wunderholz behandeln, in einem eigens dafür errichteten ›Holzhaus‹.

Als Folge dieser Krankheit widmete sich Maximilian in der nächsten Zeit wieder eher der Muse als der Lust und begann, mehr Zeit in Wien zu verbringen. 1498 erweiterte er seine dortige Hofkapelle um einen Chor, der seither als die ›Wiener Sängerknaben‹ weltbekannt wurde.

Zeit verging.
Die Welt änderte sich.
In der Gesellschaft rumorte es.
Revolution lag in der Luft.

Zuerst aus kleineren, nichtigeren Anlässen, wie dem erfolglosen Aufstand der Münchner Handwerksgesellen.

Die hatten sich im städtischen Freudenhaus kollektiv mit der grassierenden Syphilis angesteckt und daraufhin versucht, den von der Stadt bestellten Aufseher der Dirnen zu erschlagen.

Dann wurden die Aufstände massiver.

In der Schweiz und im Süden Deutschlands tobte der Schwabenkrieg, der den Eidgenossen de facto die Unabhängigkeit vom Heiligen Römischen Reich sicherte.

Das neue Jahrhundert kam.

Mit ihm, neben Krieg und Seuchen, auch Naturkatastrophen.

Im Jahr 1501 verheerte ein Hochwasser im Alpenvorraum, an Donau, Elbe und Oder die Landschaften in einem Ausmaß, an das sich selbst die Ältesten nicht erinnern konnten.

Im gleichen Jahr stürzte Maximilian vom Pferd und zog sich dabei bleibende Schäden zu.

Wilhelm wurde größer, Kunigundes Kinderschar ebenfalls. Drei Mädchen waren Wilhelm vorausgeeilt, vier Kinder folgten ihm noch nach. Nur eines, das Mädchen Susanne, verstarb im Kindbett, alle anderen überlebten, darunter zwei weitere Jungen.

1504 verheerte der Landshuter Erbfolgekrieg weite Teile Bayerns, als sich Kunigundes Gatte mit der Landshuter Linie der Wittelsbacher verkrachte. Sogar München wurde belagert, allerdings erfolglos, Orte wie Neumarkt, Schärding, Pfarrkirchen, Vilsbiburg und Burghausen gebrandschatzt und teilweise völlig niedergebrannt. Götz von Berlichingen verlor bei der Belagerung Landshuts seine rechte Hand, die später durch eine eiserne ersetzt wurde, die heute noch besichtigt werden kann. Die Stellung der Finger konnte mithilfe von Zahnrädern fixiert werden, sodass es ihm sogar möglich war, ein Schwert festzuhalten.

Der Krieg endete erst am 30. Juli 1505 mit einem Schiedsspruch von Kaiser Maximilian auf dem Kölner Reichstag. Obwohl er im Krieg Partei für seinen Schwager ergriffen hatte, akzeptierten beide Seiten sein Urteil. Er selbst erhielt als Lohn für seine Vermittlung das Gebiet um Kufstein.

Neue Erfindungen und brillante Kunstwerke versetzten die Menschen immer wieder aufs Neue in Erstaunen. Nürnberg wurde zum Zentrum der Genies. Der Holzschnitzer Veit Stoß erschuf mit seinem Messer unvergleichliche Altäre und Figuren, Albrecht Dürer gelang Ähnliches mit Pinsel und Feder.

Die Stadt war allerdings nicht immer gnädig mit ihren Künstlern.

Stoß wurde 1503 wegen Urkundenfälschung öffentlich auf beiden Wangen mit glühenden Eisen gebrandmarkt und konnte nur durch Fürsprache Kaiser Maximilians, der ihm auch Aufträge verschaffte, in Frieden weiterarbeiten.

Dürer hingegen wurde gefeiert, er fertigte sogar einen der ersten Kupferstiche an, auf denen die Hopfenpflanze dargestellt ist, den ›Heiligen Onophrius mit der Hopfengirlande‹.

Ein Nürnberger Schlossermeister namens Peter Henlein baute die erste tragbare Uhr der Welt, die Uhrzeit war von nun an kein Monopol der Kirche mehr.

Im Jahr 1505 besuchte Kaiser Maximilian das Kölner Brauerzunfthaus und trank dort zum ersten Mal Keutebier. Es mundete ihm derart gut, dass der Kaiser bei den Brauern regelrecht versackte und beim anschließenden Festbankett des Bürgermeisters von Köln fehlte. Die offizielle Entschuldigung lautete ›durch Regen verhindert‹. Zur Anerkennung für seinen fröhlichen Auftritt im Zunfthaus verehrte ihm die Stadt Köln neben drei Zentnern westfälischem Schinken zehn Ohm* gutes Kölner Keutebier. Die Geschenke wurden in Maximilians neues Palais in Augsburg geliefert, das dieser ein Jahr zuvor erworben hatte.

Während im Jahr 1506 mit Papst Julius II. ein Mann Oberhaupt der Kirche war, der vom Volk ›Blutsäufer‹ oder ›Papa terribile‹ genannt wurde und der Florenz mit Krieg drohte, falls Michelangelo nicht ausgeliefert würde, hing in der Münchner Residenz der Haussegen schief. Albrecht hatte nämlich, ohne sich Kunigundes Zustimmung zu versichern, ein neues Primogeniturgesetz, erlassen, wonach in Zukunft das Land unteilbar und der männliche Erstgeborene, in diesem Falle Wilhelm, der zukünftige Erbe sein sollte. Obwohl die gute Absicht unverkennbar war – er wollte eine weitere Zersplitterung Bayerns vermeiden –, zog er damit den Unmut Kunigundes auf sich, die das Erbe neben Wilhelm auch an den zwei Jahre jüngeren Ludwig übergeben wollte.

Im Jahr 1508 änderte sich schlagartig alles. Albrecht verstarb plötzlich mit 61 Jahren und hinterließ seiner 18 Jahre jüngeren Witwe nicht nur sieben Kinder, sondern auch ein geeintes Bayern.

Mit einem Male stand der 17-jährige Wilhelm in der Pflicht des Regenten, ein groß gewachsener, blasser, magerer, jedoch hellwacher Jüngling mit Sommersprossen, der

* etwa 1.370 Liter.

so gar nichts mit der Körperfülle und dem herrischen Auftreten Herzog Albrechts gemein hatte.

Kunigunde begann, sich aus der Öffentlichkeit zurückzuziehen und ihre Hinterlassenschaften zu ordnen. Ihre Mitgift teilte sie gerecht und gleichmäßig auf alle Kinder auf. Wilhelm erbte zusätzlich die blutigen Abensberger Einkünfte.

Dann bezahlte sie die restlichen Schulden ihres verstorbenen Ehemannes, nur eine kleine Leibrente behielt sie für sich zurück, und ging ins Kloster.

Das Püttrichkloster in der Schwabinger Straße in München war ein ›Seelenkloster‹, in dessen Abgeschiedenheit sie komplett aus dem Dunstkreis des intrigen- und querelenreichen Hofes verschwand. Dennoch konnte sie von dort noch weiter Fäden spinnen und ihrem zweitgeborenen Sohn Ludwig zu seinem ihm ihrer Meinung nach zustehenden Erbe verhelfen. Der dritte Sohn, Ernst, hatte die ihm zugedachte Rolle des Familiengeistlichen bereits angenommen und spielte als Erzbischof von Salzburg in den Machtspielen des Herzogtums Bayern keine Rolle mehr.

Beim ersten Besuch ihres ältesten Sohnes, des frischgebackenen Herzogs von Bayern, im Kloster zog Kunigunde ihn ins Vertrauen.

Nachdem sich die Überraschung und der Schock gelegt hatten, die der Enthüllung seines wahren Vaters gefolgt waren, begann Wilhelm, der sich bislang nicht sonderlich für Bier interessiert hatte, sich in Georgs Unterlagen einzulesen, die seine Mutter ihm bereitwillig ausgehändigt hatte. Innerhalb kurzer Zeit war aus dem Enkel Kaiser Friedrichs ein Bierfachmann geworden, wie man ihn selbst in Brauerkreisen selten fand.

Mit diesem Wissen wuchs auch sein Entschluss, seinem unbekannten Vater ein Denkmal zu setzen, worin Kunigunde ihn tatkräftig unterstützte.

Sobald das Problem mit der ungeliebten Primogenitur gelöst wäre, die Kunigunde vom Kloster aus befehdete.

Das Leben außerhalb der Klostermauern ging weiter.

Bianca Maria Sforza starb nach 16 tristen, freudlosen Ehejahren mit Maximilian, der ihr außer der Syphilis nichts vermacht hatte, an Magersucht, vergessen, kinderlos, ungeliebt und unbekannt, obwohl immer noch Gattin des Kaisers. Ihre sterblichen Überreste ließ Maximilian in der Fürstengruft des Zisterzienserstiftes Stams, westlich von Innsbruck, unterbringen. Er selbst war beim Begräbnis seiner Gattin nicht anwesend.

Götz von Berlichingen überfiel im Mai 1512 95 Kaufleute aus Nürnberg, Augsburg, Ulm und anderen Städten und wurde zur Strafe vom Kaiser unter die Reichsacht gestellt.

Auch der scheinbar unaufhaltsame Abstieg der Kirche setzte sich fort: Der Blutsäufer von Rom starb, sein Nachfolger, Papst Leo X., war zwar Kardinal, jedoch noch nicht einmal ein Geistlicher.

Schließlich wurden Kunigundes Bemühungen von Erfolg gekrönt: Wilhelm und Ludwig erhielten, entgegen dem geltenden Gesetz, eine gleichberechtigte Erbschaft.

Und Wilhelm löste das Versprechen ein, das er sich selbst und seiner Mutter gegeben hatte. Als ersten Schritt zu Georgs Vermächtnis ließ Wilhelm ab 1514 die Brausaison verbindlich für alle Brauer Bayerns am Georgstag enden, dem 23. April.

Und das ganz große Bravourstück gelang ihm dann zwei Jahre darauf, an ebendiesem Georgstag.

Herzog Wilhelm IV. von Bayern
Hans Wertinger – 1526
Öl auf Holz, 68 × 45

Ingolstadt – Der 23. April 1516

An diesem Tag versammelten sich in Ingolstadt die Landesstände. Diese Landesständetage dienten in unregelmäßiger Folge den Vertretern des Adels, den kirchlichen Prälaten und den Abgesandten der Städte und Märkte dazu, politische Entscheidungen zu beeinflussen. Häufig ging es hoch her, Diskussionen und Debatten über alle wichtigen und unwichtigen Themen wurden geführt, selten war man einer Meinung.

In diesen Tagen jedoch gab es nur ein Thema: Was hatte der lange zurückliegende Tod des ehemaligen kaiserlichen Bierkiesers Georg mit dem diesjährigen Ständetag zu tun?

Gerüchte waren seit Tagen umgegangen, die ihren Ursprung am Hof des jungen Bayernherzogs hatten. Jeder hatte mittlerweile davon gehört, niemand wusste etwas Genaues, und so erhoffte sich ein jeder Aufklärung.

So war es dann auch Wilhelm, der Licht ins Dunkel brachte, als er an diesem 23. April des Jahres 1516 vor dem Landesständetag in Ingolstadt stand und selbstbewusst eine Erklärung verlas:

»Den Weg, den mein Großvater, Kaiser Friedrich III., und meine Mutter Kunigunde uns vorausgegangen sind, werden wir weiter verfolgen. Der Bierkieser Georg war ein langjähriger treuer Freund meiner Mutter und ein allzeit tüchtiger Hofbrauer meines Großvaters, des Kaisers, gewesen.«

Gekicher und vereinzelt sogar Gelächter. Als unversiegbar erwiesen sich die Gerüchte, das Wilhelm statt Herzog Albrechts Georgs Blut in seinen Adern hätte.

Wilhelm ließ sich davon nicht beeindrucken.

»Georgs Tod wurde gesühnt und der Mörder seiner gerechten Strafe zugeführt. Und da wir seinen Tod doch nicht ungeschehen machen können, so wollen wir hiermit, an seinem Namenstag, sein Andenken ehren.«

Ein Raunen ging durch die Menge der versammelten Kirchenmänner, Adligen und Kaufleute.

»Ab sofort gilt daher folgendes Gesetz.«

Er nahm die Schriftrolle, die ihm einer seiner Lakaien überreichte, entrollte sie, und seine sonore Stimme füllte den Saal bis in den letzten Winkel:

»Wie das Bier im Sommer und Winter auf dem Land ausgeschenkt und gebraut werden soll: Wir verordnen, setzen und wollen mit dem Rat unserer Landschaft, dass forthin überall im Fürstentum Bayern sowohl auf dem Lande wie auch in unseren Städten und Märkten, die keine besondere Ordnung dafür haben, von Michaeli bis Georgi ein Maß oder ein Kopf Bier für nicht mehr als einen Pfennig Münchener Währung und von Georgi bis Michaeli die Maß für nicht mehr als zwei Pfennig derselben Währung, der Kopf für nicht mehr als drei Heller bei Androhung unten angeführter Strafe gegeben und ausgeschenkt werden soll. Wo aber einer nicht Märzen-, sondern anderes Bier brauen oder sonst wie haben würde, soll er es keineswegs höher als um einen Pfennig die Maß ausschenken und verkaufen. Ganz besonders wollen wir, dass forthin allenthalben in unseren Städten, Märkten und auf dem Lande zu keinem Bier mehr Stücke als allein Gersten, Hopfen und Wasser verwendet und gebraucht werden sollen. Wer diese unsere Anordnung wissentlich übertritt und nicht einhält, dem soll von seiner Gerichtsobrigkeit zur Strafe dieses Fass Bier, so oft es vorkommt, unnachsichtlich weggenommen werden. Wo jedoch ein Gauwirt von einem Bierbräu in unseren Städten, Märkten oder auf dem Lande einen, zwei oder drei Eimer Bier kauft und wieder ausschenkt an das gemeine Bauernvolk, soll ihm allein und sonst niemandem erlaubt und unverboten sein, die Maß oder den Kopf Bier um einen Heller teurer als oben vorgeschrieben ist, zu geben und auszuschenken.

Gegeben von Wilhelm IV.
Herzog in Bayern
am Georgitag zu
Ingolstadt Anno 1516«

Die Zeit danach

KUNIGUNDE ÜBERLEBTE DEN ERLASS des bayerischen Reinheitsgebotes um gute vier Jahre.

Ihren Bruder, den Kaiser, um eines. Der starb 1519 auf einer Reise von Innsbruck nach Linz in der Burg von Wels, vermutlich an Darmkrebs, und wurde in der Residenz in Wiener Neustadt begraben.

Kunigunde starb am 6. August 1520, drei Jahre, nachdem ein Mönch aus Eisleben seine Thesen an das Hauptportal der Schlosskirche in Wittenberg angeschlagen und damit den Lauf der Weltgeschichte dramatisch in Richtung Neuzeit verändert hatte, im Alter von 55 Jahren nach kurzer Krankheit fromm und friedlich im Kloster; drei Monate, bevor ihr Großneffe, Kaiser Karl V. von Fuggers Gnaden, aus Spanien kommend, zum ersten Mal seinen Fuß auf deutschen Boden setzen und Habsburg in eine Weltmacht verwandeln sollte.

Kunigunde hatte in ihren letzten Jahren beinahe den Ruf einer Heiligen erhalten und war, nach Meinung ihrer Biografen, ›endgültig der geistigen Enge des Mittelalters entwachsen. Sie war zu einer logisch denkenden Frau an der Schwelle einer neuen Zeit gereift.‹

Wie es dem dicken Matthias, dem ersten Bierpolizisten, in Nordhausen ergangen ist, darüber wird indes nicht berichtet.

Aber nachdem die heutige Nordhäuser Brauerei auf ihrer Homepage den wirtschaftlichen Aufstieg des städtischen Brauereigewerbes im 15. Jahrhundert als wesentlichen Beitrag zum Wohlstand des Gemeinwesens bestätigt, wird er wohl Erfolg gehabt haben.

Von einem betrügerischen Brauer Dietrich wird nämlich nichts mehr erzählt ...

Mit dem Tod Friedrichs IV. im Mai 1440 war der letzte Landgraf von Thüringen auf der Runneburg, die danach in den Besitz der Herzöge von Sachsen kam, gestorben. Friedrich II. ›der Sanftmütige‹, Nachfolger Friedrichs IV., war verheiratet mit der Habsburgerin Margaretha von Österreich.

Friedrichs Gesetz, die ›Statuta thaberna‹, wurde im Februar 1998 durch den Mittelalterhistoriker Michael Kirchschlager im Historischen Archiv auf der Runneburg entdeckt und unter großem Medienecho veröffentlicht. Es gilt heute als ältestes ›echtes‹ Reinheitsgebot, da im genannten Artikel 12 erstmals die Zusammensetzung des deutschen Bieres mit den Bestandteilen Hopfen, Malz und Wasser in dieser Form gefordert wird.

Die Einrichtung einer Bierpolizei aber wurde im späten Mittelalter die Regel.

Sogar noch im 19. Jahrhundert wurde in Fachbüchern vehement die Errichtung einer Bierpolizei gefordert, um die Bierqualität zu überwachen.

Die Ingolstädter-Erklärung des Bayernherzogs Wilhelm IV., des Enkels Kaiser Friedrichs III., der damals gemeinsam mit seinem jüngeren Bruder Ludwig X. regierte, ist heute das bekannteste Biergesetz und stellt die ›offizielle‹ Fassung des ›Deutschen Reinheitsgebotes für Bier‹ dar.

Sie ist aber keineswegs der erste Vorstoß gewesen, die Bierproduktion gesetzlich in sichere Bahnen zu lenken. Der älteste bekundete Versuch auf deutschem Boden, Bier per Verordnung für die Biertrinker genießbar und ungefährlich zu machen, stammte aus der Zeit des Kaisers Barbarossa. Dessen ›Justitia Civitatis Augustensis‹ von 1156 ist das älteste deutsche Stadtrecht. Darin steht aber auch unter anderem:

›Wenn ein Bierschenker schlechtes Bier macht oder ungerechtes Maß gibt, soll er gestraft werden.‹ Und zwar nicht zu knapp, fünf Gulden waren eine Menge Geld. Und wer sich zum dritten Mal erwischen ließ, musste den Beruf wechseln.

Viele Städte, wie Nürnberg, Regensburg und München, folgten mit ähnlichen Erlässen, aber auch in Weißensee in Thüringen oder in Norddeutschland versuchte man, der Bierpanscherei mit Gesetzen Herr zu werden.

Es war wohl dringend notwendig.

Aber nicht nur in Deutschland gab es diese Probleme. Die Standesordnung der Brauer von Paris verbot schon 1258 die Verwendung von Ochsengalle, Katzenhirn, Bilsenkraut oder Runkelrüben im Bier.

Herzog Wilhelms Gebot vom 23. April 1516 machte denn auch Karriere und gilt bis heute als ältestes, immer noch gültiges Lebensmittelgesetz der Welt.

Der Georgitag, der 23. April, ist in Deutschland seit 1994 offiziell der ›Tag des Bieres‹!

Und Georg?

Wenn Sie, lieber Leser, einmal nach Wiener Neustadt kommen, etwa 50 Kilometer südlich von Wien an der Autobahn gelegen, sollten Sie die Georgskirche besuchen. Die ehemalige Kaiserresidenz, die genau wie die Kapelle im Zweiten Weltkrieg schwer getroffen wurde, gehört heute zur Theresianischen Militärakademie und lohnt einen Besuch. Lassen Sie sich von einem der freundlichen diensthabenden Soldaten in die Kapelle führen, in deren Altarraum auch der Sarg von Kaiser Maximilian steht. Gehen Sie dann zum Reliquienschrein beim Hauptportal, knien oder stellen Sie sich darunter und betrachten Sie die 14 Bilder auf der Unterseite des Schreins, um Kaiser Friedrichs Monogramm gruppiert.

Welches der Porträts mag wohl Georg darstellen?

Kleiner Tipp: Schenken Sie dem linken oberen Bild besondere Aufmerksamkeit.

Kurzbiografien und Erläuterungen zu den wichtigsten Personen:

DIES IST EIN ROMAN, kein Geschichtsbuch. Die Rahmenhandlung ist frei erfunden, ebenso viele der handelnden Figuren. Ich habe mich bemüht, den historischen Figuren und Ereignissen ihrer Bedeutung und ihrem Wesen nach gerecht zu werden. Dennoch musste der Handlung Priorität eingeräumt werden. Die historisch sehr Versierten unter meinen Lesern bitte ich dafür um Nachsicht. Denn: Diese Handlung ist nur eine der Möglichkeiten, wie es sich zugetragen haben könnte. Und vielleicht ist es ja tatsächlich so geschehen ...

Der Adel:

Friedrich IV. ›der Friedfertige‹ oder auch ›der Einfältige‹:
Geboren um den 30. November 1384, gestorben 4. Mai 1440 auf der Runneburg in Weißensee. Er entstammte dem Haus der Wettiner und war Landgraf von Thüringen. Er war der Sohn von Balthasar von Thüringen und mit Anna, der Tochter des Grafen Günther von Schwarzburg, verheiratet. Aus dieser Ehe gingen keine Kinder hervor. Er wird allgemein als relativ schwacher Regent eingeschätzt, dessen Frau und Verwandte großen Einfluss auf ihn hatten. Zur Finanzierung seines verschwenderischen Lebensstils verkaufte er immer wieder in großem Umfang Titel und Ländereien. Die allgemeine Vertreibung der Juden aus der Landgrafschaft Thüringen im Jahre 1436 geht auf ihn zurück. Das Weißenseer Reinheitsgebot ›Statuta thaberna‹ wurde unter seiner Ägide erlassen. Nach seinem

Tod fiel Thüringen an seine beiden Neffen, Friedrich *II.* (verheiratet mit Margaretha von Österreich, der Schwester Kaiser Friedrichs III.) und Wilhelm III.

Kaiser Friedrich III. von Habsburg:

Geboren am 21. September 1415 in Innsbruck, gestorben am 19. August 1493 in Linz.

Seine Eltern waren Herzog Ernst der Eiserne und Cimburgis von Masowien.

Er war Kaiser des Heiligen Römischen Reiches Deutscher Nation und von 1452 bis zu deren Tod 1467 verheiratet mit Eleonore Helena von Portugal, der Tochter des portugiesischen Königs Eduard I. und dessen Gemahlin Eleonore von Aragonien. Als Nachfolger von Albrecht II. wurde er am 2. Februar 1440 in Frankfurt am Main zum deutschen König gewählt. Als Herzog von Österreich hieß er Friedrich V., als König Friedrich IV., nach der Kaiserkrönung Friedrich III. Friedrich war der letzte römisch-deutsche Kaiser, der vom Papst in Rom gekrönt wurde. Seine Politik war unspektakulär, aber erfolgreich. Seine Gegner waren zahlreich, er besiegte sie letzten Endes alle dadurch, dass er sie überlebte. Er scheute militärische Auseinandersetzungen und bevorzugte politische Konfliktlösungen. Ungarn und Böhmen jedoch konnte er trotz vielfacher Anstrengungen nicht gewinnen, 1485 wurde er sogar vom Ungarnkönig Matthias Corvinus besiegt, der dann fünf Jahre lang, bis zu seinem Tod, ungestört in Wien residieren konnte. Die Glanzlosigkeit und Mühseligkeit seiner Politik wurde schon von Zeitgenossen mit einer Mischung aus Verachtung und Erstaunen über seine Zähigkeit und rätselhafte Unbesiegbarkeit kommentiert: Einerseits bekam er Spottnamen wie ›des Römischen Reiches Erzschlafmütze‹, andererseits verschaffte er dem Kaisertum als überparteiliche Instanz wieder Respekt. Er konnte seinen Untertanen nur wenig politische oder wirtschaftliche Sicherheit bieten. Daher waren die Städte, allen voran Wien, zumeist auf der Seite seiner Gegner. Dies verurteilte ihn auch zu einem Wanderleben: Er residierte abwechselnd in Graz, Linz und Wiener Neustadt. Wiener Neustadt galt dabei seine besondere Zuneigung, so verdankt ihm die Stadt die Burg und das Neukloster.

Es war aber, trotz aller Kritik, Kaiser Friedrich, der den habsburgischen Machtbereich zum Großreich erweiterte. Durch die mit Karl dem Kühnen vereinbarte Verheiratung seines Sohnes Maximilian mit Maria von Burgund erwarb er die reichen Niederlande für Österreich und die Habsburger, die so zum Haus Österreich und Burgund aufstiegen.

Die Verheiratung seiner Tochter Kunigunde von Österreich mit Herzog Albrecht von Bayern war ein Resultat von Intrigen und Täuschungsmanövern. Ein drohender Krieg zwischen Schwiegervater und Schwiegersohn wurde nur durch das entschiedene Eingreifen des Kaisersohns Maximilian verhindert.

Bekannter noch als Friedrich selbst blieb sein geheimnisvolles Motto A.E.I.O.U., für das es eine Reihe von Deutungen gibt, bis heute jedoch keine verbindliche.

Friedrich starb einige Wochen nach der Amputation seines linken Beines in Linz, wahrscheinlich an Diabetes; Durchfall, ausgelöst durch den Genuss von zu vielen Melonen, überwältigte den Greis. Sein Grabmal im Wiener Stephansdom von Niclaes Gerhaert van Leyden ist eines der bedeutendsten plastischen Kunstwerke des Spätmittelalters. Herz und Eingeweide wurden in der Linzer Stadtpfarrkirche bestattet.

Er war 53 Jahre lang König und 41 Jahre lang Kaiser – eine Leistung, die erst im 19. Jahrhundert von Kaiser Franz Joseph überboten wurde!

Friedrich und Eleonora hatten sechs Kinder, von denen allerdings nur zwei die ersten beiden Lebensjahre überlebten:

Der spätere Kaiser Maximilian I. sowie Kunigunde von Österreich.

Uneheliche Kinder wurden ihm nicht nachgesagt.

Erzherzog (später Kaiser) Maximilian I. von Habsburg:

Geboren am 22. März 1459 in Wiener Neustadt, gestorben am 12. Januar 1519 in Wels, Oberösterreich. Er war römisch-deutscher König und seit 1508 Kaiser des Heiligen Römischen Reiches. Maximilian wurde auf der Burg in Wiener Neustadt als Sohn Kaiser Friedrichs III. und Eleonore Helenas von Portugal geboren. Seine Mutter erzog ihn von Anfang an zum Helden. Die einsame und frustrierte Frau wollte nicht, dass ihr Sohn ein ebensolcher menschenscheuer Geizhals würde, für den sie seinen Vater Friedrich hielt. Sie erzählte ihm nächtelang alte portugiesische Heldensagen und ließ das Kind tanzen und mit Pfeil und Bogen schießen, anstatt ihn zum Lernen anzuhalten, wie es der Vater lieber gesehen hätte. Als der Sohn zehn Jahre alt war und die Mutter starb, war er im Reiten und Fechten weit besser als im Lateinischen. Er blieb sein Leben lang ein glänzender Turnierkämpfer, aber ein schwacher Lateiner.

1477 heiratete er Maria von Burgund, die Tochter Herzog Karls des Kühnen und Erbin des Hauses Burgund. Durch den frühen Tod Marias nach einem Jagdunfall fielen Maximilian die Niederlande, die Freigrafschaft Burgund und das eigentliche Herzogtum Burgund zu, das allerdings französisches Lehen war und sofort von Frankreich besetzt wurde. Dessen Versuche, auch weitere ehemals französische Territorien aus der burgundischen Erbschaft zurückzuerobern, konnte Maximilian 1479 durch den Sieg seiner Truppen verhindern.

1486 wurde Maximilian in Frankfurt am Main zum Rex Romanorum gewählt, im gleichen Jahr erfolgte seine Krönung in Aachen. Im langwierigen Krieg gegen die Franzosen stand Maximilian nicht nur einmal am Rand der Niederlage. Er wurde sogar in Brügge (Grafschaft Flandern) von seinen eigenen unzufriedenen Untertanen ins Gefängnis geworfen (Januar – Mai 1488); sein alter Vater Friedrich stellte damals eine Armee zusammen, befreite seinen Sohn und schaffte es auch, die Lage in Burgund einigermaßen zu stabilisieren.

Nach dem Tod des Vaters trat Maximilian 1493 dessen Nachfolge an und wurde 1508 zum Kaiser erwählt.

Er starb auf einer Reise von Innsbruck zum Landtag nach Linz in der Burg von Wels, vermutlich an Darmkrebs, und wurde getreu seines Testaments in seiner Taufkirche, der St. Georgs-Kapelle der Burg in Wiener Neustadt, unter den Stufen des gotischen Hochaltars beigesetzt – wie sein Vater Friedrich III. im Ornat des St. Georg Ritterordens –, und zwar so, dass Priester während der Messe genau über seinem Herzen zu stehen kommen.

Maximilian war ein Freund des Humanismus und der Renaissance und pflegte ein großes Interesse an Wissenschaft, Literatur und Kunst. Er veröffentlichte selbst eigene poetische Werke. Der ›Theuerdank‹, weitgehend von eigener Hand, allegorisiert Maximilians Brautwerbung.

Maximilian hinterließ den Habsburgern aber noch ein anderes Erbe, von dem sich seine Nachfolger nur sehr langsam erholen sollten: Da er in finanziellen Dingen ausgesprochen unfähig war, hinterließ er einen ungeheuren Schuldenberg. Die ernormen Kosten der Kriege und der teuren Lebensführung wurden durch die Einnahmen nicht einmal annähernd gedeckt. Die einzige Lösung waren ständig neue Kredite beim Hausbankier Jakob Fugger. Da Maximilian seinen Verpflichtungen kaum nachkommen konnte, gelang es dem Augsburger Bankhaus in der Folge, zahlreiche Privilegien zu erlangen, die es zur reichsten Familie Europas machten. Maximilian erhielt den Beinamen ›der letzte Ritter‹, denn er verkörperte noch einmal das bereits verschwundene Ideal des alten Rittertums.

Maximilian hatte drei Kinder mit Maria von Burgund:

Philipp I. ›den Schönen‹, Erzherzog und König von Kastilien, sowie

Margarethe von Österreich, Erzherzogin und Statthalterin der habsburgischen Niederlande, die ›Tante Europas‹, und Franz (als Baby verstorben).

Die zweite Ehe mit der Prinzessin Bianca Maria Sforza blieb kinderlos.

Mit Anna der Bretagne war er lediglich verlobt.

Georg von Österreich, Bischof von Lüttich, kam 1505 als uneheliches Kind Maximilians zur Welt, als eines von neun unehelichen Kindern, die er der Nachwelt hinterließ.

Erzherzogin Kunigunde von Österreich:

Geboren am 16. März 1465 in Wiener Neustadt, gestorben am 6. August 1520 in München. Sie war die Tochter von Kaiser Friedrich III. und seiner portugiesischen Frau Eleonore Helena.

Sie wuchs in Wiener Neustadt und Graz in einer ungezwungenen und freien Atmosphäre, noch ohne steifes Hofzeremoniell auf. Wie die meisten Töchter aus Herrscherfamilien war auch Kunigunde Spielball der machtpolitischen Intrigen ihres Vaters. 1470 warb Matthias Corvinus um die Hand Kunigundes, wurde aber von Friedrich abgewiesen.

1485 lernte sie am Hof ihres Onkels Siegmund in Innsbruck den bayerischen Herzog Albrecht IV. kennen, den sie nach Vorlage gefälschter Heiratsdokumente ehelichte. Der Betrug belastete die ersten Jahre der Ehe schwer. Nach der Aussöhnung mit Friedrich III. im Jahre 1492, die auch von Maximilian vermittelt worden war, besserte sich das Verhältnis der Ehegatten.

Nach dem Tod ihres Mannes 1508 zog sich Kunigunde in das Püttrichkloster in München zurück, wo sie bis zu ihrem Tod im Jahre 1520 lebte. Sie erkämpfte für ihre beiden älteren Söhne entgegen der geltenden Primogenitur eine gleichberechtigte Erbschaft.

Sie hatte acht Kinder:

Die Töchter Sidonie, Sibille, Sabine, Susanne, als Baby verstorben, und Susanna, weiterhin Wilhelm IV. (1493–1550), Herzog von Bayern – den Erlasser des Bayerischen Reinheitsgebotes, Ludwig X. (1495–1545), Herzog von Bayern, sowie Ernst von Bayern, Erzbischof von Salzburg.

Erzherzog Siegmund der ›Münzreiche‹:

Geboren am 26. Oktober 1427 in Innsbruck, gestorben am 4. März 1496 ebenda.

Er war Erzherzog von Österreich und Regent von Tirol und Vorderösterreich und gehörte der Leopoldinischen Linie der Habsburger an. Er war der Sohn des Herzogs Friedrich IV. und dessen zweiter Ehefrau Prinzessin Anna von Braunschweig-Göttingen.

Als sein Vater starb, war Siegmund erst zwölf Jahre alt. Kaiser Friedrich III., dessen Vetter er war, wurde zum Vormund bestellt. Da Tirol eine lukrative Einnahmequelle darstellte, hielt sein Vormund Siegmund bis zu seinem 19. Lebensjahr praktisch gefangen. Erst als die Tiroler Stände ihm mit Krieg drohten, ließ Friedrich den jungen Siegmund ziehen. 1446 nahm Siegmund seine Regentschaft über Tirol und Vorderösterreich auf, sein Regierungssitz wurde Innsbruck.

Da er wegen seines ausschweifenden und zügellosen Lebensstils eine große Menge an Schulden anhäufte, verkaufte er 1469 Karl dem Kühnen (dem Herzog von Burgund) die Grafschaft Pfirt, die Landgrafschaft Elsass und einige Städte, behielt für sich aber das Recht auf Rückkauf. 1477 wurde Siegmund von Kaiser Friedrich III. in den Stand eines Erzherzogs erhoben. 1490 musste er auf massives Drängen der Tiroler Stände die Regierungsangelegenheiten an König Maximilian I. übergeben.

Er war zweimal verheiratet, beide Ehen blieben kinderlos, obwohl ihm zahlreiche (bis zu 50!) uneheliche Kinder nachgesagt wurden. Er wurde in der Fürstengruft in Stift Stams beigesetzt.

König Matthias Corvinus:

Geboren am 23. Februar 1443 in Kolozsvár/Siebenbürgen, gestorben am 26. April 1490 in Wien.

Matthias Corvinus, eigentlich Hunyadi, war König des Königreichs Ungarn, (Gegen-)König von Böhmen, König des Königreiches Kroatien und beanspruchte auch Österreich, das er 1485–1490 von Wien aus beherrschte. Er war der zweite Sohn des Reichsverwesers Johann Hunyadi, des Bezwingers der türkischen Flotte, und Elisabeth Szilágyis von Horogszeg.

Nach dem plötzlichen Tod von König Ladislaus 1457 wurde er am 24. Januar 1458 mit 14 Jahren zum König von Ungarn gewählt. Dabei machte er sich Friedrich III. zum Feind, der gleichfalls die ungarische Königskrone beanspruchte und sich dabei vor allem auf den Adel Westungarns stützen konnte.

Corvinus hatte auch Kaiser-Ambitionen. Nach verschiedenen Siegen gegen die Türken erreichte das Gebiet der Stephanskrone unter Matthias seine größte Ausdehnung. Es reichte von der Lausitz bis ins heutige Bulgarien. Am 22. Dezember 1476 heiratete er Beatrix von Aragón. Die Kämpfe gegen Friedrich III. dauerten weiterhin an; 1477 konnte Corvinus die Steiermark gewinnen und am 1. Juni 1485 nach einer rund vier Monate währenden Belagerung als Sieger in Wien einziehen, wo er bis an sein Lebensende oft residierte. 1487 eroberte er nach monatelanger Belagerung auch Wiener Neustadt. 1490 starb er unerwartet, und Österreich fiel wieder an Friedrich.

Matthias Corvinus hinterließ nur einen unehelichen Sohn, Johann Corvin, der in der Erbfolge übergangen wurde.

Herzog Albrecht IV. ›der Weise‹:

Geboren am 15. Dezember 1447 in München, gestorben am 18. März 1508 ebenda.

Er war der Sohn Herzog Albrechts des Frommen aus dem Haus der Wittelsbacher, der letzte Herzog von Bayern-München und ab 1503 Herzog von Bayern.

Für ihn war eigentlich eine geistliche Laufbahn vorgesehen, er kehrte jedoch nach dem Tod seines Bruders Johann zurück und drängte seinen Bruder Sigismund mit der Zeit aus der anfänglich gemeinsamen Regierung heraus, sodass er ab 1467 allein regierte.

1485 gewann Albrecht die Herrschaft über Abensberg, die eine blutige Mitgift für Kunigunde von Österreich werden sollte, die er 1487 durch einen Betrug heiratete.

Um die Einheit Bayerns in Zukunft zu wahren, erließ 1506 Albrecht IV. das Primogeniturgesetz, wonach in Zukunft das Land unteilbar und der männliche Erstgeborene der zukünftige Erbe sein sollte. Dieses Gesetz wurde nach seinem Tod von seiner Witwe Kunigunde heftig bekämpft.

Der Ehe entstammten acht Kinder (siehe Kunigunde).

Johann Cicero von Brandenburg:

Geboren am 2. August 1455 in Ansbach, gestorben am 9. Januar 1499 in Arneburg/Altmark. Er war der Sohn von Kurfürst Albrecht Achilles von Brandenburg und dessen Frau Margarete von Baden und der vierte Kurfürst von Brandenburg aus dem Hause Hohenzollern.

Sein Vater Albrecht Achilles setzte Johann, der wegen seiner großen Beredsamkeit und Kenntnis der lateinischen Sprache den Beinamen Cicero erhielt, bereits mit 18 Jahren als Regenten der Mark Brandenburg ein.

Er heiratete Margarete, die Tochter Herzog Wilhelms III. von Sachsen.

1486 starb sein Vater, und Johann Cicero trat als Kurfürst von Brandenburg dessen Nachfolge an. Er bestätigte die Privilegien der Doppelstadt Berlin-Cölln und bestimmte diese als seine erste Residenz. Das war Berlins Geburtsstunde als Hauptstadt.

1488 führte Johann Cicero die Biersteuer ein. Es war dies wohl das erste Mal, dass Bier indirekt besteuert wurde. Ansonsten hatten die Brauer die Abgaben immer direkt entrichtet.

Er hatte vier Nachkommen: Joachim, Anna, Ursula und Albrecht.

Herzog Wilhelm IV. von Bayern:

Geboren am 13. November 1493 in München, gestorben am 7. März 1550 ebenda.

Er war der Sohn von Albrecht IV. und Kunigunde von Österreich und Herzog von Bayern von 1508 bis 1550, zuerst unter Vormundschaft, dann ab 1511 selbstständig. Eine Zeit lang regierte er gemeinsam mit seinem Bruder Ludwig X. das Herzogtum Bayern, welches er seinen Nachkommen vereinigt hinterließ. Wilhelm heiratete am 5. Oktober 1522 in München die Prinzessin

Jakobäa Maria von Baden. Aus der Ehe gingen vier Kinder hervor:

Theodor, Albrecht V. von Bayern, Wilhelm sowie Mechthild von Bayern. Aus einer Beziehung mit Margarete Hausner von Stettberg, entstammte Ritter Georg von Hegnenberg.

Ohne seinen Bier-Erlass vom Georgitag 1516 wäre er heute nur eine Randfigur der Geschichte.

Die Brauer
(diejenigen, die eines unnatürlichen Todes starben):

Daniel Fischer:

Geboren um 1440 in Straßburg, ermordet am 25. April 1486 bei Augsburg.

Bürgerlicher Brauherr in Straßburg.

Besondere Kennzeichen: auffälliger Backenbart, neigte in jungen Jahren zu Jähzorn und Gewaltausbrüchen.

Dieter de Foro / vom Markte:

Geboren um 1435, ermordet Ende 1468 in Bitburg.

Stadtadeliger Brauherr in Bitburg.

Letzter Nachkomme von Peter de Foro.*

Besondere Kennzeichen: keine inneren Werte.

Tilo (von Köln)

Geboren um 1460, ermordet Anfang 1484.

Brauer aus Köln vom Brauhaus zum Rabenstein.

Besondere Kennzeichen: große Klappe.

---

* siehe ›Der Bierzauberer‹.

Bertram/Markus

Geboren um 1454, hingerichtet am 23. Ap

Brauerbursche in Straßburg, Augsburg
bruck.

Besondere Kennzeichen: blassblaue Augen, durchsichtig wirkten, schiefe Nase und ein von Syphilis entstelltes Gesicht. Vernarbter Rücken von Selbstgeißelung. Neigt zu irrationalen Gewaltakten aufgrund von Rachegelüsten.

Georg Esposito:

Geboren im März 1458, ermordet Ende März 1494 in den bayerischen Alpen beim Achernsee.

Brauerbursche in Straßburg, dann kaiserlicher Hofbräu in der Residenz Wiener Neustadt, Linz und Innsbruck, später Ernennung zum ›Ministerialen‹ und ›kaiserlichen Bierkieser‹.

Besondere Kennzeichen: Sommersprossen, rötliche Haare, grüne Augen. Liebte die Kaiserstochter Kunigunde, mit der er gut befreundet war. War ihrem Vater, Kaiser Friedrich III., bedingungslos und loyal ergeben.

Sonstige Personen von Belang:

Andreas Reichlin von Meldegg, kaiserlicher Leibarzt:

Geburtsdatum unbekannt, gestorben am 27. Juli 1477, im Bruderchor des Klosters Salem.

Dreimal verheiratet: zuerst mit Anna Klinglein, dann mit Anna Ulner, zuletzt mit Barbara Besserer.

Von Meldegg hatte in Heidelberg und Padua studiert und war dann auf dem Konzil zu Basel (1431–1449) als Konzilsarzt tätig. Er brachte es schließlich zum Titel des offiziellen Leibarztes von Kaiser Friedrich III. Während dieser Tätig-

…ten hatte er Gelegenheit, Kontakte und Freundschaften zu anderen bedeutenden Persönlichkeiten seiner Zeit zu knüpfen. Wie zum Beispiel zu dem Mathematiker und Philosophen Nikolaus von Kues oder auch zum humanistisch gebildeten Enea Silvio de' Piccolomini, der 1458 zum Papst Pius II. gewählt wurde. Pius II. ernannte Andreas Reichlin von Meldegg ebenfalls zu seinem Leibarzt. Seine Residenz in Überlingen hat denn auch architektonische Anklänge zur von Papst Pius II. errichteten Residenz, dem ›Palazzo Piccolomini‹ in Siena. Damit könnte das Schloss der Familie Reichlin von Meldegg das erste Bauwerk der Frührenaissance in Deutschland sein. Ansonsten ist wenig bekannt über ihn: 1433 war er als ›physicus juratus‹ der Stadt Konstanz vermerkt, am 22. Februar 1445 als Bürger und Lehrer der Arznei, 1455 gab er sein Bürgerrecht zu Konstanz auf und erwarb am 19. Oktober 1456 das Bürgerrecht zu Überlingen. Er kaufte am 5. Dezember 1459 den Besitz in Überlingen und erbaute 1462 das Familienhaus (heute Reichlin-von-Meldegg-Haus) und die St. Lucienkapelle zu Überlingen. Schließlich erhielt er am 20. August 1465 die Bestätigung des seinem Vater übertragenen Wappens durch Kaiser Friedrich III. Er hatte fünf Kinder (Mutter nicht bekannt): Georg/Jörg, Magdalena, Mathias, Elisabeth und Klemens.

Hieronoymus Bosch:

Geboren um 1450 in 's-Hertogenbosch, gestorben im August 1516 ebenda.

Er war einer der berühmtesten Maler des ausgehenden Mittelalters an der Schwelle zur Neuzeit und hat ein bis heute faszinierendes und nachwirkendes Gesamtwerk hinterlassen, das sich jeder einfachen Interpretation entzieht. Einige seiner rätselhaften Darstellungen sind entschlüsselt, die meisten seiner Geheimnisse hat er jedoch mit ins

Grab genommen; er hinterließ keinerlei schriftliche Aufzeichnungen. Bosch entstammte der vielköpfigen Malerfamilie van Aken, so der eigentliche Name – dieser verweist auf Vorfahren aus Aachen. Hieronymus benannte sich aber nach seiner Geburtsstadt, die meist, auch heute noch, Den Bosch genannt wird. Er wurde erstmals 1474 urkundlich erwähnt, heiratete 1481 die Patriziertochter Aleyt Goyaert van de Mervenne, die ein Haus sowie ein Landgut in die Ehe einbrachte. Das verhalf ihm zu größerer Unabhängigkeit. 1488 trat er der pseudo-religiösen Bruderschaft »Unserer-Lieben-Frau« bei, erst als äußeres, dann als geschworenes Mitglied des elitären, inneren Zirkels von etwa 60 Personen. Die Brüder kamen in der Regel aus hohen aristokratischen Schichten und waren meist Geistliche verschiedener Weihegrade. Diese Brüder verhalfen ihm denn auch in der Folgezeit zu den meisten seiner Aufträge.

Bosch, geprägt von seiner Zeit, unterzog alle Stände einer Kritik, die sich in seinem gesamten künstlerischen Schaffen ausdrückte. Erhalten geblieben sind von Boschs Werken nur die Gemälde auf Holztafeln sowie einige Zeichnungen auf Papier. Neben der Bruderschaft arbeitete er für den städtischen und den niederländischen Hochadel. Zu seinen bedeutendsten Auftraggebern gehörte der regierende Fürst der Niederlande Erzherzog Philipp der Schöne. Triptychen wie »Der Heuwagen« und »Der Garten der Lüste« waren mit ihren Motiven eindeutig nicht zu sakralen Zwecken gemalt worden, sondern zur Belehrung und Unterhaltung eines höfischen Publikums.

Faszinierend und erschreckend zugleich sind bei vielen Bildern Boschs die eingearbeiteten dämonischen Figuren und Fabelwesen. Doch taucht in manchen Bildern und Triptychen immer wieder ein Gesicht auf, das für Bosch offenbar eine Bedeutung hatte.

Ungeklärt ist, um wen es sich dabei handelt. (Paul Roth oder gar Georg Esposito?)

Zu seinen wichtigsten Bildern gehören: ›Ecce Homo‹, ›Der heilige Hieronymus‹, ›Die Versuchung des heiligen Antonius‹ (SIC! – Von diesem Motiv gibt es zahlreiche Bilder und Variationen, mehr als von den meisten anderen), ›Die sieben Todsünden‹, ›Das Narrenschiff‹, ›Der Garten der Lüste‹, ›Das jüngste Gericht‹ sowie das ›Weltgerichtstriptychon‹.

Die Fugger:

Ulrich Fugger:

Geboren 1441 in Augsburg, gestorben 1510 ebenda, war der älteste Bruder und Geschäftspartner von Jakob Fugger. Sein Vater war Jakob Fugger der Ältere, seine Mutter hieß Barbara. Formell leitete er das Unternehmen seit dem Tod des Vaters 1469 bis zu seinem eigenen Tod. Er hatte aber weder die kaufmännischen Fähigkeiten seines jüngeren Bruders, noch erreichte er auch nur annähernd dessen Macht und Reichtum.

Er war verheiratet mit Veronika Lauginger, die beiden hatten fünf Kinder: Anna (geb. 1484), Ursula (geb. 1485), Ulrich II. (geb. 1490), Sybille (geb. 1493) und Hieronymus (geb. 1499).

Jakob Fugger:

Genannt ›der Reiche‹, geboren am 6. März 1459 in Augsburg, gestorben am 30. Dezember 1525 ebenda, war in seiner besten Zeit der reichste und bedeutendste Kaufmann und Bankier ganz Europas. Er entstammte einer Augsburger Handelsfamilie, die er in wenigen Jahren zu einem der ersten frühkapitalistischen Unternehmen ausbaute. Durch geschickte Transaktionen erreichte Fugger den Traum eines jeden Kaufmanns: das Monopol für Kupfer in ganz Europa. Damit legte er die Grundlage für die Weltgeltung und den ungeheuren Reichtum der Fugger. Er finanzierte mit Krediten den Lebensstil von Mitgliedern des Hochadels, der europäischen Königshäuser und der katholischen Kirche. Kein größerer Krieg, keine Königswahl lief ohne seine Einflussnahme und sein Geld ab. Sein politischer Einfluss war beinahe so groß wie sein sogar nach heutigen Maßstäben kaum vorstellbares Vermögen.

Zu seinen besten Kunden gehörten Herzog Siegmund der Münzreiche sowie Kaiser Maximilian I., die beide durch ihre ruinöse Haushaltspolitik ungeheure Schulden bei Jakob Fugger anhäuften. Sowohl die Wahl Maximilians zum Kaiser als auch die seines Nachfolgers, Karl V., wurden maßgeblich vom ›Kaisermacher‹ Fugger finanziert.

1498 heiratete Jakob Fugger Sibylle Artzt, die Tochter eines angesehenen Augsburger Patriziers. Die Ehe blieb kinderlos.

Hanns Rebwein:

Langjähriger Kanzler Kaiser Friedrichs III. Für die Nachwelt hinterlassen ist hauptsächlich seine Rolle beim Kaiserbesuch in Augsburg 1473, als er die dortigen Kaufleute zur Geschenkabgabe an den Kaiser animieren musste.

Jacob Ben Jehiel Loans:

Gestorben um 1506 in Linz. Bekannt wurde er als Leibarzt Kaiser Friedrichs III., der den jüdischen Arzt für seine Dienste adelte, und in späteren Jahren als dessen Hebräischlehrer

Rudolf II. von Scherenberg:

Der Mann, der Georg in Würzburg inhaftieren ließ, erreichte ein wahrhaft biblisches Alter (* ca. 1401; † 29. April 1495 auf der Festung Marienberg) und war Fürstbischof von Würzburg von 1466 bis zu seinem Tod. Er stammte aus einem alten fränkischen Adelsgeschlecht, der von Scherenbergs aus dem Steigerwald. Seine Eltern waren Erhard von Scherenberg und Anna von Maßbach. Mit ihm starb sein Geschlecht aus. Bekannt ist, dass er als junger Mann einmal in Rom war und dass er 1437 an der Universität Heidelberg immatrikuliert war. Am 30. April 1466 wurde er zum Bischof ernannt, am 20. Juni des gleichen Jahres bestätigt. Er wurde Nachfolger von Johann III. von Grumbach.

Rudolf galt als ökonomisches Talent. Es gelang ihm, die auf dem Bistum lastenden Schulden abzutragen. Dabei half ihm auch Kaiser Friedrich III., der ihm jedoch nicht alle seine Wünsche erfüllte – er kassierte zum Beispiel bei den erteilten Privilegien kräftig mit und half ihm auch nicht, die erteilten Zollrechte gegen die anderen Landesherren zu verteidigen.

Wiederholt war Markgraf Albrecht Achilles – verheiratet mit Anna von Sachsen, der Tochter des Wettiner Kurfürsten Friedrich des Sanftmütigen – Rudolfs Gegner. Der Markgraf wollte mit der Einführung der ›Pfaffensteuer‹ für sein Gebiet den Klerus in seinem Einflussbereich stärker von sich abhängig machen. Damit wurde der Konflikt zwischen geistlicher und weltlicher Macht offen ausgetragen. Die Brutalität, mit der von Scherenberg das Auftreten von Hans Böhm, des ›Paukers von Niklashausen‹, bekämpfte und niederschlug, erzeugte einen bedrohlichen Vorgeschmack auf die späteren Bauernkriege.

Bekannt ist Fürstbischof Rudolf von Scherenbergs Grab in der Kathedrale St. Kilian in Würzburg. Nach seinem

Tode hatte sein Nachfolger, Lorenz von Bibra, Tilman Riemenschneider den Auftrag erteilt, einen Altar anzufertigen, auf dem Scherenbergs Porträt zu sehen ist. Scherenbergs Gesicht zeigt realistisch und untypisch für die damalige Zeit einen Greis, jede Runzel ist erkennbar.

Hans Suff von Göppingen
(auch: Hans Seyff von Göppingen):

Lebte in der zweiten Hälfte des 15. Jahrhunderts und war Leibwundarzt Herzog Albrechts IV. von Bayern. Er schrieb mehrere berühmte chirurgische Handbücher und verfasste den offiziellen Bericht von Kaiser Friedrichs Beinamputation, nach dessen Vorlage das Bild davon gemalt wurde.

Bernhard Walther:

Walther (* 1430 in Memmingen; † 19. Juni 1504 in Nürnberg) war Astronom, Humanist und Kaufmann. Der Schüler, Gönner und Nachfolger von Regiomontanus, seit 1467 Nürnberger Bürger, galt als genauester astronomischer Beobachter seiner Zeit. Er wurde 1501 in den größeren Rat der Stadt Nürnberg aufgenommen. Seine Ehe mit Christiane Amman blieb kinderlos, seine Erben verschleuderten seine Bibliothek und Instrumente. Sein Haus wurde 1509 von Albrecht Dürer erworben und beherbergt heute ein Museum.

Walther ermöglichte es 1471 Regiomontanus, in Nürnberg eine Sternwarte und Buchdruckerwerkstatt einzurichten, welche er nach dessen Tod 1476 weiterführte. Er erwarb die Bibliothek und die astronomischen Instrumente seines Lehrers und Freundes und war der erste Astronom, der die Refraktion des Lichtes in der Erdatmosphäre berücksichtigte.

Durch seine astronomischen Arbeiten erwarb er sich

hohes Ansehen in Nürnberg. So beauftragte ihn der Rat zu den Berechnungen des Verlaufs der Tageslängen, die 1489 der Reform der sogenannten Nürnbergischen Großen Uhr zugrunde gelegt wurden. Eine Änderung seiner Daten wurde erst 1700 durch die Einführung des verbesserten Reichskalenders in den protestantischen Ländern Deutschlands nötig. Die 1502 installierte Sonnenuhr am Ostchor der Lorenzkirche, die die Nürnbergischen Stunden anzeigt, wurde von Johannes Stabius unter Zuhilfenahme von Arbeiten Walthers berechnet.

Lange nach seinem Tod erfuhr Walther eine seltene posthume Ehre: Auf dem Mond wurde ein Krater nach ihm benannt.

Jörg von Eisenhofen:

Über ihn sind keine biografischen Daten verfügbar. Er war langjähriger Hofmeister Herzog Albrechts von Bayern. Die Familie von Eisenhofen gehörte ursprünglich zu den Ministerialen der Grafen von Dachau und ist seit 1374 als Mitglied der oberbayerischen Landschaft urkundlich nachweisbar. Der Stammsitz der Familie lag bei Dachau an der Glonn.

Von Eisenhofen wird in Chroniken häufig erwähnt als Bote und Diplomat im Auftrag Herzog Albrechts, aber auch Herzog Siegmunds von Tirol. Ihm oblagen bisweilen auch heikle Missionen, wie das Verhandeln von Mitgift o.Ä. Weiterhin ist er genannt als Pate für Herzog Wilhelm.

Bibliographische & Quellenhinweise zum Nach- und Weiterlesen

Zur Geschichte der Habsburger, des Heiligen Römischen Reiches Deutscher Nation und zum Mittelalter im Allgemeinen:

STEPHAN VAJDA: Felix Austria – Eine Geschichte Österreichs, 1980, Verlag Carl Ueberreuter, Wien-Heidelberg
THEA LEITNER: Habsburgs verkaufte Töchter, 1994, Piper-Verlag, München
FRIEDRICH HEER: Das Heilige Römische Reich, 1967, Scherz Verlag, Bern und München
JEAN BÉRENGER: Die Geschichte des Habsburgerreiches 1273–1918, 1995, Böhlau Verlag Ges.m.b.H. & Co. KG, Wien – Köln – Weimar
FRIEDRICH WEISSENSTEINER: Die großen Herrscher des Hauses Habsburg – 700 Jahre europäische Geschichte, 2007, Piper Verlag München
KUNIGUNDE, ERZHERZOGIN VON ÖSTERREICH und Herzogin von Bayern-München (1465–1520) – Eine Biographie, Inaugural-Dissertation zur Erlangung des akademischen Grades eines Doktors der Philosophie an der Universität Mannheim, von Katharina Graf, Kaiserslautern, Dekan: Prof. Dr. Kai Brodersen, 2000
KONRAD KRAMAR/PETRA STUIBER: Die schrulligen Habsburger, 1999, Ueberreuter Verlag, Wien
RICHARD REIFERSCHEID: Die Habsburger, 1994, Sonderausgabe im Tosa Verlag, Wien
GESCHICHTE VON BITBURG (verschiedene Autoren), 1965, herausgegeben von der Arbeitsgemeinschaft für Landesgeschichte und Volkskunde des Trierer Raumes in Verbindung mit der Stadt Bitburg, durch Dr. Richard Laufner
BRUNO LAURIOUX: Tafelfreuden im Mittelalter, 1999, Weltbild Verlag GmbH, Augsburg
WOLFGANG SCHIVELBUSCH: Das Paradies, der Geschmack und die Vernunft – Eine Geschichte der Genussmittel, 2005, Fischer Taschenbuch Verlag, Frankfurt/Main
GUNTHER HIRSCHFELDER: Europäische Esskultur, 2001, Campus Verlag, Frankfurt/Main

Allgemeine Deutsche Biographien der digitalisierten Bayerischen Staatsbibliothek – http://mdz1.bib-bvb.de/~mdz/ Bayerische Staatsbibliothek – Abt. BA/ES Referat Digitale Bibliothek – 80328 München
Ch. Hinkeldey (Hrsg.): Justiz in alter Zeit, 1989, Mittelalterliches Kriminalmuseum, Rothenburg o. d. T.

Zum Thema Bier:

Wolfgang D. Speckmann: Biere, die Geschichte machten, 2005, Verlag Archiv Hopfen & Malz
Dr. Karin Hackel-Stehr: Das Brauwesen in Bayern vom 14. bis 16. Jahrhundert, insbesondere die Entstehung und Entwicklung des Reinheitsgebotes (1516), herausgegeben 1989 von der Gesellschaft für Öffentlichkeitsarbeit der Deutschen Brauwirtschaft e. V., Bonn-Bad Godesberg
Franz Mathar & K. H. Schrörs: Die Kölsch-Story – Eine bebilderte Geschichte des kölschen Brauwesens, 2003, Emons Verlag, Köln
Aufsatz ›Bier links und rechts des Rheines – Biergeschichten aus Baden und dem Elsaß‹ von Dr. Friedrich Georg Hoepfner, Karlsruhe (Internet)

Allgemeine, gängige biografische Daten und Informationen:

www.wikipedia.de und andere öffentliche, copyrightfreie Quellen.

Quellen der Abbildungen:

Statuta thaberna (Wirtshausgesetz) : www.weissensee.de (copyrightfrei)
Brauerbild: Deutscher Brauer Bund, www.brauer-bund.de (copyrightfrei)
Stammbaumauszug der Adelsgeschlechter: eigene Zeichnung
Kundigundes Brautbewerbungsbild: Wikipedia (copyrightfrei)
Albrecht der Weise: Wikipedia (copyrightfrei)
Kaiser Friedrichs Beinamputation: Wikipedia (copyrightfrei)
Wilhelm IV.: Bayer. Staatsgemäldesammlungen/Alte Pinakothek München/Wikipedia (copyrightfrei)
Reinheitsgebot: Deutscher Brauer Bund, www.brauer-bund.de (copyrightfrei)

Das Beste zum Schluss:

Daniel Fischers Biersuppenrezept zum Nachkochen

Zutaten für 2–3 Portionen:

0,5 Liter dunkles, nicht zu stark gehopftes Bier
2 Eiweiß, ca. 50 g Butter
0,25 Liter Milch, Zucker, Salz,
etwas Zimt (je nach Geschmack)
Zitronenschale (je nach Geschmack)

In einem Topf etwa 400 ml Bier mit einer Prise Salz zum Kochen bringen.

In einem anderen Topf die Butter zerlassen. In der Zwischenzeit zwei Eiweiß mit 1 TL Zucker vermischen und zu Eischnee aufschlagen, dabei 100 ml kaltes Bier zugeben. Diese Mischung langsam auf die zerlassene Butter geben, die Milch dazugeben und kurz aufkochen.

Danach den Topfinhalt langsam in das heiße Bier einrühren.

Vorsicht: Je nach Biertyp kann das Eiweiß schnell gerinnen und sieht dann nicht mehr so lecker aus, das tut dem Geschmack aber keinen Abbruch!

Je nach Gusto mit Zucker, Zimt und/oder Zitronenschale abschmecken.

Im Mittelalter wurde die Suppe auf Weißbrot serviert.

Die Biersuppe ist ohne Zucker als Vorspeise, mit Zucker als Nachspeise denkbar.

Wenn Kinder mitessen, einfach etwas länger köcheln lassen, damit der Alkohol verdampft.

Oder gleich mit alkoholfreiem Malzbier kochen.

Guten Appetit!

Danke!

DIESES BUCH IST den Bierfreunden in aller Welt gewidmet.

Jedoch ohne ein paar persönliche Dankesworte geht es nicht:

Herrn Armin Gmeiner und dem ganzen Team vom Gmeiner-Verlag für die tolle Unterstützung beim ›Bierzauberer‹ und generell für den Mut zum Risiko, auch Autoren-Neulingen eine Chance zu geben.

Frau Senghaas vom Lektorat für die akribische, perfekte Arbeit.

Allen Freunden des ›Bierzauberers‹ – Lesern, Buchhändlern, Fachpresse, den (überwiegend positiven) Rezensenten, Brauereien und Büchereien, die den Erfolg meines ersten Romans erst möglich gemacht und mich ermutigt haben, einen weiteren Bierbrauerroman zu schreiben.

Und natürlich meiner Alexandra für viel Liebe, Geduld, Korrekturlesen und und und …

Weitere Krimis finden Sie auf den folgenden Seiten oder im Internet: www.gmeiner-verlag.de

GÜNTHER THÖMMES
Der Bierzauberer

373 Seiten, Paperback.
ISBN 978-3-89977-746-8.

Ein altes, geheimnisvolles Buch, ein Brauer aus dem 13. Jahrhundert – und schon steht die Tür zum Kosmos des Mittelalters weit offen.

Niklas von Hahnfurt macht sich auf den steinigen Weg, der beste Bierbrauer seiner Zeit zu werden. Von seiner fränkischen Heimat gelangt er dabei über das Kloster Weihenstephan nach St. Gallen, der Hochburg mittelalterlicher Braukunst. Als dort mehrere Pilger mit vergiftetem Bier ermordet werden, gerät Niklas ins Visier des fanatischen Inquisitors Bernard von Dauerling.

Es beginnt eine Jagd auf Leben und Tod. Niklas' Flucht führt ihn in die Bierstädte Regensburg, Bitburg und Köln, sogar bis nach Lübeck und London kommt der »Bierzauberer«. Doch am Ende ist ein letztes »Bierduell« mit seinem Todfeind unausweichlich.

B. ERWIN / U. BUCHHORN
Die Herren von Buchhorn

323 Seiten, Paperback.
ISBN 978-3-89977-767-3.

Vor vier Jahren ist Wendelgard, Gräfin von Buchhorn, in das Kloster St. Gallen eingetreten, nachdem ihr Ehemann auf dem Schlachtfeld für tot erklärt worden war. Doch der grausame Mord an ihrem ehemaligen Diener lässt ihren gerade gewonnenen Seelenfrieden wie ein Kartenhaus zusammenstürzen. Und offenbar gibt es Mächte, die ganz und gar nicht davon begeistert sind, dass die junge Frau in ihre alte Heimat Buchhorn zurückkehren möchte.

Auch Gerald, der Sohn des Ermordeten, wird gezwungen, sich mit seiner Vergangenheit auseinanderzusetzen. Als Schmied hat er sich im fernen Bregenz eine Existenz aufgebaut, nun sieht er sich in die Geschicke der Mächtigen hineingerissen. Eine wertvolle Brosche, ein weiser Bischof und eine blonde Magd lenken sein Schicksal in eine neue Richtung.

GMEINER

Wir machen's spannend

SUSANNE BONN

Der Jahrmarkt zu Jakobi

325 Seiten, Paperback.
ISBN 978-3-89977-766-6.

Lindenfels in der Pfalz, 1338. Der Jahrmarkt zu Jakobi lockt zahlreiche Gäste in das Städtchen. Auch der Gaukler Hardo reist mit einem Trupp fahrenden Volkes zum Markt. Ein gern gesehener Besucher bei den Bürgerstöchtern, weniger beliebt bei deren Eltern und Versprochenen.

Als Hardo erschlagen im Straßengraben aufgefunden wird, liegt deshalb der Verdacht nahe, dass ein Bürgerssohn der Täter ist. Doch der Vogt fürchtet um den Frieden in der Stadt, wenn er angesehene Bürger wegen eines Fahrenden vor Gericht bringt. Hardos Reisegenossen, die Spielleute Alheit und Franz und der Priester Baldwin, beginnen daraufhin auf eigene Faust, den Mörder zu suchen. Schon bald finden sie heraus, dass Hardo einem Geheimnis auf die Spur gekommen war, das andere um jeden Preis bewahren wollen …

NORBERT KLUGMANN

Die Nacht des Narren

326 Seiten, Paperback.
ISBN 978-3-89977-769-7.

Lübeck, Anfang des 17. Jahrhunderts. Vermummte bringen die Hebamme Trine Deichmann eilig zu einem Schloss im Mecklenburgischen. Ein Zimmermädchen liegt dort in den Wehen und braucht ihre Hilfe. Was Trine nicht ahnt: Der Grund für die große Eile ist das in Kürze beginnende »Narrenreich«, die 24-stündige Alleinherrschaft des Hofnarren Theophrastus von Bommelheim. Niemand darf in dieser Zeit die Residenz betreten oder verlassen.

Auch Trine kann nicht mehr rechtzeitig entkommen, denn Theophrastus hat seine Regentschaft eigenmächtig vorverlegt. Als am Abend nach einem Fest eine Leiche gefunden wird, halten dies alle noch für einen großen Spaß. Doch dann lässt der Narrenkönig mehrere Galgen errichten. Und nur Trine Deichmann scheint angesichts des drohenden Blutbads einen klaren Kopf zu behalten …

GMEINER

Wir machen's spannend

UWE KLAUSNER

Die Kiliansverschwörung

421 Seiten, Paperback.
ISBN 978-3-89977-768-0.

Würzburg am Main, Anno Domini 1416. Ein unglaublicher Frevel eerschüttert die Stadt: Ausgerechnet fünf Tage vor Kiliani, dem höchsten Feiertag der Diözese, werden die Reliquien der drei Frankenapostel Kilian, Kolonat und Totnan gestohlen. Und tausende von Pilgern befinden sich bereits in der Stadt. Die Lage droht zu eskalieren, sollten die Reliquien nicht bis zum Fest des heiligen Kilian am 8. Juli wieder auftauchen.

Berengar von Gamburg, der Vogt des Grafen von Wertheim, ist per Zufall Zeuge eines Gesprächs zwischen Dieb und Auftraggeber geworden. Er wird mit der Lösung des Falls beauftragt. Dabei kann er sich der Unterstützung eines ebenso treuen wie scharfsinnigen Freundes gewiss sein: Bruder Hilpert, Bibliothekarius zu Maulbronn und einer der führenden Köpfe des Zisterzienserordens.

FRANK KURELLA

Das Pergament des Todes

227 Seiten, Paperback.
ISBN 978-3-89977-722-2.

Neuss im November 1284. Das Volk sehnt sich nach den Zeiten zurück, in denen Kaiser Friedrich II. das Reich mit gerechter Hand führte, als der tot geglaubte Herrscher in dem rheinischen Städtchen Einzug hält.

Ausgerechnet an diesem Freudentag findet der kleine Taschendieb Marcus seinen Freund und Weggefährten Jonas mit gebrochenem Genick in einem Weinkeller auf. Was steckt hinter dem feigen Mord? Trachtet man auch ihm nach dem Leben? Auf der Suche nach Antworten wird Marcus allmählich klar, dass nicht nur er sich in größter Gefahr befindet.

GMEINER

Wir machen's spannend

Das neue Krimijournal ist da!

2 x jährlich das Neueste aus der Gmeiner-Krimi-Bibliothek

KRIMI*Journal*

Nr. 9 www.gmeiner-verlag.de Die Zeitung für Krimifreunde 2/2008

Gefangen im Narrenreich

Ein neuer Fall für Lübecks klügste Hebamme

Manfred Bomm

Krimi-Jubiläum

Die Spur des Henkers

Von Krimipreisträgerin Sabine Klewe

Bestseller im Frühjahr 2008

In jeder Ausgabe:

- Vorstellung der Neuerscheinungen
- Hintergrundinformationen zu den Themen der Krimis
- Interviews mit den Autoren und Porträts
- Allgemeine Krimi-Infos (aktuelle Krimi-Trends, Krimi-Portale im Internet, Veranstaltungen etc.)
- Großes Gewinnspiel mit ›spannenden‹ Buchpreisen

ISBN 978-3-89977-950-9
kostenlos erhältlich in jeder Buchhandlung

Ihre Meinung ist gefragt!

Mitmachen und gewinnen

Als der Spezialist für Themen-Krimis mit Lokalkolorit möchten wir Ihnen immer beste Unterhaltung bieten. Sie können uns dabei unterstützen, indem Sie uns Ihre Meinung zu den Gmeiner-Krimis sagen!

Senden Sie eine E-Mail an gewinnspiel@gmeiner-verlag.de und teilen Sie uns mit, welchen Krimi Sie gelesen haben und wie er Ihnen gefallen hat. Alle Einsendungen nehmen automatisch am großen Jahresgewinnspiel teil. Es warten ›spannende‹ Buchpreise aus der Gmeiner-Krimi-Bibliothek auf Sie!

GMEINER

Wir machen's spannend

Alle Gmeiner-Autoren und ihre Krimis auf einen Blick

ANTHOLOGIEN: Gefährliche Nachbarn • Mords-Sachsen 3 • Tatort Ammersee (2009) • Campusmord (2008) • Mords-Sachsen 2 (2008) • Tod am Bodensee • Mords-Sachsen (2007) • Grenzfälle (2005) • Spekulatius (2003) **ARTMEIER, HILDEGUND**: Feuerross (2006) • Katzenhöhle (2005) • Drachenfrau (2004) **BAUER, HERMANN**: Karambolage (2009) • Fernwehträume (2008) **BAUM, BEATE**: Häuserkampf (2008) **BECK, SINJE**: Totenklang (2008) • Duftspur (2006) • Einzelkämpfer (2005) **BLATTER, ULRIKE**: Vogelfrau (2008) **BODE-HOFFMANN, GRIT / HOFFMANN, MATTHIAS**: Infantizid (2007) **BOMM, MANFRED**: Glasklar (2009) • Notbremse (2008) • Schattennetz • Beweislast (2007) • Schusslinie (2006) • Mordloch • Trugschluss (2005) • Irrflug • Himmelsfelsen (2004) **BONN, SUSANNE**: Der Jahrmarkt zu Jakobi (2008) **BUTTLER, MONIKA**: Dunkelzeit (2006) • Abendfrieden (2005) • Herzraub (2004) **CLAUSEN, ANKE**: Ostseegrab (2007) **DANZ, ELLA**: Kochwut (2009) • Nebelschleier (2008) • Steilufer (2007) • Osterfeuer (2006) **DETERING, MONIKA**: Puppenmann • Herzfrauen (2007) **DÜNSCHEDE, SANDRA**: Friesenrache (2009) • Solomord (2008) • Nordmord (2007) • Deichgrab (2006) **EMME, PIERRE**: Schneenockerleklat (2009) • Florentinerpakt • Ballsaison (2008) • Tortenkomplott • Killerspiele (2007) • Würstelmassaker • Heurigenpassion (2006) • Schnitzelfarce • Pastetenlust (2005) **ENDERLE, MANFRED**: Nachtwanderer (2006) **ERFMEYER, KLAUS**: Geldmarie (2008) • Todeserklärung (2007) • Karrieresprung (2006) **ERWIN, BIRGIT / BUCHHORN, ULRICH**: Die Herren von Buchhorn (2008) **FRANZINGER, BERND**: Kindspech (2008) • Jammerhalde (2007) • Bombenstimmung (2006) • Wolfsfalle • Dinotod (2005) • Ohnmacht • Goldrausch (2004) • Pilzsaison (2003) **GARDEIN, UWE**: Die Stunde des Königs (2009) • Die letzte Hexe – Maria Anna Schwegelin (2008) **GARDENER, EVA B.**: Lebenshunger (2005) **GIBERT, MATTHIAS P.**: Zirkusluft (2009) • Kammerflimmern (2008) • Nervenflattern (2007) **GRAF, EDI**: Leopardenjagd (2008) • Elefantengold (2006) • Löwenriss • Nashornfieber (2005) **GUDE, CHRISTIAN**: Binärcode (2008) • Mosquito (2007) **HAENNI, STEFAN**: Narrentod (2009) **HAUG, GUNTER**: Gössenjagd (2004) • Hüttenzauber (2003) • Tauberschwarz • Riffhaie • Tiefenrausch (2002) • Höllenfahrt (2001) • Sturmwarnung (2000) **HEIM, UTA-MARIA**: Wespennest (2009) • Das Rattenprinzip (2008) • Totschweigen (2007) • Dreckskind (2006) **HUNOLD-REIME, SIGRID**: Frühstückspension (2008) **IMBSWEILER, MARCUS**: Schlussakt (2008) • Bergfriedhof (2007) **KARNANI, FRITJOF**: Notlandung (2008) • Turnaround (2007) • Takeover (2006) **KEISER, GABRIELE**: Gartenschläfer (2008) • Apollofalter (2006) **KEISER, GABRIELE / POLIFKA, WOLFGANG**: Puppenjäger (2006) **KLAUSNER, UWE**: Walhalla-Code (2009) • Die Kiliansverschwörung (2008) • Die Pforten der Hölle (2007) **KLEWE, SABINE**: Blutsonne (2008) • Wintermärchen (2007) • Kinderspiel (2005) • Schattenriss (2004) **KLINGLER, EVA**: Königsdrama (2006) **KLÖSEL, MATTHIAS**: Tourneekoller (2008) **KLUGMANN, NORBERT**: Die Nacht des Narren (2008) • Die Tochter des Salzhändlers (2007) • Kabinettstück (2006) • Schlüsselgewalt (2004) • Rebenblut (2003) **KOHL, ERWIN**: Willenlos (2008) • Flatline (2007) • Grabtanz • Zugzwang (2006) **KÖHLER, MANFRED**: Tiefpunkt • Schreckensgletscher (2007) **KOPPITZ, RAINER C.**: Machtrausch (2005) **KRAMER, VERONIKA**: Todesgeheimnis (2006) • Rachesommer (2005) **KRONENBERG, SUSANNE**: Rheingrund (2009) • Weinrache (2007) • Kultopfer (2006) • Flammenpferd • Pferdemörder (2005) **KURELLA, FRANK**: Der Kodex des Bösen (2009) • Das Pergament des Todes (2007) **LASCAUX, PAUL**: Wursthimmel • Salztränen (2008) **LEBEK, HANS**: Karteileichen (2006) • Todesschläger (2005) **LEMKUHL, KURT**: Raffgier (2008) **LEIX, BERND**: Waldstadt (2007) • Hackschnitzel (2006) • Zuckerblut • Bucheckern (2005) **MADER, RAIMUND A.**: Glasberg (2008) **MAINKA, MARTINA**: Satanszeichen (2005) **MISKO, MONA**: Winzertochter • Kindsblut (2005) **MOTHWURF, ONO**: Taubendreck (2009) **OTT, PAUL**: Bodensee-Blues (2007) **PUHLFÜRST, CLAUDIA**: Rachegöttin (2007) • Dunkelhaft (2006) • Eiseskälte • Leichenstarre (2005) **PUNDT, HARDY**: Deichbruch (2008) **PUSCHMANN, DOROTHEA**: Zwickmühle (2009) **SENF, JOCHEN**: Knochenspiel (2008) • Nichtwisser (2007) **SEYERLE, GUIDO**: Schweinekrieg (2007) **SCHAEWEN, OLIVER VON**: Schillerhöhe (2009) **SCHMITZ, INGRID**: Mordsdeal (2007) • Sündenfälle (2006) **SCHMÖE, FRIEDERIKE**: Schweigfeinstill (2009) • Spinnefeind • Pfeilgift (2008) • Januskopf • Schockstarre (2007) • Käfersterben • Fratzenmond (2006) • Kirchweihmord • Maskenspiel (2005) **SCHRÖDER, ANGELIKA**: Mordsgier (2006) • Mordswut (2005) • Mordsliebe (2004) **SCHUKER, KLAUS**: Brudernacht (2007) • Wasserpilz (2006) **SCHNEIDER, HARALD**: Schwarzkittel (2009) • Ernteopfer (2008) **SCHULZE, GINA**: Sintflut (2007) **SCHWAB, ELKE**: Angstfalle (2006) • Großeinsatz (2005) **SCHWARZ, MAREN**: Zwiespalt (2007) • Maienfrost • Dämonenspiel (2005) • Grabeskälte (2004) **STEINHAUER, FRANZISKA**: Menschenfänger (2008) • Narrenspiel (2007) • Seelenqual • Racheakt (2006) **SZRAMA, BETTINA**: Die Giftmischerin (2009) **THÖMMES, GÜNTHER**: Das Erbe des Bierzauberers (2009) • Der Bierzauberer (2008) **THADEWALDT, ASTRID / BAUER, CARSTEN**: Blutblume (2007) • Kreuzkönig (2006) **VALDORF, LEO**: Großstadtsumpf (2006) **VERTACNIK, HANS-PETER**: Ultimo (2008) •Abfangjäger (2007) **WARK, PETER**: Epizentrum (2006) • Ballonglühen (2003) • Albtraum (2001) **WILKENLOH, WIMMER**: Poppenspäl (2009) • Feuermal (2006) • Hätschelkind (2005) **WYSS, VERENA**: Todesformel (2008) **ZANDER, WOLFGANG**: Hundeleben (2008)